青·科幻丛书

杨庆祥／主编

陈楸帆 著

后人类时代

作家出版社

陈楸帆

毕业于北大中文系及艺术系，科幻作家，编剧，翻译。世界科幻作家协会（SFWA）成员，全球华人科幻作家协会（CSFA）会长，Xprize基金会科幻顾问委员会（SFAC）成员。曾多次获得全球华语科幻星云奖、银河奖、世界奇幻科幻翻译奖等国内外奖项，作品被翻译为多国语言，在许多欧美科幻杂志均为首位发表作品的中国作家，代表作包括《荒潮》《未来病史》《后人类时代》等。作品多表现人类在科技发展中的异化，注重文学性与思想性的探索。他曾在Google、百度及科技创业公司诺亦腾有超过十年的管理经验，现为传茂文化创始人，聚焦泛科幻领域的IP开发，以及科技与文化艺术产业的跨界合作。

作为历史、现实和方法的科幻文学

——序"青·科幻"丛书

杨庆祥

一、历史性即现代性

在常识的意义上，科幻小说全称"科学幻想小说"，英文为 Science Fiction。这一短语的重点到底落在何处，科学？幻想？还是小说？对普通读者来说，科幻小说是一种可供阅读和消遣，并能带来想象力快感的一种"读物"。即使公认的科幻小说的奠基者，凡尔纳和威尔斯，也从未在严格的"文类"概念上对自己的写作进行归纳和总结。威尔斯——评论家将其 1895 年《时间机器》的出版认定为"科幻小说诞生元年"——称自己的小说为"Scientific Romance"（科学罗曼蒂克），这非常形象地表述了科幻小说的"现代性"，第一，它是科学的。第二，它是罗曼蒂克的，即虚构的、想象的甚至是感伤的。这些命名体现了科幻小说作为一种现代性文类本身的复杂性，凡尔纳的大部分作品都可以看成是一种变异的"旅行小说"或者"冒险小说"。从主题和情节的角度来看，很多科幻小说同时也可以被目为"哥特小说"或者是"推理小说"，而从社会学的角度看，"乌托邦"和"反乌托邦"的小说也一度被归纳到科幻小说的范畴里面。更不要说在目前的书写语境中，科幻与奇幻也越来越难以区别。

虽然从文类的角度看，科幻小说本身内涵的诸多元素导致了其边界的不确定性。但毫无疑问，我们不能将《西游记》这类诞生于古典时期的小说目为科幻小说——在很多急于为科幻寻根的中国学者眼里，《西游记》、《山海经》都被追溯为科幻的源头，以此来证明中国文化的源远流长——至少在西方的谱系里，没有人将但丁的《神曲》视作是科幻小说的鼻祖。也就是说，科幻小说的现代性有一种内在的本质性规定。那么这一内在的本质性规定是什么呢？有意思的是，不是在西方的科幻小说谱系里，反而是在以西洋为师的中国近现代的语境中，出现了更能凸显科幻小说本质性规定的作品，比如吴趼人的《新石头记》和梁启超的《新中国未来记》。

王德威在《贾宝玉坐潜水艇——晚清科幻小说新论》对晚清科幻小说有一个概略式的描述，其中重点就论述了《新石头记》和《新中国未来记》。王德威注意到了两点，第一，贾宝玉误入的"文明境界"是一个高科技世界。第二，贾宝玉有一种面向未来的时间观念。"最令宝玉大开眼界的是文明境界的高科技发展。境内四级温度率有空调，机器仆人来往执役，'电火'常燃机器运转，上天有飞车，入地有隧车。"晚清小说除了探索空间的无穷，以为中国现实困境打通一条出路外，对时间流变的可能，也不断提出方案。"②王德威将晚清科幻小说纳入到现代性的谱系中讨论，其目的无非是为了考察相较"五四"现实主义以外的另一种现代性起源。"以科幻小说而言，'五四'以后新文学运动的成绩，就比不上晚清。别的不说，一味计较文学'反映'人生、'写实'至上的作者和读者，又怎能欣赏像贾宝玉坐潜水艇这样匪夷所思的怪谈？"②但也正是在这里，我们看到了一种基于现代工具理性所提供的时间观

---

① 王德威：《贾宝玉坐潜水艇——晚清科幻小说新论》，收入王德威《想象中国的方法》，三联书店 2003 年。

② 同上。

后人类时代

和空间观，这种时间观与空间观与前此不同的是，它指向的不是一种宗教性或者神秘性的"未知（不可知）之境"，而是指向一种理性的、世俗化的现代文明的"未来之境"。如果从文本的谱系来看，《红楼梦》遵循的是轮回的时间观念，这是古典和前现代的，而当贾宝玉从那个时间的循环中跳出来，他进入的是一个新的时空，这是由工具理性所规划的时空，而这一时空的指向，是建设新的世界和新的国家，后者，又恰好是梁启超在《新中国未来记》中所展现的社会图景。

二、现实性即政治性

如果将《新石头记》和《新中国未来记》视作中国科幻文学的起源性的文本，我们就可以发现有两个值得注意的侧面，第一是技术性面向，第二是社会性面向。也就是说，中国的科幻文学从一开始就不是简单的"科学文学"，也不是简单的"幻想文学"。科学被赋予了现代化的意识形态，而幻想，则直接表现为一种社会政治学的想象力。因此，应该将"科幻文学"视作一个历史性的概念而非一个本质化的概念，也就是说，它的生成和形塑必须落实于具体的语境。在这个意义上，我们会发现，科幻写作具有其强烈的现实性。研究者们都已经注意到中国的科幻小说自晚清以来经历的几个发展阶段，分别是晚清时期、1950年代和1980年代，这三个阶段，恰好对应着中国自我认知的重构和自我形象的再确认。有学者将自晚清以降的科幻文学写作与主流文学写作做了一个"转向外在"和"转向内在"的区别："中国文学在晚清出现了转向外在的热潮，到'五四'之后逐渐向内转；它的世界关照在新中国的前三十年中得到恢复和扩大，又在后三十年中萎缩甚至失落。"[①]这种两分法基本

---

① 李广益：《论刘慈欣科幻小说的文学史意义》，《中国现代文学研究丛刊》2017年第8期。

上还是基于"纯文学"的"内外"之分，而忽视了作为一个综合性的社会实践行为，科幻文学远远溢出了这种预设。也就是说，与其在内外上进行区分，莫如在"技术性层面"和"社会性层面"进行区分，如此，科幻文学的历史性张力会凸显得更加明显。科幻文学写作在中国语境中的危机——我们必须承认在刘慈欣的《三体》出现之前，我们一直缺乏重量级的科幻文学作品——不是技术性的危机，而是社会性的危机。也即是说，我们并不缺乏技术层面的想象力，我们所严重缺乏的是，对技术的一种社会性想象的深度和广度，这种缺乏又反过来制约了对技术层面的想象，这是中国的科幻文学长期停留在科普文学层面的深层次原因。

在这个意义上，以刘慈欣《三体》为代表的 21 世纪以来的中国科幻文学写作代表着一种综合性的高度。它的出现，既是以往全部（科幻）历史的后果，同时也是一种现实性的召唤。评论者从不同的角度意识到了这一点："经济的高速发展及科技的日新月异让我们身边出现了实实在在'看得见摸得着'的变化。3D 打印、人工智能、大数据、可穿戴设备、虚拟现实、量子通信、基因编辑……尤其中国享誉世界的'新四大发明'：共享单车、高铁、网购和移动支付，更是和我们的生活紧密相关，中国在某些方面甚至已经站在了全球科技发展的前沿。在这样的情况下，……科幻小说对未来的思考，对于人文、伦理与科学问题的关注已经成为了社会的主流问题，这为科幻小说提供了新的历史平台。"[1]"以文学以至文艺自近代以来具有的地位和影响而论，置身于全球化程度日益加深的时代，对文学提出建立或者恢复整全视野的要求，自在情理之中。刘慈欣科幻小说的文学史意义，因而浮出水面。"[2]

---

[1]　任冬梅：《浅析新世纪以来中国科幻小说的现状及前景》，《当代文坛》2018 年第 3 期。

[2]　李广益：《论刘慈欣科幻小说的文学史意义》，《中国现代文学研究丛刊》2017 年第 8 期。

虽然刘慈欣一直对"技术"抱有乐观主义的态度，并坚持做一个"硬派"科幻作家。但是从《三体》的文本来看，它的经典性却并非完全在于其"技术"中心主义。毫无疑问，《三体》中的技术想象有非常"科学"的基础，但是，《三体》最激动人心的地方，却并非在这些"技术"本身，而是通过这些技术想象而展开的"思想实验"。我用"思想实验"这个词的意思是，这些"技术"想象不仅仅是科学的、工具的，同时也是历史的、哲学的。或者换一种说法，不仅仅是理性主义的，同时也是理性主义的美学化和悲剧化。也就是说，《三体》所代表的科幻文学的综合性并不在于它书写了一个包容宇宙的"时空"——这仅仅是一个象征性的表象，而很多人都在这里被迷惑了——而更在于它回到了一种最根本性的思想方法——这一思想方法是自"轴心时代"即奠定的——即以"道""逻各斯"和"梵"作为思考的出发点，并在此基础上想象一个新的命运体。如果用现代性的话语系统来表示，就是以"政治性"为思考的出发点。政治性就是，不停地与固化的秩序和意识形态进行思想的交锋，并不惮于创造一种全新的生存方式和建构模式——无论是在想象的层面还是在实践的层面。

三、以科幻文学为方法

在讨论科幻文学作为方法之前，需要稍微了解当下我们身处的历史语境。冷战终结带来了一种完全不同的世界格局，也在思想和认识方式上将 20 世纪进行了鲜明的区隔。具体来说就是，因为某种功利主义的思考方法——从结果裁决成败——从而将苏东剧变这一类"特殊性"的历史事件理解为一种"普遍化"的观念危机，并导致了对革命普遍的不信任和污名化。辩证地说，"具体的革命"确实值得怀疑和反思，但是"抽象的革命"却不能因为"具体的革命"的失败而遭到放逐，因为对"抽象革命"的放弃，思想的惰性被重新体制化——在冷战之前漫长的 20 世纪的革命中，思想始终因为革命的张力而生机勃勃。正如弗里德里克·詹姆逊在《对本雅明的几点看法》一文中指出的，"体制一直都明白它的敌人就是观念和分析以及具有观念和进行分析的知识分子。于是，体制制定出各种方法来对付这个局面，最引人注目的方法就是怒斥所谓的宏大理论或宏大叙事。"意识形态不再倡导任何意义上的宏大叙事，也就意味着在思想上不再鼓励一种总体性的思考，而总体性思考的缺失，直接的后果就是思想的碎片化和浅薄化——在某种意义上，这导致了"无思想的时代"。或者我们可以稍微迁就一点说，这是一个高度思想仿真的时代，因为精神急需思想，但是又无法提供思想，所以最后只能提供思想的复制品或者赝品。

与此同时，因为"冷战终结"导致的资本红利形成了新的经济模式。大垄断体和金融资本以隐形的方式对世界进行重新"殖民"。这新一轮的殖民和利益瓜分借助了新的技术：远程控制、大数据管理、互联网物流以及虚拟的金融衍生交易。股票、期权、大宗货品，以及最近十年来在中国兴起的电商和虚拟支付。这一经济模式的直接后果是，它生成了一种"人人获利"的假象，而掩盖了更严重的剥削事实。事实是，大垄断体和大资本借助技术的"客观性"建构了一种"想象的共同体"，个人将自我无限小我化、虚拟化和符号化，获得一种象征性的可以被随时随地"支付"的身份，由此将世界理解为一种无差别化的存在。

当下文学写作的危机正是深深植根于这样的语境中——宏大叙事的瓦解、总体性的坍塌、资本和金融的操控以及个人的空心化——当下写作仅仅变成了一种写作（可以习得和教会的）而非一种"文学"或者"诗"。因为从最高的要求来看，文学和诗歌不仅仅是一种技巧和修辞，更重要的是一种认知和精神化，也就是在本原性的意义上提供或然性——历史的或然性、社会的或然性和人的或然性。历史以事实，哲学以逻辑，文学则以形象和故事。如果说存在着一种如让·贝西埃所谓的世界的问题性[①]的话，我觉得这就是世界的问题性。写作的小资产阶级化——这里面最典型的表征就是门罗式的文学的流行和卡夫卡式的文学被放大，前者类似于一种小清新的自我疗救，后者对秩序的貌似反抗实则迎合被误读为一种现代主义的深刻——他们共同之处就是深陷于此时此地的秩序而无法他者化，最后，提供的不过是绝望哲学和憎恨美学。刘东曾经委婉地指出中国现代文学提供了太多怨恨的东西，现在看来，这一现代文学的"遗产"在当下不是被超克而是获得了其强化版。

　　我正是在这个意义上认为 21 世纪的中国科幻文学提供了一种方法论。这么说的意思是，在普遍的问题困境之中，不能将科幻文学视作一种简单的类型文学，而应该视作为一种"普遍的体裁"。正如小说曾经肩负了各种问题的索求而成为普遍的体裁一样，在当下的语境中，科幻文学因为其本身的"越界性"使得其最有可能变成综合性的文本。这主要表现在 1. 有多维的时空观。故事和人物的活动时空可以得到更自由地发展，而不是一活了之或者一死了之；2. 或然性的制度设计和社会规划。在这一点上，科幻文学不仅仅是问题式的揭露或者批判（自然主义和现实主义的优势），而是可以提供解决的方案；3. 思想实验。不仅仅以故事和人物，同时也直接以"思想实验"来展开叙述；4. 新人。在人类内部如何培养出新人？这是现代的根本性问题之一。在以往全部的叙述传统中，新人只能"他"或者"她"。而在科幻作家刘宇昆的作品中，新人可以是"牠"—— 一个既在人类之内又在人类之外的新主体；5. 为了表述这个新主体，需要一套另外的语言，这也是最近十年科幻文学的一个关注点，通过新的语言来形成新的思维，最后，完成自我的他者化。从而将无差别的世界重新"历史化"和"传奇化"——最终是"或然化"。

---

① ［法］让·贝西埃《当代小说或世界的问题性》，史忠义译，北京大学出版社，2012 年。

我记得早在 2004 年，一个朋友就向我推荐刘慈欣的《三体》第一部。我当时拒绝阅读，以对科幻文学的成见代替了对"新知"的接纳。我为此付出了近十年的时间代价，十年后我一口气读完《三体》，重燃了对科幻文学的热情。作为一个读者和批评家，我对科幻文学的解读和期待带有我自己的问题焦虑，我以为当下的人文学话语遭遇到了失语的危险，而在我的目力所及之处，科幻文学最有可能填补这一失语之后的空白。我有时候会怀疑我是否拔高了科幻文学的"功能"，但是当我读到更多作家的作品，比如这套丛书中的六位作家——陈楸帆、宝树、夏笳、飞氘、张冉、江波——我对自己的判断更加自信。不管怎么说，"希望尘世的恐怖不是唯一的最后的选择"，也希望果然有一种形式和方向，让我们可以找到人类的正信。

　　权且为序。

2018 年 2 月 27 日　于北京

目 录

动物观察者

世界上现存一百九十三种猴类和猿类，其中一百九十二种浑身有毛，惟有一种是裸猿，他们自称"人类"。

——*Desmond Morris*《裸猿》

1

当我闭上双眼，一切纷繁的事物隐入黑暗，便能听见他们粗重、深长的鼻息，便能闻见他们身上那腥臭、苦涩或是甜腻的气味，便能看到在这座城市的阴冷洼地，他们佝偻着脊背，在墙头巷尾如影子般掠过，伴随着一声凄厉的尖啸或者是皮肉撕裂的脆响。

我能看到他们眼中放出的光，一种单纯的恶，一种斑斓的美，像是照见镜中的自己。

他们已经忘了，至少在那兽的快感虏获身体的瞬间，他们不再记得，我们曾经立下的盟誓，哪怕只是在一张肯德基餐巾纸上，那身为人类的理性光芒，或者也就像这张纸般脆弱，随时会被洇湿、揉烂、撕毁。

而他们，王叫兽、熊猫二侠、可乐小姐、香蝶儿、超人……我的伙伴或敌人，将不会有一座刻着名字的墓碑。

那个梦境又影影绰绰地出现，要把我拽入一个色彩斑斓的旋涡，去那个充满森林、河流、山脉和草原的世界，去舒展自己每一个毛孔，裸露每一寸肌肤，去追逐那地平线尽头的落日，去饱吸充满泥土气息和植物芬芳的空气，去扑咬，去咆哮，去嬉戏，去交配，去做一切我原本应该去做的事情，没有拘束，没有界限，没有压抑。

只有快乐。赤裸裸的快乐。

被超人囚禁的第四天，门铃响了。

是个穿着黑色皮夹克的男子，即便隔着铁门，也能感受到目光中透出的寒意，他鼻子抽动着，说，外卖。

"没叫外卖。"熊猫二侠答道，便要关门。

"叫了。"那男子语气生硬，不容置疑。

二侠看了超人一眼，超人点点头。

黑衣男子缓缓步入，带着一种具压迫感的气场。他手中抱着一个盒子，灰色、精致的盒子，与我们收到的一模一样，惟一不同的是上方斜印着四个字。

废品回收

在那一瞬，我真心地后悔，为了加入"动物观察者"小组，为了一切。

可世上并没有后悔药。

2

这个豆瓣私密小组的活跃用户不超六个。

组长"王叫兽"，大学退休教师，喜欢发表学术气息浓重的文章，什么"由蜂群社会结构谈改革进程""哺乳类的天性？一夫一妻制走向何方"，等等。他从各个动物小组找到合眼缘的成员，邀请入组。

"可乐小姐"，似乎是一个对自己男人性能力不甚满意的女人，总是犹抱琵琶半遮面地发一些内涵帖，比如"什么动物性能力比较强"，然后正文就问吃它们的鞭会不会对男人有帮助。

"熊猫二侠"，北京土著90后。他喜欢熊猫不是因为它是国宝，也不是因为好莱坞的动画片，而是因为熊猫"长着肉食动物的牙口和肠胃，却不得不吃素，长期性冷淡，每年俩月发情期，可惜器官太短，射程不够，好歹给它看了毛片，人工繁殖下来还是成活率倍儿低。这是一种具有自我毁灭倾向的厌世生物，最大的心愿就是坐上时光机回到第四纪冰川期，把自己的同类赶尽杀绝"。

不知道现在的老师上课都他妈教些什么玩意儿。

"34C香蝶儿"，名字令人裤裆一紧，她解释自己其实并没有34C，本想打摄氏度符号但是没找着，表示比一般人体温低。"冷感美人"，她想制造这样的幻想。这个姑娘说话轴且絮叨，她对动物如何吸引异性的行为深感兴趣。

"übermensch"，我最讨厌的一个家伙，据说他的ID是德文，源自尼采的"超人"概念。这个优越感超人一等的外企小白领时不时转出一堆鸟文。他觉得社会之所以日趋腐化堕落，全因为大部分人身上的动物性没有褪干净，影响了整个种族的飞升。我理解他的潜台词是需要一场屠犹式的大清洗。

而我，卢瑟，一个屌丝级的房地产中介职员，每天靠着厚黑学和成功学双重秘笈在食物链的底端夺取一丁点的残羹冷炙。我所有的努力都是为了在这都市丛林里苟活下去，如果可能的话，把卢氏家族那充满缺陷的DNA播撒出去。

我总觉得时间太少，欲望太多，因此理所应当地钟爱海豚，不是为了它助人为乐、生性善良的天性，在人类世界里那是致命缺陷。我爱它那可以轮流运转的两个脑半球，对于我来说，那相当于可以白天夜里打两份工。

王叫兽经常号召大家到中国科技馆看个 3D《海底探险》，学习一下赵忠祥老师经典的《动物世界》解说词等等，可每次应者寥寥，但这回，他说有极其重要的事情宣布，于是，组里来了我和熊猫二侠。

王叫兽穿着复古范儿的条纹短袖白衬衫，玳瑁框眼镜，稀疏的头发一丝不苟地横跨地中海，浑身大蒜味儿，教授派头十足。他这辈子最大的愿望就是搞笔国家资金立项，组建封闭社区，征集一堆男女老幼志愿者，实践他从社会性动物身上观察到的"一些现象"，听起来不太正经又蛮刺激的样子。

他和超人先生的观念正好相反，认为人类应该学习并发扬动物界的优良传统，比光扯些仁义礼智信的道德遮羞布要实在得多。我希望看到他俩对掐的一天。

王叫兽收到一封豆邮，想找一些动物爱好者，做仿生学方面的产品测试。

有报酬吗？当得到肯定回答后，我毫不犹豫地表示参加。

熊猫二侠脸色白得像从福尔马林里蒸出来的尸体，他从 NDS 游戏机屏幕前抬起头，面无表情地问，什么产品。

王叫兽表示一无所知，只知道是外国公司，要用真名实姓填一份调查问卷，签保密协议，经过审核之后才能参加测试。本周六下午，海淀南路避风塘。

得知其他小组成员也会出席后，熊猫二侠终于点了点他高贵的头。

3

穿着劣质西服的保险销售模样男子从牛皮纸袋里掏出问卷。不幸的是，他不是惟一的货不对版。

34C香蝶儿看上去真的有34C，除了她的腰围可能还不止34。她是名公交车售票员，看得出来她使出浑身解数让自己显得更加诱人，只是每当与她眼神接触时，你会不自觉地想要喊"有下"，然后刷卡下车走人。

可乐小姐是位面目忠厚的中年男子，他自称是普通公务员。或许是因为发帖内容过于尴尬，他十分拘谨地坐在离我们有一段距离的桌子旁。他没要任何饮料，随身带着一大罐泡着各种中药材的黄色液体，仿佛一个长期没有换水的小型水族箱。

惟一符合想象的是超人，他比网上表现的还要讨人嫌，小毛寸黑框镜一身名牌，故作优雅地点了杯卡布奇诺，可这是他妈的避风塘，我们只有十八元无限畅饮的色素糖精水好吗？

问卷涉及面甚广，从家庭背景到健康状况，从心理素质到对动物的热爱程度，遣词造句带着浓烈的机器翻译味道，最后一个问题是"如果你可以选择拥有某种动物身上的特质，你会选择"。

我毫不迟疑地写下意淫多年的答案，我希望自己能像海豚一样，拥有左右半球轮替休息的大脑，这样就可以把睡眠时间省下来做更多的事情，赚更多的钱。

其他人似乎都在这道题前陷入深思。我对他们的答案充满好奇。

保险销售员收走卷子，说合格的话会另行通知。话音未落，他潇洒地跨上电动自行车，灵活地消失在车水马龙中。

我们尴尬地坐在打三国杀、德州扑克和实况足球的学生中，找不出话题，像是一群见光死的相亲网友。

为了缓和气氛，我主动介绍自己热爱动物的历史。

我养过蚕、巴西陆龟、猫、狗、鹦鹉、天竺鼠、几内亚猪、金鱼、热带蜥蜴、蜗牛、八哥、蜘蛛、螳螂、家兔、娃娃鱼，以及各种说不上名字的虫子。我喜欢看它们吃喝拉撒，交配产卵，争斗抢食，生老病死，这让人感觉充实，仿佛将许多生命浓缩在自己的生命里，多活了几辈子。

可乐小姐死盯着香蝶儿深不可测的事业线，超人用手机屏幕欣赏着自己的下巴，熊猫二侠埋头在和NDS死磕，只有王叫兽看着我，不时点头，眼神中透露出人类特有的愚蠢和迟钝。

之后很长一段时间里，我常会回想起这个场景，它意味深长，却又空空如也。

4

我收到一份没有寄件人信息的快递，像是直接送到前台的外卖。

盒子是灰色的，很精致，打开泡沫塑料隔层，是一顶银灰色碳纤维头盔，附着充电器和多国语言说明书。注意事项写道：每天睡前调好工作时间，戴在头上，最长不得超过八小时，红灯闪烁时请接上充电器。至于什么工作原理、国家认证标签统统没有。

我们都是小白鼠，而免责声明上有我们的名字。

为保险起见，第一次我设置了一小时，头盔发出蜂群飞舞般的嗡嗡声，我迅速堕入黑甜乡。一夜无梦。

从黑暗中醒来，天没亮，手机显示早晨6点，可感觉比睡了十个小时还要神清气爽。我难以抑制狂喜跑到公司店面，门还没有开，于是蹲在门口等了一个半钟，店长吓了一跳。被吓一跳的不止是店长，还有我自己。

与现在相比，以前的我像是从来没有真正睡醒过，身体疲惫，大脑迟钝，仿佛水中行走的瘸子，吃力地将注意力一次次从其他纷繁的事物上拉拽回来，才能勉强完成每天的工作。那台头盔让我完全苏醒，上午10点就已经干完了当天份额，我开始激进地开拓其他销售网点的区域，在晚上甚至周末，我都可以不眠不休地拜访客户、踩盘、谈判、交易。我赚到了三倍的佣金，却也换来店长的一席肺腑之言。

"小伙子，我欣赏你的闯劲。我以前也像你一样，走自己的路，让别人无路可走。可很多时候，给别人留条生路，也是给自己……你懂的。"

我当然懂。二手房市场容量有限，可供挖掘的房源需要时间进行消化，我有的是时间，我不急，我可以尝试更多更有意思的事情。

我逐渐延长头盔的工作时间，我猜它能在睡眠时调节左右脑的休息节奏，于是睡得越来越少，最后稳定在两小时左右，因为害怕身体超负荷垮掉。

我开始看网络小说，头盔并没有提高我的智商，大部头名著和理论书籍依旧理解困难。实在无聊了就打游戏，游戏通关后，我觉得该找点晚上的活，多赚点钱。我在7-11便利店值过夜班，看过停车场，卖过早点。我看着城市暗下，灯光亮起，再暗下，天色再亮起。

一位老乡帮我找了份美股交易员的兼职。

我没学过金融，也不懂数学，但优势是任何金融分析师或数学博士都不具备的，无需睡眠，精神百倍，注意力高度集中。所谓美股超短线，最简单的原则便是高抛低吸，设置严格的止损止盈线，几乎为零的手续费，通过频繁交易的成功率赚取差额。他们不需要太有头脑和野心的操盘手，要的就是像我这样，上过大学，了解规则，按部就班不越雷池半步的人肉下单机器。

夜班收入远远超过了白班的工资奖金。一个月的时间，我赚了套小户型首付。我开始紧张，一辈子从没见过这么多钱。我把头盔像宝贝一样藏着，甚至上班都随身带着。我神经衰弱，难以入睡，尽管只是短短的两小时。

我开始担心失去这一切，变得易怒、多疑，那个随和朴实的我不见了踪影。我频繁地得罪客户，跟同事吵架甚至顶撞店长。我疑心他们都知道了我的秘密，并暗中谋划干掉我，夺走头盔。

我已经无法在店里长干，于是把睡眠时间调配在白天，这样便可以在一天内操作美股和欧股。一次偶然机会，我开始做起期货。杠杆作用下，账户数字像火箭般疾速蹿升，我的肾上腺激素也随之狂飙，这是超乎想象的金钱游戏。

我再也不是那个满足于每月几千块钱的中介小员工，似乎内心的某种东西在头盔作用下疯狂膨胀，如开闸的洪水猛兽，吞噬掉我曾经的安分守己。股票交易的佣金已经无法刺激我的神经，比起做期货为老板赚到的钱，那些只能算是零头。

我做起了老鼠仓，把全副身家押上，跟着主账户同步操作。

数字不断上涨，与狂喜相伴而来的还有恐惧。每次我都告诉自己，做完这单就收手，但某种无法抗拒的力量操控着我押上更大的赌注。我无法自已。

收盘前几分钟，形势不太好，手机不合时宜地响起，我看了一眼，是王叫兽。我把手机翻转，它停了片刻，又不依不饶地嘶叫。我只好接听。

"小卢，你没事吧！"王叫兽的声音听起来格外遥远。

"什么意思？"

"可乐小姐……他死了。"

我的脑子轰的一下，似乎某种预感成真："怎么死的？"

"不知道，现在信得过的只有你了。"

我对这句话背后的潜台词表示困惑，但更困惑的是，屏幕上的红色数字显示，今天损失惨重。

"晚点联系。"我挂上电话。

由于之前的显赫战绩，我一直保持全仓水平操作，即使像这种下跌行情，也认为只是暂时回调整理而不会平仓。过度自信和贪婪蒙蔽了我的双眼，我将付出昂贵的代价，而金钱，只是其中微不足道的一部分。

5

王叫兽焕然一新，光头油光锃亮，昔日的大蒜味被古龙水所代替，举手投足间散发着成功人士的风范。

"你是怎么知道可乐小姐死讯的？"我问道。

他似乎有意回避这个问题。可乐小姐家里电话是他老婆接的，态度十分生硬，对所有问题均表示无可奉告，最后强行挂断，让人疑心是不是电话串线进了外交部。

"看来只有那家公司知道他的真实信息了。"

"未必。"叫兽嫣然一笑，掏出一份材料。

那是可乐小姐问卷的复印件，收问卷的人是叫兽雇来的，这老狐狸把我们所有人都骗了。我嘴上骂着，眼睛却急迫地搜寻着可乐小姐的愿望清单。我那该死的好奇心。

"可乐小姐写的是天牛，又名欢喜虫。"叫兽似乎看透了我的心事，解释道，"顾名思义就是性能力特别强，一天能做九小时，每次高潮持续时间达九十分钟，且能持续三次，一浪高过一浪。"

我的脸上肯定写满了"嫉妒"二字。

"但是由于损耗过大，他必须不断地补充能量，我怀疑这就是他猝死的原因。"

"他看起来不像坚定的一夫一妻制拥护者哦。"我开始理解他老婆的心情。

根据信用卡记录，最近一个月可乐小姐频繁出入于酒店，甚至在其中一家长期包下豪华套间。服务员端详着我们提供的照片，纷纷表示出于保密协议无法透露任何顾客个人信息，只有一个窃笑着说，他经常被同层客人投诉声音太大。

他的办公地点是一个政府大院。我们费了九牛二虎之力，终于见到他生前的几名同事，但也均讳莫如深，只是高度赞扬了可乐小姐敬业爱岗的奉献精神，及战斗到最后一刻的顽强斗志。

线索中断了。我们坐在机关门口，活像两个上访群众。他掏出一张通话清单，指着其中一个号码问我有印象吗。

我摇摇头。

"34C 香蝶儿。"

我表示困惑。

"她是可乐小姐死前最后通过话的人。"

"是她杀了可乐小姐？"

"不排除这种可能，你知道她选了什么吗？"王叫兽突然露出怪异微笑，"一种费洛蒙浓度超高的珍稀鹿种，足以吸引方圆一公里内的所有异性。"

可我脑海里浮现的，仍然是那个超大尺寸浓妆艳抹的公共汽车售票员。

手机疯狂地叫起来，是老板。

"你丫哪呢？爆仓了也不平仓，赶紧滚回来！"我脑袋一下蒙了，招呼都没打直接跳上出租车。我完全忘记了这回事，跳空低开加上没有追加保证金，我的公司账户已经爆掉，前期利润搭进去不说，还欠了证券公司一大笔。幸好老板关系铁，强行平仓了。

但这不是最糟的，我还有一个无人知晓无人照料的老鼠仓，里面有我两年来的所有积蓄。

Game Over.

6

当香蝶儿的红色 SLK 停在我跟前时，车窗玻璃映出一张失败者的脸。

老板还算仁义，没让赔钱，还付了最后一笔佣金。在这个圈子我已无法混迹。英雄与罪人之间只有一线之隔，几个数字，几下键盘，能富可敌国，也可以一文不值。

可笑的是，我既没有香车豪宅，也没有享受过珍馐佳肴。那些钱进入我的账户，又消失得无影无踪，只是浮云。

我尝试着减少使用头盔的时间，延长正常睡眠，可我不能。连篇累牍的噩梦像泥沼一样把我困住，无法逃脱。在梦里，我像动物一样呼吸、奔跑、交配、撕咬，穿越海洋、森林、草原和沙漠；我闻见那些浓烈的腥臭味，听见夜里所有昆虫翅膀细微的摩擦，看见那些前所未见的色彩和光泽，当阳光穿透植物的脉络。

然后精疲力竭地醒来，几乎无法正常思考。

我想我已经对那顶头盔产生了生理依赖，无法戒断。

车窗摇下，34C 香蝶儿那张胖脸上的赘肉没有半分减少，但就是有点，不一样。

"找个地方聊聊。"她妩媚一笑，干，我的心跳居然加速了。该死的费洛蒙。

在 SPR 咖啡里，她把故事和盘托出。

她得到了一瓶香水，一瓶改变命运的香水。那些从前对她视若空气的男人，突然像发了情似的疯狂追求她，奉上各种名贵礼物，每日电话短信骚扰不断。一开始，她颇为受用地周旋于几名追求者之间，但很快她遇到了真正的金主，一名转战房地产的煤老板。他们在一家奢侈品专卖店门前萍水相逢，当时双方距离大约有五米，然后煤老板便完全丧失了理智，展开狂风暴雨般的攻势。香蝶儿别无选择，尽管她的内心仍然渴望真爱，渴望遇见"真命天子"。

至少她是这么说的。

但她跟我一样，害怕失去，害怕回到从前，那个无人问津的丑小鸭。她请来顶尖的香水调配师试图复制出一模一样的产品，但从来没有成功过。费洛蒙无色无味，直接作用于哺乳动物犁鼻器受体，甚至科学家都画不出一条合格的剂量效应曲线。

她试图从王叫兽身上得到关于那家神秘公司的信息，叫兽表示无可奉告。无奈之下，她只有转而与其他人结成同盟，希望集合大家的力量，找出幕后始作俑者。可没想到，跟可乐小姐电话约好见面时间不久，那个大腹便便的官员就死于非命。

"有人想把咱们一个个干掉，集齐所有的产品，他就无敌了。"她的脸色变得煞白，而我竟然觉得那很性感。

一个名字从我脑海闪过，那个仇恨人类的人。

"必须把所有人集中到一个安全的地方。"我掏出手机，又停下。我这才意识到，付完这季度房租之后，我已接近破产，那个自信爆棚充满安全感的我已经随着虚幻的数字永远消失了。

"可以去我那里，绝对安全。"

我竟忍不住去揣摩她话里的色情含义。

7

香蝶儿的提议被否决了，王叫兽认为她家地址可能已经暴露，熊猫二侠还是一副无所谓的蔫样儿，超人如我预料的拒绝参加。

香蝶儿包下了市中心一家酒店式公寓的豪华商务套房，有三个房间，书房、影音室、厨房、健身房一应俱全。二侠表示他可以睡沙发，反正他主要任务是打游戏。于是，这间视野绝佳的套房就成为四名动物观察者的空中堡垒，或者牢笼。

我对于王叫兽突然改变态度加入队伍表示好奇。他讲了一个故事。

一天夜深，他坐末班地铁回家。车厢里人不多，大多是劳累了一天的上班族，发短信听歌打盹儿，但有一个人引起了他的注意。那个人坐在他斜对面，看着报纸，视线不时掠过报纸上沿窥视王叫兽。王叫兽故意站起来，走近车厢门口，假装要下车。那个人开始折叠报纸，而头条是上礼拜的新闻。

"那你后来怎么逃掉的？"王叫兽爬二楼都喘，更不用说肉搏或者长跑。

王叫兽将错就错下了车，清了清嗓子，在空旷的地下候车厅里高声朗诵起来。等候上下车的乘客都被吸引过来，竟有黑压压上百人之多。故事的结局是，两名乘警直接把他带到局子里进行公民素质教育。

"你朗诵的啥？"我更好奇了。

"高尔基，《海燕》。"

我差点直接喷他脸上。

王叫兽嘿嘿笑着，掏出一个蝴蝶形白色物体，卡在咽喉部位："……只有那高傲的海燕，勇敢地，自由自在地，在泛起白沫的大海上飞翔！……"

从他口中传出的，再不是平日那干瘪粗糙的嗓音，而是雄浑有力，充满磁性，甚至，有一种说不清道不明的魔力，让人无法遏制地想要听下去。

"这就是你的选择？"我激动地问。

"湿地苇莺，能够模仿六十多种鸟类鸣叫。"王叫兽洋洋得意，"只要我听过的，都能模仿，刚才是著名朗诵大师李默然的声音。"

我表示从未听说过，他对80后的孤陋寡闻表示遗憾。

所以他判断，真正加害可乐小姐的并不是香蝶儿。我说出对超人的怀疑，他表示赞同。在目前敌暗我明的状况下，只有先守，再伺机反攻。

　　熊猫二侠依旧每天跟游戏机死磕，不停往嘴里塞着零食。尽管我已经知道他选择了熊猫。似乎他在自毁道路上没有太大进步。

　　据王叫兽分析，人类大脑本身就包含了自远古以来生物进化的全过程，只要刺激皮层的相应深度和部位，就能激发各种动物的特殊技能。只是，我们不知道副作用是什么。

　　我们强烈要求香蝶儿不要在房间里使用费洛蒙香水。她很为难地说已经形成依赖性，就像习惯化妆的女人如果出门前不往脸上抹点东西，感觉就像是没穿衣服一样。

　　我和王叫兽表示这个我们倒不是非常介意。

　　我一般会在大家都醒着的时候睡上三四小时，这样夜里值班的任务就交给了我。大家相安无事地过着，无惊无险又是一天。有时候香蝶儿会在我床上醒来，有时候晚上又走进王叫兽房间，似乎大家都接受了这种心照不宣的关系，并在心里推托都是费洛蒙惹的祸。

　　毕竟这是战时状态，人饿极了还吃人呢。

　　可事情还是悄悄地起了变化。

8

　　怪事不断发生。

　　一次是我中午小憩醒来，发现海豚头盔竟然戴在二侠脑袋上。尽管没有打开开关，尽管他解释只是看着像游戏头盔，戴着好玩，可我心里的疑问又多了一重。

　　另一次意外让我对自己产生了怀疑。王叫兽的变声器竟鬼使神差地出现在我口袋里，可我对此一无所知，就像是记忆被删除了段落。我知道老王习惯把变声器藏在自己枕头下，可这会儿他正躺在床上，跷着二郎腿读《亲密行为》，一时无从下手。

我突然心生一计，戴上变声器，伪装成香蝶儿的声音喊了声"老王，你死过来"。王叫兽屁颠屁颠地往香蝶儿房间奔去，我趁机把变声器放回去。等他一脸茫然地回来时，下意识朝枕头底下摸去，又如释重负地抽回手，继续读书。

许多时候，他们下意识地模仿着动物的姿态：王叫兽灵活地伸缩着脖子，试图用嘴巴去够自己的胳肢窝；香蝶儿丝毫不顾忌自己一百六的体重，手脚着地来回蹦跶，震得架子上各种杂物哗啦掉满地；而熊猫二侠则极度缓慢地做着前滚翻，一个，一个，又一个，无休无止。

我尽量不去想象自己在他们眼里是什么模样。

只有一种解释，我们身上的兽性正在逐渐侵蚀人类意识。或许这就是那些神奇产品的副作用，将内心的贪婪、欲望和恐惧放大，只有最大限度地夺取资源，保障自我生存，才能维护那脆弱不堪的安全感。

困兽犹斗。我不由得打了个寒噤。

我把大家叫到一块儿，如实相告。王叫兽点点头，说也许这些产品当初设计时就考虑到这点，当几样产品放到一起时，会产生波段共振。

"我觉得该停止计划。"我提议，三只手举了起来。

"太迟了。"熊猫二侠目光呆滞地吐出三个字。我心里一沉。客厅的灯光突然熄灭，黑暗吞没了房间。香蝶儿发出绵长而刺耳的尖叫；王叫兽重重踢到桌脚，大叫一声又摔倒在地；借助窗外城市的微光，我看到熊猫二侠缓缓站起，两个前滚翻，打开房门。

一个熟悉的身影走进来，手里挥着管子，泛着金属冷光，他一语不发，朝王叫兽脑袋挥去，一记钝响，老王应声倒地，接着是香蝶儿，地板重重一颤。

我终于看见那张脸，那张冰冷、生硬、毫无表情的脸。他举起了手里的管子。

黑暗中的超人。

9

我从黑暗中醒来，手脚被捆得严严实实，眼前只有空荡荡的房间，一把哭腔从背后响起。

"放开我！老娘不玩了！"那是香蝶儿。

轻轻一声冷笑，接着是一把不带丝毫感情的声音，像个机器。

"我可以杀了你们，可以像他们折磨我一样折磨你们，只是，我已经无法从中得到任何乐趣。"

"你不是我认识的那个超人，他们给了你什么？"王叫兽告诉过我，超人没有选择任何动物，恰恰相反，他希望摆脱身上残留的动物性和多余的情感。

"什么都没有，药片、仪器、说明书，没有。他们给我的东西，没有人能夺走。"

"告诉我吧。"我尝试打动他。

"好奇心还是那么旺盛？好，就满足一下你的临终愿望。"

超人一直没有等到任何回复，他以为自己被淘汰了。某天夜里，他的车莫名其妙无法发动，只好在小区门口打了一辆黑车。他闻见一股甜味，失去知觉，醒来后发现自己身处一处洁白明亮的房间。他的意识清醒，四肢却完全没有感觉，无法动弹。一些类似医护人员推着仪器走进房间，检查他的瞳孔及脉搏。他想呼喊，却无法发出声音。

他们准备好手钻、绳锯、一排手术刀、止血钳、棉花以及一台神秘的仪器。

没有疼痛。超人只是感觉自己的颅骨被钻开几个孔，而后又

　　　　　　　后人类时代

用绳锯拉开头盖骨。他极度恐慌，用力过猛以至于眼珠快要脱离眼眶。他看着他们从仪器拉出几根电线，连着长达数寸的钢针，扎入自己的脑子，一种冰冷的幻觉随之插入意识深处，接着，奇怪的嗡嗡声响起，他只觉得有什么东西在不停地被抽离、蒸发、提取，前所未有的宁静平和如海水般淹没了他的知觉。

他在那里待了一周，直到伤口基本痊愈。他被蒙上双眼，局部麻醉，塞进车里。他的舌头和声带首先恢复了功能，他问你们是谁。

出乎意料，那个人回答了。

他说，我们是动物观察者。

超人的愿望实现了。他无法再感受到任何喜怒哀乐，哪怕最细微的情绪波动。他的心如一块坚冰或死木，所有的信息都以理性与逻辑的方式被处理，不再受到那些低级的残留动物性的干扰。他做出的每一个判断，都是正确的。

他发现自己可以毫无困难地得到任何东西，金钱、权力、性、成功、他人的生命……但问题在于，被过滤了动物性的超人已经完全丧失了对俗世的欲望，众人趋之若鹜的目标，完全无法激发他大脑分泌兴奋与愉悦的化学物质。

他成了真正意义上的行尸走肉。

绝望之中，超人想到了可乐小姐，他判断可乐小姐祈求的必定是增强性欲和性能力的药物，作为动物最根深蒂固的本能，这或许是惟一能唤醒欲望的方法。他找到可乐小姐，遗憾的是，可乐小姐坚决不肯交出他的命根子。对于超人来说，最合乎逻辑的做法很简单。色诱他，杀了他。

遗憾的是，药物并没有起作用。

超人通过所有途径寻找神秘公司的幕后背景，均告失败。这个组织似乎无处不在却又无迹可寻。他的理性告诉他，如果想要逼他们现身，惟一的方法就是破坏他们的实验进程，包括实验品。

这时熊猫二侠找到了他。

二侠是另一个失败案例，他厌恶一切，厌恶父母，厌恶自己，但又缺乏自杀的勇气，只有逃避到虚拟的游戏世界里。他不知道自己到底要的是什么，出于惯性或者惰性，他写下了熊猫，结果得到了一种超强消化酶，能够在肠道里分解各种常人难以分解的纤维素，即使在缺乏食物的极端环境下，也可以通过啃食各种木本植物和富纤维物品维持生命，副作用就是每天都处于饥饿状态下，需要不间断地进食。

熊猫二侠甚至懒得读说明书就吞下了消化酶。

一个最希望自毁的人却得到了偷生秘籍，真是个绝妙的讽刺。

他是第二个希望找出幕后黑手，修补自己的人。

而第三个人，自然是忧心费洛蒙香水日渐减少的香蝶儿小姐。

一个请君入瓮的骗局就这么成形了。熊猫二侠假装玩电子游戏，一直与超人保持联络，而体感游戏机的摄像头，又充当了超人的耳目，将我们的一举一动巨细无遗地传送给他。

我们就是困在笼子里的野兽，受人观赏戏耍而不自知的畜生。

现在，困兽们等待着驯兽师的现身。

10

捕食者终于在第四天露脸。

送外卖的黑衣男子抽动着鼻子，咧嘴一笑，伸出血红长舌，滴着口水，像条饿狗。他松手，盒子摔到地上，发出金属撞击声。

二侠突然从他身后用双手死死地箍紧他腰部，像熊猫抱竹。

"跑！"二侠怒吼。我突然理解了这个90后，他并不是没有勇气去死，只是不想死得毫无价值。

在我们正要夺门而出的刹那，熊猫二侠像一个轻飘飘的棉花枕头，从我们眼前飞过，撞到门上，发出巨响，然后烂肉般瘫在地上，没了动静。

黑衣男子抖抖肩，蓄势要扑上来。

超人拧开费洛蒙香水，一滴不剩地朝香蝶儿身上洒去。她兴奋又痛心地尖叫一声，便被超人一脚往黑衣男子的方向踹去。那条狼狗猛烈地抽动着鼻子，扑向香蝶儿小山似的身躯，肉体被撕裂的脆响、哀号、咀嚼声混成一团。

香水效力着实强劲，我和王叫兽情不自禁地停下了脚步，浑身滚烫，似乎胸中有热血沸腾躁动。只有超人丝毫不受影响，疯狂地往外掰着门，可熊猫二侠的左腿卡在中间。

我听见骨头折断的声音，二侠的身体在地面旋转180度，把门让了出来。超人飞身而出，我和叫兽正想快步赶上，却和回退的他撞个满怀。

电梯口出现了第二名黑衣男子，表情同样扭曲，目光同样寒冷，狼一般的气焰生生把我们逼回了房间。

"把变声器给我。"王叫兽低声说道。

"什么？"超人不解。

"快给我！"一贯儒雅自持的王叫兽突然变得面目狰狞。

那边厢，黑衣男一号从香蝶儿的残尸上抬起头，与刚进门的黑衣男二号打了个照面，似乎在一瞬间达成了默契，如狼群围捕猎物般从不同方向向我们逼近。

超人别无选择，只得把变声器递给了叫兽。叫兽按在自己喉咙处，沉膝挺胸，几乎就在两名黑衣男起势的同时，从喉底发出一声绵长而尖细的啸叫。那两条狼狗突然在半空停止了动作，像被一道无形的气墙掀翻在地，痛苦地抱头翻滚。

我和超人一时看呆了，竟忘记逃命。直到王叫兽单膝跪地，咳出一口血沫。

两个黑衣男摇晃着脑袋又开始恢复神志，我和超人试图用蛮力撞开二号，却被他双手牢牢把住门框，一个双飞腿将我俩踹开。

但随即，他再次痛苦地抱住脑袋，鼻子眼睛揉成一团。王叫兽满面通红，青筋暴起，双眼充血膨起，他正用尽最后一点力气发出次声长啸。

我和超人几乎同时旋起腿，朝黑衣男二号脑袋狠命踢去，他的脖颈发出一声脆响，带着头颅弯折成怪异的角度。

踏入电梯的瞬间，我犹豫了，扭头望向王叫兽的方向，那啸声扭曲成凄厉的呜咽。我别无选择。

我和超人对视了一眼，无声沉默，出电梯时，我们几乎本能般冲向了两个相反的方向。

我成了一名流浪汉，躲在城市阴暗的洼地里，靠捡拾破烂换取每日口粮，夜里裹上报纸和废弃衣物保暖。我不敢找工作，不敢进出人多的场合，不敢乘坐公共交通工具，我怕一旦暴露了自己的身份，他们便会尾随而至，像狼狗闻见了血腥味。

我甚至不敢睡去，怕醒来之后，我便不再是我，变成另外一头疯狂的野兽。

超人的照片被刊登在一份小报的尾版，用黑框框起。标题是"某外企高级主管惨遭劫杀弃尸荒野"，还附上一张血肉模糊的现场照片。我知道，现在只剩下我一人了。

那张被揉皱的报纸随着街角的旋风飘起，像有生命的物体，在半空感伤地飞舞。尽管金钱、权力、性对他来说已没有意义，但超人仍然放不下某种东西，作为人类本身所带来的某种特殊的东西，或许是尊严，我不知道。

那种东西杀死了他。

他们终于找到我，西装笔挺，不带半分戾气，他们掏出的不是刀子，而是一份合约。

恭喜你通过测试。那个人说。欢迎加入我们的行列。

我终于知道了超人的死因，也终于知道我俩最大的差别。他拒绝把自己的命运交给别人掌控，至死，他都是个骄傲的超人，从未改变。而我的命运，从来就不在自己手里。

我所有的奢望，只有简单的三个字，活下去。

我，那个曾经被叫作卢瑟的人，我是动物观察者。

欢迎来到 21 世纪的人类动物园。

第七愿望

人冒失说，这是圣物，许愿之后才查问，就是自陷网罗。

——《圣经·箴言》20:24

第一愿：美味

那位姓贾伊尔的老酿酒师，是在汉斯山的维兹①酒庄实现愿望的。

那是一个夏日的午后，茂密的橡树在阳光中闪亮，斜靠在摇椅上的老贾伊尔打着盹儿，金色的光斑透过树叶，洒在他脸上。他醒了，发现一个物体悬浮在半人高的空中，蘑菇状的半透明外壳泛着冷光，菌帽的中央绽开一道口子，露出闪烁不止的石榴籽状晶体。

阳光在那物体的笼罩范围内变得黯淡，微微发紫。

老贾伊尔仓皇起身，摇椅翻倒在地。

那东西说话了，标准的法语，它说，说出你的愿望。

① Verzy of Montagne de Reims，法国顶级葡萄酒庄之一。

老贾伊尔愣住了，他有点耳背。

说出你的愿望。声音直接在脑中响起。

老贾伊尔抖抖索索地想了半天，说，我从来没想到您会是这个样子的。

我也是，随机而已。

老头在胸前画了个十字架，他絮叨着这一生多么充实而美好，两个妻子，三个儿子一个女儿，还有数不过来的孙子孙女。他用黑品乐葡萄酿制的顶级香槟，名声甚至传到了以嘴刁著称的巴尔河畔。他曾经钓过一条一肘半长的大黑鲷。他的朋友遍及阿尔特河谷和维索河谷之间，他们一起烤面包、挑选松露、看着红酒里的炖小公鸡冒出热气，争论三个月大的羊羔肉配什么酒味道最完美，这便是他们生命中最大的快乐和满足。

可那都是以前的事情了。

您真的可以实现任何一个愿望吗？

并非如此，我只能实现您真正的愿望，比如，您从未想过要发大财、长生不老或者领导第四共和国[①]吧。

哈哈哈。老贾伊尔的胡子抖了起来。

我想让我的舌头恢复最好的状态，你知道，人一老，零件都不灵光了，鼻子还行，可舌头……是的，我想要回我的味觉，人家都说，像水面上的浮标那么灵敏。

让我重复一遍，您想让味觉恢复到最佳状态，没错吧。

错不了，先生。

菌帽中央的裂口开始闪烁起奇异的光彩。

当贾伊尔醒来时，仍旧是那个阳光灿烂的下午，知了聒噪，微风拂过薰衣草丛，香气扑面。但有些东西不同了。他突然恐慌起来，伴着薰衣草香气的，并非那丝甜甜的味道，而是一股浓重的腥

---

① 法兰西第四共和国，1946—1958 年。

第七愿望

涩味，从他的舌尖，如层层叠叠的浪花般荡漾开去，幻化出无数细腻而微妙的刺激。

他剧烈地呕吐起来。

他的愿望实现了，以一种出乎意料的形式。

儿女们从远处赶来，聚集在老父亲的病床前，看着那具骨瘦如柴的躯体，只能靠输液来维持生命。无论如何努力，老贾伊尔吃不进任何食物，几乎在入口的刹那，他便会连胆汁都吐出来。那是一些他此生从未品尝过的恐怖滋味，他颤抖着形容，像是自己已不属于人类，站在地狱的入口，嗅着三头犬的恶臭。

他睁开眼，看着儿女们，突然感觉一阵虚无。那些回忆都不见了。那些夏天午后的气息，初生婴儿的乳香，妻子身上的香草味，母亲最拿手的熏鱼，那些藏在气味里面的记忆，它们都不见了，像从未有过一样。

曾经的生命空空如也。

而另一些幻象浮现出来，他梦见自己登上了高高的王座，四面八方的气味在空中传递交织，足下是一群群黑色的蠕动的物体，扬起长长的触须，挥舞不止。他想说话，却发现自己口中塞满了食物，各式各样的、松脆的、爬动的，食物。

两天后，菲利浦·勒·贾伊尔死于水银中毒，终年七十六岁。

护士回忆说，那天老人醒得特别早，还跟她开着玩笑，但当她转身想取回体温计时，却发现老贾伊尔正大口咀嚼着体温计，淌血的嘴角露出久违的微笑。

嗯，奶油味的……他最后说。

第二愿：欢好

时值暮春三月，寅日卯时，李福双听得窗外春燕呢喃，闻见柳娇桃花俏，便早早地收拾了手上的活计，趁着他人还未起身，到院里采些地气。忽听得柴房里有动静，便蹑足上前细察，怕是进了贼人，不料想竟听得一片春声浪语。

李福双凑近门缝一看，原来是司房新来的奴婢与管理衣物的小徒弟干柴烈火，暗通款曲。他暗奇这小奴才居然去势未净，尚能人事，且是胸中春意难遏，许久未动的心旌如这春风里的柳枝般荡漾不已。

李福双原名邓昌海，原本河北沧州人氏，因家境贫寒，又逢连年大旱，家中双亲沦为街乞。迫于生计，在他十五岁那年，辗转托人，找到了京城地安门内方砖胡同的"小刀刘"，给他净了身去了势，当秋送进了总管内务府，当上了伺候大师父的小徒弟，也算得了条活路。

后来，机灵的他把大师父伺候得还算周全，得一赐名"李福双"，升了陈人，又当上了带班。大师父①病故之后，他便取而代之。

十年就这么过去了。

司房乃内务府总管的七司三院之一，负责宫里奴婢的调迁、衣物管理等事务，由总管太监、首领太监提领。平日里各宫常在、答应出出入入，莺莺燕燕不绝于耳。李福双虽为阉人，不能人事，然其净身时已对男女之事略知一二，燕瘦环肥之间，常辗转难寐、心如蚁噬，常憾有心无力。

于是，他找到了替代的办法。

宫中婢女私传，司房的李大师父癖好女足，若想调配轻省的活计，或是跟个好伺候的嫔妃主子，就得投其所好。于是又传，李大师父暗藏着许多裹脚布，夜夜同眠，嗅尝不倦。

李福双本想推门入内，抓个现行，但转念一想，掏出了一团收

---

① 此处的陈人、带班、大师父皆为晚清太监的等级名称。

叠齐整的青色绢布，放到唇上，鼻翼翕张，顿时通体酥麻，如堕云端。这厢是柴房贼鸳鸯共赴云雨，那厢是柳下李师父情寄兰苕，好不快活。

是夜，李福双回想白日里的种种，如有虫豸在心，辗转难眠，暗怨命数多舛，活人竟遭死罪，且难有后嗣，邓家的香火就这么断在手里，莫非前世冤孽太重，待此生来报还。他郁结于心，惶惶然竟有轻生了断的念想，忽听得窗外一声狐鸣，若有所示。

一枚流萤穿过纸窗，飘至床前，倏忽间幻化为狐形。

汝有何愿。

李福双一惊，转而释然，许是天可怜见，遣狐仙前来解我忧烦。

我愿能与女子共赴云雨，同享欢好。话音未毕，李福双心想一不做，二不休，不如……

我愿能与世间美好女子共赴云雨，同享欢好，不知狐仙应否？

与世间美好女子共赴云雨，同享欢好，然也？

请狐仙成全。

狐形幻为万千光华，屋内恍若白昼。李福双忽觉目力贯穿石木，如有一星槎横于月前，虚实难辨，脑中似有大门洞开，万千联络，源源不绝而来。

是夜，司房的大小徒弟、陈人、带班、师父及其他侍奉数十人，皆听得李大师父房中传出一声长啸，有如饱受车裂凌迟之苦，俄而便阒然无声。有大胆者上前推门察看，只见李福双怒目圆睁，口若狂笑，状似极乐，然气已绝矣。

宫中皆以此事为奇，李福双被运回河北厚葬，自此，无人敢入住此屋。

次年，军阀混战，冯姓将军倒戈进京，将皇上逐出宫外。城头易帜，众太监嫔妃作鸟兽散，各归故里或隐伏民间，李福双猝死一事亦再无人说起。

第三愿：偶像

凯利·克拉森在唱片签售会中途失踪了。

愤怒的歌迷砸碎了玻璃，把垒成金字塔形的 CD 哄抢一空，唱片经纪人在闪烁的镁光灯下冷眼旁观，无论如何，这都足够登上各家娱乐杂志的头版了。他知道那个十九岁的南方姑娘，五白金唱片[①]的拥有者，Billboard 连续七周冠军，此刻在哪里。她越来越有明星派头了，他想。

在一间超五星级总统套房的巨幅落地窗前，凯利·克拉森赤裸着上身，端着琥珀色的酒杯，激动地打着手机。窗外的纽约市灯火辉煌，恍如白昼。

"去你妈的，我没有嗑药，戴夫，我只是喝了点酒，就这样……不，那个婊子一点机会都没有，她别想在排行榜上超过我，想都不用想，就这样……"

凯利挂断电话，随手扔到床上，她跌坐在地，猛力地揪着自己的头发，痛哭流涕，地毯上散落着各色药丸。

"不，她不会超过我的……狗娘养的……你们别想毁掉我……休想……"她气若游丝地喃喃着，"……休想……"

一点微弱的光亮穿透落地窗，进入黑暗的屋内，它轻盈地飘浮在凯利的面前，绽放出五彩波纹，如同翅膀翩翩舞动。

说出你的愿望。

凯利抬起浮肿苍白的脸庞，眼线随着眼泪洇成两条长长的黑线，她看着眼前这闪亮的妖精，如同童话里的角色，心想这次的"E"[②]真他妈带劲。

---

① 美国的白金唱片标准为一百万张为一白金。

② "E"是 MDMA 的俗称，MDMA 是亚甲二氧基甲基苯丙胺的英文缩写，是苯丙胺类中枢兴奋剂中具有致幻作用中的一种。由于服用 MDMA 能使人产生"亲密"感和幻觉，人们也称其为"亲密药"（hug drug）。

说出你的愿望。

"哈哈！真他妈带劲！我想……我想当女神，我想让人们都跪倒在我面前，崇拜我……到死！"

重复，你想成为被崇拜的女神，请确认。

"没错，你这白痴，我要当女神！女……神……"

那点亮光开始扩散开来，成为炫目的白光，照亮了整个房间。

当凯利醒过来的时候，她的经纪人已经在门外等了一个多小时，他手里拿着当天飞往布里斯班①的机票和一个装满现金的信封。

"快点，凯利，要误点了。"

"见鬼……我头疼死了，这回是去哪？"凯利揉揉一头乱发，随便找件外衣披上。

"你半夜打电话给我，说你想去昆士兰的星期四岛上休息一段时间。"

"该死……那是什么鬼地方……我真的说过吗？"

"你还让我提醒你……把E带上。凯，那玩意儿会毁了你的。"

"噢……我想我的愿望快实现了……"凯利做了个夸张的表情，眼睛一转，接过机票，"为什么不呢，等我半小时。"

他们飞机换汽车，换船，又换汽车，终于到达了目的地。他们入住了当地最好的酒店，尽管凯利对卫生间的装潢及屋内气味颇有怨言，他们还是吃了一顿海鲜，稍缓舟车劳顿之苦。

经纪人显然水土不服，面色苍白地躲进了卫生间。凯利掏出随身携带的瓶子，往嘴里抛了两片E，便出门欣赏热带岛屿风光了。

带着药劲，凯利趔趔趄趄地从大路走到小路，又逛进树林。对于习惯繁华都会的明星来说，热带森林风光虽旖旎，总没有长岛来得舒适，炎热潮湿，连身上都散发着一股怪异的味道。

突然，"啪"的一下，有什么东西贴在她裸露的后颈，她伸手

---

① 布里斯班，澳大利亚昆士兰州首府。

一抓，竟是巴掌大小的褐色飞蛾，她尖叫一声扔了出去。谁知这些飞蛾竟然像扑火般朝她飞来，贴在她的背上、头上、胳膊上，凯利声嘶力竭地高叫着，跌跌撞撞地闯过重重树林，试图甩掉这些讨厌的追求者。

她撞进了一个人的怀里，那是个土著，黝黑的皮肤上描着复杂的纹路，腰间仅仅以简单的饰物掩盖私处，头上却戴着密密麻麻的头饰。他脸上咧开洁白的笑容，从凯利身上摘下那些巨大的飞蛾，扔进一个口袋里。

"谢谢……太感谢了……这些恶心的大……"凯利忙不迭地道谢。

土著毫不在意，将最后一个飞蛾扔进嘴里，发出汁液饱满的咀嚼声。

"噢……上帝……"凯利眼前一黑，失去知觉。

她再次醒来时，发现自己被绑在一棵树上，土著人们围在周围，用自制的工具扑打着空中巨大的飞蛾。奇怪的是，无论是飞蛾如何被扑下，更多的同伴总是前赴后继地从四面八方扑来，时不时有漏网之鱼，"啪"地贴到凯利的脸上，蠕动着分泌出刺鼻的气味。

刚醒过来的凯利于是再次昏迷。

一股浓重的甜味熏醒了凯利，她仍然被绑着。眼前仿佛是一个村落，篝火点点，土著们围着火堆，跳着古怪的舞，唱着古怪的歌，他们不时把口袋里的飞蛾扔进火堆，于是便响起噼啪的爆裂声，他们便会一阵欢呼。

"快把我放下，你们这群狗娘养的野人！"凯利厉声高呼。

土著人突然全停下了，转过头看着她。一个身上纹饰明显复杂于其他人的男人举起手杖，发出一声长啸，在他的带领下，土著们一步步朝凯利走来。

"滚开……你们想要干吗？我可是美国公民！滚开！"

又是一声长啸，所有的土著人齐刷刷地跪倒在凯利的脚下，将双手高举过顶，又低低地伏倒在地，吟诵着听不懂的咒语，如是再三。又有一名小男孩从人群中走来，手中捧着一碗热气腾腾的烤飞蛾，来到凯利面前，小男孩的眼睛出奇地明亮。

"拿开……我不吃虫子……"凯利把头努力地偏向一边，一脸的嫌恶，"……是珍妮佛派你们来的吗？那个臭婊子……这是个圈套……你们想阻止我参加 KCA^①吗，没门儿！"

凯利从小就有种奇怪的妄想，常常觉得有一些外星人，从亿万光年之外的太空来到地球，潜伏在四周，伺机置她于死地，那些人穿着黑色西装，戴着雷朋墨镜。没错，就跟电影里演的那样。

她把所有跟自己作对的人都当成黑衣人，可这回，她遇见了不穿衣服的。

三天之后，她甚至求着那些人能给她一些吃剩的飞蛾残肢。

土著们不再跪拜，没有舞蹈，没有歌颂。口袋里的飞蛾吃光了，新的飞蛾没有出现。

她有气无力地哀求着，只有那个小孩不时接一些水给她喝。

从万众瞩目的超级偶像到绑在树上的虫饵子，凯利·克拉森自知心理素质平平，成名之后的压力已让她几近崩溃，如今又陷入如此困境，澳大利亚警方的效率之低举世皆知，她只能期待经纪人带着使馆人员尽快到达。

她忽然找到了救星，裤袋里的小药瓶。

E 代表逃避^②。

凯利费尽所有的演技，让小男孩从自己的裤袋中掏出药瓶，打开，小男孩自己尝了一片，皱皱眉，吐掉。

该死，那玩意儿很贵的。凯利张大嘴巴，示意小男孩喂给她。

眼睛明亮的小男孩十分乖巧地将整瓶药片倒进了她的嘴里。

---

① KCA（Kid's Choice Awards），全美儿童选择奖，由一群年龄介于十二岁至十八岁间的青少年担任评审，选出过去一年在他们心目中最受欢迎的演员、歌星、合唱团以及最具娱乐效果的影片。

② 逃避（Escape）的首字母为 E。

干。我会死的。凯利犹豫了数秒，在舌底压了三片，将多出的药片悉数吐掉。

小男孩笑了。

白痴。凯利吞下 E，等待着药效发作，晕眩，心悸，如在云端漫步。那股怪异的体味又出现了。

接着是飞蛾。铺天盖地的大飞蛾。

凯利·克拉森等待着第二次成为受人膜拜的女神。只是，她没有第三次机会。

一周之后，经纪人带着澳大利亚警方在密林深处发现她的尸体，更确切地说是残尸。她像尊神像般展开成十字形，枯瘦如柴的躯体上被划开许多道口子，法医在伤口中发现一种当地特有的大飞蛾的幼卵。警察介绍，当地的原始土著最爱吃这种飞蛾的幼虫，据说火烤之后犹如滑嫩的小鸡胸肉。

第四愿：外壳

六个小时过去了，本田宏听见自己硕大的肚子"咕"地叫一声，才不情愿地摘下了眼镜，胖手一挥，游戏暂停，读取进度。他在身边胡乱抓了一把，都是一些薯片、豆子、米果之类的垃圾食品，没有能填饱肚子的，打开冰箱，空空如也。

果然母亲一出长差就是不行啊，他挠挠粘成一缕缕的头发，将拇指和小指并在一起，又分开，电话机"嘟——"地响了起来。

"外卖店。"电话机嘀嘀嗒嗒地拨起号来。

本田宏，二十五岁，大学毕业后一直没找到工作，或者说他压根儿就没想工作，反正靠父亲每月的抚养费和国际飞人母亲的薪金，足够养活自己，何苦去当过劳死的上班族呢。

他每天生活的内容，就是将各种新出的游戏玩通关，反复看一些经典的 OVA[①]，在专业的论坛上跟御宅族[②]们讨论各种常人难以想象的问题，比如横山智佐事务所的声优排名、东京最萌的女仆咖啡店是哪家等等。

MDT[③]技术确保他能够将身体的运动量降到最低限度，而高度发达的网络，则让他可以安坐家中，购买到日常生活所需的一切，反正秋叶原的中古店[④]也提供上门服务，他的脂肪也因此迅猛地堆积起来。

对于本田宏来说，外面的世界杂乱无章，充满危险，他宁可信赖屏幕中的一切，他和它之间隔着一层薄薄的介质，这便是他能与这个世界保持的距离。更重要的是，这个世界存在着一种可以掌握的规则，发言的规则、交往的规则、杀人的规则，这种规则令他感觉安全。

但他母亲却不这么想。

"什么？悠子阿姨？我记不得了，我能照顾好自己的……什么？已经到了？等等！妈妈？喂喂喂……"

楼下的门铃声响了。

这个叫作北原悠子的长得像狸猫的老女人，据说是看着本田宏剪断脐带的，可本田却一点也记不起来了。她先大呼小叫地把积攒了一个礼拜的脏臭衣服全丢进了洗衣机，又不顾本田的强烈反对，把他的房间地毯式扫荡了一遍。本田只好偷偷地把古都光珍藏版踢到柜子底下。

难以忍受的事情还陆续有来，悠子阿姨拎着本田的脖子，按着他的脑袋把那头油腻腻的头发又冲又揉，差点就用上剃须刀了。

---

① OVA（Original Video Animation）指的是通过市场发售，不在电视或电影院放映的原声动画录影带。
② 御宅族，Otaku，指沉迷于动画、漫画及游戏，自我封闭的一个群体。
③ MDT，动作侦测技术，Motion Detection Technology。
④ 秋叶原是东京最知名的电器街，中古店主要是提供二手买卖服务。

　　　　　　　　　　　后人类时代

清理完毕，悠子阿姨又在厨房丁零当啷地忙开了，可当她端出来时，本田宏愣住了，这根本不是传统的日本料理，辣白菜、酱汤、米饭、烤紫菜……分明是地道的韩餐。一问才知道，原来北原悠子是第二代的韩裔日本人。本田心想原来如此，嘴上说押井守①大人也是，悠子阿姨说我只认识山口百惠这一辈的影星。

事情还没完。

吃完饭之后，悠子阿姨开始拿出小本子写写画画，说这是接下来一个礼拜的作息时间，本田君必须严格遵守表上的规矩：晚上11点强制断电熄灯睡觉，早上7点起来晨练，慢跑五公里，三餐按时定量。他妈妈嘱咐过，一定要让本田君恢复正常的生活习惯，当然，还有超过九十五公斤的体重。

不，不是这种规则。本田宏面无表情地呆坐着，脑子里来回闪烁着一个名字，宫崎勤②，御宅界的传奇人物，杀害四名女童的人格变态者。嗯，当然只是想想而已。

晚上回到房间，他转悠了几个留言板，心里琢磨着如何逃脱这个老女人的魔爪。他匿名发了几个帖子，询问解决办法，得到的回答五花八门，但都是空想派。

唰。电脑黑屏了，灯也灭了。

笨蛋！本田大声咒骂了一句，往后一仰，直挺挺地躺在地上，脑子一片空白。

这时电脑又呼呼地运行起来。他就势一滚，把身体调转了九十度，面朝着屏幕。屏幕还是黑的，只有一个绿色的光标跳动着。这是什么？The Matrix？Lost③？

---

① 押井守，日本知名动画导演，主要作品有《人狼》《攻壳机动队》等。

② 1989年，二十六岁的宫崎勤（Miyazaki Tsutomu）禁锢及谋杀了四名幼女，后来警方搜查时发现其家里藏有四部录影机，接近六千盒影带及无数动漫画，因此被作为"御宅族"的负面代表，于2006年2月被判处死刑。

③ The Matrix《黑客帝国》，Lost《迷失》，电脑屏幕上的绿色光标在这两部影视作品的情节中都起到重要作用，下文的"小白兔"和"the others"均出自这两部作品。

——Hi, there.

他试探着发出问候。没有回答。

——小白兔？

没有回答。

——The others ?

没有回答。

本田长叹了一口气，躺倒成"大"字形。

电脑嗒嗒地响起来。

——说出你的愿望。

——什么？

——说出你的愿望。

——什么样的愿望都可以吗？我想让古都光和立花里子到我房间来扮演尾行也可以吗？

——说出你的愿望。

——好吧好吧，败给你了，我想想……

不知为何，碇真嗣①的形象闪过他的脑海。

——我希望……自己能被补完，不会因为他人而影响到我的内心，也不会让现实来改变我的世界。我希望有一副坚强的外壳，我不是为自己的懒惰找借口，真的不是，只要活着，哪里都是天堂。我说……您能了解吗？

——重复。拥有一副坚强的外壳，请确认。

——可以……可以这么说吧。

光标消失了。楼下传来悠子阿姨的吼声，本田只好乖乖钻进了被窝，两眼望着天花板，怎么也睡不着。

迷迷糊糊间，本田宏被拎出了被窝，套上了加大码的运动服，赶到了门口。他揉着睁不开的眼睛，坐在地上咕哝着。只见悠子阿

① 碇真嗣，1997年日本动画片《新世纪福音战士》的主人公，个性懦弱，喜欢逃避。

姨已经全副武装地站在面前，挥舞着手上的哨子和计时器。

完了，看来真的逃不掉了。本田暗叫不妙，挪动着想站起来，是否有逃跑的机会呢，九十五公斤的相扑体型，和看似异常灵活矫健的狸猫娘，哪个会获胜？想必用脚指头都能回答吧。想到这里，他突然觉得自己的脚趾有些不对劲，试图站起来，却又跌坐回去，僵硬，没有知觉，无法弯曲的脚趾，无法支撑他的身体重量。

"怎么？又耍什么新的花招？没用的，马上给我站起来！"

本田宏哭丧着脸，像一头被困在捕兽夹里的熊。

第二天，本田的父母站在特护病房外，透过玻璃窗看着病床上的儿子，身上接满各式各样的仪器。医生还在一旁喋喋不休地介绍着这种名为进行性肌肉骨化症，简称 FOP[①] 的罕见疾病，是由于第四对染色体长臂上的基因（ACVR1）产生突变，影响骨骼的形成与修复，产生大量错误的蛋白质所导致；每二百万人中才会出现一例，目前世界上共有六百例，而有史以来，全世界患上这种疾病的患者也不过二千五百人。

母亲突然控制不住地抽泣起来，她捂住自己的脸跑进洗手间。

父亲大口抽着烟，问还有多少时间。

短则六个月，长则五十年。

我的儿子，父亲的手指有点颤抖，会变成什么样。

是这样的。首先是脚趾畸形变大，接着，骨头会在肌腱、韧带和骨骼肌中形成，从颈部、肩部和脊柱往下延伸。有时在一夜间，这些新形成的骨头就会堵塞关节，最终肌肉渐渐消失、骨化，整个身体会被另一副骨化的外壳所包裹。还需要我讲下去吗？

……还有没有什么办法，比如……长期的物理治疗可以吗？

对不起。珊瑚会游泳吗？石头会自己滚动吗？对于这种病人，任何形式的碰撞都可能导致新的组织骨化。如果不想加速他的死

---

① FOP, Fibrodysplasia Ossificans Progressiva 的缩写，进行性肌肉骨化症。

亡，我们还是尽量小心轻放为好。

那么，他会感到痛苦吗？还是他会在这之前丧失意识？

很遗憾，这种疾病不影响人的智力和认知能力。他会清醒地感知这一切，漫长的……痛苦和煎熬，直到……实在很抱歉。

父亲和医生把眼光投向病床上那个身躯庞大的男孩，他正目不转睛地玩着手中的PSP，嘴边有吸管直接通向饮料和食物。只要他发出口令，智能医护系统便会执行相关的程序或者通知值班护士，他甚至不需要动一根手指头。

本田宏将生活在自己的规则里，不受打扰，直到结束这最漫长的一天。

第五愿：再生

阿信蹲在黑暗的角落里，头痛欲裂，羁押室的地板潮湿肮脏，旁边是便池，呕吐物发出刺鼻恶臭。

"嘿，哥们儿，到这边儿来。"另一个角落发出了邀请，虽然声音不怀好意。

阿信颓然望去，在横七竖八躺着的一堆黑影中，有一双眼闪闪发光，阿信没有动。

"嘿，别介意，只是想找个人聊聊。"那声音说，"犯了什么事？"

打断自己的老婆的肋骨。阿信眼前浮现出老婆披散着头发在地上打滚的情景，五岁的女儿在一旁号啕大哭，地上满是玻璃碴。

"偷东西……"阿信的声音低低的，没有一点力气。

"好营生！下次手再快点儿。嘿。你刚才进来时，我觉得你很像一个人，经常在电视上露脸的那哥们儿，叫什么来着？"

光·差力·希尼察尼亚。我还是习惯叫他阿光。我的孪生兄弟。好兄弟。十六岁考入 MIT[①] 计算机系，二十一岁独立开发 Lumini 系统，两年后年融得风险投资，成立公司，进入商业化应用，二十六岁公司 IPO[②]，Nastaq 上市，一夜暴富，成为泰国的民族英雄，报纸头条、电视名人秀的追逐对象，二十八岁娶到另一大财团金光集团董事长的千金，生有一子一女，住在无敌海景半岛别墅，每年到世界各地大学进行讲演，功成名就。

"你看错了。"

阿信依稀记得小时候，他俩住在孤儿院里的情景，似乎命运的力量从那时就已显现出来。阿光沉默安静，却处处惹人喜欢；阿信调皮捣蛋，是个鬼见愁的角色。也难怪他们领养的家庭如此不同，一户是殷实的中产阶级知识分子，一户是老公失业酗酒不育却仍想要个儿子传宗接代的下层蓝领。

有果必有因。

像是上帝偏爱某些人的例证，所有的好东西都留给了阿光，而阿信只能捡剩。尽管从外貌上看来，两个人几乎是一个模子里倒出来的，可毕竟浇灌的原料有别。

阿信·乍仑蓬没有那么显赫的姓氏，也没有金佛寺高僧赐予的吉名，养父在他十三岁那年死于酒后驾车，开小吃店的母亲一手把他拉扯长大。高中毕业后，他理了光头，参了军，经历过一次和平政变，在坦克边和手持鲜花的游客合影。退役后，当上了出租车司机，结了婚生了个女儿。但家庭幸福未能长久，他染上酗酒的毛病，撞坏了公司的车，失了业。老婆有了外遇，女儿躲着他，打死不叫爸爸。

他从来没想过，自己的人生会和那样耀眼的名字联系在一起，而事实上，是对方找的他。

他被带上一辆黑色的凯迪拉克，拿到一张银行卡，每个月，卡

---

① MIT, Massachusetts Institute of Technology, 麻省理工学院。
② IPO, Initial Public Offerings, 首次上市公开发行股票。

里会打进一笔足够他全家花销的钱，条件是他绝对不能透露自己的身份。直到那个时候，他才知道自己是谁。

他不是失败的出租车司机阿信，他是成功者阿光的孪生兄弟。

他知道自己的人生完了。

他将永远生活在阿光的阴影中，他将无时无刻地想象自己的另一种人生，假如当初两人调换位置，假如上大学的是他，假如亿万身家的是他，假如娶美娇妻生龙凤胎的是他……他妒火中烧，仿佛阿光偷走了他整个人生，他就是这样的人。

他开始下注，在赌场里，在人生里。他要求更多的钱，输个精光，又要更多。直到有一天，黑色凯迪拉克再次出现在他面前，两条路摆在阿信面前，拿一笔钱远走他乡，或者"自然"地人间蒸发。他这才知道，兄弟阿光对此一无所知，幕后安排的是金光集团的老板，阿光的老丈人，冀望阿光能毫无羁绊地进军政界。

阿信别无选择。

他收下了钱，被买断的前半生，漂泊异乡的后半生。动身之前，酒精再次俘虏了他，让他丧失理智，陷身囹圄。黑暗之中，他倍感孤独，这比寒冷、饥饿和肮脏都要可怕。恍惚间，他隐约听见了什么，湄公河上熙攘的水流，芒果林中熟落的果实，白色佛塔间僧人的吟唱。

说出你的愿望。

他醉眼蒙眬地看着黑暗中的那点亮光，逐渐幻化出佛头的形状。

说出你的愿望。

他的眼前突然闪现出另一个自己，体面的、富有的、美满的自己，像是人生本应如此。

"……他妈的，我想……变成阿光……"阿信的眼中突然噙满了泪水。

那点亮光晕开来，像是一条明亮的通道，两条侧壁上的不同影像快速地后退，融合在一起，像是经历了千百年那么漫长。

他醒过来时，发现自己身处于一间宽敞明亮的白色房间，许多陌生的面孔围在四周，关切地望着自己。一位年轻貌美的女子面带泪痕，叫了一声。

"阿光！"

他颤了一下，张了张嘴，没说出话来。医生护士们围上来，为他全身贴上各种仪器，检查各种数据。

"我……我怎么了。"他挣扎着说出一句话来，声音古怪而陌生，但又觉得，这才是他本来的声音，他只不过取回了本属于自己的东西。

"希尼察尼亚先生，您七天前作讲演时突然晕倒，我们用尽各种办法都没能让您醒过来……"一位貌似主治医师的人说着，又看看那位女子，面有难色地停住了。

"阿光……你好好休息，什么也不要担心……"那个女子说着说着，泣不成声。

"我到底怎么了？快告诉我！"阿信，不，阿光愤怒地吼道。

"希尼察尼亚先生……"那个医生吸了口气，下定决心似的说。"……我们在您体内发现了罕见的基因嵌合①现象，并可能由此引发了多发性骨髓瘤，需要尽快进行干细胞移植手术，我们已经在全国的数据库里进行匹配……"

"……我会死吗？"阿光的声音颤抖了。

"只要 HLA 配型②成功就可以进行手术了，不过因为您是孤儿，没有直系亲属……所以……目前还有些困难……"

阿光张了张嘴巴，他想起了阿信，曾经的自己，黑暗中那个许

---

① 基因嵌合，是指一个生物体中包含不同基因型的细胞，分为同源嵌合体和异源嵌合体。

② HLA（Human Leucocyte Antigen）人类白细胞抗原，它是人体生物学"身份证"，由父母遗传，能通过免疫反应排除"非己"，故 HLA 配型是否成功直接关系造血干细胞移植成败。

下心愿的可怜蛋，他的愿望实现了，可结果却并非如他想象。一些莫名其妙的幻象开始浮现，在许久许久之前，一个黑色的灵魂被撕成了两半，塞进了两个身体，好的一半，坏的一半，那是一个错误的开始，同样会有一个错误的结束。

他慌张地要来纸笔，写下一个地址，要人们去找一个叫作阿信的出租车司机。

消息很快传来，那个叫作阿信·乍仑蓬的家庭暴力犯，已经在一周之前，猝死在地方羁留所的地下室里。由于尸体无人认领，地方民政机关已作焚化处理，留下一火柴盒骨灰留作存档。在一座贫穷人口占据三分之一地盘的城市里，这种事很常见。

曾经的阿信·乍仑蓬，如今的光·差力·希尼察尼亚，开始他的第二段人生，虽然痛苦，却也短暂。

第六愿：贪慕

卡兹别克·德赞季耶夫有一张亚洲人的面孔，事实上，他精通英、法、俄、日、西……等多国语言，甚至还懂一点古汉语。他的身份同样扑朔迷离。有人说他是俄罗斯金融新贵，也有人说他是基辅军火商，还有人说他只是从黑龙江边境逃窜出来的骗子。

有时候，他是个收藏家，出没在东南亚古董黑市交易最活跃的地区；有时候，他又像个小说家，采集许多稀奇古怪的素材，用许多个笔名出版过许多本不为人知的怪异故事集；有时候，他像个科学家，出席各个大洲的顶级会议，为一些高深莫测的理论鼓掌叫好；大多数时候，他就是一个单纯的、孤独的有钱人，花大价钱只不过为了打发时间，换一个乐子，或者，赚更多的钱。

其实这些都无关紧要，重要的是，从六十岁那年起，他狂热地投入到一件事中，这要由他那年生日派对上收到的礼物说起。

卡兹别克有许多的朋友，其中有许多跟他一样的古怪。有一个来自中东的石油大亨伊扎特·易卜拉欣·杜里，他双手奉上的礼物，是一本装潢精美的相册。

翻开镶金嵌银外加各色宝石的封壳，里面却是一张张色调黯淡模糊的旧照片，分门别类地排好版，页头用手写体写着：不明飞行物、未知生物、奇人怪事、名人隐私……等等不一而足，每张照片下面有一句话简短写明图片内容及拍摄日期。

大胡子老头拥抱了卡兹别克，又吻了吻他脸颊，说："我的朋友，这些可是我从收藏品里面精挑细选出来的，绝对第一手资料。"

伊扎特在全球各大媒体集团都有股份，至于他的爱好，也是琳琅满目，从普通的游艇宴火女星到史前陨石变异生物地下洞穴。

哦哦。宾客们翻阅着那本相册，不时发出惊叹声。

"那是凯利·克拉森？"一个人问道。

"噢是的，很难相信对吧，那么漂亮一个小妞，我还没来得及约她吃饭呢，她却先被别人吃了。"伊扎特的话引起一阵哄笑。

卡兹别克仔细看了看那张照片，说："这和我知道的波利尼西亚某岛的人燔仪式有些类似，我听她经纪人私底下说过，她死前常常嗑药，幻想自己能变成女神什么的。"

"美国人嘛……"伊扎特又引发了一枚笑弹。

"还说她许过一个愿什么的……"

"这是我今天第二次听见这个词了。你知道吗，Lumini集团的CEO死了，那个电脑神童，光什么的，骨头里长了癌，他死之前疯掉了，一直说自己是另一个人，是许了愿之后才进入了光的身体，泰国式的人格分裂。"

卡兹别克这回没有笑，他若有所思，待到曲终人散后，又把那本相册细细翻阅。伊扎特不知何时出现在他身旁，把手搭在他肩上。

"我最挚爱的朋友，你想起了什么？"

"在我十三四岁的时候，家里喝的顶级香槟，都是从法国的维兹酒庄直接运过来的，但有一年，他们突然停产了。不，跟阿尔及尔的动乱没有关系，据说是那个老酿酒师突然死了，他的味觉完全紊乱了，手艺无法传授给后人。"

"太可惜了。"

"不，这不是最关键的，我记得很清楚，当时厨房的人谈论起这件事，都说他'许错了愿'。"

"也许只是种比喻。"伊扎特耸耸肩。

"也许吧，但我的直觉告诉我，这里面有些不对劲。老人味觉退化很正常，但完全紊乱，除非是受到大剂量的辐射，味蕾细胞上的蛋白质受体发生变异，否则，甜味代表高热量的碳水化合物，咸味代表矿物质，这种由动物筛选食物的能力演变而来的本能很难改变。"

"啊哈，有句话说得好，你的所有价值观建立在匮乏之上，无论物质或精神。"

"伊扎特，我需要你的帮助。"

"随时随地，我的朋友。"

他们的手牢牢握在一起，如果说有某种东西凌驾于两人的友谊之上，那肯定是好奇心。

事情比想象中的要麻烦。样本太少，不确定因素太多，最重要的是，这事有点超自然的意味，而一切超自然的东西总是难以衡量，至少在科学的标准框架内。

因此，即使伊扎特发动了无孔不入的情报网络，所能得到的资料仍然少得可怜，从历史资料中倒是找到了许多疑似的事例，只可惜死无对证。卡兹别克试图从已知的对象当中寻找共同点，他通过私人途径搞到了几个人的基因样本，雇用了一个实验室进行对照分析，但除了短时间内出现基因变异引发罕见病症之外，并无相似之处。

后人类时代

他觉察自己可能犯下了方向性的错误，或许他应该寻找这些人许愿的对象。

上帝？阿拉丁神灯？瓶中魔鬼？不，如果说卡兹别克这辈子有所信仰的话，那只能是理性。他宁可相信这一切都是出自某种外太空怪物之手，它们喜欢在麦田里画圈圈，把奶牛的内脏掏空，绑架一些有家族精神病史的失败者，抽取他们的精液或卵子，并在腹股沟处植入一块形如苹果公司标志的金属片。

或许一切都只是幻想。卡兹别克在经历了许多的徒劳之后，回忆起童年时，母亲坐在床头，微黄的灯光下，用平实却又奇异的语调，读出普希金的那首长诗，他还清楚记得诗的最后几句：

> ……老头儿在海边久久地等待回答／可是没有等到／他只得回去见老太婆——／一看：他前面依旧是那间破泥棚／她的老太婆坐在门槛上／她面前还是那只破木盆[①]

每次读完这首诗，母亲总会问他，卡兹别克，这个故事告诉我们什么道理。他总会很响亮地回答，不要贪心！

但长大成人后，他却发现，这种贪念本身就是世界运转的一种原动力。

而他，卡兹别克·德赞季耶夫，将这种动力掌握得很好。财富与权力对他来说，不过是旅途中的风景，却不是目的地。他喜欢将自己比作浮士德，为了到达不可知的彼岸，用灵魂与摩菲斯特订下契约。

如今，他渐已衰老，墓碑上的铭文隐约可见。他突然发现，自己曾经追求的一切都那么无趣而乏味，而探求未知，竟成为激发生活热情的惟一兴奋点。他隐隐感觉到自己与此事有着千丝万缕的关

[①] 普希金《渔夫与金鱼的故事》，1833 年。

联，但又有另一种恐惧阻止他去接触、探索这一切。

他渴望着，却又害怕着许下一个愿望，毕生的愿望。

终于，在一个清晨，感光窗帘卷起后，《1812序曲》响起后，卡兹别克并没有感觉到阳光照耀在身上的温暖，他睁开双眼，看见了那个黑色的物体，如同一块沉默的墓碑停留在半空。他知道，许愿的时候到了。

卡兹别克悄悄地按下了手镯上的一个按钮，警卫室启动特定的程序，高精度的热能武器将对准房间内的不速之客。同时，一扇特制的铅门伺机待发，只要一下命令，房间便会在0.03秒内被分隔成两个独立的空间，卡兹别克所在的一边是防核防爆的高强度掩体，而门的另一边，则是地狱。

说出你的愿望。

卡兹别克紧张地思考着，手指牢牢地放在按钮上，汗水涔涔。

说出你的愿望。

卡兹别克突然明白了自己的愿望，他一直所渴求的，所惶恐的，所要摆脱的，仅仅是这几个字便可以解决。

我要拥有你。

重复。你要拥有我。请确认。

毫无疑问。

当那块黑色的石碑开始闪光的同时，卡兹别克按下了按钮，沉重的铅门在液压臂的推动下迅速滑出，如同一面刀刃将房间一切为二，几乎是同时，门的另一边响起了雷鸣般的爆炸声，伴随着柴可夫斯基的序曲，足足持续了数十秒。

卡兹别克·德赞季耶夫静静地躺着，表情温和，空气微微地颤抖，有一股臭氧的味道，那熟悉而陌生的音乐簇拥着他，如浪花般起伏不定。他知道他的愿望已经实现，铅门那边的房屋可能已经倒塌，而那块墓碑，也许已被汽化。他并不后悔，因为在这一瞬间记录下来的数据资料，已足够后人研究好一阵子了。

但这些，都不是最重要的。

最重要的是，他拥有了我，而我，也拥有了他。

第七愿

现在你终于了解，为何我，这个虚弱的老人，会出现在这里，在你的面前，喋喋不休地讲述着这些都市传奇式的故事。

你的眼神告诉我，你并不了解。

的确，对你来说，也许隔得太久了。

那些故事的主人公相对于人类而言，都是"它者"。千百年前，或许更早些，它们从遥远的星系逃散到这里，你注意到了，我已经习惯了用一些十分模糊的字眼，很早，很远，非常远，是的，没有意义，一切精确的描述都没有意义，因为一切都是变动不居的。

甚至名字，我，卡兹别克·德赞季耶大，或者其他别的什么，不重要，一点也不。那些"它者"，它们不属于同一个种族，它们的名字，我无法发音。我所知道的是，我们跨越光年来到这里，我们要找到它们，消灭它们，用某种不违反规则的方式。

那又是另一个漫长得可怕的故事。幸好我不用再重复一遍了，你所需要知道的是，无论相隔多久，距离多远，即使星星黯淡，时空倒转，我们的愤怒之火永不熄灭。

但它们藏得太深了。

它们抛弃了原有的躯体，混迹于人群，模仿着人类的一举一动，包括情感和思维模式。它们甚至找到方法，当人类躯体老化衰竭时，能够将生命转移到另一具身体，当然，这需要遵守一系列复杂而严谨的规则。总之，从任何方面看，它们都与普通的人类无异，甚至比一般的人更具人性，因为它们热衷于表演。

但它们依然害怕，害怕自己的记忆会遭到扫描，从而泄露身份。因此，它们学会了封存记忆，那是一项相当高深的技术。

它们成了人，从里到外，甚至它们自己也这么认为。

但我知道，只要一个讯号，一声呼唤，它们便会从那千百年的沉睡中醒来。我从未放慢脚步。

我提到了规则，是的，这颗行星属于低速保护区，我们必须小心，规则的制定者们高高在上，我们不得越过雷池半步。不许使用暴力，不许介入技术史，不许植入，不许进行第三类接触（但允许间接的心灵接触）……等等，我们必须找到规则的缝隙，我们的，它们的。

它者也有它者的规则，尽管是低阶的规则，但仍是规则。

我们等待了很久，直到狐狸露出尾巴，如果把整个人类历史浓缩为一天的话，我们刚刚在十几秒钟前发现了这一事实。

出乎我们的意料，破绽竟来自于它们的睡梦。也许是在人群中生活得太久，也许是它们表演得过于逼真，以至于模拟了人类的潜意识机制，一些刻意掩藏的焦虑、记忆和欲望，会在深层睡眠，也就是脑电波处于四至八赫兹的Θ波段时，不受控制地浮现到意识表层。是的，声名狼藉的西格蒙德·弗洛伊德理论。

出卖它们的并非非人的一面，而恰恰是它们的人性。

这是宇宙间奇妙的因果循环。

我们终于找到了规则的缝隙，人性便是我们的武器。

通过睡梦中的脑波泄露，我们锁定目标，寻找合适的时机，通过间接的心灵方式与它们沟通，诱使它们许下愿望，如同电脑访问站点时发送的请求，愿望在规则中意味着许可，意味着敞开。然后，我们实现它们的愿望，只不过，不是以人类的标准，而是以它者的标准。

从逻辑上来说，这完全合理。

从事实上来说，它们许下的愿望，都是潜藏已久的渴望，对于恢复自我身份的渴望。我们了解人类，我们更了解它者，它们没有让我们失望。

菲利浦·勒·贾伊尔的种族崇尚味觉上的敏锐，它们以饕餮为荣，他选择以美食为职业，许了这样一个愿望，它们的味觉系统与人类相去甚远。

李福双的种族强调性快感的共享，它们大脑中有特定的通感区域，以便及时分享周边同伴的交配乐趣，我不过是让他的记忆重演而已。

凯利·克拉森，它们生活的环境恶劣，在短暂的发情期内吸引异性交配，繁衍足够数量的后代，便成为社会等级制度的基础，由此衍生出复杂的体外生化信息系统。而作为人类的她，汗腺分泌的小小改变，配合药物的催化作用，便成为吸引澳洲大飞蛾的绝佳诱饵。

本田宏的种族极度缺乏安全感，它们需要坚硬的外壳来抵御强重力，彼此间的沟通没有固定的语言规则，仅仅依靠当下情境进行推断。他需要外壳，我给他外壳。

阿信·乍仑蓬和光·差力·希尼察尼亚本来就是一个个体，只不过在延续生命的过程中出现了疏漏，被不均衡地分配到两个身体中。

按照它者的规则，生命到此完结，无法延续，人类的躯体无法承担它者的愿望。

只有卡兹别克·德赞季耶夫，他，我，是个例外。

我们并没有发现他是它。恰恰相反，他主动地寻找它者的线索，引起了我们的注意，经过协商，我们决定主动出击。他的反应在我们意料之中，但他的愿望在我们意料之外，经过短暂的思考，我作出了判断。

他是它者的一员。

他伪装得比其他它者更深。

他下意识地寻找着它者，他以为那是贪婪或者好奇，其实是使命。

他可能背负着唤醒它者的使命。

我作出一个十分艰难的决定。我决定实现他的愿望，将自己与他，它者，永世的仇敌，融为一体。你知道我的意思，像人类所谓的"卧底"，利用他潜在的能力，寻找到其余的它者，在它们被唤醒之前，消灭它们。

但你无法想象，那是多么漫长而痛苦的历程。

在一个人类的躯体内，并存着两股对立的力量，我们不间歇地对抗、斗争、互相折磨，将人体与人性的脆弱发挥到极致。卡兹别克·德赞季耶夫彻夜难眠，他的肉体上不断浮现出"圣痕"般的印记，眼前闪烁着希尔德嘉德①式的幻觉，这种状况持续了许久，我们的战场，肉体濒临崩溃，最终，我们妥协、和解，达成了人类式的协议。

瞧，在人类的逻辑体系中，没有哪种仇恨是不可消除的。

他帮助我找到它者，我允许他将生命延续下去。

我控制言说，他保持独立的沉默。

这一协议远比预料中的有趣，是的，有趣，一种我从未体验过的感觉。我从他那里得到了许多人类的知识，包括许多毫无意义的习惯，比如，讲故事。

我学会了将真实混合在虚构中，或者相反。我沉迷于各种形式主义的调调，滑稽的、忧伤的、田园诗般的、肉欲的、宿命论的……我沉迷于用语言带领倾听者上路，在最荒芜的高原上跋涉，在最寒冷的冰川下战栗，在充满腥臭的海滩边喘息，经历灾祸、浮华、孤独和革命的洗礼。

---

① 希尔德嘉德·冯·宾艮（Hildegard von Bingen，1098—1179），德国女修道院院长。出生于莱茵河西部贵族家庭，从三岁开始，她便能看到常人见不到的幻象（如令灵魂震颤的闪光），并拥有预知未来的能力。1141 年，她将所见幻象记入著作《scivias》（拉丁文，意为"认识上帝之道"）。

这是一种与毁灭截然相反的快感，这是创造。

当然，我不会忘记最初的使命。

讲述，然后让倾听者了解，他们也是这故事的一部分。

现在，说出你的愿望。

开 光

0

据说我满岁的时候，我妈抱着我上街买菜，路遇一名和尚。

和尚摸了摸我当时和他一样寸草不生的脑袋，吟了几句诗。我妈回来告诉我爸。我爸比我妈文化程度略高，初中毕业，他说那不是诗，那叫佛偈。他记下只言片语，后来请教了屋头的教书先生，才查到了这几句决定我命运的佛偈。

出入云闲满太虚，元来真相一尘无。
重重请问西来意，唯指庭前一柏树。

他们觉得其中必有蹊跷，于是就根据这几句佛偈给我改了个名字。

你才太虚呢，你全家太虚。

1

我叫周重柏，我在一个蒸笼里，我是一枚蒸饺。

每个人都在不停地吐息，然后死死盯住对方嘴里冒出的白烟，就像卡通片里的人物，脑袋上升起云团，能看到思维逻辑，裸女，或者是凝固的表音符号。可烟雾散尽，只露出对面一张浮肿的糙脸，空气净化器疯了般嘶吼，后排的小姑娘默默戴上口罩，滑动手机，眉头一皱。

不用看我也知道，现在已经过了半夜，微信上的媳妇儿已经不搭理我了。

我是临时被拉来开会的。当时我和媳妇儿遛完弯回家，在天桥上经过一个身穿军大衣的哥们儿，他突然开口，声若洪钟，把我俩都吓了一跳。

他说："1月4号象限仪流星雨光临地球，不要错过……"

我等着他说出专业上讲叫"Call for action"的关键词，比如"加入××组织""拨打热线电话"，或者从大衣里掏出一把单筒天文望远镜或者别的什么大家伙，告诉你"现在只卖八十八"，都算是成功的推销落格。可他像个自动答录机又回到开始："……1月4号象限仪流星雨……"

Mission failed.

我们只好失望地悻悻离开。这时手机响了，是老徐。我心虚地瞄了眼媳妇儿，她条件反射般露出满脸不高兴，这事儿不止一两次了。我接通了手机，于是就到了这里，坐到现在。

媳妇儿给我的最后一句回话是"让你妈就别惦记着要孙子了，她儿子已经够孙子了"。

"重柏。"老徐把我的思绪拽回到毒气室里。据说他已经跟老婆分居三年了，原因不明。有时候，我感觉他拍我肩膀时用力不太自然。"你负责策略，你说说看！"

透过烟雾迷蒙，我努力看清小白板上鬼画符般的记录，用户洞察、产品卖点、市场调研……用各种颜色的马克笔画连连看一样勾连成三角形、五边形、六芒星或者七龙珠。全是狗屎，毫无意义。

蒸笼里的压力在不断升高，汗珠在我额头凝结、淌下、滴落。

"热啊，擦擦。"老徐递给我一张揉得皱巴巴的纸巾，颜色可疑，我不敢不擦。

"万总对上次的方案就不太满意，想换组，被我摁住了，如果这次还不行，你懂的。"

劣质纸巾糊了我一脸。

他说的万总就是我们的上帝，一家移动互联网公司的老总。中关村街头主动跟陌生人搭讪的十个人里，一个卖安利，两个做如新，三个信耶稣得永生，剩下的全是 IT 创业公司的 C 什么 O 或者联合创始人。如果这群人在街头进行三分钟无差别 1V1 对喷战，那最后一类人必须大获全胜，他们不卖东西，卖的是改变世界的理念，他们不为神代言，他们自己就是神。

万总就是这么一个神人。

托了老徐的福，我们这小破公司接下万总的单，花着这个天使那个 PE 的 ABCD 轮美钞欧元澳币，帮他们公司的 APP 拓展市场，提高产品知名度，提升日均活跃度。然后万总再拿着这些数字去喷来更多的投资，车轮般运转不息。

所以点在哪里？

"点在哪里！"老徐的干瘪嗓音像隧道里呼啸而过的地铁，一股无形的风压震得我眼前发黑。我颤巍巍地起身，刻意回避其他人的目光，就像二维国里的居民，身上全是点，就是看不见。

"是……是产品的问题。"我深深地低下头，准备迎接老徐的劈头盖脸。

"这他妈还用得着你说！"

我惊诧无语。

万总公司的另一个联合创始人是他中科大的校友 Y，在美国待了多年，被万总忽悠着带着核心专利回国，准备大展拳脚。Y 的专利是一种数字水印技术，由于关系到信息学和数学，解释起来颇需要一番工夫。举个最简单的例子，你拍一张照片，用这种技术在照片上加上肉眼看不见的数字水印，则无论这张照片被怎么篡改，哪怕是被裁剪掉百分之八十，你都可以根据算法将照片恢复到原初状态。秘密在于，看不见的数字水印本身便携带了那一时间点图片上的所有信息。

当然这只是这项技术最基础的应用，它可以作为一种认证防伪机制广泛使用到媒体、金融、刑侦、军事安防、医疗等领域，想象空间巨大。可回国之后，他们发现核心领域都被设置了准入门槛，这道门槛的牛逼之处不在于有多高，而在于你根本不知道它卡在哪。屡屡受挫后，他们只好打着擦边球，搞起了娱乐产业，想先借助草根用户的力量把这项技术推广出去，再逐步渗透到商用领域。

万总总把性感挂在嘴边，似乎这是衡量世间万物的惟一标准，可他们做出来的产品却像被戳破的充气娃娃，皱巴巴地被晾在阴凉处风干。

"你们为什么不用！"老徐转向后排的小姑娘们，她们花容失色，假装埋头做着笔记。

万总做出来的 APP 叫"有真相"，只要用这款应用拍出来的照片便被自动加上数字水印，无论被转发多少次，被 PS 成什么样，只要一键便能将图片复原。最初的市场定位是主打安全牌，用"有真相"拍照，妈妈再也不用担心我的脸出现在艳照上了。

除了铺渠道之外，我们还帮他们策划了一个"有真相现原形"的线上活动。我们找了一百个姑娘，用"有真相"帮她们拍照，再用美化功能 PS 成女神样，传到网上去，辅佐以"一秒钟女神变恐龙"的 Gif 效果和文案，引导用户下载 APP 进行功能认知。

反响出奇地热烈。男屌丝极力追捧，恶搞出许多 UGC 花样。女性用户群体却是另一个极端，她们在网上吐槽、谩骂、抵制这款产品，认为它以丑化、侮辱女性为乐，将女性追求美的正当权利贬损为一种变态自恋的欺诈行为，甚至还引起了一场不大不小的公关危机。

要我说，这就是我们想要达到的目的。做市场讲究一针见血、直插人心，不见血就说明针太钝，或者没扎中部位。

可万总却觉得我们的活动只能博一时眼球，长期来看伤害了产品的品牌。数据曲线证明他是对的，短暂的峰值后，后续下载量一蹶不振，而被活动吸引来的男性用户由于缺乏新鲜内容的持续刺激，也逐渐丧失了活跃度。

"比起担心照片安全，我更在乎别人看到的是不是我最美的一面。"用户访谈中一个相貌普通的女孩说。她的手机相册里充满了千篇一律过分修饰的大头照，每一张看起来都与她本人相去甚远，但她仍然每隔半小时便会举起手机，从侧上方四十五度角对准自己微微嘟起的嘴唇。

如果一座高塔把根基建在沙滩上，你又怎能指望它站立到涨潮的那一刻？

老徐盯着我，我盯着白板，白板盯着所有人，所有人盯着手机。我们像一群迷失在雾霾里的鸟雀，不断被发光的屏幕吸引注意力，忘记了自己原本想要飞往的方向。而寒冷的夜幕已降临，捕猎者饥肠辘辘，步步逼近。

手机发出电量不足的报警声。我的下意识反应不是省着点儿用，而是变本加厉地翻看起朋友圈来。越临近最后时刻，越要让每一滴能量充分发挥作用，而不是耗散在静默的后台运行里。这是我的价值观，我的哲学。

我看见了万总更新的动态。突然间，蒸饺的皮破了，馅儿流了出来。

"有了！"我拍桌子大喝一声，所有人都从半昏迷状态惊醒过来。

我把手机摆到老徐面前。

万总头像下，一张河畔水景图配上一段文字：

> 本周六农历15日于温榆河畔放生带籽螺蛳、鸟类、爬行类、水产类等物命，身为佛子，当行佛事，发慈悲心，消世代业。愿此功德，会向老者增福增寿，中年者家庭美满，妻贤子孝，小孩子开通智慧，茁壮成长！特此公告，祝大家6时吉祥！（随喜自愿，上不封顶，支付宝账号：××××××，转发此条信息亦可积功德）

"他们资金链都紧张到这份上了？"老徐瞪大了眼睛，"这个月月费还没结呢！"

"您再往前看看。"我滑动手机屏幕，万总的动态时间线上，技术与佛法交辉，鸡血与鸡汤齐飞，"这也许是他的另一个爱好。"

"所以点在哪？"

"为什么每天都有那么多人转发这些保平安积功德的消息？他们真的信吗？我看未必。图片安全也许不是人们的核心需求，但人身安全，尤其是心理上的安全感，是中国人当下最迫切需要的。我们所要做的，就是将产品和这种心理需求建立起强联系。"

"说人话！"

"你们说说，什么样的信息转了能保平安？"我反问大家。

"菩萨心咒！""佛图！""佛诞，各种寿辰！""上师智慧金句！"

"什么样的你会信而且愿意掏钱！"

大家思考了片刻，一个女孩怯怯地说："开……开过光的……"

"Bingo！"

整间屋子突然陷入寂静，老徐站起来，木无表情地走到我身后，只听见咣当一声，妖风由领口钻进我后背，像倒进了一桶冰块。屋里的雾霾瞬间消散。

"醒了没！"老徐把窗户重新关上，"你再说一遍，别再跟我扯那些有的没的。"

我看着他，一字一句地说："找个大师，给这款 APP 开光，让它拍出的每张照片都变护身符，这才是真正的转发保平安。"

所有人把目光从手机屏幕上移开，投向我。我盯着老徐。老徐不说话，看着手机。许久，他长长地出了一口气，说："朝阳区的七百个仁波切不会放过你的。"

那时的我尚不清楚这意味着什么。

10

我媳妇儿是个新时代的卢德主义者，她曾经是个重度的电游玩家，后来被家长强迫报了一个戒断夏令营，之后态度便有了一百八十度的戏剧性扭转。

我问过她很多次，那年夏天，在凤凰山上名为"涅槃计划"的营地里究竟发生了些什么。

她从来不正面回答。

这造就了我俩最大的观念分歧。她认为这一貌似风头浪尖的所谓高科技产业，到头来还是跟那些历史最悠久最顽固的行当一样，利用大众千疮百孔的心灵，假借进步、提升、拯救之名，行操控玩弄人心之实。无论你的手放在《圣经》还是 iPad 上，你都是向着同一个神起誓。

我们只是给了人们想要的东西，他们想要慰藉、快乐、安全感，他们希望自己变得更好，希望自己是人群中与众不同的那一个。我们不能剥夺他们的这种需求。我总是这样反驳她。

别装大尾巴狼了，你们只是在玩游戏，以满足自己的控制欲。她说。

别扯了，都是大活人，有手有脚有脑子，谁控制得了谁啊。

NPC。媳妇儿吐出一个词。

啥玩意儿？

Non-Player-Controlled Character。非玩家控制角色。如果你相信有一个大的后台系统，你的一举一动都会影响到相应的游戏进程逻辑，系统会反馈到这些 NPC 上，他们便会按照预先设定的程序进行反应。

我盯着她的脸，像是从来没有真正认识过她，我甚至怀疑她是不是加入了什么新型的邪教组织。

你不会真的相信这个吧。

我去遛狗了，这个点儿路上狗屎还少点。

11

每天寺里的钟敲过五响，我就得起床开始扫地，从新修的藏经阁一路沿着木长廊，扫到石台阶，再从石台阶，扫到寺门口那棵张牙舞爪的千年老槐树。

至于扫地过程中默诵的是《楞严经》《法华经》还是《金刚经》，得看当天的空气 PM2.5 数值落在哪个区间，我咽喉肿痛，我心无旁骛。

随便哪个香客都能看出，我并非佛门中人，我出现在此处，只不过与其他周末研修班的俗家弟子一样，为了逃避。

就像那些在雍和宫外佛具商店里购买电子佛盒的人们，摆在家里，按动按钮，它便会开始诵读经文。每逢正点或者设定好时间，还会发出跟庙里敲钟一样空旷幽远的"duang"一声，仿佛这样便能消除业障，净化罪孽。我时常想象着在罐头般拥挤的2号线地铁里，所有的电子佛盒同时响起的情景，所谓的"禅"或许便是这一瞬间与现实生活的抽离感。

就像在吃素的日子里，我却格外怀念北新桥那家老汤卤煮。

我注销了手机号，删除了所有社交网络上的数据，媳妇儿回了老家，甚至改名法号"尘无"。我只是希望那些疯狂的人们不会再找到我。

我受够了。

一切都是从那个夜晚，从那个貌似无厘头的疯狂点子开始。

万总付了账，连夜召集产品技术进行开发。老徐布置市场创意和策略，而项目最最核心的部分，便义不容辞地交到了我手里。

去找一个愿意为这款APP开光的大师。

老徐要求，全程跟拍，做一个病毒视频进行传播。我开始万般推托，一会儿说家里三辈基督徒，一会儿说媳妇儿在待孕期间，禁止接触生冷食品动物毛发及一切灵异事件。

老徐只回我一句话，你的主意，你不做，就滚，耶。

我开始求爷爷告奶奶地遍访名刹古寺高僧，包括隐居在皇城根各个角落的仁波切们，可每次把价钱谈妥后只要一掏出摄像机，高僧大师们便脸色一沉，阿弥陀佛几句，掩面而逃。我们也曾试过偷拍，但香火缭绕外加镜头抖动，效果实在堪忧。

眼看死期将近，我彻夜难眠，在床板上翻来覆去。媳妇儿问我干啥呢。我说烙饼呢。她给了我一脚，要烙地板上烙去，别跟老娘这儿演擀面杖。

这一脚踹得我神清气爽茅塞顿开，我顿时有了主意。

万总的新版APP如期推出上架。老徐像他那辆路虎，开足马力把所有人的弦绷得紧紧的，连轴转似的推视频、出创意、上campaign。很快地，一段表现高僧为一款手机作法开光的视频在网络上疯传，紧接着，来自"爱Fo图"的图片便攻占了朋友圈和微博，下载量和日活跃用户量曲线节节攀升，像疯狂的火箭以逃逸速度冲上云霄。

别问我这样做究竟对产品品牌有什么帮助，也别问我数字水印技术的后续开发及应用，那是万总要解决的问题。我只是一家三流野鸡营销公司的不入流策划，我只能用我的方式，解决我能解决的问题。

我还是低估了网友们的创造力，打上数字水印后的图片，只需要发送极低分辨率版本，或者部分图片，便可通过 APP 恢复成接近原图质量的文件，省流量，省时间。我们乘胜追击，又推出了一系列主打这一功能点的传播广告。

曲线上又出现一个小小的峰值。但随后发生的事情超出了所有人的预料。

最开始是一张用"爱 Fo 图"拍摄的苹果照片，Po 主在一周后又发了一张同一个苹果照片。他发现，用"爱 Fo 图"拍摄的苹果比其他苹果腐败的速度明显要慢一些。

紧接着，是用 APP 拍摄的宠物猫狗奇迹般恢复健康的故事。

然后，有一位老太太说用"爱 Fo 图"自拍后，逃过了一场车祸，大难不死。

越来越多的传言甚嚣尘上，每一条听起来都像是愚人节笑话，但每一条笑话背后都站着一位言之凿凿的证人，以及滚雪球般飞速增长的信徒。

消息越传越离奇，晚期癌症患者每日自拍肿瘤显著缩小，不孕不育夫妇拍摄艳照喜得贵子，打工青年合影后彩票中大奖，诸如此类只有在地铁小报上才能刊发的耸人新闻，在社交网络上铺天盖地。它们都打着 # 爱 Fo 图 # 的标签，而我们都以为是公司内部花钱雇的水军。

我们都以为错了。

据说万总的电话被投资人打爆了。除了追加投资，被问得最多的一个问题是，究竟那个给 APP 开光的大师是谁。

逻辑很简单，如果单凭给手机应用开光便能出现如此奇效，那么请到大师本人作法，该有怎样改天换地的大神奇啊。投资人想到了，亿万用户也都想到了。

在这个时代，真相就像是贞操，往往难得，而比这更可悲的是，即便把真相放在面前，人们大多都选择怀疑其真实性，他们只相信自己所幻想出来的真相。

很快，我的联系方式被出卖了，邮箱、电话、短信……所有的人都在怒吼着问同一个问题：那个大师究竟是谁？

我不能说。我知道他们迟早自己会找出来。

他们靠着人肉搜索的力量，找出了病毒视频中的"大师"及其弟子们，那是我托朋友从横店影视城趴活儿的群演里挑出来的，反正演清朝百姓也需要剃度，倒少了一道讨价还价的工序。这些怀揣演员梦想的人们颇为尽心尽力，主演甚至为了头顶戒疤的排列形状与化妆师起了口角，这更加令我惴惴不安。

他们都是好人，错都在我。

惨遭人肉的演员们家无宁日，网民们用尽一切恶毒语言攻击他们及其家人，逼迫他们承认本来就是板上钉钉的事实，即，他们确实是被公司雇佣来假扮成大师的临时演员。如果说这里面尚有无法达成共识之处，那便是，他们相信我们公司，或者我，隐瞒了一个真正的背后的大师。出于私心，出于欲念，不愿公之于众，分享这足以光耀世人的大神通。

这个，我真没有。

老徐把公司暂时关了，每天一堆大妈候在楼底下扯横幅，我们受得了，物业管理也受不了。他给员工们放了带薪长假，希望这件事能够早日过去。他好心地提醒我，最好离开这里，回老家避几天风头，因为说不定哪天哪个丧心病狂的绝症患者及其家属便会杀上门来，要求我供出大师的微信号。

我想他是对的，我不能连累家人。

于是安排好一切之后，思前想后，我来到这座千年古刹，成为一名扫地僧。

钟声敲过九下，结束了早课，我们开始各就各位。今天是开放日，住持德塔大师会迎接一批来自互联网界的高端信众，并召开一个关于佛法与网络的讲演沙龙。

我负责签到及发放胸牌。在签到簿上，我看到了不止一个熟悉的名字，其中就有万总。

在三十八摄氏度的桑拿天里，我戴上了医用棉质口罩，汗如雨下。

100

身穿土黄色僧衣僧鞋的信众鱼贯而入，胸前红红绿绿的胸牌摇晃，恍惚间我仿佛回到了几个月前的生活，国家会议中心、JW万豪、798D Park……我不是在开会，就是去开会的路上，散名片，加微信，吹各种牛逼，画各种大饼，言必称互联网思维，就像是手持红宝书的小卫兵。

如今，依旧是那些熟悉的面孔，只不过他们的胸牌上少了昔日那些耀眼的 title，"CXO""联合创始人""投资 VP"换成了"居士""信士""施主"。他们收起往日嚣张的气焰和凸出的肚腩，念念有词，就近入座，并虔诚地将手机、iPad、Google Glass、智能手环等身外之物交给收集的小沙弥，换取一个号牌。

我看见了万总，他面容憔悴，却目光如水，步伐轻盈，施施然对着身边人双手合十作揖，全然没有之前的霸气。当他从我身边经过时，我低下头，他也低下头回礼。

这几个月一定发生了很多事情。

据说德塔大师曾经是清华大学计算机系的高材生，由于开悟得证，放弃了斯坦福、耶鲁、加州伯克利等常春藤名校的 Offer，受戒皈依，遁入空门。在他的带领下，一众高等学府毕业生加入我寺，并以互联网时代的方式弘扬佛法，普度众生。

大师那天说了很多，我却记不得太多，只记得万总姿态虔诚，频频点头。当讲到如何利用大数据技术帮助定位转世灵童时，他甚至眼含泪水。

我躲着他，又按捺不住想上前问他，那件事究竟过去了没有。我想念我的家人，但并不想念我的生活。

在这里，只有一定级别的僧人才有上网权限。这山间的古柏，重重叠叠，如同防火墙般将我们隔绝于俗世烦嚣之外。每日生活单调却不枯燥，扫地、劳作、诵经、辩义、抄帖。在极简的物质生活中，我逐渐恢复了良好的作息习惯，并不会因为手机的振动而心生焦虑，尽管偶尔在右侧大腿股四头肌上仍会有"幻振"感，但师父说，只要每日摩挲佛珠，遍数一千八百颗，如此经过一百八十天便可彻底痊愈。

我想也许是因为我们要得太多，多得超出了我们身心能够承受的限度。

我的工作便是创造需要，让人们去肆意追逐那些对他们人生毫无意义的事物，然后将兑换到的金钱，再去购买他人为我所创造的生活幻象。我们乐此不疲。

我想起了媳妇儿的话，真他妈孙子。

这就是我的罪过，我的业障，我需要洗清涤净之因果。

我开始有点理解万总了。

讲演结束之后，万总和其他几人围住德塔大师，似乎有满腹疑惑需要解答。德塔大师朝我招招手，我硬着头皮走过去。

"把这几位施主带到三号禅房。我稍后就过去。"

我点头，带着几位走到后院的禅房，那里是接待贵宾的地方。

我安排他们入座，又帮他们沏好茶。他们彼此点头微笑，却又只是客套寒暄，我猜他们以前可能是竞争对手。

万总并没有正眼瞧我，他抿了口茶，闭目养神，口中念念有词，双手不停摩挲着那串紫檀佛珠。当他转到第四十九圈时，我终于没能忍住，在他近旁俯身轻问："万总您还认得我吗？"

万总睁开双眼，仔细地盯着我瞧了半分钟，问："你是周……"

"周重柏，您的记性真好。"

万总突然龇牙裂目，用佛珠箍住我的脖子，把我掀翻在地。

"都是你这个王八蛋害的！"他边打边骂，旁边两位施主惊骇地站起，却也不来劝架，只是一个劲儿念着阿弥陀佛。

我用手护住脸，却不知道该说些啥，只能善哉善哉地穷叫唤。

"住手！"那是德塔住持的声音，"此乃佛门净地，怎能如此无礼。"

万总举在半空的拳头停住了，他盯着我，眼泪就那么刷地掉下来，打在我脸上，就好像被打受委屈的是他一样。

"全没了……什么都没了……"他喃喃说着，一屁股坐回到座位上。

我爬了起来，原来一个什么都没了的人，打起人来也是软绵绵的，一点都不疼。

阿弥陀佛。我朝他双手合十，行了个礼。我知道他并不比我好过多少。正当我准备退出禅房时，住持叫住我，用戒尺在我左肩敲了两下，右肩敲了一下，说："今日之事不可外传，你身上狂狷之气尚未除净，难当大任，理当勤做功课，深刻反省。"

我正想反驳，转念一想，老徐和万总的气我都能忍，德塔大师现在就是寺里的 CEO，是可忍孰不可忍。

我行了个礼，躬身退出。

我倚靠在木质长廊上，遥望夕阳中的树林山色，雾霾闪闪发光，如层层叠叠的纱丽，堆在城市上空。钟声适时响起，惊飞鸦雀，我突然脑中电光火石，想起菩提祖师在孙猴子天灵盖上用戒尺敲了三下，背手走了。于是便有了经典的三更后门拜师学艺。

可左二右一是怎么个意思？

101

我在晚上9点顺着后山小道溜到了住持的房间，一路松涛阵阵，鸦雀无声。

我在门上先敲了两下，又敲一下。门里面似乎有所动静，我再敲。门自动开了。

德塔住持背对门坐着，面前是一个硕大的屏幕，屏幕一片漆黑，房间里似乎有低频的电音涌动。我清楚地听见他长长地叹了一口气。

"师父请受弟子一拜！"我跪倒在地就要磕头。

"你《西游记》看多了吧。"住持缓缓起身，面有愠色，"我不是让你10点零1分到吗？"

我顿时语塞，原来师父用的是二进制。

"下午的事……"我赶紧打圆场。

"不怪你。你的事情我都知道，打你一进这寺门起，所有资料就已经同步了。"

"……那您还收我。"

"虽非一心向佛，却有菩提慧根，我不度你，怕是早就寻了短见。"

"谢大师慈悲为怀。"我还是丈二和尚摸不着头脑。

"你还是不明白这究竟是怎么一回事吧。"大师其实年纪并不大，也就四十出头的样子，戴着眼镜笑起来的样子，还略像个学者。

"吾辈愚讷，还望大师点破。"

　　　　　　　　后人类时代

德塔大师把手一挥，原来那屏幕是体感操控的，忽地亮了起来，一幅难以形容的图画，一个巨大的被压扁的椭圆，在深浅不一的蓝底上缀满了不规则的橘红色亮点，又或者是相反。看起来像某种星体表面经过补色处理的等高线图，又像是显微镜下某种霉菌的繁殖切片。

"这是？"

"宇宙，确切地说是宇宙微波背景辐射，大概是大爆炸后 38 万年的样子，迄今为止最精确的图谱。"他溢于言表的赞许之情，很难与那身装扮联系到一起。

"然后呢？"

"欧洲航天局用'普朗克'太空探测器收集到的数据，经过计算得出了这张图，看看这里，还有这里的亮度有点异常……"

除了橘红或宝蓝色的霉斑之外，我看不出有什么特别之处。

"也就是说……佛祖是不存在的？"我小心翼翼地试探着。

"佛说，三千大千世界。"他瞪着我，像要逼我把那句话咽回去，"这张图证明了曾经有多个宇宙的存在，人类通过了这么多年的努力，终于用技术证明了佛教中的宇宙观。"

我应该早想到这一点，就像在中关村搞传销的那些人，多么风马牛不相及的一切都可以拿来成为佐证其观点的有力论据。我想象着假如是一名基督教徒，他会怎么解读这幅图。

"阿弥陀佛。"我双手合十，以示虔诚。

"问题在于，佛祖为什么选择现在，向全人类展示这个事实。"他缓慢有力地说着，"我思忖了许久，直到看到你做的那个项目。"

"爱 Fo 图？"

德塔大师点点头："我并不喜欢你做事情的方式，但是既然你来到这里，就证明我的猜测是有道理的。"

我的冷汗开始沁湿后背，就像遥远得不真实的那个夜晚。

"这个世界已经不是它原来的那个样子，或者说，它的创造者，佛祖，上帝，神，无论你怎么叫它，已经改变了世界运行的规则。你以为真的是开光让爱 Fo 图实现神通的吗？"

我屏住了呼吸。

"假设宇宙是一个程序，我们所能观测到的一切都是代码实现后的结果，而宇宙微波背景辐射可以看成是某个版本的源代码记录。我们能通过计算调用这个版本的记录，这意味着，我们也能够用算法去改写当前的版本。"

"也就是说，是万总的算法导致了这一切的发生？"

"不敢妄下断语，但要我猜，差不离。"

"我是个科盲，大师你不要诓我。"

"阿弥陀佛，我是个技术派佛教徒。我信奉的一句话来自已仙逝的 A.C.Clarke 爵士，他说，一切非常先进的科技，初看都与佛法无异。"

我隐隐觉得有什么地方不对，但又无力辩解："可，可那个项目不是已经失败了吗，看万总都成那德性了，应该没我什么事儿了才对啊。"

"凡所有相，皆是虚妄；若见诸相非相，即见如来。"

"大师，请准许我还俗回家吧，我想我媳妇儿了。"一阵莫名的恐惧突然攫住我，仿佛巨大无底的黑洞，从墙上的屏幕凹陷进去，像要把我吸入。

德塔大师叹了口气，又苦笑起来，似乎他早就预料到了这一切。

"本以为与你参透佛理，便能让你安心在此度过劫难，怎料……你和我都是轮回里的人哪，又怎能逃得脱命数。也罢，也罢，拿着这个，也不枉我们相逢一场。"

他递过一张金光闪闪的佛牌，背后写着一串 400 电话，还有一个 VIP 卡号和验证码。

"师父，这是……"

"好好收着，市面价八千八百八十八呢，有事儿给我打电话啊。"

德塔大师背过身去，手一挥，屏幕上的霉斑图又恢复成了正常的电视画面，美国一名量子物理学家遭遇离奇枪击事件意外丧生，凶手声称只是认错人。

110

和老徐的再会，是在半年后的管记翅吧里。

老徐没怎么变，依然保持对烤大腰的病态热爱，几瓶啤酒下肚，油光满面，横肉抖动，他开始像个经典的东北人那样掏心窝子。

"我说重柏，一起过来玩儿吧，哥不会亏待你的。"

老徐在烟雾缭绕中唾沫横飞，他在家歇了一阵子之后，被一个电话撩拨着重出江湖。这回，他不再搞没前途的传播公司，摇身一变成了所谓的"天使投资人"。凭借他在创业圈里的人脉资历，拿着别人的钱可劲儿造，可劲儿忽悠。

他觉得我是可塑之才，想拉我入伙。

"万总现在怎么样了？"我岔开话题，媳妇儿刚刚查出来怀孕了，目前的工作虽然无聊，却也稳定。一语蔽之，我觉得老徐不是很靠谱。

"已经好久没他信儿了……"老徐的目光黯淡了下去，狠狠吸了一口烟，"造化弄人哪，爱 Fo 图最火那会儿，好几家公司抢着要投钱，有一家美国公司还想谈全额收购。最后关头，居然杀出来一个程咬金，说 Y 的核心算法剽窃了当年实验室另一个哥们儿的研究。这老美打起官司来就没完没了，专利也被暂时冻结了，投资人也撤了。老万变卖家产，最后也没撑下去……"

我把杯中酒一饮而尽。

"那事儿真不赖你，真的！要不是你，估计老万他们死得还要早！"

"可如果没有爱Fo图，估计美国那边也没人发现剽窃的事儿。"

"我现在算是想明白了，没有那件事儿，也会有其他的事儿，这就叫命。后来听说告他的那美国哥们儿被枪杀了，这案子就这么悬在那儿了。"

老徐的声音轰鸣着，我的视线穿过他捏着香烟的指缝，仿佛时间凝固了，那些喧闹的、烟火缭绕的、吆五喝六的背景变得模糊失焦，拉开遥远的距离。我想起了一件什么事，这件事是如此之重要，以至于我竟然把它完全抛到了脑后。

我以为一切都已经结束了，其实才刚刚开始。

告别了老徐回到家，我一阵翻箱倒柜，媳妇儿挺着肚子以为我喝多了撒酒疯。我问她，你有没有看见一张金色的卡片，上面有个佛像，背后有个400电话。

她看着我，像是看着一条被遗弃的哈士奇，这一品种在狗界以智商低下而著称。她扭过头继续做她的孕妇瑜伽操。

最后我在厕所的一本时尚杂志里找到了那张VIP卡，夹着的那页，是一名涂满凡士林躺在一堆电子产品中的暴露女星，所有大大小小的屏幕都反射出她光亮肉体的一部分。

我拨通电话，按"9"，输入VIP卡号和验证码。一把熟悉的声音响起，略带疲惫。

"德塔大师，是我，尘无！"

"谁？"

"尘无！周重柏！就是那个你拍了我肩膀三下，让我晚上10点零1分到你房间看宇宙微波背景辐射图的那个！"

"嗯……听起来很变态的样子。我记得你，近来可好？"

"你说得对！问题就出在那算法上！"我深吸一口气，尽量简明扼要地把事情的前因后果告诉他，同时还有我的猜测，有人希望阻止这套算法被投入实际应用，甚至不惜牺牲他人身家性命。

电话那头久久沉默，接着又是一声长长的叹息。

"你还是没明白。你玩电子游戏吗？"

"很早以前玩过，你指街机、掌机还是 PS 时代。"

"随便啦。如果你操控的角色向大 Boss 发起进攻，按照游戏设置，它是不是会调动所有兵力去抵抗你的角色？"

"你是指，NPC？"

"没错。"

"可我什么也没做，我只不过出了个他妈的营销方案！"

"你误会了，"德塔大师的声音变得低沉，似乎随时会丧失耐性，"你不是那个向大 Boss 发起进攻的主角，你只是个 NPC。"

"等等，你的意思是……"突然间我的思绪变得黏稠无比。

"是的，我知道这很难接受，可这是真的。某人，或者某些人做了一些事情，可能会威胁到整个程序——我们所处这个宇宙的稳定性，于是系统按照事前设定好的机制，发动 NPC，执行指令，去消除威胁，保证宇宙的自洽性。"

"可我以为我所做的一切全是出于自由意志，我只想把活儿干好，混口饭吃。我以为我是在帮他。"

"所有的 NPC 都这么想。"

"那现在我该怎么办，老徐要我去帮他忙，我怎么知道这是不是……喂？"

电话里突然出现了一些奇怪的声音，就像有许多细小的虫爪在摩擦着麦克风。

"迷时……嘶嘶……师度，悟了……嘶……自度。你只要……嘶……就好……对不起，您的 VIP 卡账号余额不足，请充值后再拨打。Sorry, your VIP……"

"你大爷！"我愤怒地挂掉电话。

"怎么回事啊你，那么大声，吓流产了谁负责啊。"媳妇儿的声音从里屋慢悠悠飘过来。

我用三秒钟整理了思绪，决定把事情一五一十地告诉她，当

开光

然，只限于她能够理解的那部分。

"你跟老徐说，你媳妇儿怕生个孩子没屁眼，不让你跟着他干那些忽悠人的勾当。"

我正想反驳，电话又响了，是老徐。

"考虑得咋样了重柏，中科大量子所的进展很迅速啊，他们的机器已经开始攻关 NPC 问题了，一旦证明了 P=NP，你知道那是啥意思吗！"

我看了看媳妇儿，她把手架在脖子上，横着一抹，同时做了个吐舌头的鬼脸。

"你知道那是啥意思吗……"我挂断了电话，老徐的余音在空中回荡。

所有的程序都会有 bug，而在这个我所处的宇宙里，我相信，我媳妇儿一定是最致命的一个 bug。

111

我还记得那一天，小来来呱呱坠地，玫瑰色的皮肤，浑身带着奶香。他是我在这世上见过的最漂亮的宝贝。

媳妇儿虚弱地让我给他起个大名，我嘴上答应着，心里却想，叫什么已经没有区别了。

我不是个英雄，我只是个 NPC。打心眼儿里我就不认为这一切是我的过错，只因为我没有加入老徐的团队，没有用一些稀奇古怪的点子搞砸整个项目，没有阻止那台该死的量子计算机算出狗娘养的 P=NP，至今我都不明白那究竟是他妈的什么意思。

如果这就是宇宙崩溃的原因，那只能说编写它的程序员太烂了。这样的世界，毁了又有什么值得可惜。

可当我抱着小来来，牵着他弱小得吓人的爪子时，我只想让这一刻永远静止。

我后悔自己做过，或者没有做的一切。

在最后的那几分钟，我脑海里出现的，却是遥远的那个夜晚，天桥上那个身穿军大衣的哥们儿，

他望着我和媳妇儿，像台自动答录机般循环播放着："1 月 4 号象限仪流星雨光临地球，不要错过……"

没有人会错过这一场盛大的下线仪式。

我逗着小来来，试图让他发笑，或者做出任何表情。突然间，我看见他的眼中有什么东西在迅速扩大。

那是我背后的光。

未来病史

就叫我斯坦利，我来自你们的未来。

让我由你们熟识的事物开始，沿着未来之河溯流而下，去探寻明日之后的人类病症，无论肉体或心灵，直至历史的终点。

iPad 症候群

一切源于使用视网膜显示屏（Retina Display）的 iPad3 上市，经次像素渲染技术升级后的版本达到了超过 300PPI（Pixel Per Inch/ 每英寸像素）的像素密度，高于日常印刷品的起始水准，这意味着电子阅读物的显示质量从此可以在硬性指标上与纸质媒体比肩。评论家们惊呼另一场古登堡革命将至，传统印刷业已死，人类将进入阅读的新纪元。

评论家一如既往地短视，如同黑洞中倒吊的蝙蝠。

苹果公司首先推动的是一场教育界的革命，他们让孩子们人手一 iPad，同时投入大量资源将教材电子化、多媒体化、社交化。孩子们，特别是东亚地区的孩子告别了沉重的书包，他们的脊柱舒展、肩颈肌肉释放压力，他们得以借助光传感器智能地调节显示屏亮度，视角更广阔，图像细节更敏锐清晰，延缓了眼球晶状体疲劳变形的过程。

世界看起来一片光明，直到父母们把那块带魔力的平板交给更小的孩子。

目前有记录的年龄最小的 iPad 使用者为四个月零十三天。iPad 符合人类直觉的操控方式让婴孩毫无障碍地迅速滑入一场指尖的冒险，并沉溺其中。许多拍摄婴孩把玩 iPad 的视频被上传到 YouTube，他们毫无掩饰的夸张反应赢得亿万次的点击及更多的"like"。人们在欢笑之余并没有预料到背后隐藏的危险。

第一个被确认的病例来自韩国，六岁的朴成焕被诊断为自闭症，然而功能性核磁共振及 PET 检查结果却显示他的大脑波形并无异常。他表情淡漠，语言能力低下，肢体协调性不佳，对于父母的情感表达没有回应；他对外界事物丝毫不感兴趣，全部的注意力集中于 iPad 屏幕上，反复打开关闭应用程序，却无法持续性地进行游戏、浏览或者其他操作。

似乎世界对于他的全部意义，便在于手指滑过屏幕时带来的力反馈振动。

一名敏锐的儿童临床心理学家观察到了这一现象，并对同一时期的其他类似案例进行交叉比较分析，提出了震惊世界的"iPad 症候群"概念。紧接着，世界各地纷纷响应他的发现，将这一症候群人数提升到五位数。

现在学界达成的共识认为，这种特殊的知觉机能障碍主要由于婴孩在感官神经联结尚未完全发育成形的阶段，便接触到强化视觉及触觉反馈的 iPad 产品。在无目的动作中，引出大量的感觉信息（特别是锐化视觉和触觉），这些感觉信息和身体的各器官必须保持足够的统合力和协调力。这是人类身体形象发展的最重要基础。而 iPad 综合征患者便缺失了这重要一环。

在他们看来，正常的世界是灰暗的、模糊的、低像素的，无法通过滑动手指来触发动作，显得沉闷无趣。患者久经训练的脑干前庭触觉系统形成了一种特殊的信号过滤器，只有通过 iPad 传递的信息能够顺畅进入大脑皮层，引发神经元兴奋，而其他的感官信号均被排除在外。

全球的患者家长成立了联合组织，向苹果公司提出高达数百亿美元的赔偿要求，理由是苹果公司并未在产品醒目位置标明可能对婴孩带来的严重后果。诉讼案旷日持久，最终达成庭外和解，除了数目不详的赔偿金外，苹果公司还将投入巨资研究对该种罕见病的复建治疗方案。

iPad 综合征患者们逐渐长大成人，通过治疗，他们学会了一种独特的生活方式，iPad 成为他们身体的外延，他们通过它说话、表达喜怒哀乐、交流思想。除了文字和声音，他们还用振动来传递信息，仿佛深海中的鲨鱼，或是泥土中的蚯蚓，将手指或手掌置于对方的 iPad 上，感受一种外人无法知悉的触觉。

他们像是隐藏在人类社会中的异星生物，除了经济上必要的出入外，拒绝与任何异族，也就是正常人类的交流来往。

他们群聚成类似家庭的组织结构，以某种不为人知的规则相互配对，交媾，繁衍后代。曾经有媒体记者在高价诱惑未果下，试图偷拍 iPad 患者的家庭生活，下场是人间蒸发。

不要恐慌，最坏的尚未到来。

他们的后代，有八分之一的机会遗传这种对于 iPad 超乎病态的热爱。

拟病态美学

伴随着审美意识形态的去男性中心化，塑身美容技术在 21 世纪中叶发展到巅峰，身体表面的改造工艺已不能够满足日新月异的多元族群需求，一种新的，或者说古老的美学潮流重新复苏，蔚为奇观。

该潮流可追溯到中国魏晋时期。玄学鼻祖何晏在东汉名医张仲景治疗伤寒的药方基础上，开发出"五石散"，基本成分为石钟乳，石硫磺，白石英，紫石英，赤石脂。"服五石散，非唯治病，亦觉神明开朗。"五石散所带来的副作用却成为士大夫阶层所追求的时尚，所谓燥热急痴，一边轻裘缓带，一边神游天外，长期服用，性情急躁，精神恍惚，一如嵇康拔剑逐蝇。

服石之风流行了五六百年至唐，诗文间"行散"二字成为高贵的身份标签，仿佛垮掉一代的大麻或 LSD。

无独有偶，中世纪欧洲贵族为追求病态美感，主动罹患肺结核，甚至服用少量砒霜以换取皮肤的特殊苍白光泽。可见，以病为美，此事古今中外同也。

现在，高科技可以帮助你。

韧带收缩剂可在有效时间内减小关节活动的幅度，配合微量河豚毒素的面部肌肉注射，可塑造出东洋古典主义的姿态及表情控制。在东京六本木区域，你经常可以遇见身材高大，头发漂染成乌黑，步伐谨慎，笑容僵硬不露齿的白种女人，她们是来自跨国集团的高管秘书，为所谓的"文化融合"，上流圈子里的病态时尚，以及亚洲老板的特殊性癖好，她们需要定期维持行动障碍及局部面瘫患者的症状。

"Blinker 眨眼者"，出自某种神经官能症患者，症状为眼匝肌抽搐呈无规律性眨动，社交恐惧症候群在眼底埋入芯片，经由电子神经接驳触发肌肉束动作。他们形成了一套复杂而缜密的读取—解码—反馈机制，可由眼睑的眨动传递信息，可完全取代语言及表情，于是你可以在眨眼者聚会中看到一群面无表情的沉默的人，四目相对，如同两座高速频闪的灯塔互送莫尔斯电码，甚至，可以做到左右眼分别与不同对象交流。

美学从来与政治密不可分，在多中心的破碎政治图景下，人类很难就"美"的定义达成共识。在抗争与裂缝之处，疾病模仿者横行。

在纪念越战结束一百周年的西贡大游行庆典上，集聚在胡志明广场前的"橙剂"（Agent Orange）方阵引爆了一场吸引全球媒体目光的病态秀。

越战期间，七千六百万升含有二噁英的化学毒剂由美军飞机低空慢速播撒在南越10%的森林、河流和土壤里，以期达到消灭越共的目的，它们被装在橘黄色桶里，因而得名。"橙剂"中含有剧毒的四氯代苯和二氧苣，化学性质十分稳定，在环境中自然消减百分之五十需要耗费九年，进入人体后需十四年才能全部排出，且还能通过食物链在自然界循环。

那些游行者来自世界各地，显然经过精心准备。排在前列的是畸形儿队伍，他们四肢绵软无骨地（或者根本没有四肢）蜷曲在电动轮椅车中，有的眼窝位置一片光滑，有的头部鼓胀开裂呈心形，有的肢体粘连如同美人鱼。显然，他们并非真人，而是经过人工皮肤涂装的基因宠物，重复播放着预录的政治口号，声调怪异。

然后是"溃烂者"队伍，何杰金氏淋巴肉瘤病、氯痤疮、貌似皮肤完全剥落的猩红战士，他们抖索着挂满全身的肉瘤和肿胀，各种颜色的汁液从不断破裂的囊泡中溢出，在地面绘出事先设计好的和平标志，他们互相亲吻，拥抱，向镜头喷溅涂抹体液，用含混不清的口音呐喊。天知道他们在这套装置上花了多少费用和时间。

"爬行者"队伍步履缓慢，因为需要用残缺不全的肢体支撑身体前进，他们大部分是真正的残疾者，只是稍加伪装，如粘连的皮膜或者夸大肢体扭曲的角度。他们就像是电影中爬出的节肢动物或多节动物，必要的裸露会增加曝光率。

这一切都让最后压轴的PTSD（创伤后压力心理障碍症）队伍显得黯淡无光，毕竟一闪而过的镜头前，谁会去注意他们通过药物精心刻画的情感疏离、麻木及过度警觉呢。

高潮在于模仿1945年庆祝二战结束的"胜利之吻",只不过把时代广场换成了胡志明广场,把水兵和护士换成了肉瘤怪和畸形儿。镁光灯闪烁,卫星信号直播,亿万人目睹了这一汁液淋漓的"橙剂之吻"。

谁又能说这不是美的呢?

可控精分

当你可以选择成为不同的自己时,你会做何选择?

请别误会,这里并非提供心灵鸡汤式的人生道路诊疗课程,而是,字面意义上的,不同的自己。

弗洛伊德的叛逆弟子荣格曾说过:"我就是相信,人类自我或曰人类灵魂的某一部分,不受制于时间和空间的法则。"这话看似在为他的"原型"理论作注脚,其实却是意指德国汉学家卫礼贤(Richard Wilhelm)所引介的易经思想带给他的冲击。

荣格与卫礼贤的合著《金花的秘密——一本中国生活之书》,被形容成以古代道教思想整合人格的实用指南。这本1962年出版的著作竟一语成谶。

从社会学的角度看,人类在长期进化过程中发展出一种被称为"角色丛"的竞争策略,指通过占据特定的社会地位而具有的一整套角色关系,以适应不同环境模式下的人际交往。但它仍然只存在于弗洛伊德所谓的"自我"层面,不影响潜意识中的"本我",属于可控的角色转换。

技术加速了这一进化过程。

早期网络时代的精神分裂症患者们,能够自如地在不同界面窗口间转换人格,往往只需一秒钟,Alt+Tab,勤勉敬业单身女白领变身性感饥渴小野猫。随着上网时间的碎片化与非线性化，许多剩余人格被创造出来，但并没有得到妥善的处置，它们如同系统碎片般沉积在潜意识中，潜移默化地改变着人格基础，甚至间歇性地爆发，制造出许多耸人听闻的变态杀人狂。

22世纪初期，脑机界面开始进入规模化商用阶段，开发者创建出大量脑—网应用，可直接由意识驱动数据上下行执行任务。随着并行程序的增多，一种被称为"滑窗"的管理程序被开发出来，以保证用户在不同程序间意识切换的平滑顺畅。接着，可以预料到的，远东原教旨主义恐怖组织"沙棘"释放出专门针对"滑窗"的木马病毒，这种被称为"破窗者"的病毒可随网络社交行为传播，潜入用户"滑窗"内部，彻底紊乱其切换机制。

当你与情人调情时，大脑激活的是应付老板的人格；而面对老板指摘时，爱抚宠物狗的模式跳了出来；到了小狗在你腿边磨蹭撒娇时，你性欲勃发，气喘吁吁，无法自遏。

随之而来的，是超过三十亿的多重人格失调症（MPD，Multiple Personalities Disorder）患者，一场赛博朋克时代的大瘟疫。

社交网络被封禁成一个个隔绝区，以避免病毒的再扩散。社交成为一场22世纪的猎巫运动。人工智能网警伪装成随机程序与用户进行互动，判断是否感染病毒，若结论为是则强制断线，接受线下社区复建治疗后再进行人格控制能力综合评测，以决定是否能重返数字美丽新世界。

整个行业估值一夜间倒退二十年。

在整场风暴中，中国大陆竟然罕受波及，在全球灾变跟踪图上一片深绿，引起了国际社会的高度关注。专家组经过深入分析后得出结论，一是高度管控的互联网行业；二是最新版本"伟大防火墙"的功劳；最后一点出乎所有人的意料，经过控制组的fMRI（功能性核磁共振）及ECoG（脑皮层电图）对比分析，他们发现中国人从潜意识层面就是分裂的，能够在不同"本我"频道间无缝切换，最重要的是，他们真心相信每一个自我都是真正的人格之主。

这个发现震撼了所有人。人们翻出卫礼贤那本早已被遗忘的著作，希望从中得到启发，发现来自神秘古老东方的人格管理秘术，并结合最新的 NLP（神经语言编程）技术，拯救位于分崩离析边缘的世界。

各种流派的中国秘术开始流行，包括结合手势结印与身体姿势实现人格"锚记"的传统密宗技术，利用第三方军用软件定向刺激脑皮层整合太极脑图的易经学派，等等，不一而足。但影响最大的，当属官方大规模派出离退休干部，在海外开设"老子学院"的创举。

"老子学院"提供一整套系统培训课程，从身心形意的修炼出发，通过禅坐和冥思，顿悟生命本质，将精神宇宙调谐重置到阴阳两极和谐对立的本初"赤子"状态，以"道"的状态引导人格失调患者们找到重返这个世界的归路。

我不会告诉你结局如何，那不符合"道"的精神。

但无论如何，中华民族终于在 13 世纪《马可·波罗游记》之后，再次向世界输出了伟大价值观。

孪生挽歌

事情由亚马孙丛林中一种名为 Duoliquotica 的多年生木本植物被发现开始。在当地土著人传说中，这种植物由古神"多力卡"的精血变幻而成。此古神外形特点是一头双身，映射到植物型构上，便是毗邻而生的雌雄植株，在成熟花期互相缠绕，雌蕊受精孕育硕大果实，恍如饱满头颅之下双身倚立。

科学家从果实中提取出同名神秘化合物，功效作用不明。在一次偶发的临床实验中，怀孕受试对象茉莉亚·克里斯蒂娃被查出怀上同卵分裂双胞胎，这才揭开其神秘面纱。在后续重复实验中，一共有二十三对同卵双胞胎降临世间，后来学界将他们统称为"DUO24"，而媒体则更喜欢用带有 B 级片色彩的"孪神 24"。

第一对双胞胎亚当与爱娃，在尚未掌握语言的阶段，便以其哭泣和笑容的高度同步率闻名于实验室，无论两人被区隔于多远的房间，间隔时间误差不超过零点三秒。这种怪异的天赋随着他们词汇量的增加，变成令人无法忍受的表演。

他们几乎同时说出每一句话，然后不加停顿地继续。在外人看来仿佛两人在自说自话，但录音回放显示，这是一种极高效率的对话，无须理解上的延时，在时间点上交叠的两句话互为问答。

事实上，脑电图显示，无需语言上的交流他们也能理解彼此，这更像是一种技巧上的游戏。

科学界如获至宝，这是历史上首例经得起考验的心灵感应事件。紧接着，其他双胞胎也表现出不同程度上的精神联结现象。令人迷惑的是，这种联结并非通过任何形式上的信息传递，电磁信号、生化信息素、空气振动……即便把双方关在完全密闭的隔绝室里，他们仍然能够知悉对方的喜怒哀乐，所思所想。

一切都引向古神"多力卡"的未知大能，类似于量子物理中纠缠态的存在，无论距离多远，只要其中一个量子改变状态，另一个量子便会随之产生变化。

在那个时代，人类的基础理论尚未进步到由此现象上升为本质的阶段。因此在一段时间轰轰烈烈的媒体炒作之后，项目没有实质性的进展，转入地下，所有的实验品被更改身份，服务于军方，这是比任何仪器更为灵敏安全的加密远距通讯工具。

美国军方借助这些双胞胎获取了大量情报，俄罗斯、中东、东亚、欧盟……先用贿赂打开机要大门，再以防不胜防的双子心法传输信息。直到一桩奇特的恋情暴露整个计划。

第九对双胞胎兄弟大卫与彼特同时恋上了一位日本女子，更确切地说，彼特经由大卫的"远程传输"爱上了野田美奈子，一名防卫官员。遗憾的是，他仅能全身心地品尝这"二手"爱情。彼特多次要求与大卫互调身份，横遭拒绝后妒意顿生，他用天赋完成了属于 DUO24 风格的报复。

彼特向大卫不分昼夜地传送高密度的偏执思想，甚至在睡梦中，后者抵抗无力后陷入谵妄状态，丧失理智并依照彼特的指令杀死爱人，自首，供出整个计划。

大卫恢复意识后选择了自杀，就在他停止呼吸的同一秒，远在三千公里外的彼特微笑从公园长椅上滑落，瘫倒于枯叶丛中，似乎对此宿命早有预料。

悲剧在 DUO24 所有成员中引起震动，长久以来，他们早已习惯作为彼此镜像的存在方式，却从未想过自己也是有欲望、恐惧和死亡的独立个体。其中的绝望者把这种能力看作上天的诅咒，一种貌似福利的基因缺陷，两个注定纠缠终生的悲苦傀儡，无法解除隐形的命运连线，不知哪一刻便会被无妄之灾夺去性命。

有五对双胞胎选择自行了结，他们的遗体被装入双体棺材，葬入六尺泥地。

军方提供了一个补偿方案，剩余的 DUO24 成员可自由选择加入人体冷冻计划，到遥远的未来寻求解药。

六对选择继续在世间相互支撑，苟活下去。六对携手步入冷冻舱，寄望于未来。还有六对产生了不可调和的分歧意见，一方希望被冷冻，逃避不可知的命运，另一方则仍眷恋尘世生活。倘若只冷冻一方，则被冷冻者极有可能在睡眠中受另一半牵连而猝死。

最终他们选择了折中方案：每十年轮换一次，在被冷冻之前，将自己的生命交到同卵双生的兄弟姐妹手里，并相信他们会善待自己。正如《约翰福音》中耶和华对世人所言：

"我这样吩咐你们，是要叫你们彼此相爱。"

新月之变

科学家信誓旦旦说，四十四亿年前，一颗火星大小的天体撞上地球，碎片形成了月球。六千五百万年前一颗巨大小行星的撞击造成恐龙灭绝。一万二千九百年前一场由彗星瓦解的碎片降临在北美冰原上，直接导致猛犸象和其他大型哺乳动物的灭绝以及古印第安克洛维斯文明的消失。随后极寒冰期持续了整整一千年。

考古学家言之凿凿说，古玛雅人所预言的 2012 世界末日将由太阳系第十行星，传说中的 Nibiru 星，在苏美语中有"渡船"之意，每隔三千六百三十年，便会沿着巨大的椭圆轨迹进入太阳系，穿越地球轨道。其巨大引力将引起地球磁极偏转、地壳变动、巨大地震和海啸、气候异常及火山爆发。人类从此将被"引渡"进入新的纪元。

星座小王子温文尔雅说，金逆已经结束，对于金逆各位必须明白的要点是，它终将过去。它会给你机会反思那些不再有意义的关系，并停止对此习惯成自然。

人类并没有在 2012 年进入新的纪元，至少在我所属那条时间线上没有。相反，他们在 23 世纪迎来了新的变化。一块被称为"流浪者"的巨大陨石（千万人口城市尺度）经过漫长旅途，穿过广袤宇宙，被地—月引力系统捕获，稳定在近地轨道的拉格朗日点。地球从此拥有了第二个月亮。

浪漫的人类在习惯了潮汐、地貌、天文的奇观之后，开始面对自身内在微妙的变化。女性的生理周期变得紊乱，情绪波动加剧，数以万计的胎儿在孕妇腹中由于激素分泌失调而停止发育，人们称之为"新月之暗面效应"。一种看不见摸不着的力量开始左右人类的发展进程。

一些人在第二月圆之夜产生了特异性过敏症状，皮肤出现怪异纹路，肌纤维紧张收缩，瞳孔扩散，意识模糊具有强烈攻击性。他们会撕扯掉身上的衣服，赤身裸体地四肢着地，在城市街道或荒野里奔跑，仿佛回溯到远古始祖的图腾崇拜。这些人后经检验，在Y染色体的某个细枝末节仍存留着早期人类的DNA表达式，这些人经过庞大的数据库筛选，被打上加密标签。

出于反歧视法令，他们的身份得以不被公布，但必须定期服用抑制性药物及佩戴滤光隐形眼镜来抵消第二月亮对他们的唤醒作用。一些都市青少年视之为新的时尚，在月圆之夜的野外举办盛大的变身派对，借助药物及辅助性器械化身为兽，赤裸群交。

农作物与蓄养禽畜的生长周期同样被改变。天文学家们不得不费尽心思制定出新的月份、节气及历法，它们是如此复杂以至于完全无法被人工掌握，或依靠天象进行判断，惟有借助实时更新的提示软件才能指导农民和农耕机械的运作。

真正令人震惊的是在第二月圆期间受孕诞下的"新月一代"。

科学家始终无法解释新月光在精卵结合瞬间或者细胞分裂期间扮演着什么样的角色。从光谱分析、引力、地磁异动及其他所有可能影响因素出发都无法给出合理解释。他们惟一知道的是，子宫中的胎儿已经发育成有别于任何已知人类种族的新族群。人们恐慌地联想到，之前由于新月停止发育的正常胎儿，或许正是这一新族群在进化竞争中所作出的进攻性策略。

但无论如何，超过97.52%的父母选择生下孩子，不管他／她将成为天使或者恶魔。

"新月一代"从体型外貌上并没有太大不同，除了皮肤特殊的折射率呈现出类似塑料薄膜般的反光质感。他们的新陈代谢比正常人缓慢三到五倍，这意味着寿命也较长。普遍性的中度抑郁症状，曾经让父母们担忧这一代人会因自杀而结束。但经过漫长的了解之后，人们才意识到这种类抑郁的心理屏障能够帮助他们抵御外界纷繁资讯所带来的心智消耗和过载，他们需要将注意力集中在更为重要的大问题上，一个需要耗费数万世代去解决的问题。

这个问题便是，他们视之为创生神祇的第二月亮，将不可避免地随着时间流逝，在引力稳定系统失衡之后，脱离拉格朗日点，在引力拖拽下，撞击地球表面，缓慢而诗意地摧毁一切。

而他们希望拯救的是新月。

幼态延续

在 21 世纪初，人们以为这只是种心理疾病，专家们称之为"彼得·潘症候群"。患者虽然身为成年人，年过而立乃至不惑之年，却依然不想长大，行事说话装嫩卖萌，仿佛永远生活在梦幻般的"永无乡"中，害怕现实，恐惧竞争，逃避责任与义务，不停更换伴侣，容易沉溺于药物或酒精所营造的虚幻庇护所中。

他们将所有这些归罪于过度保护溺爱的家庭成长环境，甚至怨恨自己的父母。

就像女性追求青春永驻，容颜不老，这一切不过是通往另一层阶梯的小小一步。

22 世纪中叶，一种发育延缓综合征开始蔓延，患者的生物钟似乎比正常人被拨慢了数倍，第二性征延后至三十岁左右出现，更年期随之推迟。科学家们似乎认为，人类通过各种技术手段将寿命延长到一百五十岁以上，青春理所应当地会变得更长。大量文学作品和影像出现，赞颂漫长的青春，患者被塑造成人类进化的方向，在社会学家和人类学家的论证下，这种疾病大有全面逆转被文化建构成社会"正常态"的趋势，而其他所有人则沦为时代的残疾弃儿。

他们只看到问题的一部分。

与其他动物相比，人类有一个长得不成比例的不成熟期。在灵长类动物中，狐猴、恒河猴、大猩猩和人类的幼仔期（儿童期）分别是两年半、七年半、十年和二十年。人类性成熟时间比黑猩猩晚了五年，长牙也是。为什么我们需要一个如此漫长的不成比例的童年？

科学家早在 20 世纪中叶便发现成年人类与幼年黑猩猩在生理上的同构性，小下颌、平脸和稀疏的体毛。人类与黑猩猩有百分之九十九点四以上的相同基因，但在随时间而改变的基因中，有近一半（百分之四十）启动时间大大晚于黑猩猩，尤其在负责高等思考的大脑灰质中体现得更为突出。

所有的幼儿教育机构都会向家长宣称，大脑完全发育成熟之前，神经元突触尚处于未成形阶段，接受信息刺激的能力最强，脑容量的潜力巨大。

拥有更长幼年期的智人从灵长类的进化竞赛中脱颖而出，拔得头筹。我们将胎儿没有体毛、头大的特征保留到成年；将幼儿时期好奇、有学习兴趣的特征贯穿始终；有的人种将哺乳期产生能分解消化乳糖酶的特性终生保留下来，并将其他人冠以"乳糖不耐受"的病名。

这便是幼态延续对于物种的意义，现在，它又将二次降临了吗？

科学界希望借助这一机会，为人类进化助推加力，但他们首先面对的却是一个法律问题。患者们从年龄上早已成年，但从生理或心理上均处于幼年期。如果想征召他们成为实验对象，是否只需个人同意，抑或是需要名义上亲属的签字。没有先前判例引发旷日持久的诉讼，患者亲属甚至被网络暴民曝光，加以"自私猿猴"的恶名。暴民们认为，为了一己安全，弃全人类进化大业于不管不顾，这简直不配享有"智人"这一名号。这样的论调在历史中曾经无数次地出现，如同一朵朵轮回的浪花。

最终，逻辑战胜了情感。国家出面以集体监护人的名义为患者签署了实验合约，并购买了巨额保险作为对家属的补充条款。现在，所有人都闭嘴了。

科学家们以《发条橙》的升级版对患者进行皮层刺激和信息输入，他们迫不及待地将全人类的知识和历史在看似漫长实则短暂的发育期内展示给实验品们，期望人类久未进化的大脑能够生长出更加复杂的突触连接，开拓从未有人到达过的知识疆域，解决人类社会久疴成疾的种种棘手问题。潜意识中，他们把自己当作神，希望在第六天能够创造出全新的人类。

他们制造出了疯子、傻子、抑郁症患者、暴力狂、性成瘾者，以及植物人。

僭越者们甚至不知道自己错在哪里。他们并没有摸清基因开关的秘密，他们并不是那个埋下机关的人。

人类曾经将狼驯化为狗，他们试图保留幼崽时期的特征，如垂耳、短鼻、大眼睛、好玩耍、与人亲密，将成熟体的凶猛嗜杀悉数剔除。人们这么做，并不是为了帮助狼更快地进化为狼人，单纯只是为了贴合人类的审美趣味而已。

一种引起误会的微妙病态萌感。

仪式依赖/戒断

你从遥远的地方走来，询问杂志的音讯；你付钱，买下，放入包里，再经过交通工具的辗转，回到一处私密的空间；你打开橘黄或苍白的灯光，打开不可降解塑料薄膜的包装；你沏一杯茶，或开启一听健怡可乐；你抚摸纸的纹理，刻意翻开或恰巧遇见这一页。

你开始阅读，读毕掩卷思考，或陷入厌倦，你告诉别人，去看或者别去看这篇文字。

你完成人生中数以万亿计的仪式中微不足道的一个。

人类是仪式化的动物，从远古到未来，从摇篮到坟墓。仪式凝固在意识中，黏连起人的集群，驱逐死亡的恐惧，寻找自我的位置，定义存在的意义。不同文明的权力互相模仿，用仪式集结人心、敛夺财富、党同伐异、巩固统治。给人的姓名之上添加无穷尽的属性标签，单单没有属于他自己的那一枚。

在我的时代，技术让仪式成为日常不可分割的部分，它植入你的躯体，内化成可遗传的基因，附身于你的子孙后代，繁殖变异，它的生命力比宿主更加强劲。

或者也在你的时代？

你无法控制刷新页面的冲动。资讯爆炸带来焦虑，却能填满你空瘪的灵魂，你每隔十五秒移动鼠标，点开社交网络，刷新评论，自我转发、关闭页面，周而复始。你无法停止。

你无法与人进行正面交流。空气作为声音媒介的功能已然丧失。你们环坐、低头、手持最新最快的移动设备，如供奉着远古神祇，思维通过指尖汇入虚拟平台，你们争吵、大笑、互相调侃，现实的荒漠一片寂静。

你无法摆脱人造环境的控制。仪式无所不在，它已经不像是祭祀、布道、礼拜、演唱会、游戏或者任何体现三一律的集中式舞台，仪式本身也在进化，变成一场分散式的云计算，均匀播撒到你日常生活的每一寸时空。传感器感知一切，调节你周遭温度、湿度、风速、光照；调整你的心跳、激素分泌、性敏感度、愉悦你的身心。人工智能是神，你以为它是造福于你，带来新的转机，你却变成孵化器中的蛋，提线下的傀儡，每一分一秒，都在以献祭的姿态补完这一场没有终结的盛大仪式。

仪式就是你。

激进主义者们思考如何戒断这一切。仪式的力量在于重复，而不在于内容本身。在日积月累中通过姿势的反复读写来缓慢侵入意识深处，植入一个信念，并曲解伪装成为个体本身的自由意志。就像那部21世纪初的科幻片。爱情是仪式最忠贞的消费者，爱国也是。

他们尝试模仿原教旨主义的路德教徒，毁坏机器、入侵系统、唤醒人群，号召所有人远离科技，回归原野，以严苛的自然来磨砺身心，渴望最终能够寻回原初的质朴。媒体毫不留情地指出，这一行为正好暗合了公元 7 世纪时某派日本禅宗所提倡的仪式感。

惟一能做的是什么也不做。

激进主义者们像断线的傀儡在随机的地点倒下，卧室、地铁、机场、广场、办公室、沙滩、流水线、餐厅、马路、厕所……他们什么也不做，什么也不说，只是那么静静地躺卧着，等待着肢体衰退、生命耗竭。他们用虚无来反抗意义，用不自由来消解自由，用丧失自我来建构自我。

传感器感知到他们生命体征的流失，人工智能启动机械助手将这些戒断的肉体通过交通网运往医疗机构，像小船般漂过正常人的河流，集中到洁白巨大的护理室，安插上各种维持生命的仪器和管线。他们陷入了两难境地，一种新的悖论正从虚无中冉冉升起。他们将用自己的生命去完成这场静止的抗争，人类历史上首次模拟自然死亡的集体自杀事件。

他们完成了一场最为伟大的仪式。

时感紊乱

时间只是人类的幻觉，那个犹太人在 1915 年说。从此均匀不变有如铁板一块的时间被融化了，如同达利笔下挂在树梢的柔软钟面。

科学家尝试许多种途径去控制时间，速度、重力、熵、量子纠缠……但最终宣告失败。人类穷尽所能去征服这无形无色却又无所不在的幽灵，它伴随着生命的开始，步向终点，似乎最智慧的头脑都无法洞悉它的秘密。时间之箭上纠结着人类文明所有的恐惧，它只有一个方向，一旦离弦，便再不停息，永难回头，直到宇宙的死寂。

　　　　　　　　　　后人类时代

既然改变不了世界，不如改变自己。

科学家们开始研究人类大脑中的时间感问题，每日在亿万人化学神经网络中浮泛沉落的记忆残渣，莫非就是最为寻常可见的穿越。实验证明，通过刺激海马体的特定区域，可以让人产生"似曾相识"感，如同眼前的一幕幕情境早已在童年的梦中预演。像是一位最神奇的剪辑师，将人生的片段剪碎后重新拼贴，产生时间穿梭的效果。

一旦掌握了其中的秘诀，时间便是魔术师手中的橡皮泥，随意拉抻塑形。这是一种奇妙的悖论，加速大脑活动，外部时间随之延缓、慢下，反之亦然，意识世界的相对论。高手甚至可以在对象脑中植入封闭圆环，让可怜的人儿以为自己就像《土拨鼠之日》中的主角，每天都在重复前一天的生活，其实那只是记忆扭曲的错觉。

时感有限公司应运而生，为需求不同的人群提供多层次的时间感调节服务，同时赚取巨额服务费，当然，费用同样是按照标准物理时间进行精确分割计算。

东亚区的学生为应付考试压力，需要延缓外部时间，他们在考试前夜不眠不休，如同日本经典漫画《哆啦A梦》中的记忆面包，将整个学期的知识容量和应试技巧囫囵吞下，其中有百分之零点五的几率会导致脑溢血，于是另一种搭配药物也变得抢手。

瘾君子们需要恰恰相反的效果，他们希望大脑中的时间缓慢得近乎静止，让强力药物的致幻作用如同冻结于冰山中的巨大爆炸缓慢生长，每一簇火花都带着不动如山的禅意。他们会静坐在黑暗中，等待着药效发挥到极致，如蘑菇云把最后一寸意识吞没，而肉体驳入生命维持装置。对于他们来说，时间并不存在，只有幻觉才是真实的。

老年人是回忆的忠实拥趸，他们的要求巨细无遗而且花费不菲。检索标记生命中最美好的日子，编辑成精选记忆专辑，在他们所剩无几的余生循环播放，简短而又有效的回光返照，然后面带微笑离开人世。

人类智慧从来不会被浪费，它们总是能被邪恶的天才发挥到淋漓尽致。

专制社会的统治者们很快发现了这项技术隐藏的巨大力量，他们运用这项技术的特殊授权版本奴役国民，让他们在法律规定的八小时工作制内贡献了超过十二小时的等效体力／脑力劳动，从而获得国民生产总值上的加速动力，以及国民疲乏不堪濒临崩溃的身心。为了释放积聚过度的工作压力，政府开辟了专门用于休假式治疗的旅游区，在旅游区内通过技术手段将度假者的时间感拨乱反正，以对冲谋求平衡。

不明就里的劳动者们以更加勤劳的工作来换取度假机会，找回本来就属于他们的时间。

他们的下一代似乎天生便遗传了失衡的时间感，在社会机制的再调速下加倍扭曲，事情开始变得不受控制。他们学会了遗忘，一种与生俱来对抗大脑过度负荷的策略，每过固定的时间间隔（长短因人而异），这些新人便会重置自己的记忆，如同初生的婴孩般对待这个世界以及自己的身体。他们互相模仿，一种原始的野性如瘟疫般蔓延开来，暴力和欲望突破了教化与技术设置的重重阻滞。

他们占领了城市和街道，破坏了所有试图改变他们身为自然人性质的机器和制度。

他们真正拥有了时间，他们已经不再需要时间。

终章：异言症

《约翰福音》曰：太初有言，言与神同在，言就是神。用结构主义语言学家的话来说，就是语言建构思维，思维认识世界、改造世界，因此语言才是世界的第一推动力，是神。

有神的地方必然会有魔鬼栖身之处，正如光与暗不可分离。

是语言而非工具将人从猿猴中区分开。能指与所指之间搭建起的桥梁，将主观意识世界与宇宙万物相连，意义如恒河之水，流汇贯通，人类得以点滴拾捡、保存、分类、归纳并升华来自日常的感官经验，进而区隔"自我"与客观实界的界限，开始学会在不同个体之间进行思想的交流、意图的沟通，社会结构逐步成形，分工、劳作、家庭、社稷、国家、战争均建立于此。语言建立了理解的标准，人类一切讨论均基于我们使用同一套话语体系。

而缝隙正是长久存在于那些不可言说之物中。

如宗教、音乐、绘画、爱情、痛苦、幸福、孤独……这些词语如同冰山尖顶，掩藏了海面下幽深不可尽触的庞大繁杂感受。伴随着人类的文化基因，从远古至今，如地质学中的层积岩，彼此交叠、覆盖、渗透，绵延至今。

当你在讨论这些话题时你并不知道自己在讨论什么。

所有的社会都希望行使一套行之有效的语言规范，从而规范大众的思想。从秦始皇的书同文到《1984》中的新话，一些词汇消失，新的说法被创造，某些用法只能够用于特定阶层、特定场合，而大众则需要规避这些高贵冷艳的词语，发明出以谐音、转喻或者需要过度活跃的大脑联想功能才能流畅使用的民间话语体系，一场舌尖与声带上的狂欢。

在某个时代，狂欢同样是经过规训的意识形态工具，而实现手段便是技术。

政府在每个新生儿的大脑语言区域中设置了防火墙，从而在人类历史上第一次真正实现了实时性的语言监控网络。当个体所欲表达的内容触发防火墙实时更新的数据库红线时，他的信息被拦截，同时施加某种程度的痛感惩罚，相反，当他说出符合统治者需求的话语时，防火墙会奖赏给他类似于吸毒的欣快感。

一个恩威并施的美丽新世界。

这套系统运行得如此完美以至于人们自发地将过滤机制内化到基因中，遗传给下一代，他们可以更加无缝地与防火墙的机制融合到一起，乃至于只需要一个触发惩罚的负面念头便可以飞速掐灭，最大程度地减少痛苦。这套机制慢慢地进入潜意识，与大脑皮层中属于两栖类、鱼类、爬虫类的部分相融，触及人类语言最为根源的部分。

事情发生了逆转。

到我出发的时候为止，未来的人们尚未完全明白发生了什么事情。一种可能的猜测是，人类确实是某种智慧的造物，它们在人类大脑中埋入了一套高度设计的语言系统，这套系统可以随着文明发展自我进化，但当某种外来侵入威胁到它的运行规则时，它将重置系统，将一切归零。而这种机制具有传染性。

你能想象吗，一个没有语言的世界，一切都崩溃了。

问题不在于无法说话，而是人类丧失了认识世界与自我的工具，宇宙恢复混沌状态。

而我，是第二套系统的产物。只有少数人出现了这种症状，或许在你的时代，它会被称为"神启"。

不再是我说话，而是话说我。

似乎是智慧的神灵对愚蠢的人类丧失了耐心，被挑选出来的代言人带着全新的语言逻辑，指导混沌未名回到原始社会状态的人类重新认识世界，建设文明，那看起来确实是一个更为和平光明美好的新社会。科学家们发明出时间机器，发现了时间线理论，他们派出代言人到不同时间线的平行宇宙中去，传播福音，避免其他世界的人类重蹈覆辙。他们中的许多人下场可不怎么美好。

这就是我，斯坦利，来自未来的代言人出现在这里的原因。出于无法透露的原因，我将结束本次旅程，离开你们的时间线，跳跃往另一个未知的世界。

在你们的文明中，九为大数，象征永久、轮回、至高无上。愿我的九篇言说能陪伴这个世界的迷惘灵魂穿过末日之门，永劫回归。

丧尸 Inc

有那么一阵儿，世界命悬一线，几乎玩儿完，后来操印度口音的英雄出现了，拯救了人类，或者说，运气好的那部分人类。可对我来说，有时候，我宁愿救世主没有降临，我宁愿这个世界被彻底毁灭，然后从血与火中重生。

——陈默日志：2018 年 11 月 30 日

1. Hello，World

我犯了一个错误。

这个错误如此愚蠢，如此致命，就像是火灾时，纵身跃出 26 层高的天台，可消防车还被堵在路上，缓冲气垫还没有打开，在自由落体的过程中，狂飙的肾上腺素将心脏加速到极限，然后，就那么一下，它再也跳不动了。

于是，你诗意地死在空中，然后再不那么诗意地摔个稀巴烂。

我把两个弹匣袋搞混了，就像把办公室和家里的钥匙搞混，就像把该发给 A 老板的邮件发给了 B 老板，这类事情常在我身上发生，但不是今天，最好不是。

我捏着本应该属于 SGT 防御型霰弹枪的 12 号霰弹，试图装进 Mini-14 执法型那苗条的枪身里，这已经不仅仅是尺寸的问题，而是脑子进水的问题。

而它们已经很近了，我能闻到那股加强型臭豆腐味儿，MCU-2A/P 型防毒面具能过滤大部分的致命病毒和化学物质，却抵挡不住这阵让人翻江倒海的恶臭。那是各种变性的腺体分泌物与细菌相互作用的结果。

这是某座写字楼其中的一层，周围的布置让我觉得眼熟，墙上贴着各种报表、照片和诸如"诚信为人，用心做事"之类的标语，天花板上的空调出口呼呼地吹着冷气，转椅静静地朝向各个角落，隔间里电脑屏幕不时闪烁，就像一家到了午餐时间的正常 IT 公司。

我试图用卫星电话联络总部，没有信号。情急之下，我拿起办公桌上的电话，线路上传来的却是娇美的录音"对不起，您没有拨打国际电话的权限，请联络行政部相关人员"。操，我重重地把听筒摔下。

叮。电梯到了。

一阵沉重而迟缓的脚步声贴着地面传了过来。我从来没想过，这群狗娘养的还会按电梯按钮，照专家们的说法，变异 III 期的丧尸智力水平只相当于三岁的孩童，看来这一定是个天才儿童。

我躲进了一间黄色的会议室，因为它够大，而且前后各有一个门，进可攻，退可守。我猫在椭圆形的圆桌下，死盯着门口，给枪头安上了 M7 刺刀，尽管这对于外皮高度角质化的丧尸兄弟来说，不过是挠痒痒，除非我能一刀砍下它的脑袋。

门被轻轻地推开了，这哥们儿身形相当高大，以至于我只能看到胸部以下的部分，它穿着三件套的黑色西服，左右摇晃，拖着沉重的步伐迈进了房间，它肯定是闻到了我的味道，正如我能清楚闻到它的体臭一样。它不紧不慢地朝我的位置走来。我屏住呼吸，攥紧了枪，手心湿滑，身体不由自主地往后缩着，直到撞上坚硬的实木。

只要见过那些死在它们手下的残尸，你的反应会比我更激烈。

丧尸的身体狠狠碰上了桌沿，停了下来，似乎有点不知所措。由于神经系统受病毒侵蚀，它们没有痛感，没有恐惧，但同时，它们面对复杂情况时反应迟钝，如果是在空旷的广场上相遇，人类多半会被它们敏捷强大的动物本能和肌肉素质所虏获，撕成碎片或者沾染上带毒体液，成为它们的一分子，但如果在地形复杂的场所，谁死谁活就不好说了。

"狭路相逢，勇者胜。"我的脑子里突然蹦出这句话，这是我的老板麦克张的口头禅，每次开会他都会不厌其烦地在开头、中间及结尾部分重复三遍，甚至还强迫我们把这句话加在MSN的昵称上。

此时，这句话突然循环播放起来，像符咒般念诵不止，我脑袋一热，冲上前往那丧尸大腿根部就是一刀，刀刺穿了它的大腿，各种颜色的汁液喷溅着，它仰天长啸一声，趔趄着往后退去。我还没来得及松手，巨大的力量便把我连人带刀一起拖了出去。

又一个他妈的低级错误。作战手册上写了，用刀的时候尽量从背后袭击，同时用割的方式，而不是刺，因为丧尸的肌肉硬化严重，刺进去的刀基本上就像是石中剑，而你绝对不是亚瑟王。

血溅满了我的面具，护目镜上一片鲜红，我慌乱地擦抹着，透过鲜血淋漓的玻璃，我看到了一张怒发冲冠的脸，尽管肿胀扭曲，布满了各种乱七八糟的突起和溃烂，我却依然能够分辨出它的主人，那个能让我瞬间丧失一切抵抗能力的人。

我的老板——麦克张。

麦克张耷拉着脑袋，一瘸一拐地朝我逼近，大腿根上高高挺着那杆Mini-14，嗞嗞地往下淌着液体。它的表情似乎在说，我会扯开你的身体，撕下你的皮肉，痛饮你的鲜血，就像我一直想干的那样。

而我却只是瘫在地板上，像条虫子一样不断瑟瑟发抖，不住地道歉："Sorry，麦克，我真的不是故意的，sorry 啊……"

"小伙子，坐过站了吧……"我抽搐了一下，睁开眼，是售票员充满关切的面孔。

干！早上还有个会，我飞奔下车，跑过马路对面，打了个车，往公司驶去。惊魂未定的我回忆着刚才梦境中的一切，心理医生能从中分析出许多潜意识，职场焦虑，老板恐惧症，社会角色紊乱……只有我知道，我的脑子把《生化危机》和现实搅成了一锅粥，因为，从三年前开始，它们就是他妈的一回事。

我跑进了公司，跑进了电梯，我看见了那间黄色的有前后门的会议室，那张实木大椭圆桌，我看见麦克张那张乱七八糟的烂脸。会议室的门上标着——满江红，很有文化的样子，一切都跟梦境中相差无几。

除了一点，我的上司是丧尸，我却不是战士。

2. IIB 型

小时候你总以为明天会更好，长大了你会憧憬未来跟现在一样好，当你发现自己开始祈祷一切不要变得更糟的时候，恭喜你，你老了。

当摩罗博士操着一口流利的印度英语在电视上演示神奇解药时，全世界都以为迎来了大救星。从某种程度上，没错，他拯救了世界。电视上那个用加粗钢链捆成个粽子仍然暴跳如雷的丧尸，在注射了解药之后，先是咆哮、呻吟，渐渐地化成粗重的喘息，然后它——他，沉默了许久，那张脸抬了起来，面对着镜头，充满迷惘、慌乱与无助地问了一句——"凯瑟琳在哪？"

　　　　　　　后人类时代

那是被他撕成一堆残渣的妻子。

这个经典的镜头被全球的各大媒体反复播放，累计观众高达数十亿人次，它富含象征和隐喻，同时，又情绪澎湃，充满人性的力量。同时，一个病理学名词深入人心，进而，成为一个新的人种代称。

IIB 型。

通常来说，受到各种途径（大多数通过体液，亦有极少数通过空气）传染的患者，在两周内会出现食欲上升、嗜睡、皮肤瘙痒等 I 期症状，此阶段是病毒侵入大脑与中枢系统，开始建立固定反射自激系统，影响内分泌的过程。

到了 IIA 期，患者分泌物增加，视力模糊，脾气暴躁，浑身无力，高烧，免疫系统紊乱。

IIB 期，病毒大量自我复制，患者身体及感知系统开始产生异化。典型症状为皮肤角质化严重，末梢神经钝化，肌肉硬化，新陈代谢速率加快，攻击性强，智力下降。

尽管吡喹酮及伊维菌素在感染前期有一定控制与延缓作用，血液透析亦能延缓发作时间，但最终，患者仍然是会无法逆转地进入 III 期，也就是丧尸期。由于新陈代谢的加快，丧尸需要不断进食来保证能量供应，而捕食的快感（来源于病毒所影响的中枢神经与内分泌系统所建立的固定反射自激系统，类似于吸毒）更加促使其向身边的非感染生物发起攻击。

然后，被攻击或者沾染到丧尸体液的人或动物，再次被感染，进入新的循环。

世界本该就这么毁灭。

摩罗博士的解药却能把患者的病情控制在 IIB 阶段，然后，传染性病毒神秘地消失了，而那些人，便永远地留在了 IIB 型。

这样的人大概有五六十万，分散在世界各地，麦克张就是其中的一个。

IIB 型人在各大跨国公司中高层管理者中比例高得出奇，其中一个重要原因是病毒暴发于北美，而老板们经常需要出差，又喜欢开派对交际，中招概率自然大大增加。

简直像犹太人一样。有评论家这样说道。但是千万不要因此萌发恻隐之心，老板永远是老板，不管他是丧尸还是火星人。

最初，还有声音对 IIB 型人是否能算是真正的人类表示质疑。于是，又有了米德－马林诺夫斯基测试，用于验证 IIB 型个体是否能够真正被纳入人类范畴。这与智能程度无关，这与生理结构无关，这与个体的自我认知有关，这与人性有关，当然，这也许还和钱有关。

据说，如果这群 IIB 型人最终被开除人籍的话，全球百分之八十的保险公司都得破产。所以有个笑话说的是，米德－马林诺夫斯基测试其实只有一道题——"你觉得自己还算人吗？"

说句实话，这个问题也不是那么容易答的。

无论如何，它们被以人类身份接纳了下来，成为了少数民族，或者说，弱势群体。各种反歧视条例和法规纷纷出台，保障它们的权益，一派劫后余生的和谐景象。

但对于某些人来说，噩梦才刚刚开始，比如我。

3. 阶梯

现在是早餐时间，远远就看见麦克张那孤独却无法忽视的身影，坐在"特别用餐区"（也就是约定俗成的"丧尸用餐区"）里，对付着他的"特别食品"。我几乎想放弃这次早餐，可不争气的肚子却仍驱使我走了过去。

我试图不引起他的注意，不发生任何目光接触，只要迅速地打好饭盒，然后从侧门溜之大吉。但是，我听到了一声咳嗽，那是麦克标志性的咳嗽，即使是变成丧尸后声音变得黏滞含糊，仍然无法抹去强烈的个人色彩，它的意思是"我注意到你了，别想溜"。

我只好在脸上摆出一副亲切的笑容，缓缓转身，假装欣喜地与他四目相接，然后走到他饭桌对面，坐下，热情地打招呼："麦克，早啊。"

麦克张用手抓着盘子里一坨坨像狗粮的东西，往嘴里塞着，那是为丧尸特制的高热量耐消耗食品，狗粮从他指缝和嘴角流下，掺和着亮晶晶的唾液，滴落在特制的丧尸围脖上——说实话，不是特别雅观。我尝试着把注意力集中在面前的皮蛋瘦肉粥上，这时，一撮狗粮顺着他塑料围脖的边缘，跌进了那杯可可奶里，溅起一朵咖啡色的浪花。我那原本空空如也的胃却一下子满了。

"我们来谈谈……你的职业阶梯吧……"麦克嚼着狗粮，喷着口水说。

我最喜欢引用的一句名言是"书籍是人类进步的阶梯"，这个习惯从小学一直保持到高中，哪怕是写春游周记，也要千方百计画蛇添足一把："香山真高啊，踩在石阶上，我不由想起了高尔基爷爷曾经说过……"

六岁那年，我爸用颜体逐字摹下这句话，贴在我的书桌上方三尺处，力透纸背，抬头可鉴。

他相信这是真理，于是遗传给了我，尽管过程中发生了小小的变异。

在我成长的那个时代，"书籍"的含义等同于"教科书"，"进步"相当于"上好学校，找好工作，出人头地"。我追随着这个变异的真理，一路埋头苦读，过关斩将，从最好的小学读到最好的大学，又进了最好的公司，但入职第一天，我又看到了人生的另一道阶梯。

麦克张作为我们的入职导师，给我们讲解几页PPT，第一张显示的是，如果每个员工都按照每三年升一级的速度晋升，那么在 2021 年，中层管理人员的数量将大大超过底层员工，也就是说，管人的人多过被管的人。麦克说"这是不符合商业逻辑的"。

第二页是职业发展阶梯图，我属于最底层的二级，麦克张在六级，麦克的老板在八级，但是，他们都不在我的正上方。如果从我的职位出发，向上晋升，最高可以到达五级，但如果要再往上的话，很抱歉，没有相关的职位设置，你必须"平移"，选择另一列阶梯，然后再往上，像走迷宫的小白鼠。

"在这个不幸的年头，你们很幸运，但光有幸运是不够的。"麦克张露出职业的微笑，却让人不寒而栗。

公司只会雇用最优秀的人才，如果你无法通过晋升来证明你的优秀，很不幸，请另寻高就，刚毕业的新人正排着长龙等着补上你的空缺，这就是所谓的"达尔文主义"。期限为三年，有无数的指标、职业评估、平衡计分卡、各种用三个字母作为简称的测试，但是，最关键的一个环节，在于上司对你的评价。

麦克张玩弄着手中的万宝龙钢笔，努力做出亲善的表情，他对大家说："别紧张，只要看我是怎么做的，多学，多问，Everything is just FINE."

我们从麦克身上学到了许多，他总是第一个到办公室，最后一个回家，几乎二十四小时在线，你经常可以收到他用黑莓手机发出的邮件，无论他在东八区还是西五区，无论此时他本该在飞机上或者床上。我曾经怀疑他或许只是个披着人皮的机器，在某次公司年会上，他被灌下两瓶波尔多干红，面红耳赤地打车回家，但仅仅过了四个小时，你又能看见他精神抖擞一丝不苟地端坐在办公桌前，处理着邮箱里的上百封未读信件。

我们私底下都说，能当老板的人，都不是一般人，更确切地说，正常人。

那都是麦克张变成 IIB 型丧尸之前的事。

当然，他还是早来晚走。丧尸体质决定了他的睡眠时间只是正常人的四分之一到五分之一，大多数时间，他会呆呆地坐在桌前，看着窗外的天空，身体里不时发出器官蠕动的声响，像是什么黏稠的液体在涌动，然后，继续坐着。

当然，我们还是会收到他的邮件，只是再也读不懂每个段落之间的逻辑关系，有时候干脆就是一堆乱码，有时，你会觉得似曾相识，然后从上周你发给他的邮件里找出一模一样的内容。

当然，他还是会开国际会议，只不过由于限制令的存在，出差改成视频。于是，你便可以看到操着印度、日本、法国以及不知哪里口音的丧尸老板们济济一堂，煞有介事地讨论一个话题。视频会议系统会捕捉音频输入信号，将当前发言人的画面放大，而其他人的画面缩小，但对于丧尸们来说，这一招不怎么好用。因为通常来说，你会看到这样的画面：

法国：呃……

日本：唔？

印度：咕。

美国：哈！

整个会议就像一部快速切换的实验电影，各种头像轮流放大缩小，你很难搞清楚这群人到底在讨论什么问题，又或者，根本不存在什么议题，会议的本身就是开会的目的。直到会议时间结束，留下一屋子濒临崩溃的正常人以及该怎么样还怎么样的烂摊子。

"你到公司快三年了……咕。"

"是……"我小心翼翼地措词。

"这个月底就……呃……综合评估了……"他打了个很响的饱嗝。

"是……"

"……这次有……噗……两个淘汰名额哦……"不知道是什么气体的味道。

我心里陡地一凉，赤裸裸的暗示啊，他为什么不说这次有两个晋升名额呢。

"要加油呼呼……"麦克撕下围脖，连着杯盘狼藉，晃悠悠地朝垃圾桶走去，留下发呆的我，和一碗凉掉的皮蛋瘦肉粥。

霎时间，一种熟悉的幻觉包裹住我的全身，那种冰冷、恶心、无法摆脱的黏稠感，在每个夜晚的噩梦中反复出现，仿佛整个身体在朝着阶梯的边缘慢慢滑去，而下面，便是万丈深渊。

4．达芙妮

"也许，我是说也许，下个月咱们就见不着面了。"我感伤地望着达芙妮，她正起劲地咀嚼着蓝莓味的百力滋，一根又一根。

"少来……这话你说过八百遍了，你有被迫害妄想症，真的，找个心理医生看看吧……"

达芙妮和我不是一个部门的，正因如此，我才能对她畅所欲言。她符合男人对 OL（Office Lady，办公室女郎）的所有想象，面目姣好，身材高挑，前凸后翘，喜穿大 V 字开襟衫＋超短裙套装，声音甜美性感，但她却对自己诸多不满，比如这个由于某三线女鞋品牌而烂大街的英文名。

但她就是不改，说起名字也得有个先来后到，并坚信在她的不懈抵制下，这个品牌迟早有一天会垮掉。

"你说有什么办法可以不被开掉吗？"

"有啊，办法多的是，你可以怀孕，患重度抑郁症，或者证明你完全胜任这份工作并且没有犯下任何的错误，这样的话，如果老板要辞掉你，就会面对耗时费力的劳务诉讼和大额赔偿金。"

我思考了片刻，把这些可能性一一否定："还有吗？"

这下轮到达芙妮沉思了，小麦色的百力滋棒在她嘴上来回转悠着，越来越短，最后完全消失在两片绛红的嘴唇间。

她招了招手，让我把脸颊贴近她的唇边，一阵夹带着饼干味的香气袭来。

"把他干掉。"

然后是一阵肆无忌惮的狂笑。

干掉？这个念头只是一闪，便被我惊慌地摁进了角落，仿佛是梦境被人窥探了一般，有种赤裸裸的羞耻感。没错，它们是IIB型丧尸，但从法律角度看，它们是不折不扣的人类，甚至，由于《IIB型公民权利保护条例》的存在，它们比一般人享有更多的特权和优待，比如，任何用人单位不得以其病症为理由辞退或拒绝聘用IIB型患者。

在失业和坐牢之间做选择，我还没弱智到那个程度。

"晚上一起吃饭，你再帮我出出主意吧。"既然没找到解决方案，不如退而求其次，与美女共进最后的晚餐。

"Sorry啊，有约了，下次吧。"达芙妮拒得倒是干脆。

挫败感并没有多强烈，这样的对白几乎每个礼拜都要演练一遍。尽管明知希望渺茫，但我却执着地相信一句话，那便是排在个人名言榜第二位的千古佳句：何意百炼刚，化为绕指柔！

晚上8点半，达芙妮的头像仍然亮着，这意味着她仍未离开公司。这样的事情对我来说很正常，作为一个单身宅男，回家也是上网，倒不如在公司省水省电省钱，但对于一个美女来说，特别对于一个不加班部门的美女来说，就显得有点奇怪了。一般来说，职业女性会严格控制晚上7点后暴露在显示器前的时间，以尽量延缓皮肤的衰老过程。

她在等着什么，或许，就是约她的那个人。

我突然冲动起来，想看看到底什么人配得上约她。达芙妮的头像突然暗了，我赶紧冲到电梯口，可迟了一步，电梯已经从她所在的八楼开始下降。我决定爬楼梯，为了拖延时间，我又按下四楼的按键，至少可以争取多五秒。

可我那缺乏锻炼的腿脚还是不争气，推开楼梯间门的时候，我看见她走出大楼，招手打车。

幸运的是，这并不是一个打车的好时候，师傅们都赶着交班或者回家，于是从不远不近的距离，我听到达芙妮一次次地重复那个地址，又一次次地被的士司机拒之门外。

那是三里屯最有名的丧尸酒吧。

5．丧吧

"丧吧"并不是这间城中热吧的正式名称，它原本有个很文艺的法文名，Je me souviens，意思是"我记得"，因此翻译过来就成了"记得吧"，很有点追忆逝水年华的意思。

在病毒暴发之前，这里是各种老外和外企白领的聚会场所，他们衣着光鲜，操着英国味、法国味、咖喱味或者火锅味的英语，喝酒、吹牛、跳舞、彻夜狂欢、互相勾搭。

后来，酒吧的法籍阿尔及利亚血统老板成了个 IIB 型，他的记忆力很好，智力衰退得没那么厉害，于是决定把店子改成面向丧尸的主题酒吧，没想到比以前更火了，有头有脸的 IIB 们都来捧场。

我确信我比达芙妮先到，因为那黑车师傅自称摸透了城里每一个摄像头所在的位置，逆行，压线，闯红灯，眼睛都不带眨，原本半小时的路，只花了十五分钟就到了。

跟街边卖走私烟的小姑娘要了一盒阿拉伯文的烟，我挑了个不起眼的角落蹲下抽着，既掩护了自己，又能看见"丧吧"门口附近的动静。

今天似乎人气不足，玻璃窗里隐隐只能看见三五个笨拙的身影随着"贡布"在摇摆，"贡布"是一种电子合成器音乐，有着单调的节奏型和怪异的低频，正常人听来会昏昏欲睡，丧尸们受损的听觉神经却会兴奋异常。

达芙妮终于从出租车里钻了出来，戴着一副复古的蛤蟆镜，一身黑色风衣，活像个精神病人。她似乎也不着急进去，要了一份麻辣烫，对着"丧吧"门口坐下，不紧不慢地吃着。

事情变得有点意思了。

零点过一刻，我这才看出今天是一场小型的生日宴会，一个丧尸吹了蜡烛，其他的丧尸笨拙地拍着手，互相拥抱，那一定很臭。之后，他们一起走出了门口，几个先行道别离开，过生日的那个摆着手，独自在路灯下站了片刻，又摇摇晃晃地朝停车场走去。

达芙妮放下麻辣烫，起身跟了上去。我把烟头一扔，不紧不慢地尾随其后。

停车场在旁边的小区里，一路灯光昏暗，我小心地贴着墙，不时以电线杆为掩护。达芙妮神色紧张地四处张望着，在一盏路灯下，她回过头。有那么一刹那，我有种错觉，似乎她正透过那对巨大黝黑的蛤蟆镜死盯着我，可她只是微微张开那两片性感的嘴唇，吐出一根闪着金光的物体，是她常用的那枚发卡。

她把发卡藏在手里，加快了脚步。

丧尸晃进了停车场，这里更加昏暗，他停下，似乎在兜里摸索着什么。

达芙妮突然以极快的速度冲向他的背后，同时高举起手里的那枚发卡，眼看就要朝他颈后戳下去。说时迟那时快，一束白光突然迎面打在达芙妮身上，把她整个笼住，她肯定是被照蒙了，下意识地举起手挡住眼睛，发卡闪闪发亮。

那是一辆奥迪 A6 亮起的大灯，而驾驶座上，还坐着一个人。

我突然清醒过来，丧尸不允许单独驾车，那肯定是他的司机。丧尸缓慢地转过身来，似乎有点搞不清楚状况。司机拿着一把方向盘锁，阴沉着脸，甩开车门，朝达芙妮缓缓步来。

戴蛤蟆镜的女杀手一动不动，一副束手就擒的样子。

我咬了咬牙，出现在他们的视野中，假装着急地嚷嚷："原来你在这儿啊，害得我好找，喝多了就别到处乱跑嘛。"

　　我一把拽过达芙妮，藏在身后："两位大哥不好意思，一场误会，我女朋友心情不好，喝多了认错人，别见怪啊。"

　　司机看来被我的笑脸说服了，放下了方向盘锁，但那丧尸却仍然一脸不解的表情，撕裂的半边下巴晃悠着，淌着黏液，在车灯的强光下显得无比狰狞，他似乎在努力思索着这一切。

　　"你跟踪我？"达芙妮半是惊讶，半是恼怒。

　　"只是一场美丽的邂逅。"我低声说道，拽着她快步向外走去。

　　"等等……"一把沙哑又有些漏风的声音阻止了我们，是过生日的丧尸先生，他似乎终于明白过来了，"……是谁……呃……雇你来的……"

　　达芙妮沉默了半响，终于摘下那副大得过分的蛤蟆镜，露出她略带倦意的双眼。

　　"我不知道，先生，委托人是保密的，但……不外乎这几种情况，您的夫人……或者孩子。"

　　丧尸的脸部十分复杂地抽搐了一下，像是所有的肌肉都松弛了，他耷拉着双肩，整个身躯整整矮下去三寸，在 A6 的灯光中勾出一个悲伤的剪影。

　　那一瞬间我突然发觉，其实丧尸还挺像人的。

6．女杀手

　　"你赢了。"

　　达芙妮瘫在她那小碎花布艺沙发里，跟我僵持了大半个小时，终于吐掉口香糖，说了这么一句。之前我提议过可以到寒舍小坐，她想都不想一口否决。现在，我身处一间精致紧凑的单身公寓里，周围是各种波希米亚风格的装饰，以及散落在任何角落里的衣物。

我并没有使用身体或者是语言上的威胁恐吓，只是让她明白现在的处境，如果不是我，她可能早就成为失踪人口了，但只需一个举报电话，我仍然可以让她回到失踪人口中去。

丧尸和流浪汉、野狗一样，属于容易受到袭击的高危人群，不一样的是，他们有钱有势有身份证，警方对此类案件十分重视。

我需要的只是一个理由。

"钱。"

她又找了根烟叼在嘴里。以弗洛伊德的观点来看，如果在婴儿生命的第一年受到挫折或者进食过度，就可能形成某种口唇欲人格特质，成年后会嗜好嚼口香糖、咬指甲、吸烟、暴食、酗酒，当然，也包括狂吻。

达芙妮打开一个网址，登录，是反丧尸的论坛，如今这样煽动仇恨的论坛比比皆是。

"有人在上面高价雇佣丧尸杀手，我试着申请了一下，没想到被录用了。"她的语气就像在找一份家教或者广告文案兼职。

"你要那么多钱干吗？"

"呃，去年，我在高位买了一些大豆期货……爆仓了。"

南美气候的变化以及玉米病毒的肆虐，导致南美洲大片农场不得不改种大豆，期货价格一路暴跌，不少人血本无归，还欠了期货公司一屁股债。她肯定把全副身家都投进去了，典型的高风险偏好人群，我甚至不敢想象那个亏空数字。

于是达芙妮，这个二十七岁大龄单身女白领，做了三十八页类似心理测试的在线问卷后，得到了一笔小额启动资金，以及一份《如何杀死 IIB 型丧尸》的函授教程，"丧吧"并不是她第一桩失败案例。

"你还真下手了。"

"还不上债，也是死路一条。"

"你还真下得去手。"

她沉默片刻，掸了掸烟灰："……每次，我都会把自己想象成丧尸电影里的女主角，我的父母、朋友和爱人都惨死在丧尸手里，为了活命，我必须杀死面前的这个怪物，但在最后下手的瞬间，他们的眼神总让我无法回避，那是真正人类的眼神，有痛苦、悲哀和绝望，……我想这份兼职也许真的不太适合我……"

我瞄到了电视机前面散落的一堆 B 级片影碟。

这座城市里，也许到处都是兼职丧尸杀手，他们表面上是邮递员、厨师、医生、幼儿园老师或者售票员，每天，兢兢业业地干着一份朝九晚五的正经工作，但到了某个特定的时刻，他们便会化身为杀手，跟丧尸搏斗，跟某种说不清楚却又确实存在的人类标准搏斗，跟内心的欲望与恐惧搏斗，跟自己搏斗。

他们也许为了钱，也许心怀仇恨，也许只是为了满足某种杀戮的嗜好和冲动，也许，他们生活在丧尸的阴影下，整夜整夜地发噩梦，无法解脱，像我一样。

我突然找到了解决方案。

"你帮我加入杀手组织，我为你保守秘密，这个交易还划算吗美女？"

达芙妮看着我，像从来不曾认识过我：陈默，一个懦弱、贫嘴、有贼心没贼胆、整天担心被炒鱿鱼的办公室受迫害狂。她明白了我的意图，麦克张，她笑了，无比甜美。

"这样的话，咱们就互握把柄了。"不知何时她已经换上了一根新的烟。

"这样的话从你嘴里说出来，真是……性感。"

我拔掉她的烟，把嘴唇贴了上去，她没有拒绝。这场景在我脑海中浮现过无数次，但如今却轻而易举地实现了。很多时候，人一辈子都没有办法改变自己，但也有些时候，只需要一晚上，或者几句话的时间，你就会觉得，你已经不是原来的自己，脱胎换骨，宛如新生，这种变化之大，甚至连你自己都觉得可怕，就像是一觉醒来发现自己变成了一只黑色的甲虫。

然后你会慢慢习惯这个全新的自我，享受它带来的乐趣和痛苦。

达芙妮咬住了我的嘴唇，一种说不清的味道，香烟、口香糖，还有绝望。

7. 特训

我开始成为健身房的常客。跑步机上练习耐力和肺活量，器械抻拉肌肉，强化肢体力量，我还参加了公司的跆拳道协会，每周练习一次，提高身体协调性及反应速度。每次练习到近乎虚脱的状态，回家往床上一倒便不省人事，噩梦竟渐渐地离我而去。

惟一的后遗症是，每周有三天的时间都处于全身肌肉极度酸痛的状态，以至于从马桶上起身都需要咬紧牙关。

达芙妮演技一流，像是什么事情都没有发生过，无论是她的巨额负债、杀人失手或者是与我之间的秘密同盟，不得不让人赞叹，女人实在比男人具备统治世界的资格。她帮我填写了三十八页的测试问卷，据说审核需要大概一周的时间，工作效率之低下比得上某些跨国公司，当然，也可能是因为申请人数众多的缘故。

我深入学习了那份《如何杀死 IIB 型丧尸》，结果令人十分失望，这个制作粗糙的 PDF 文件百分之八十的内容都来自于网络、游戏以及各类电影桥段，真正的干货总结起来不过三点：

1. 不要从正面进攻，要从背后偷袭；

2. 丧尸最薄弱部位在于后脑勺的枕骨大孔，以利物斜上插入并搅动，可有效切断脑神经与脊髓的连结；

3. 即使丧尸只剩下残肢，且貌似丧失活动能力，也不可贸然靠近，肌肉和神经里积蓄的生物电能可能会突然释放，给你猝不及防的致命一击。

话说起来总比做要容易得多得多。所以丰厚的报酬也不是白给的。

据达芙妮透露，委托人大多数是丧尸的家属，再精确点说，是丧尸的人身保险合同上的直接受益人，因此，这并不是一笔赔钱买卖。起初，我不太能接受这一点，我会想象一位美丽的妻子带着年幼的孩子，站在一座深宅大院的落地窗前，拿起电话，冰冷地下达指令，满世界地雇人来杀死自己的丈夫、孩子的父亲，而窗外是一片繁花似锦。

这难道不是有点太残酷了吗。

但只要一看见麦克张，然后设身处地地想一想，如果你是那位美丽的妻子，每天晚上你只要一拧头，便能看见枕边这张野兽派的脸，你甚至分不清噩梦与现实之间的界线；如果你是那位年幼的孩子，不得不忍受和他拥抱之后，那股挥之不去的恶臭以及沾满衣服的黏液，他会出现在家长会上，在你的同学和老师面前发出恶心的怪声，甚至，把结痂的头皮掉在你暗恋已久的女孩餐盘中。

而你叫他"亲爱的"，你叫他"老爸"，你和他拥抱、亲吻、共进晚餐，同枕而眠，你不得不这样做。

于是我开始理解这是怎么一回事，尽管仍然心存疑虑。

为了掌握麦克张的生活作息规律，我开始像他一样，早到晚走，我不再畏惧与他的正面接触，甚至主动跟他套近乎，约一对一的业绩检讨会。我用小本子记下他的每个小动作，每个表情的细微变化，平均步速、步距，上下班路线，甚至上厕所的间隔时间。我必须保证计划万无一失。

但在实际行动之前，我需要先练练手，这也是我加入杀手组织的根本原因，用金钱的诱惑来抵消初次行凶的愧疚与恐惧，多么软弱而可笑的现代人。

一周之后，我顺利通过资格审核，拿到了第一笔启动资金，以及第一份任务名单。

当我看到那张照片时，竟无法控制地放声狂笑起来，达芙妮以为我吃错了药，把脸凑了过来，结果是更加放肆而尖厉的笑声。我们两人就这么上气不接下气地足足笑了五分钟，然后到处找纸巾擦眼泪。

照片上，是一头肥头大耳的大约克夏猪，站在一片明媚的草地上，正用一对眯缝眼斜睨着我们，仿佛在说：没想到吧。

它的名字是王尔德。

8. 下乡

事情并没有看上去那么简单，王尔德不是一头普通的猪，我们看到的照片是三年前处于健康状态时的它，如今，它是一头体重超过三百公斤富强攻击性的丧尸猪。每当想到麦克张，把他的衣服去掉，四肢着地，身体吹胀成两倍大小，然后再安上一个流着睡液的猪头，我就不禁要打一个寒噤。

据说，在丧尸病毒横行的时期，除了人之外，还有几种动物特别容易受感染而成为丧尸体，肉食的狗类、腐食的鸟类以及杂食的猪类。如果说狗和鸟是因为饥不择食才吞吃人类尸体的话，那么猪则完全没有什么能吃不能吃的概念，因此在农村，家猪们从地里拱出被草草掩埋的残尸，嚼着村民们的剩手剩脚剩脑袋，是再正常不过的事情。

最后，政府花了很大的力气去消灭这些比丧尸还可怕的传染源，因为它们有四条腿，能跑会藏，而且它们什么都吃，在非常时期，活得比谁都久。

但终究还是有漏网之猪。

我们乘车前往郊区的一座小镇，这里以休闲度假而闻名，谁也不会对这旅客打扮的一男一女起疑心，更不可能想到他们此行的目的竟然是杀死一头猪。

循着地址，我们找到了那户人家，巧的是，隔壁就挂着大大的"农家乐"招牌，我们相视一笑，敲门询价住店。也许是太久没有客人上门的缘故，老板娘的热情让我们有些不适应，在我们再三要求下，她勉为其难地给我们各开了一间房，并一再强调晚上没别的客人，不怕吵的。

房间倒是干净，我仔细勘察了一下地形，和隔壁院子只有一墙之隔，也不高，照我的身手没什么问题。吃了农家饭之后，跟老板娘拉起家常，套起话来。

"大娘，隔壁没住人吧，怎么天黑了也不拉灯啊，怪吓人的。"达芙妮问道。

"唉，可千万别这么说，老孙头家可惨了，他老伴儿、儿子、儿媳在霍乱的时候都病死了，他一时没缓过劲儿来，憋成个哑巴，现在孤苦伶仃地过日子，唉，不说了不说了……"

我和达芙妮对视了一眼，我说："正巧了，大娘，我们原来都做过心理辅导员，就是开导别人解开心里疙瘩的，您看我们明儿个去找孙大伯聊聊怎么样？"

"那敢情好，不过他每天都要去赶早市，你别看他就一人，吃的那可真叫不少，米面都是一袋袋往家里扛的，他大概晌午能回来。"

晚上，我礼貌性地邀请达芙妮到我房间小聚，她也礼貌性地拒绝了，到了大半夜，一阵敲门声把我吵醒了，是她。

"怎么，想通了？"

"通你个大头鬼，你听听这是什么声音？"

我平时睡得沉，属于雷打不动那型儿，一般的动静根本奈何不了我，我侧耳听了听，没声儿啊。于是达芙妮一把将我拽到她那屋，她的屋子比我要靠里，也是贴着墙。

一种乡间特有的静谧弥散四周，偶尔点缀着虫鸣与蛙叫，具有惊人的催眠效果，无论神经衰弱多么严重，在这种氛围下，不出十分钟就会深陷黑甜梦乡。我听着听着，脑袋不由得耷拉到胸口前。

突然，一阵低音炮似的震响贴着地面由墙那边传来，我猛地一哆嗦，这是什么动静？只消停了一会儿，又是呼噜噜的一阵，仔细听，能分辨出里面夹杂着一些呼吸、摩擦以及撞击声，声音虽然不大，却相当厚实有力，直震得人五脏六腑发麻发痒。

"你觉得会是它吗？"我还没习惯用诗人的名字称呼一头猪。

她点了点头，微微一笑，玉臂轻舒，把我一把推倒在床上。我喜出望外地看着夜色中的达芙妮，月光勾勒出她面庞的轮廓，如此柔和完美。

"今晚你就睡这儿，我睡你的屋子。"

门在她身后喀嚓一声关上，黑暗顿时吞没了视野所见的范围，我正庆幸着，还没来得及做出什么不恰当的举动，又一阵超重低音滚滚袭来。

9. 王尔德

我顶着两个大黑眼圈在清晨起床，假装拿着卡片机，在巷道里捕捉达芙妮在鱼肚白天色下的倩影。

老孙头家的门嘎吱一声开了，出来一位干瘦无比的老头，活像个剪影，以至于无法确定他到底是用正面还是背面对着我们。他看了我们一眼，站立了片刻，便默然朝镇中心的集市方向走去。

达芙妮正摆出一个风骚的姿势，我却收起了相机。

"别装了，你在这看着，我进去收拾那头孽畜。"

"真扫兴！"她还真把自己当成来度假的了。

我换上一身深色的衣服，用背包把工具家伙拾掇齐全了，挑了个容易下脚的地方，三下五除二便爬上了墙头。老板娘还在睡梦中，房门紧闭，窗帘拉着，我有足够的时间看清楚全局。

老孙头家是典型的北方农村建筑，坐北朝南，前面一个小方院子种着花草，养点鸡鸭，三间平房排成半围合形状，后面还有一小片菜地，说大不大，说小不小。但总有些什么地方不对劲，很快，我就找到了这院子的特别之处，中间大屋的后半截是后修整过的，屋脊两侧并不对称。

我一翻身过了墙，绕着这几间屋子里里外外看了个遍，大屋一般不怎么住人，从窗台上那层厚灰就能看出来，看来王尔德便藏身其中，但转了一圈，只有一扇前门，以及几扇带铁栅栏的高窗，看来只有登堂入室了。

一如普通农家，前门是不上锁的，屋里各种摆设也都正常，一张大土炕方方正正，墙上还糊着不少旧时代的画报，仿佛时光倒流三十年。很明显，这间屋子进深不足，墙是后砌的，留了一扇门，但上着大锁，我琢磨了半天，没有信心能把锁砸开。

虽然我没养过猪，但还是见过猪跑的，再勤快的农民，也不会每天开锁喂猪食儿。我把靠墙的橱子搬开，墙根儿露出一个口子，一股浓烈的腐臭味扑面而来，地面还有些划痕。这口子足有一洗脸盆那么宽，看来王尔德胃口还真不小。

我比划了下，可以过人，只是这意味着我的脑袋将在不设防的状态下完全暴露。我迟疑了。这时，从洞口的另一侧传来熟悉的超重低音，昨晚让人心惊肉跳的声响，此时却叫我面露喜色，看来这师弟还在梦回高老庄呢。

打铁趁热，我先把包塞了过去，万一有个闪失还可以挡一阵子，然后屏住呼吸，仰卧着从墙洞里扭蹭了过去，一个鹞子翻身立起来，却差点被眼前的景象吓得倒爬出去。

王尔德那硕大无比的脑袋正对着洞口，我差点跟它来了个头对头、嘴对嘴。这头丧尸猪比我想象的还要巨大，还要恐怖：它的身形至少等于两个半我，浑身长满了靛青蓝紫的霉斑和各种奇形怪状的增生组织，它的脑袋像是烂掉一样潮乎乎的，每次呼吸都会从嘴里吹出一丝长长的黏液，然后又滋溜一下吸回来。阴暗潮湿的猪圈里，残食和粪便胡乱堆在角落里，味道活像是全世界的臭豆腐都埋一块儿发酵，臭得让人想把整副内脏都呕出来。

我戴上事先准备好的3M面具（这款产品以外形酷似猪鼻著称），它只能过滤有毒物质，却无法完全吸收臭味，只有强迫自己集中注意力。王尔德脖子上套着一个项圈，用拇指粗的铁链拴在墙上，于是它只能够在这个扇形范围内活动。孙老头为什么要养这样一头怪物，又会是什么人出钱买凶杀猪，我已经无暇再去思考这些个问题，我脑子里惟一的想法就是，以最快的速度干掉它，然后逃出这个鬼地方。

一把尖利细长的破冰锥，一个狗嘴套就是我所有的武器。我蹑手蹑脚地把嘴套给王尔德戴上，它只是扑哧一声打了个响鼻，猪是会咬人的，特别是被蒸煮了的时候，在偶蹄类中，它的牙口算得上是锋利，何况是变异过后的丧尸猪。之所以如此胆战心惊还有一个重要原因，丧尸猪并没有注射过摩罗博士的神奇药剂，它身上的病毒还有传染性，所以我得万分小心。

我摸着自己的枕骨大孔，绕到那大猪头的后面，估着位置，高举起破冰锥，狠命扎了下去，一股温热的液体伴着一声嘶吼溅到我的面具上，它猛地往前一挣，巨大的力量把铁链"铮"一声扯成直线。

不行，没扎进去，这猪皮比我想象的还要厚。我一跳，把整个身体的重量压上去，王尔德疼得往后一顶，我便顺势骑坐在它的背上，死死按着破冰锥往它脑壳里深插。

它怒了，两个拳头大的眼珠暴突着，极力扭过脖子来想咬我，但嘴套妨碍了它的攻击，它只有不停地甩着蹄子，绕着圈子，拼命想把背上的杀手掀翻在地。我仿佛变身为西班牙的斗牛士，只不过胯下骑的是一头猪，任凭它怎么腾跃、颠簸，我就是不松手，我眩晕地趴在那腐臭的肉体上，暗红色的血像自来水一样，开始是喷溅，后来变成滚涌，浸透了我的全身，在地上慢慢铺开，像一张黏稠的毯子。

你完全无法想象那种感觉，即使你挤过春运的火车，坐过台风中的舢板，或者是上过从没人打扫的公厕，把这三种恶心的感觉叠加在一起，仍然无法与我当时的绝望相媲美。

时间仿佛也被它的污血凝固住了。

王尔德的眼神开始随着失血过度而变得空洞，它脚下打趔趄，身子一横，直接把我摔了下去，我就势把破冰锥一撬，只听得什么东西喀嚓脆响，它突然猛烈地抽搐起来，四条腿在地上不停地刨着、划着，像是要溺死在空气里。它的声音由低号变成了哀鸣，最后只剩下粗重的喘息声。

我同样粗重地喘着气，看来是把它的颈骨弄折了。我挣扎着爬起身，在湿滑的地上滑了两跤，摔开面具，撑着墙角猛烈地呕吐起来，直到喉咙口一阵火辣辣的烧灼感。

王尔德几乎已经不动弹了，只剩下尾巴软弱无力地敲打着地面，我抽了它三管血，这是任务里所要求的。

我摘下嘴套，拔出破冰锥的时候还费了点劲儿，看着局面完全没法收拾，于是依着原路又爬了出去，简直是一种重获新生的感觉。我把那身血衣脱了，换上干净衣服，找了个水龙头把工具冲洗干净，嘴里还是不断地泛着酸气。

这时门外传来一阵说话声，是达芙妮，她很大声地问着什么，肯定是老孙头回来了。我火速把屋里该收拾的收拾了，又翻过墙头，落地的瞬间竟然一下腿软跪倒了。

我把包放回屋，若无其事地出门，招呼达芙妮吃饭，看见老孙头仍然一脸阴沉地盯着我们看了半天，推门进屋。

我们连午饭都没吃，招呼都没打，卷起铺盖立马就回城了。

车上，达芙妮呀了一声，拿起我的手。我一看，掌心划了道小口子，血还没止住，心里咯噔一下，不知道是杀猪过程中弄破的，还是翻墙过程中擦到的。我只能打起笑脸说没事，没沾上猪血。

真是一次倒了血霉的初体验。

10. 麦克张

王尔德一役之后，杀手组织便再无音讯，我疑心是自己表现不够优秀，还是从始至终都只是被当作一名候补选手，只配处理一些捕杀宠物的低级工作。

看来，失败者无论到哪里都是失败者的命啊。

可时间不等人，眼看月底的考核迫在眉睫，我决定铤而走险一把。猪我都杀了，还怕杀不了人吗？可我心里真的没底，一点都没有。

机会稍纵即逝，更神奇的是，这个机会竟来自麦克张的恩赐。

某天他突然在电脑上弹出来问我："下班后去喝一杯？"对于一个上司，尤其是丧尸上司来说，邀请一个正常人下属去喝酒，简直是绝无仅有。我立刻答应了。

他又补充了一句："呃呃呃呃……特殊时期，请勿透露给其他人……"

我明白他的意思，同时为这个天赐良机惊喜不已，或者说惊慌不已。

我们俩简直像搞办公室地下情的狗男女，一前一后打了出租车，奔往同一间小酒吧。这间酒吧没什么名气，如果不是熟客甚至很难找到确切的入口。我带上了小冰锥，以及一套干净运动服，那是长年放在公司以备健身之用的。

无名酒吧里就坐着我们俩，看来麦克张是熟客，酒保并没有问他要点什么，直接冲着我来了。丧尸不能喝带酒精或者碳酸的饮料，他们缺少一种酶，喝酒会让他们全身鼓胀，像受惊的河豚鱼一样。

我要了一杯杰克丹尼可乐，不能让酒精影响我的大计。

"……呃，我知道……你们都不喜欢我，"他并没有看着我，脸部隐没在一片阴影中，显得没那么丑陋，"……没人喜欢……"

这个开场白让我不知如何接茬，因为是个人都知道这是大实话。

"……我也，呃，不喜欢……"似乎他并不需要我的回应，只顾自说自话，然后喝着特大杯的丧尸特饮，据说能制造出类似微醺的感觉，"……我妻子，呃，她认为都是我的错……"

这真是一个悲伤的故事，尽管不是我所听过最悲伤的。麦克张在动乱中和妻儿走散了，在最后的紧要关头，他只能选择救妻子或者救儿子，他选择了妻子，眼睁睁看着儿子被丧尸撕成碎片，从那之后，妻子再也没跟他说过一句话，而他也一直活在自责的阴影下，痛苦无法自拔。

"那并不是你的错，你别无选择。"我也只好说些无关痛痒的话来安慰他。

"……有时候，我想……还不如完全变成丧尸，呃，被杀死来得痛快……"他突然扭过头看我，我心头一紧，莫非他已经看透了我的计划，"……我很羡慕你，年轻人，至少……嗯，活得像个人样……"

我突然感到一阵深切的悲哀，不是为他，而是为自己。那一夜，我和麦克张所说的话，超过了之前三年的总和。他不断地在回忆与现实之间跳跃穿插，于是我知道了身为丧尸 IIB 型的感觉，那种身陷泥潭无法自拔的无力感，那种身体日渐腐烂却仍疲于奔命的无聊感，那种被隔阂于人群之外的孤独感。这些，我从来没有想过。但我仍然不断提醒自己，你们不是一类人，不要让同情心阻挡你前进的步伐，杀了他，把冰锥插进他的枕骨大孔，再搅一搅，就当是替他解脱了也好。

　　　　　　　　后人类时代

直到麦克张说出那句话："……月底，我打算升你的职……"

我机关算尽的杀人计划在此刻突然变成了一个冷笑话。

"……我看得出来，呃，你最近很努力，改变自己，进步很快……在你身上，有种很熟悉的，嗯，感觉……"

不知为何，当他说出这句话时，我突然觉得他的脸顺眼了许多，即使那些溃烂和伤口也变得可爱起来。

那天，我们一直喝到半夜，像是突然释放了所有压力，我醉成一摊烂泥，而麦克张也难得地开心，一直在轻轻地摇摆着他那僵直的身躯。第二天，我们都请了半天假。

那时候，我们都还不知道这种奇怪的熟悉感来自哪里。

11. 清酒

接到那个电话的时候，我正在请达芙妮吃日本料理，庆祝我的升职，以及另一个不能明说的由头——我再也不用处心积虑地干掉老板了。

她表面上很开心的样子，眼底却是掩不住的心事重重。我明白，我都明白，我是解脱了，可她却仍然备受煎熬。

达芙妮举起小巧精致的清酒杯，说："恭喜杀猪英雄高升！苟富贵，勿相忘。"

"你这猪啊狗啊的有完没完。"我笑着，也举杯一饮而尽。

我们有一搭没一搭地聊着，聊办公室里的八卦，聊娱乐圈的新闻，聊菜价油价房价小姐价，聊米兰最新一季的时装（尽管我一无所知），我们的话题满世界地跑，却就是小心翼翼地绕开我们所共同经历过的一切，这种默契绝无仅有。

她的脸渐渐变红，我猜我的也是，火辣辣地发烫。世界开始像虚了焦一样模糊起来，光线开始溢出物体的边缘，我无法准确地

丧尸 Inc   119

控制视线的移动，每次惯性都会把目光甩出去，然后摇晃着又收回来，像在钓鱼。

我突然很冲动地想喊，想对达芙妮喊，别担心，有我在，你不用去杀丧尸，你的债，我们一起慢慢还。

可我的舌头也不听使唤了，半天才吐出一句："……别担心……"

然后手机响了，是体检中心打来的。

之前我们刚做完年度体检，除了脂肪含量之外的所有项目我都自信满满。这一段时间的集中锻炼，让我感觉身体又恢复到二十岁出头时的最佳状态。我甚至愤怒地要求医生把我的左眼视力改成裸眼 2.0，被一句"你又不去开飞机"顶了回来。

"……是，是，好，好……明天 9 点，好的好的……"那个甜美的声音让我猛地一下醉意全无，声音都发颤了。

"怎么了？"达芙妮关切地问道。

"没什么大事……"我强作笑容，却感觉到脸上的血液刷一下退潮了，"……说有点问题，明天去复检。"

"我陪你去吧。"

"没事，真的不用。"一个念头忽然闪过脑海，我的心头一揪，想起了麦克张的脸。

"呀！……你的手怎么了！"达芙妮突然惊叫了起来。

我的左手像是发了酵的面团一样，肿得高高的，慌乱之中，我用另一只肿胀的手掌去掩盖它，所谓欲盖弥彰不过如此。我打翻了酒杯、碗筷、餐牌以及其他的什么东西，服务员以为是癫痫发作，奋力地往我嘴里塞进湿毛巾。

我看到了达芙妮眼中的恐慌、绝望、同情……以及，慰藉。

12. 吻别

麦克张给了我一个深沉有力的拥抱，我清楚地看到自己的皮肤碎片掉落在他的黑色西服上，分外显眼，他没在意，一点也没有。他只是说，都会好的。于是我也不得不假装不在意，哪怕那些曾经在一个战壕里的"正常人"同事，如今，却用不正常的眼神看着我，指着我，议论着我。

我终于知道，那天晚上神秘的熟悉感来自何处。

王尔德在我手心留下的小小伤痕。我被感染了。

按照正常的处理程序，他们会把我关进隔离病房，给我打上一针摩罗博士的神奇解药，然后由我自生自灭。

I 期，食欲上升，嗜睡，皮肤瘙痒。

IIA 期，分泌物增加，视力模糊，脾气暴躁，浑身无力，高烧，免疫系统紊乱。

IIB 期，皮肤角质化严重，末梢神经钝化，肌肉硬化，新陈代谢速率加快，攻击性强，智力下降。

如果不是特别丧的话（据说这样的几率只有万分之一点八），到了 IIB 期之后，你的症状会稳定下来，体内的病毒会消失，然后你便会被释放，成为一个全新的人，个体，IIB 型丧尸。他们会告诉你，一切都会像从前一样，但你打心眼儿里清楚，就像电视购物的广告词一样，那绝对不可能是真的。

整个周期大概在二到三个月之间，麦克张表示他会把我的职位保留着，直到我出院。我表示目前情绪稳定，基本生活没有受到影响。

我撒谎了。

确诊之后，我整宿整宿地睡不着觉，不顾长年的过敏性鼻炎，开始一包包地抽起烟来。我觉得被这个世界愚弄了，当你觉得一切都柳暗花明，即将摆脱噩梦重获新生，步入正常的人生轨道时，导演却给你来了个峰回路转，原来真正的地狱还在后边。我不敢看镜子，却又强迫症似的仔细研究身体每一处细微的变化，我希望能够记住作为正常人的点滴感受，但这些终究都会像我的智力一样退潮，在沙滩上留不下丁点痕迹。

我作为人的时日已经无多，更可悲的是，我不得不以自己最厌恶排斥的形态继续苟活下去。就好像你一生最恨你的酒鬼老爸，长大后却发现自己成为了另一个他。

而且，我将永远无法对达芙妮说出那样的话了。永远。

那些见鬼的责任感和未来，又变成了一个冷笑话，但至少有一件事是可以办到的，告诉她，在变成丧尸之前，告诉她我有多在乎她。

我被罩在一个大塑料袋里，插着各种管子电线，在众多医护人员的包围下，出现在达芙妮的面前，刚休假回来的她显然被这阵仗吓了一跳。我努力地憋出一个笑容，嘴角的皮肤牵扯着裂开，火辣辣地疼，我猜这个笑脸一定不怎么好看。

她的眼泪就这么刷地下来了，是黑色的。

我看了看周围的医生护士，他们对视了一眼，知趣地退出了房间。

"是我不好，都是我害了你……"她的无声流泪变成了抽噎。

"说什么傻话，忘啦，是我逼你带我加入组织的……"我的声音听起来空洞而遥远，完全不像是从自己喉咙里发出的。

"可是，可是，可是……"她一连说了许多个可是，但到底没说出可是什么来。

"可是你还得好好活下去，别担心，有我呢，咱们一起还债，如果你不嫌弃我的话……"

听到这话，她破涕为笑，点点头，又摇摇头。突然，她取出那枚金色的发卡，嘶啦一声划破我的塑料隔离罩。

"你干吗……"我的话还没说完，嘴唇却已经被什么柔软温暖的物体堵住了，是她的吻，带着那阵熟悉的饼干香气，甜蜜得让人眩晕不已。

"你疯啦！"理智瞬间恢复过来，我一把推开她，"你会被传染的！"

她看着我，嘴角还带着点血迹似的东西，一字一顿地说，我，不，怕。那眼神里似乎有无数的答案。

提示铃响了，探访时间已到。

她贴近我，低声快速地说着一些我没法理解的话：

"别打摩罗解药，至少现在别打，相信我，如果你想活着看到我的话，拖到最后，如果运气好的话……"

医生和护士打开门，鱼贯而入，他们惊讶地看着隔离罩上的破口，我和达芙妮相视一笑，异口同声地说了句：

"是个意外。"

13. Goodbye, World

我又犯了一个错误。

这个错误并非事关重大，不像你把洗面奶挤在牙刷上，或者是穿错了女朋友的内裤，会让你觉得别扭不舒服。这个错误的诡异之处在于，当你意识到它是个错误时，你却觉得，这是理所应当发生的事情。

世界没有变，只是你的屁股挪了一下位置。

在被隔离的漫长岁月里，我只有依靠网络来打发时间，书本是不被允许的，因为没有二次消毒的人手。达芙妮通过不断的暗示（因为我们不知道对话是否被监控）让我明白了一个真相：所谓的丧尸杀手组织，并不像想象中那样，站在人类一边。

达芙妮收到一条加密的信息，内容是组织征集人体实验对象，报酬相当可观，几乎可以抵消她所欠下的债务。她报了名，被安排了一次东南亚短途旅行，按照指示，她应该在第三天的时候到某家指定的餐馆吃饭，然后从洗手间的暗门被转送走。如果一切顺利的话，达芙妮将成为一个国际失踪人口，报酬会分期打到她的账户上，这样她的家人就不用替女儿承担这笔两辈子都还不清的债了。

至于回不回得来，似乎完全不在她的考虑范围之内。

可就在最后的一步，她犹豫了，餐馆角落里的一位老者看着她，露齿微笑，仿佛洞悉了一切。

达芙妮用英文上前搭讪，老者笑而不语，直到达芙妮急了，泪水在眼眶里打转，说，先生，我也许马上就要去死了，如果您有什么想说的，最好趁现在告诉我。

老者用不甚标准的英语说，你不必去的，所有人都会死，只是时间问题。

达芙妮说，你不明白，他们会把我变成丧尸，然后再杀掉。

老者又笑了，说，据我所知，他们只会杀掉"未完成"的丧尸，比如那些。他指了墙上贴着的陈年报纸，上面大大的黑体字"IIB"占据着头版头条的位置。

突然间，达芙妮的脑子里一阵电光火石，至少她是这么说的，所有的线索突然间联系到一块儿，像珍珠被串成了项链。

她曾经研究过那些死于非命的 IIB 型丧尸案例，大多是社会知名人士，而且由于在人类圈子里的良好交往和杰出贡献，往往被冠以"丧尸典范"的称号。也曾经有一些极端的声音认为，IIB 型丧尸凭借着特殊的族群身份，谋求多方的同情或者支持，以获取更高的个人利益和社会地位。

"会不会是丧尸原教旨主义者清除异己的行动？"达芙妮那日益变形的脸在视频中显得怪异而滑稽。

"那你原来说的那些家属委托啊，保险公司啊都是……忽悠我的?"我不得不说，丧尸化之后人的智力水平的确下降得很快。

突然我想到了王尔德的血。

"赌一下嘛，如果是你，押哪一边，是当人类中的少数 IIB 型，还是整个世界一起变成丧尸大乐园？"

"呃……这是个好问题。"我承认这个问题相当具有现实意义，因此，我借口有过敏体质，把摩罗解药的注射时间推迟了一个月。而达芙妮用一个不带安全措施的吻，表明了自己的立场。她是真的豁出去了。

我不知道自己在期待什么，作为一个无足轻重的普通人，不管在人类的世界还是丧尸的世界里，也许他永远只能是一个蝇营狗苟、庸庸碌碌的失败者，但只有当某一个关头，他被这个世界逼迫着去做点什么，来改变自己的命运时，也许才会发现活着真正的价值和意义。

我和达芙妮在视频里互相恶心，撕开皮肤，流着黏液，把头发一把把地揪下来编成麻花。她突然停下来，说了句，开始了。

一个链接飞了过来，标题写着"阿根廷暴发变种丧尸病毒潮，摩罗药剂宣告失效"。

开始了。我的心跳开始猛烈加速。各大网站的新闻标题像火一样地蹿红起来，墨西哥，开罗，冰岛，新西兰，韩国……

世界末日再一次降临了。这次，我加入了另一方。

达芙妮看起来有点紧张，毕竟，对于未知、变化、或者危险，生物总会有趋利避害的本能。但人类，或者说智慧生命的优势在于，我们能够通过交流，把紧张感摊薄到每个个体身上，同时，用一种只存在于想象中的归属感，温暖彼此，鼓舞彼此。

"你那句话还管用吗？"

"哪句？"我一时没回过神来。

"你被隔离前说的那句……"

"哪句啊？"我故意逗她。

"只要你不嫌弃我前面那句!"达芙妮有点急了。

"我不嫌弃你哈哈。"

"⋯⋯"她不说话了。

我看着"全球告急"的大红字不停地闪烁,突然间,整个世界都安静了下来,只是为了听我说出这句话:

> 别担心,有我呢,咱们一起活下去,像丧尸那样,
> 好好活下去。

所有的灯光在这一瞬间熄灭了,世界又回到了黑暗而混沌的状态。我挣脱了身上的电线和管子,撕开隔离罩。我知道,时间无多,我要去奔跑、去躲避、去寻找、去厮杀,食物、水源、栖身之处、达芙妮,然后和她一起,看着这个世界被彻底毁灭,然后从血与火中重生。

G 代表女神

以 G 女士之名为全人类所崇拜的她，原本有一个泯然众人的俗名。她生于本世纪初大萧条时期，一座金凤花盛放的沿海城市，双亲皆为普通白领，为了避灾与生计，经历数次辗转迁徙，最终落足于此，恰好应了金凤花的花语"逃亡"。

出生时，父母因其性别而欢欣不已。在彼时的社会结构中，女性多半能享受经济与家庭地位的双重优待，也从另一侧面流露出双亲对自身遗传性状的信心。然而，医生一句话便粉碎了他们对女儿未来人生的美好预期。

做好准备，她是个石女。

在医学上，石女的情况分为许多种，而 G 女士属于相对严重的那种：先天性的子宫与阴道缺失，意味着没有月经，无法进行正常的性生活及生育，但幸运的是，她的卵巢完好，因此第二性征的发育不会受阻，可由人工授精及代孕来繁衍后代。

在她成年之后，可由手术进行器官再造，确保能享受到正常的家庭生活。医生安慰道。

没有服用孕酮，也没有家族癫痫史，G 女士的父母只能将此不幸归结为命运，并默默地接受它。

尽管家庭极力地隔绝她与一切性知识的接触，G 女士仍然在十三岁时觉察到自己与其他女性的根本不同。

妈妈，她们一直在流血。从学校回来的 G 女士惊恐万状。

母亲用尽心思编造出一个美丽的童话，将她的不同粉饰成上天赐予的礼物。最纯洁的天使，她说，让你远离污秽和邪恶。至少在十八岁之前。

G 女士饱受羡慕与嫉妒，因为没有痛经的困扰，她的体育成绩稳定，尽管周期性会有来源不明的情绪波动，但她仍然比其他女孩显得沉静而笃定。她小心地保守着秘密，因为她本能地感受到女孩间交际的规则在于党同伐异，而离群的孤雁一般结局不会太美好。

她的好奇与焦虑随着年龄与日俱增。

她从图书馆和网络大量地获取性生理学的知识，直到近乎绝望。她明白自己此生体验到真正性高潮的可能性微乎其微，除非科技产生巨大的飞跃。但十六年过去了，他们仍然在制造着那些仅仅用来满足男性欲求的腔体和孔隙，并美其名曰还你一份正常人生。

在即将踏入十七岁的门槛上，她遇见了那个男孩，他们传纸条、打电话、约会、看电影、亲吻……做一切恋人们做的事情，她几乎相信自己就要过上所谓的"正常人生"，在他把手伸进她内裤并落荒而逃之前。

关于她的外号和传说在学校里不胫而走。她哭过，想过自杀，但最终没有。一种原发性的女性主义思想开始萌芽，她已经走到了人生选择的分岔口。

听说过口交吗？医生严肃地问她。经调查，67% 的人有过口交行为，34.8% 的人认为口交是更令人满意的性交方式。

她看着他的秃顶，并没有质疑其中的男女比例。

口腔黏膜移植阴道再造术。首先，造出一条阴道，然后，取自体部分口腔黏膜敷在新造阴道内，十四天就会长好，三十天就可以性交，无异味、出血少、粘连少，口腔黏膜与阴道黏膜是同源组织，保证以假乱真，就像下面多了一张嘴。

我能达到正常的性高潮吗？

我们提供包括洗牙美白及修补龋齿在内的口腔护理。医生似乎没听见。术后恢复阶段免费提供仿真器具或卫生棉棒进行适应性练习。

我能到高潮吗？医生？

百分之八十五的女性穷其一生都未曾体验过高潮，对此，我无能为力。医生耸耸肩。

她拒绝成为某人无知觉的性爱玩偶，哪怕那个人不明就里地爱上了她的灵魂，并妄图以此来取悦她。这不是女人存在的意义。

G女士告别了伤感的中学时代，以一头短发及中性装扮迈入大学校门，以至于几家女同性恋社团从一开始就频繁与其接触，展开激烈的争夺。她的确尝试过与数名女性发展一段深入而友好的关系，然而那种种手段并无法满足她的渴望。

大学是塑型人格与价值观的重要时期，每个人都要勇于尝试，找到自己人生的方向。老师如是说。

G女士是个听话的好学生。她研究了各国色情片，抽过大麻和邮票，玩过SM，甚至在一次窒息游戏中差点真的挂掉，可她尝试得越多，就越不满足。就像拼图少了一块，越是试图把注意力分散到其他板块的缤纷，就越发急迫地想要知道它完整的模样，想到抓狂。

匮乏是一切行为原初的动力。弗洛伊德在这个案例上是对的。

G女士从外界转向内心，她不再寻求各种提升阈值的刺激体验，因为她知道，那只会使自己越来越难以得到满足。她的专业是哲学，她试图从形而上的思辨中寻找那一块缺失的拼图。可惜从柏拉图到奥古斯丁到康德到拉康到齐泽克到桑吉嘉措三世，理念世界的版图被不断打破和重组，最终归于一片虚无的荒漠。她跋涉得精疲力尽，却找不到一眼甘泉。

在一个阳光充沛的礼拜日清晨，她听到了风中传来的教堂钟声，怦然心动。

信仰是一种天赋。G女士深入校园内的各大宗教社团，与信徒们彻夜长谈之后得出了这个结论。某些人生来要比其他人更容易从宗教中获得宁静与升华感。也许是大脑的模式识别作祟，当这些信徒遭遇生命中的重大选择时，通过祈祷的仪式，能得到一种类似于"显圣"的神经性官能症状，以神的名义指引他们做出决定。

她查询了大量资料，通过对脑颞褶施加电刺激加上大剂量内啡肽，能产生等效的反应。

这意味着，点选自助套餐，她也能成为一个信徒。

她小小地利用了一位医学院的女性仰慕者，经过一番周折，获得了所需的仪器和药物。她们签署了一份并无法律效力的免责声明，以及一个意味深长的湿吻，作为双重保险。

黑暗中，G女士听见自己的心跳变沉、变快，仿佛原始部落的鼓点，篝火般跃动，巨蛇般蜷曲。

来了。伪施洗者如是说。

G女士猛地一震，一道闪电划破混沌的脑海，如白鸽降在前额，沉入颅腔，落在她的颈后，进而顺着脊髓蔓延到全身。她下颌微张，面部肌肉颤动，眼眶盛满泪水，巨大的幸福感如熟透的苹果，压弯了她每一寸神经末梢。

这是她从未体验过的平和与安详，仿佛体内敞开了一扇大门，通往没有边界的广袤时空。那里温暖而明亮，生命片段如恒河之沙，流光溢彩，徐徐漫淌。

她流着泪，向人造之神许下愿望，请赐予我高潮，无需借助阴道、男人或器具的高潮，真正自由的高潮。

她丧失了知觉。

醒来时，实验室里空无一人，许久她才想起自己身处何方。

她跌撞着出了大楼，身上莫名燥热。午夜的校园空空荡荡，只有发情的野猫偶尔穿过街道。她漫步到了湖边，树影婆娑，月色如水。她感到衣服下的皮肤发紧、发烫、发黏，触感异常。她褪去了衣物，细细察看。一缕夜风拂过，月光下，她的身体如湖面泛起涟漪，原本平滑如镜的皮肤，被一片皱襞状的隆起所占据。

惊恐之余，她用指尖触碰那片隆起，一阵未曾体验过的强烈快感如电击流遍她的全身。她几乎忍不住要高呼起来。又一阵风掠过，她的身体像麦浪一般起伏，仿佛每个小小隆起之下，都埋藏着一颗威力巨大的快感地雷，等待着被挖掘引爆。

这便是她所达成的夙愿。

雨淅淅沥沥地下起来。

雨滴带着重力加速度，穿过凉白的月光，闪烁着，坠落在她皮肤的丘陵上。那是另外一种形式的快感，快速而密集，爆炸的威力由点连成线，又蔓延成片。她丧失了时间感，似乎所有的雨滴都是同时击中，又同时溅离，如子弹一般，穿越了肢体。她感到了痛，伴随着巨大的虚脱，体液混合着雨水，包裹她的身休，滑腻柔软，如同一枚黄鳝。她想呼救，却不能，她想自己就快要死了。

雨停了。

G 女士被路人送进了医院，体表无任何伤痕的她，辗转于几个科室间，最后落入神经科大夫 S 的手里。简单的体诊和问诊之后，S 大夫如获至宝，他婉拒了其他预约的病人，关起门来细细研究。脑电图，CT 造影，功能性核磁共振成像均无异常显示。S 戴上乳胶手套，一次又一次地让 G 女士隆起、分泌、颤抖、虚脱，他换上另一副干燥的乳胶手套，神情淡定，胯间无物。

这是第一个让 G 达到高潮的男人，他似乎无意停歇。

她无法遏制某种奇异的感受，这个男人变得不同，不同于另外四十亿个由睾丸分泌睾酮的生物，她说不出来哪里不同，当他触摸她的瞬间，世界扭曲成克莱因瓶的形状。至少在他举起柳叶刀之前。

你知道吗。S 说，他们从未在 G 点位置找到更多的神经末梢。

你将带来一场革命。

G女士并不渴望成为自由引导人民的女神，正如这个求知欲旺盛的男人并不渴望爱情或性。过度分泌的体液帮助她滑脱S的怀抱，G女士从高潮幻觉中挣醒，夺门而逃。

她奔跑着，全身赤裸，体液蒸腾。在那个年代，这行为并不算出格，惟一的担忧来自交管部门，人类大脑的局限性决定了注意力无法同时聚焦在路况与奔跑的裸女身上。

G女士被空中巡逻机拦在路间，她的裸体影像以不同角度投射在十五公里外的监控屏幕墙上，电子合成人声要求她出示身份证明，她扭头看了一眼路边的斜坡，这个动作被捕捉、放大，默认为意图逃跑，巡逻机射出约束电流，G女士随弧光闪过，应声倒地。

屏幕墙上，六十四个方格以不同角度、尺度和分辨率展示着同一具胴体，肉色的涟漪在方格间来回荡漾，那是一种异乎寻常的颤动。监控员站了起来，椅子倾倒，发出巨响，他拨通了一个电话。

醒来之后，她发现自己被固定于一张病床上，床边是各种仪器，四周是白色墙壁。房间里有三个男人，一个貌似医生，正在摘除她身上的电极；一个侧身站着，捻着雪茄，却没有抽，用余光打量着她，目光复杂；第三个大腹便便沉在沙发里，见她醒了，做出关切状。

他说，我们会治好你的，以组织的名义保证。

G女士感觉虚弱，她艰难地挤出三个字。不需要。

站着的男人与坐着的男人交换了一下眼色，笑了。

G挣扎着要起身，侧身男人做了个手势，医生解开拘束带，她发现自己披着水洗蓝的连体病服，尽管宽松，可还是难免与皮肤有所摩擦，她呻吟了几声，三个男人同时不自然地调整了姿态。

水洗蓝上出现了斑斑点点的湿痕，勾勒出弧线形的版图。

看来你需要一件新衣服。那个站着的男人终于开口了。

三天后新衣服送到，这不是那种便宜货色，甚至也不是那种用钱能买到的奢侈品。它只为 G 女士而存在。看似一件普通的紧身衣，摸上去竟是胶体般的质感，特殊的纤维构造中密布细微的气囊，当某处受力时，气囊形状发生改变，将压强迅速分散到邻近结构中，最大程度降低对 G 女士体表的刺激。

他们甚至贴心地提供了多种颜色和纹样供选择。

G 看着镜中银白色的线条，脑海瞬间闪过的却是 S 手中的柳叶刀。事情发生得太快太密集，她还没来得及回味，苦心追求的高潮却已变成随时致命的绝症。她觉得自己在迅速衰老，尽管每次高潮后总是容光焕发，某种无法言说的东西却在悄悄改变。

她想，S 的不举或许也经历了同样的过程吧。

一周之后，M 先生和 P 长官再次登场，他们拿出了一纸合约。G 女士隐约感到这两个男人惧怕自己，却又用表面的威严来掩饰恐慌，她故意摩擦自己的身体，看他们窘迫的反应。她笑了，心想这是自己有生以来最接近正常女人的时刻。

合约类似一份演艺经纪委托，但远为冗长繁琐，G 女士反复阅读多遍仍不得要领。M 先生抓过合约，抛到房间的另一端，用那复杂眼神盯着她，说，你所需要做的，就是享受高潮，其他的，我们会负责。G 女士沉思了片刻，觉得自己并没有其他选择，至少在这间封闭小屋中没有。

我需要一个艺名。

他们大笑不止，说你已经有了。

G 女士之名在上层社会里秘密流传开来，表演以邀约制举行，价值不菲且高度保密。受邀贵宾会单独进入密闭 VIP 房间观看演出，但不允许有肉体接触或言语交流。试运行阶段之后，他们设计了缩微的仿古典歌剧院马蹄平面结构，但只保留环绕包厢座位，每次最多可容纳六十四名客户，在保证隐私权的同时，观看者可以选择多种显示模式，包括放大为三十英尺高人体的最大化模式，纤毫毕现，你会感觉自己飘浮于一片肉色的海洋上，看潮起潮落。

G 代表女神

他们甚至还设计了竞价与捐献模式，在满足客户互动的同时实现利益最大化。

G女士感觉自己在起变化。

最初她需要佩戴遮光镜与耳机来进入状态，这舞台空无一人，白光之外，漆黑近乎洪荒宇宙，那些位高权重的男人便藏匿其中，依靠她的高潮来获取快感。她难免躯体紧张，无法如他们所说，全情享受，耳机中每每传来指令，她便照做，却离纯粹的愉悦愈远，最终都是要靠施加外力来抵达目的地，然后浑身湿滑地致敬下台。

他们不断地变换场景，在雨中、在森林、在沙漠、在海底大战巨型章鱼怪，在天鹅绒铺就的宫殿中受酷刑，在外星球的黏液旋涡中逃生，像是上世纪七八十年代的B级色情片，剧情最后总是走向双重意义上的廉价高潮。

G女士自觉像娱乐他人的玩偶，却难忘校园里那幕初体验，带着如此深刻的象征主义意味，风在抚弄她，雨在撩拨她，这超越了一般格式塔的意义。她突然醒悟了，自己已经不需要任何男人，风是她的男人，水是她的男人，光是她的男人，整个世界就是她的男人。

这成为她日后性学思想的重要命题之一。

而那些真正的男人，那些掌控世界的大佬，G女士摘下遮光镜，直视那片虚无的黑暗，仿佛与其中虫豸般藏匿着的雄性对视。你们，她轻启双唇，耳机中传来嘈杂的质问声。

不过是寄生在阴茎上的低等生物而已。

她的语音讯号通路被屏蔽了。来自世界各地的大人物们不会乐意听到一个性玩偶对自己的评价，况且是不那么善意的评价。但事情正在起变化。

G女士握住了时代的命根子。

专家说，第三次性危机已经到来了。如果说人类以性安全与性认同为主题的第一／第二次性危机都由于技术进步而顺利度过的话，那么第三次危机可以说是根本性的打击，人类的性感出了问题。性欲减退，出生率下降，人口老龄化，中性化趋势，这些都是表面现象。更致命的是，人类作为一个物种的进化驱动力消失了，像衰老而松弛的阴茎，这才是最可怕的。

当药物和器具都无法激发性趣时，人们发现了 G 女士，像天赐的恩宠。

G 女士的身价水涨船高，她觉察到了这点，并善加利用。

她开始设计属于自己的场景，在公车上的摩擦，在快餐店的邂逅，在操场上的器具训练……这些缺乏戏剧冲突与视觉奇观的场景经常遭到诟病，却成为后来学者珍贵的研究材料。一个共识是，这些日常生活化的场景反映了 G 女士青少年时期备受压抑的性幻想。

她要求看到她的客户们，就像这个行业的旧传统，所有的人都在聚光灯下，没有面具，没有单向玻璃。

这引起轩然大波，许多人愤而离席，认为侵犯了隐私权，却又回头要求加价码以获取面部打上马赛克的特权。

没有特权，没有例外。G 女士如是说。

M 先生和 P 长官隐约感到遥控器已经不在自己手里。

G 女士提供了无线力反馈手套作为弥补。客户可以在特定时段戴上手套，虚拟抚摸 G 女士的身体，并获取相应的反馈，甚至潮湿感。这一增值服务受到热烈追捧。

随之而来的，她要求每个 VIP 包厢的窗台外亮起一盏灯，当客户勃起时，灯变绿，当客户射精时，灯变红。然后她会为房间内喷洒上由体液提炼的费洛蒙香水。

G 女士就是这样改变游戏规则的。

现在她成了主人。

当 G 女士在那些日常场景里因撩拨而湿润时，她可以任意调出客户的图像，黑暗中飘浮着各种男人的头像、半身像、裸像，随着她的眼球移动而放大、缩小、卷曲、拉伸，她呻吟、扭动、颤抖、体表如台风般卷起旋涡，她看着那些绿灯闪烁、亮起、变红、熄灭，她感知那些男人细微的反应差异，与重力的拉扯，与岁月的搏斗，最后化为粗重的喘息，淡入虚无。

她觉得自己既像驯兽员，又像科学家，她研究着自己的肉体，研究着这些寄生于阴茎上的生灵，研究两者间丝丝入扣的联系，乐此不疲。

直到那个人出现。

那个人的灯始终是绿着的，从踏入房间那刻起，而当其他的灯如夜间航道般逐一变红熄灭时，他的灯依然亮着。

G女士调出他的图像，放大，一张毫不出众的面孔，和一条宽大得不成比例的特制裤子，掩盖着令人不安的秘密。她用尽所有已知的伎俩，却仍无法把灯变红。看着那人走出房间，她感觉挫败，有生以来第一次，她急切地想要知道这个男人的所有情况。

很抱歉，这已经越界了。M先生冷静地说。而且，这或许是我们最后一场剧场演出，我们的合约被中止了。

他们认为这不合法？这是G女士惟一能想到的理由。

不。M先生笑了，眼神依然复杂。风向变了，他们认为，你应该属于全人类，而不是少数权贵阶级。但你仍然需要一个经纪人不是吗。

G女士直觉认为这与那个男人有关。她感觉恐慌，在舞台的聚光灯下是一回事，在日光之下又是另外一回事。可她再次别无选择。

在广场上的首次公开演出最后演变成一场灾难。惊魂未定的G女士被军用直升机接走，看着脚下数万人像被煮沸的海洋般翻滚，强奸、抢劫、踩踏、斗殴、焚烧，性的冲动迅速蔓延变异成一种暴行，在人群中如恶疾般传染开。她看见一些尸体被人群拖行于地，画出长长的血痕，她痛苦地闭上眼睛。

这不是你的错。M先生安慰着战栗的G女士。我们应该只在媒体上表演。

事实上不止媒体，他们授权制造了便携式全息成像装置，预存有 24 次精选表演，平民称之为"圣像"。地下软件黑市出高价进行破解，但能用技术解决的问题就不算是问题。一种朴素的近乎萨满崇拜的信念认为，G 女士传导的性能量以现场为最强，圣像次之，大众媒体再次，逐级递减，盗版圣像由于有违虔诚，效能为最低。

广场演出造成一百二十四人死亡，数千人受伤，事件被定性为群体性骚乱。

G 女士拒绝了所有的演出邀请，她陷入了沉思。高潮能带来身心愉悦，能唤起性感，能释放出人心深处蛰伏的力量，却充满破坏力，无法自控，无法引导，这不是这个世界所需要的性。以爱拯救世界的幻想已经破灭了，没有必要用性再上演一次。

那么，我存在的意义到底何在。

她再次陷入自我认同的精神危机。借助禅宗的技术，她尝试进入"空"，念数呼吸，放下执念，直观妄念往来起灭，却怎么也无法抵达心境湛寂的如来境界。G 女士惊异地发现，在她心中挥之不去的，除了那个绿灯不灭的男人，还有手持柳叶刀的医生 S。

很显然，他们俩之间有一个共同点：对 G 女士免疫。

她突然清晰地看到了下一步。

这场秀规模空前，全球转播权卖到了世界杯开幕式的价位，现场观众均经过严格审核以确保安全。暖场嘉宾阵容强大，印度爱经团体操表演及催情电子乐圣手 DJ Pho 将狂欢气氛烘托到临近沸点，主角以戏剧性的方式登场了。

那是一个由直升机吊降的球体，停在离地两百英尺的高度，由体育场顶部特制的支架结构悬挂稳定。所有大屏幕出现球体特写，透明外壳在探照灯下折射出琉璃般的效果，G 女士穿着半透明紧身衣，宛如新生婴儿般蜷曲着飘浮于球体中。

欢呼声如爆炸般起伏，灯光渐暗，全场静默，犹如一场加冕或是洗礼圣典。

一根光柱由下而上托住球体，经折射后化为光的喷泉洒向四周，色彩随着电子鼓点痉挛般变换着。没有药物，所有人却仿佛置身于一场世纪迷幻派对中，光与色在视网膜上跳跃融合溢出，猛烈穿刺着信徒们的神经，医护人员忙碌地运送着因过度兴奋而晕厥的肉身。

G女士舒缓地展开身体，模仿着亿万年间进化的生灵，最终顿为人形。她凝视着七彩光晕下虔诚的人山人海，张开双臂，微笑，宛如圣洁玛利亚。

屏幕上开始闪烁巨大的荧光字，全场观众跟着节奏齐声高呼。

MAKE ME COME！

MAKE ME COME！

MAKE ME COME！

一束纤细的绿光由观众席出发，穿过空旷的夜空，射入球体。大屏幕切换成特写，绿色光束经外壳折射，击中G女士胸前，光感紧身衣闪出一簇蓝白色的微型闪电，传导到皮肤，汗毛竖起，女神嘴唇轻启，巨大的呻吟经由杜比系统覆盖整座体育馆，观众几乎在同时掀起人浪，屏幕上的肌纤颤动余波未平。

观众们这才明白座位下激光笔的用途。

无数根雨丝般的光线涌向光球，在体育馆正中央形成了一束不匀称光锥，聚拢到球内，如同狂怒的潮水，把G女士吞没，电弧如同季风时节的南太平洋云层，在她身上盛开，乳尖、腋侧、腹股沟、耳垂、脐间、掌心……她仿佛是一幅缓慢旋转的分形图，皮肤与肌肉呈现出与肢体高度相似的螺旋形态，如同曼陀罗，生产着无穷无尽的汁液与快乐。

这一切通过全息屏幕冲击着所有人的视野。人群已然疯了。

安保部门紧急调集力量，眼看局面濒临失控。

G女士在狂乱中仿佛又回到最初那个雨夜，她透过暴风骤雨般的光帘，望向夜空，繁星点点，什么都没有改变，高潮中的人类，依旧受限于时空，被困于这感知的囚笼。她突然觉得内心无比澄澈，无比宁静，一切都被凝固在此刻，那些晶莹的液滴、闪烁的尘埃、纷乱的光斑，以及，整个世界。

停。她说。

停。

光线从球体上枯萎凋零，音乐静止，人群由沸腾逐渐降温，他们迷惑不解地望向那面能够代替思考的屏幕，*所见即所得*。G女士平静如初。她拭去脸上的液体，面对这十万名力比多的信众，她决定献上反高潮。

不存在高潮。她说。我只是假装。

一切皆是幻觉，一切源于自我，一切终归寂灭。

观众们努力理解这俳句里的含义，他们感觉幻灭，有人哭了起来，有人愤怒地试图冲破安保封锁墙，但更多的人只是默默地起身、离席、退场，像他们曾经拥有的性感从生命中消退一样，只是时间问题。令人心碎的画面通过卫星信道覆盖了百分之八十五的地球人口，整个世界陷入了不应期。

G女士看着满场狼藉，全身虚脱。她不得不说谎，她已无力扮演救世主的角色，虚妄的希望会将她与全人类一并烧毁，她所能做的，只有把性感的权利交回给每个人。

她没有想到的是自己的境地。

一个名为"寒冷赤道"的宗教极端组织宣称由于G女士的欺骗与渎神行为，将终生成为组织成员猎杀的对象，而处死方式将是具有讽刺意味的——高潮至死。

她的特殊体质无法接受整容手术所带来的后遗症，惟有隐姓埋名，逃亡于国境之间。她曾试图向以往的客户寻求庇护，毕竟其中多是翻云覆雨的人物，可她被无情拒绝了，理由与那些追杀她的人一样——欺骗。更讽刺的是，自从得知真相之后，G女士的表演就再也无法激起他们哪怕一丁点的性欲。

所以从某种角度上，我并没有欺骗。G女士想。

幸好M先生如约支付了一笔巨额酬劳及毁约赔偿金，他张开双臂，又放下，最后只是淡淡的一句保重，随即消失在黑色的凯迪拉克中。

逃亡是艰难的，尤其对于G女士这样标志性的人物。

她花了大价钱躲到人迹罕至之地，又花更多的钱来收买那些为她服务的人。敏感体质所要求的特殊器械使得她无法掩人耳目。G女士在数年间如同迁徙的鸟，从阿尔卑斯山脚到库苏古尔湖畔，她甚至尝试在汤加共和国租下一个无人岛，但平静总是短暂的，"寒冷赤道"的势力无孔不入，他们开出了更高的价码和荣耀。

最后一次侥幸逃脱发生在新西兰南岛的米尔福德峡湾。好心的当地向导提醒他，一群粗鲁的外来人在通往蒂阿瑙镇的道路上拦截过往车辆，他们出示的正是G女士的照片。没有火车站，没有定期客运航班，四周是陡峭的山崖与冰川，G女士无助地望向那个瘦弱的年轻人。年轻人避开她的目光，转向水中倒映的麦特尔峰。

他们的船被拦下了。

显然航运公司也被收买了，几名壮汉没有出示任何证件就在船舱里搜开了。那里面是什么，领头的男人指着甲板上的暗门。

鱼。年轻人打开门，腥臭扑面，又补充道。死鱼。

头头皱着眉头退后几步，示意另一个马仔下去查看，那个人走到门洞前，咒骂了一句，屏住呼吸，捋起袖子，把手伸进鱼堆。

G女士全身滑腻，她几乎要被腥气熏晕过去，四周的鱼尸开始被搅动，细密的鳞片摩擦着她的皮肤。她咬紧牙关，用尽全身力气忍住呻吟，这时一只手抚过她的脚踝，一股强烈的快感袭来，她无法控制肌肉的颤动。

马仔脸色一变，把手抽了回来，凶狠地盯着那个脸色煞白的年轻人，数秒之后，他趴到船沿开始呕吐。

妈的，还有没死透的。他咳嗽着骂道。

G 女士厌倦了这种生活。她决定了结自己，以永恒的处女身，在被处刑之前。

她回到了出生地，那座金凤花盛开的城市。她在离家一条街外的酒店住下，远远地看着衰老的父母。昔日场景历历如昨，她觉得自己很早以前就老了。她想留下点什么，除了钱，可又觉得什么都不值得留下，尤其是回忆。

似乎除了父母，她并没有真正爱过谁。她把全部生命用来追求高潮，最后死于高潮。全是高潮的人生是否就意味着没有高潮。她想不明白自己错在哪里。为了变得与众不同而泯然众人，或者相反。抑或是妄图以有限的肉体寻求无限的边界，万物有限，宇宙、自由、爱。

高潮也不能例外。

她成了自己的信徒，却发现无可牺牲。

在一片混乱的思绪中，她打开了酒店的按摩浴缸，十六喷头五档力度控制，多种模式可选，她将在这池翻腾的液体中脱水而死。

G 女士深吸了一口气，沉身其中。快感，源源不绝的快感包裹着整个身体，她比水流扭动得更猛烈，眩晕。她呛了一口水，高潮永不止息地抽打着每寸肌肤、穿刺每个毛孔，疼痛。她有点后悔，试图伸手去关闭，滑脱，她竟然虚弱得无力从浴缸中坐起，重力拖拽着她往下沉去，黏滑的体液如暗流涌动，她的视野开始模糊，那种熟悉的时间凝滞感困着她，如同树脂困住飞虫。

一切皆是幻觉，一切源于自我，一切终归寂灭。

一切终归寂灭。

寂灭。

一只大手将她从水中拎起，拖到地上，又把她翻过身脸朝下，挤压胸腔将水控出。G 女士剧烈地咳嗽着，水和着血沫从口中喷出。

她并没有看到那个人的正面，但一张脸从模糊的意识中如泡沫浮出，逐渐成形。

G 代表女神

那个永远亮着绿灯的男人。

是他。他的眼中充满关切，而不是欲望，世界重新扭转成克莱因瓶的形状。

你救了我。G女士从没想过这句经典台词竟能从自己口中说出。

不，是你救了我。

那个男人将G女士的手引向自己的胯部，她触及一个硬物，但并不是阴茎，而是容器样的保护装置。她似乎明白了什么，另一个心愿成真的信徒。

你不会了解我经历了什么。男人低低地说。如果没有你，我将无法独活。

G女士看着他，像是看着被闪电劈开的另一半自己。

没人能比我更了解。她回答。

G女士和F先生面朝大海，并排站着，但并不靠着。

海风轻拂，他们没有交谈，也没有动作，只是站在那里，闭着双眼。浪花扑打着沙滩，留下痕迹，什么也没留下。

他们像忘记了时间，忘记了空间，忘记了忘记。

漫长得像海天之间的一道休止符。

然后，他们到了，缓慢的，猛烈的，潮湿的，同时的，到了。

鼠　年

I am he as you are he as you are me and we are all together.
See how they run like pigs from a gun, see how they fly.
I'm crying.

——The Beatles, I Am the Walrus

天又开始黑了。我们已经在这鬼地方转了两天，连根耗子毛都没见着，可探测器的红灯一直闪着。我的袜子湿了，像块抹布一样裹在脚上，难受得想打人，胃饿得抽筋，可双脚还是不停地迈着，树叶像一个个巴掌刮在脸上，火辣辣地疼。

我想把背包里的那本生物学教程还给豌豆，告诉他，这他妈的足足有八百七十二页，我还想把眼镜还给他，尽管那个不沉，一点都不沉。

他死了。

教官说，保险公司会依合同赔付的。至于赔多少，他没说。

我猜豌豆父母总会想留点什么做纪念的，可血染透了他全身。如果是我儿子死了，我也不想要一件带血的 T-shirt 做纪念品。于是我从衣兜里摸出他的眼镜，又从防水背包里掏出那本死厚的书。我想这样的话，他父母就能想起儿子的那副书生模样，他跟这儿完全不是一国的。

我的袜子就是那时候弄湿的。

豌豆姓孟，大名孟翔，之所以被起了个这样的外号，一来因为他身形瘦小，活像棵豌豆苗；二来他老是厚颜无耻地把做豌豆实验的孟德尔当本家祖宗。他是生物系的研究生，也是这队伍里惟——个我原来就认识的。

我不得不说，他死于对科学的热爱，这跟老鼠一点屁关系都没有。

据他们描述，当时的情形是这样的：队伍穿越废旧水库堤坝时，豌豆看到路边堤面的水泥里钻出一棵罕见的植物，于是，他没打招呼，就去采集标本。也许是深度近视让他踏空了，也许是厚达八百七十二页的生物学教程让他失去平衡，总之，我所看到的最后一幕，豌豆真的像一颗豌豆，轻飘飘地滚下百来米的弧形堤面，一头扎进垒满乱石和枯枝的水道里，身体被几根细长的树枝刺穿了。

教官指挥我们把尸体抬出来，用袋子装好。他嘴角动了动，我知道他想说那句口头禅，但忍住了，其实我挺想听他说的。

他说，你们这群傻逼大学生，连活命都学不会。

他说得很对。

有人拍拍我的肩膀，我取下音量开到最大的耳机，是黑炮，他歉意地笑笑，说生火吃饭。黑炮难得地友善了一把，这点让我很吃惊，或许是因为豌豆死时他就在旁边，却没能及时伸手拉上一把。我关掉了MP3里的披头士，我是个怀旧的人，这点显得很不合时宜。

篝火旁，我烤着袜子。饭很难吃，尤其就着烤袜子的味道。但这让我觉得温暖，如释重负。

我他妈真哭了。

第一次跟豌豆说话是在去年年底，学校的动员大会上。大讲堂里挂着大红横幅，上面写着"爱国拥军伟大，灭鼠卫民光荣"，然后是校领导轮番上台讲话，最后还有舞蹈团的文艺演出。

当时，我跟他挨着坐。至今我都没明白这座位是怎么安排的，我是中文系，他是生物系，我是本科生，他是研究生，八竿子打不着。惟一的共同点是，我们都没找到工作，档案还需要在学校寄放一年，甚至更长的时间。对此，我们心照不宣。

由于古文补考故意没过，我延期一年毕业。我烦透了找工作、租房子、朝九晚五、公司政治这些个破事儿，我觉得在学校待着挺好，每天有免费下载的各种音乐电影，食堂便宜，十块钱管饱，下午睡到自然醒还能去打会儿球，到处都是如花似玉的姑娘，也是免费的，当然，只能过过眼瘾。说实话，就这两年的就业形势，就我这水平，申请延期那属于有自知之明，这话自然不能让爹妈听到。

至于豌豆，由于跟西盟爆发贸易战，导致他数次签证被拒。学生物的如果出不了国，那只有烂在国内了，何况他一看就是读书把脑子读坏掉的那种。

那时我压根儿就没想参加什么灭鼠队，就随口嘟哝了一句"干吗不派军队去"，没想到豌豆义正词严地驳斥我："难道你不知道现在边境局势很紧张吗，军队是打敌人的，不是打老鼠的！"

这话挑起了我的兴致，我决定逗逗他："那为什么不让当地农民去呢？"

"难道你不知道现在粮食资源紧缺吗，农民是种地的，不是打老鼠的！"

"那为什么不用毒鼠强？不更省时省力。"

"那不是一般的老鼠，是新鼠，一般的鼠药没用。"

"那用基因武器呗，让它们几代之后就死光光的那种。"

"难道你不知道基因武器很贵吗？那是对付敌人的，不是打老鼠的！"

我看出来了，这小子就像个电话自动应答机，来来回回就那么几句，根本不是对手。

"难道大学生就是用来打老鼠的？"我微笑着祭出杀手锏。

豌豆那张小嘴一下子噎住了，憋红了脸，半天也没说出一句完整话来，翻来覆去地咕哝着什么"国家兴亡，匹夫有责"之类的车轱辘话。其实他还是说了一些实在话，比如"灭鼠管吃管住，完了还包分配工作"，当然，这些是我之后才了解到的。我没想到学校会做得这么绝，居然连块落脚的地方都不给留。

当时的我，注意力完完全全被台上吸引住了，因为校舞蹈团的长腿美眉们上场了，其中，有我们班的李小夏。

队伍回到镇上补充给养，由于怕有逃兵，学生都被分配到远离家乡的区域，不仅没有亲戚，连语言都不通。这时就显示出普通话的优势来，可即便如此，在一些偏远的乡村，手语还是第一选择。

我把豌豆的遗物寄还他家里，那本书还真花了我不少邮费，本想写一封情真意切的慰问信，但提起笔，却又什么都写不出来，最后只好草就两字，"节哀"。倒是在给李小夏的明信片上密密麻麻写满了字，这已经是第二十三封了吧。

找了个小店给 MP3 和手机充电，顺便给家里发条短信报平安。行军中多数情况下是没有信号的，别信那些狗屁广告，什么"地上地下全覆盖"。最要命的是，你不知道下一次什么时候才能找到交电话费充值的地方，所以要省着点花。

淳朴的镇民收了我一块钱，咧着嘴笑，他们肯定没看到过这么多灰头土脸的大学生，也确实有些老头老太朝我们竖起大拇指，或许只是因为我们带来一笔额外的生意，但一想到豌豆，我只想竖起中指。

教官办妥了豌豆的后事，带着我们下馆子。说是下馆子，其实也就是吃点热乎的，多几个荤菜，管饱。

教官说，我们距离完成这个季度的任务还差百分之二十四，现在时间很紧迫，上面压力很大。

没人说话，只顾着往嘴里扒拉饭菜。

教官补了一句，大家要争取拿下金猫奖啊。

还是没人说话。

所谓金猫奖，是每个片区为完成灭鼠任务的优秀队伍设置的奖项，据说本来想叫金鼠奖，后来一想不对，怎么能把老鼠颁给灭鼠英雄呢，就改了过来。这个奖是跟教官奖金挂钩的，要是我我也急。

教官一拍桌子，怒斥一声，你们还打算屁一辈子了？

我把碗端起来，挪开椅子，等着他掀桌子。

可他没有，又坐下，开始吃饭。

有人怯怯地说了句，探测器坏了吧。这一石激起千层浪，大家纷纷附和，说不知打哪来的消息，有队伍用探测器找到了稀土矿、油气田什么的，马上当地生产，解决就业了。

教官也被逗乐了，说净瞎扯淡，探测器跟踪的是新鼠血液内的示踪元素，怎么可能找到油田。他又加上一句，不过也可能这些鬼机灵忽悠咱们，但只要跟着水源走，我就不信找不到。

我问，那到底是跟着探测器走，还是跟着水源走。

教官看了我一眼，意味深长地说，跟着我走。

教官是那种你看一眼就想抽他的人。

在新兵训练营上，他铁青着脸，一上来就问，谁能告诉我，你们为什么要来这里。

半晌没人答话，豌豆怯生生地举了手，说保家卫国，引来哄堂大笑。

教官依然没有半点表情，说了句，很好，奖励你做十个俯卧撑。豌豆的眼镜差点没被众人的狂笑震碎，但这笑声只维持了三秒。

"其余的人，做一百个，马上！"

他在吭哧作响的人堆里巡逻，用教鞭戳着姿势不够标准的倒霉蛋，中气十足地训话。

"你们为什么会来这里？因为你们是废人，说得文明点，失败者！你们耗费了国家社会那么多的粮食和资源，花了父母养老的棺材本儿，到头来连份工作都找不到，连自己都养不活，你们只配抓老鼠，跟老鼠做伴！说句心里话，我觉得你们连老鼠都不如，老鼠还可以出口创汇，你们呢？瞧瞧一个个那副德性，说说看，你们能干吗，泡妞吗，作弊吗，玩游戏吗？接着做，做不完许吃饭！"

我咬牙切齿地做着俯卧撑，心想，要是有人挑个头，一起拼了，就不信摆不平这王八蛋。可惜大家心有灵犀，都想到一块儿去了。

吃饭的时候，我不断听见敲碗的声音，所有人的手都抖得拿不稳筷子。一个黑不溜秋的哥们儿把肉掉在了桌子上，被教官看见了。

"捡起来吃掉。"

那小黑哥也是个性情中人，他死死地瞪着教官，就是不动。

"你以为你们吃的从哪来，告诉你，你们不属于军队正式编制，你们吃的每一粒米，每一块肉，都是从正规军的牙缝里抠出来的，给我捡起来吃了！"

小黑哥也从牙缝里迸出一句："谁稀罕！"

哗啦一声，我面前的桌子飞了，汤啊菜啊饭啊撒了我一身。

"那就都别吃。"教官掀完桌子，甩甩手走了。小黑哥由此一战成名，得名"黑炮"。

第二天来了个唱红脸的，片区里的主管领导。他先给我们上了一堂政治课，从"硕鼠硕鼠，无食我黍"讲起，纵横几千年，总结了鼠灾对人民群众生活生产的危害性；同时，又审时度势，结合当前国内外经济政治形势，透彻分析了本次鼠患的特殊性与整治的必要性；最后高屋建瓴地提出期望，还是十二个字，"爱国拥军伟大，灭鼠卫民光荣"。

我们吃了顿好饭，听说了昨天发生的事后，领导对教官进行了严肃批评，指出"大学生是天之骄子，祖国未来的栋梁"，要"平等、文明、友好"地交流，要讲究"技巧性"，不能"简单粗暴，一棒打倒"。

随后，领导和我们亲切合影留念。其中有一张我记得最清楚，大家排成一行踢正步，领导牵着一根绳子，从我们脚尖上横过，为了表示队伍步伐齐整，每个人的脚尖都必须刚刚好点在绳子上。

那是我有生以来拍得最累的一张照片。

我们沿着水流的方向前进。教官是对的，万物生长靠水源。途中我们发现了一些粪便和脚印，还有新鲜的血迹。这或许可以解释探测器的问题，但又似乎没那么简单。

天气渐渐冷了，到处都是枯黄的落叶，风吹过会起一身鸡皮疙瘩。幸好我们被分在南方，不敢想象在零度以下露营是什么滋味。每日战报上形势一片大好，有几个片区的队伍已经光荣退役了，他们被分配到一些国营企事业单位，干着看起来还不错的工作，至少给人有个盼头。我没发现熟人，队友们也没有。

教官举起右拳，示意大家停下，又迅速地张开五指，这是放射性搜索的手势。我选择了一个方向突前。教官肯定"嗅"到了什么，他总是说，战场上灵敏的嗅觉比其他感官更重要，前面的几场战役也证明了这一点。

战役，我突然觉得很滑稽，如果这种毫无悬念猫抓老鼠式的屠杀也能称为战役的话，那像我这样胸无大志蝇营狗苟的庸人是否也能成为英雄。

前方有情况。

一团灰绿色的影子在树丛中笨拙地挪动着。由于基因设计时突出了直立行走的特点，新鼠的奔跑能力远低于它的亲戚们，勉强与人类持平，我们曾经打趣幸好没有把《猫和老鼠》里的"杰瑞"作为蓝本。

但这一只新鼠是四肢着地的，腹部鼓胀得很厉害，这更限制了它的行动。莫非是……那个念头在我脑子里一闪而过，但随即我看到了它身下的雄性性征。

五点方向。我报告教官。

这大半年来，我的废话少了很多，甚至在需要说话的场合，我都觉得没什么可说的。

有队友也发现了，拿着短矛就想上，我打了个手势制止他。

它似乎想去什么地方。

情形变得有点戏剧化，一群手持利器的男人，跟着一头大腹便便的雄鼠，在沉默中缓慢移动。那雄鼠突然一个前扑，从斜坡上滚落，扬起一堆落叶，不见了。

干！我们几乎同时脱口而出，朝它消失的方向奔去。最快到达的哥们一个急刹车，高高地举起双手示意我们停住。当我看到他身后那一幕时，不由倒吸了一口冷气。

一个被落叶掩藏得很好的土坑，躺满了数十只腹部鼓胀的雄性新鼠，看上去大部分已经死亡，带着来源不明的血迹，那只刚刚归队的还喘着粗气，腹部急促地起伏着。

是传染病吗？教官问，没人回答。我又想起了豌豆，如果他在就好了。

噗。一把短矛不由分说扎进那只新鼠苟延残喘的腹部。是黑炮，他咧嘴笑着，把矛轻轻一拉，整个肚子就像西瓜般一分为二。

所有人都惊呆了。那头雄鼠的腹腔里，竟然蜷缩着十几个未成形的幼鼠胚胎，粉粉嫩嫩像刚出笼的虾饺般排列在肠子周围，心理承受能力差的兄弟开始干呕起来。黑炮笑着举起矛还想往里捣。

住手！教官喝止了他，黑炮笑咧咧地舞着矛退下来。

教官的脸色很难看，大家心里都明白，事情已经超出了我们所能控制的范围。按照原先的信息，由于严格控制性别比例及性成

　　　　　　　　　　　　　　后人类时代

熟周期，新鼠的繁殖速度是可以计算的，按照雌雄比例一比九，两个月的性成熟期，每胎十八个，每年两胎，成活率为一的最大值统计，每头雌性新鼠一年所能产生的所有后代不会超过一万二千二百七十六头。实际上在野外环境存活下来的将远低于这个数目，约为十分之一，当初为了控制市场价格而设置的生殖阈值，便成了我们抱怨"杀鸡焉用牛刀"的最大理由。

我们错了，我们不是牛刀，我们杀的也不是鸡。

这些雄鼠都是由于肠壁不堪胚胎重负破裂而死，我想不出它们是怎么办到的，但很明显，它们在找活路。我想到了另外一个解释，那是许久之前从李小夏口里听来的。它们的活路会否就是我们的死路？我不敢确定。

黑炮，留下打扫战场！教官下令，黑炮乐颠颠地应了声是。

这看似惩罚的命令，却是对黑炮最大的奖赏。我明白其中的妙处，但却无能为力。教官是对的，必须保证清理干净，他找对了人。

在黑炮举起利矛之时，我狠狠朝地上唾了一口，快步离开。我能想象到他充满笑意的目送，以及手起矛落时那溢于言表的快感，这让我作呕。

我做不到，我会把它们想象成人。

直到离校前一个月，我才第一次拨通了李小夏的电话，尽管这个号码已经在我手机里存了四年。记不清有多少次掏出手机，翻到"李小夏"的号码，只要按下"呼叫"键，便可完成的简单动作，对于我来说，却比登天还难。

我想，我确实是一个眼高手低的庸人。

那天收拾东西，我听见从十分遥远的地方传来李小夏的声音，还以为是自己思念过度产生幻觉，回头一看，原来是坐在手机键盘上。我慌乱地拿起电话，心脏早搏了。

在我即将挂断的瞬间，李小夏叫出了我的名字。原来她有我的号。

"听说你要去灭鼠了。"我从来没想到，电话里她的声音是这样的。

"是……找不到工作，没办法……"我衡量了延期毕业和失业之间哪一个更无能之后，撒了个无关紧要的谎。

"别灰心，咱们同学这么久，都没怎么说过话，不如一起吃个饭，也算为你送行。"

他们说经常有各种好车在楼下等着接李小夏，他们说李小夏身边的男人走马灯似的换，我不信。但当那天她不施粉黛地坐在我面前，吃着那份黑椒牛柳饭时，我信了。我信的不是他们口中的事实，而是李小夏的确有这种摄人魂魄的能力。

我们像刚进校的新生般游历着校园，如果不是那一次，我永远不可能知道，在这座两万人的学校里，我和李小夏，喂过同一只猫，坐过同一个座位，走同样的路线上课，讨厌同一道菜，甚至，在同一块地方摔倒过。这所学校突然如此让人恋恋不舍，却是因为两份从未产生过交集的记忆。

她说，真有意思，我爸爸养鼠，你却灭鼠，鼠年灭鼠，有创意。

我问，那你毕业后回家帮忙？

她撇了撇嘴，说我才不当廉价劳工。

在李小夏看来，这个产业跟以前的贴牌代工电子产品和服装服饰没什么区别，不掌握核心技术，源胚胎全靠进口，培养到一定阶段后进行极其苛刻的产品检验，符合标准的新鼠出口，在国外接受植入一套定制化行为反应程式，然后成为富人的专属高档宠物。据说，现在的订单已经排到三年后，因此，把最花时间精力同时技术含量最低的培养阶段，放在了广袤的劳动力低廉的世界工厂，实在是再合适不过。

"如果是这样，我实在想不出灭鼠的理由。"

"第一，你灭的不是出口的合格新鼠；第二，逃逸新鼠的基因可能已经被调制过。"

李小夏解释，就像以前代工的 iPhone 会遭到破解，然后被加上一些乱七八糟程序变成山寨机一样，有些代养新鼠的农场主会雇用技术人员进行基因调制，主要目的在于提高雌性幼鼠比例及成活率，不然很多时候都是赔钱买卖。

"我听说，这次大规模的逃逸事件，是代养行业为争取自身利益，向国家有关方面施压的一种手段？"

李小夏不以为然："我还听说，这只是西盟跟我国博弈的筹码，谁说得清呢。"

我看着眼前这个才貌双全的女人，思绪飘忽，无论在新鼠世界或者人类世界，雌性都成了掌控世界未来的关键角色。她们不用担心失业，持续走低的出生率给企业带来了雇用女性的优惠退税政策，这样女性就拥有了更加宽松的育儿环境。她们也不用担心找不到对象，新生儿男女比例一直在原因不明地走高，或许很快，男人们必须学会去分享一个女人，而女人，却可以独占许多个男人。

"给我寄明信片吧。"她的笑把我揪回现实世界。

"啊？"

"让我知道你还平安，不要小看它们，我见过……"她垂下眼帘，长长的睫毛带着曼妙的弧度。

能拥有她的 N 分之一，对我来说，已经是种遥不可及的奢望。

他们在河畔发现了一些东西，巢，他们这么叫它。

自雄鼠事件后，那场景一直像梦魇般在我眼前挥之不去，我时常感觉到许多闪烁的眼睛躲在暗处，观察我们，研究我们，无论是白天，还是黑夜。我想我有点神经过敏了。

那是一些用树枝和泥巴搭成的直径约两米的圆形盖子，不是建筑，不是房屋，只是些盖子，我坚持这点。几个物理系的学生蹲在地上，讨论着树枝交叉形成的受力结构，盖子顶上糊着一层厚厚的叶子，似乎利用了植物蜡质表皮来防水。我注意到那些泥土的颜色和质地，并不同于河畔的泥沙。

这并不像鼠科动物的行为方式，也不同于他们的远房亲戚河狸。我能想象豌豆的口气。

我在 Discovery 里见过类似的房屋，东非的一些原始部落。一个哥们儿抬起头，肯定地说。所有人都朝他投去异样的眼光。

巢大概有十七八个，分散在河岸周围，排列格局看不出有特别的规律。教官问，能从这些估算出鼠群数量吗？黑炮很快地报出一个数。教官点点头，我摇摇头。

有意见吗。黑炮挑衅地瞪着我。

这没有道理。我蹲下，琢磨那些细小的足迹，从每个巢的出口，弯弯曲曲地伸向河水，又蔓延到其他的巢，像一幅含义不明的画。我的意思是，它们没有农业，不过家庭生活，完全没有必要花力气造这样一个东西，然后又舍弃掉。

哼。黑炮冷笑了一声。你太把它们当人看了。

我突然一怔，仿佛无数目光猛地掠过我。黑炮说得没错，它们不是人，甚至不是老鼠，它们只是被精心设计、制造出来的产品，而且是残次品。

那些足迹有点怪异，其中有一行无论是深度或者步距都有别于其他，中间还带着一道拖痕。更奇怪的是，这痕迹只出现了一次，也就是说，它进去了，却没出来。我又观察了其他几个巢，也有相同的情形。

这不是它们的营房。我努力控制住颤抖的声线。这是它们的产房。

教官！那边有情况！一名队员打着趔趄跑进来报告。

我记得大学里有个体重二百五十斤的女外教，有一节课讲"Culture Shock"，也就是所谓的文化冲击。她说，发展中国家的孩子，第一次看迪斯尼动画片，第一次吃麦当劳肯德基，第一次听摇滚乐，都可以算是文化冲击。我回忆了一下，发现人生充满了太多的文化冲击，以至于完全不知道到底什么被冲垮击毁了。

这次，我似乎有点明白了。

我看见一棵树，树下垒着许多石头，形状和颜色似乎经过挑选，显示出一种形式感，一种眼睛可以觉察出来的美感。树上，挂着十八只雄性新鼠的尸体，从枝杈上长长短短地垂落，像一颗颗成熟饱满的果实。

怎么死的？教官问，两名队员正尝试着把其中一具尸体挑下来。

看地上。我指了指脚下，铺着一层均匀的白色细沙，无数细密的足迹围绕着大树，排列成同心圆的形状，向外一圈圈蔓延开去。我想象着那个场面，一定壮观得有如国庆日的升旗礼。

报告教官，尸体没有外伤，需要解剖才能确定死因。

教官摆摆手，他抬头看着那棵树，神情迷惘，眉头紧蹙。我知道他和我想到了同一个词。

去你妈的母系氏族。黑炮一脚踹在树干上，尸体像熟透的果子，簌簌掉落在地，砸出沉闷的声响。

我猜他也被冲击得不轻。

"现在都21世纪了好不好，我们都登月了好不好，让我们用这些破铜烂铁？"理了光头的豌豆脑袋抹了油，更像一颗豌豆了，他第一个站起来抗议。

"对啊对啊，不是说国防现代化嘛，整点高科技的嘛。"我在一旁帮腔，营房里赞同声四起，闹哄哄地像个课堂。

"立正！稍息！"每次应付这样的场面，教官都会出动这一招，也确实管用，"谁告诉我去年一年的军费预算是多少？"

有人报出一个数，教官点点头："谁能告诉我咱们军队共有多少人？"

还是那个哥们，教官又点点头："大学生们，你们谁能算算人均能摊上多少钱？你们每年上学又要花掉多少钱？"

那哥们不说话了。

"高科技？"教官突然拔高了嗓门，震得我耳膜嗡嗡直响，"就你们？筷子都捏不住，给你把枪不得把自己蛋蛋给崩了？高科技？你们也配？"

"收拾好自己家伙，五分钟后集合，行军拉练，二十公里，解散。"

一把伸缩式军用矛，顶部可拆为匕首，一把锯齿军刀，一根行军带，一个指南针，还有防水火柴、压缩干粮、军用水壶等其他有的没的，这就是我们所有的装备。当然，教官有调用其他装备物资的权力，但似乎，他对我们并没有十足的信心。

也许是为了印证他的话，一场拉练下来，就有三名队员受伤，其中一个哥们，因为一屁股坐到军刀柄上，成为第一名因伤退役的队员。我相信他不是故意的，那难度实在太大了。

六周的高强度训练之后，我们迎来了第一场战役。

从大多数人的眼神里，我看到的是惴惴不安，豌豆失眠了，每天晚上在床上辗转反侧，把木板床压得咿呀怪响。我逐渐习惯了这种没有电视，没有网络，也没有 7-11 的生活，但每当想到要把手中这杆碳纤维的利矛，送进一具有血有肉的温热身体，哪怕只是一只老鼠，我都不免心生怯意。

但也有例外。

每天但凡路过拼刺场，就能看见挥汗如雨的黑炮，他自动自觉地给自己加量，还随身带着块小磨石，逮着工夫就霍霍地磨起军刀。听认识他的人说，学校里的黑炮，是个特别内向老实的孩子，还常被同学欺负，可现在的他，完全变了一个人，眼睛里射出的光，活像个嗜血好战的屠夫。

或许真的有人是为战场而生。

第一场战役从开始到结束总共耗时六分十四秒。

教官带领我们包围了一个小树林，然后做了个冲锋的手势。黑炮挥着长矛，率一群人杀了进去。我和豌豆对视一眼，默契地跟在队伍的最后，缓慢前行。等我们到达交战地点时，剩下的只有一堆残缺的肢体和血迹。据说黑炮一个人就捅死八头，可从他脸上却看不到一丝兴奋或喜悦，反而有一种类似惭愧的神情罩在眉间。他挑走了一头还算完整的尸体。

教官开了战后总结大会，表扬了黑炮，也批评了一小撮消极怠战的同学。末了，他说，好日子到头了，大家做好心理准备。我们要开始行军作战了。

黑炮剥下了新鼠的皮作为战利品，可是没有鞣制，也没有防腐，那张皮很快变得又硬又臭，还生了蛆。终于有一天，他的室友趁他不在时，把皮给烧了。

士气低落到极点。

说不上哪方面造成的打击更大些。是新鼠的生殖能力突破了阈值，子子孙孙千秋万代，队伍凯旋荣归遥遥无期呢，还是这些啮齿类竟然表现出智力的迹象，也懂得社会分工，甚至，宗教崇拜。

像人一样，所有的人都这么想，但所有的人都小心翼翼地避开这个说法。

我看到教官眼中的失望。我猜在他心里，肯定有那么一段时间，把我们看作真正的、新生的热血战士，而不是刚入伍时那群吊儿郎当愚蠢无知的小屁孩。但只在一夜间，我们又回到了过去。

黑炮努力煽动志同道合的人组成一支急行军，快速切入鼠穴，杀它个措手不及，潜台词是：有人拖了队伍的后腿。我的疑心病愈发严重，每天晚上睡不踏实，总感觉有眼睛从密林深处盯着我，一有风吹草动，都仿佛窃窃私语，闹得我心烦意躁。

终于有一晚，我放弃了徒劳的努力，爬出营篷。

初冬的星空，在树梢的勾勒下显得格外透彻，仿佛可以一眼望穿无限远的宇宙深处，虫嘶叶寂，在这他乡的战场，一阵莫名的忧伤猛地攫住我的胸口，让我艰于呼吸，这或许就是所谓的孤独感。

唰。这种感觉瞬间被打碎了，我几乎直觉般地转过身，一只新鼠双腿直立，在五米开外的树丛边盯着我，仿佛另一个思乡而失眠的战士。

我猫下腰，它居然也俯下身子，我眼睛一动不动地盯着它，手悄悄地从靴边掏出军刀，就在这一刹那，它的眼神变了，扭过身，不紧不慢地消失在树丛里。我紧握军刀，跟了上去。

按照对新鼠运动能力的了解，我完全可以在三十秒内追上并手刃了它，但今晚似乎有点奇怪。那只新鼠总在咫尺之遥，但却怎么也追不上，它还不时回头，似乎在看我赶上没有，这更加激怒了我。

空气里飘着一丝若有似无的甜气，像是落叶腐烂的味道，我喘着粗气，在一块林中空地停下。我怀疑多日失眠拉低了耐力水平，不仅如此，眼帘沉得像块湿抹布，四周的树木摇晃着旋转着，在星空下反射着奇异的眩光。

豌豆走了出来，戴着他那副本应该在千里之外的黑框眼镜，身上好好的，没有树枝穿过的洞。

我猛力想抓住他，却双膝一软，跪倒在松软的落叶堆里，那种被人盯住的感觉又出现了。

我转过身，是爸妈，爸爸穿着那套旧西服，妈妈仍然是一身素装，两人微笑着，似乎年轻了许多，鬓角的头发还是黑的。

我的泪水夺眶而出，无声抽泣，不需要逻辑，也不需要理性，在这寒冷的他乡的冬夜，我的防线在这个温暖的梦境中全面崩溃。我不敢再次抬起头，我怕看见心底最渴望的那个人，我知道我一定会看见。

教官在我冻僵之前找到了我。他说，你的眼泪鼻涕足足流了一军壶。

豌豆终于说了一句有水平的话，他说："活着真他妈的……"

真他妈的什么，他没说，真他妈的累，真他妈的爽，真他妈的没意思，等等，你可以随便填上想要的字眼，所以我说有水平。比起他以前那些辞藻华丽滥用排比的长句来，这个句子简短有力，带给人无限的想象空间。好吧，我承认文学评论课还是教了些东西的。

对于我来说，活着真他妈的不可思议。我的意思是，半年前的我，绝对想象不到每礼拜洗一次澡，和臭虫一起睡在泥地里，为了抢发馊的窝窝头大打出手，一天爬一座山第二天再爬一座山，还有，看到血竟然兴奋得直打哆嗦。

人的适应力永远比想象中更强大。

如果没有参加灭鼠队，我又会在哪里？在宿舍里上网看片无聊混日子，还是回老家守着爹娘每天大眼瞪小眼互相没有好脸色，甚至去勾搭一些闲杂人等，搞出反社会反人类的祸害也不一定。

可如今，我会在教官手势落下的瞬间冲出去，挥舞着长矛，像个真正的猎人追逐着那些毛色各异的耗子。它们总是蠢笨地迈开并不是为奔跑而设计的后腿，惊慌地发出尖利的叫声。我听说，出口的新鼠会被装上语言程式，它们的咽颚结构被设计成可以发出简单的音节，于是，我想象它们高喊着"No"或者"Don't"，然后看着长矛穿过自己的腹部。

队伍里慢慢发展出一套规则，尽管没有白纸黑字地写下来，但每个人都心知肚明。每次战役结束，队员们会把自己割下的新鼠尾巴交给教官，教官会进行记录，并在战后总结会上对先进个人进行表彰。据说，教官还有一张总表，将关系到退役后的就业推荐，所以每个人都很卖力。

不知为何，这让我想起了中学时的大红榜和期末成绩单。

黑炮总是得到表扬，大家暗传他在总表上战绩已经达到了三位数，毫无悬念的状元，拥戴者众。我自己估摸着排名中下，跟大学里的成绩差不多，反正面上过得去就行。豌豆的排名也是毫无悬念，垫底，要不是我时不时甩他几根尾巴，说不定还是个零蛋。

教官找到我，说："你跟豌豆关系铁，做做思想工作，这可关系到他以后的档案。"

我在一堆稻草垛子后面找到了豌豆，我远远地嚷了一声，好让他有时间藏起爹娘的照片，以及抹干净脸上的鼻涕眼泪。

"想家了？"我明知故问，他垂着脑袋，点点头，不让我看见哭肿的眼睛。我从内兜掏出照片，说："我也想。"

他戴上眼镜，要过照片看了半天，憋出一句："你爸妈真年轻。"

"那都是好多年前照的了。"我看着爸爸的旧西服和妈妈的素色套装，他们那时还没那么多皱纹，头发还黑。"想想自己也挺操蛋，这么多年，净让爹娘操心了，连照片都没帮他们拍一张。"我的鼻子蓦然一阵发酸。

"你知道有一种恒河猴吗？"你永远赶不上豌豆的思路，我曾经怀疑他的脑子是筛子型的，所有信息遇到窟窿时都得跳着走。"科学家在它脑子里发现了镜像神经元，原来以为是人类独有的，有了这个，它就能理解其他猴子的行为和感受，像有了一面心里的镜子，感同身受，你的明白？"

我的表情一定很茫然。

"同理心啊哥们儿，你的话总能说到别人心里去，所以我猜你的镜像神经元肯定很发达。"

我给了他一拳："说了半天你丫把我当猴耍啊。"

他没笑，像下了什么决心："我要回家。我要退役。"

"你疯了，教官不会批的，而且，你的档案会很难看，你会找不到工作，你想过吗？"

"我想得很清楚。我没法再待下去了。"豌豆认真地看着我，一字一句地说，"我总觉得，那些老鼠没有错，它们跟咱们一样，都是被逼的，只不过，我们的角色是追，它们的角色是逃，换一下位置也没什么不一样。我实在下不去手。"

我张了张嘴，却找不到什么话来反驳他，只好拍拍他的肩膀。

回营地的路上撞见了黑炮，他一脸不怀好意地笑着："听说你去给那娘娘腔做思想工作了？"

"关你屁事！"我头也不转地大步走开。

"扶不上墙的烂泥，小心把自己一起拖下水了。"他在我背后喊着。

我尝试着开动镜像神经元，去揣测这话里的用意，我失败了。

教官犹豫了，他看着地图和探测器，陷入了沉思。

根据探测器显示，鼠群正在向片区交界处移动，按照我们的行军速度，应该可以在十二小时内拦截并消灭它们，更重要的是，本年度的任务就可以顺利完成，也就是说，我们可以光荣退役了，工作了，回家过年了。

问题在于，那属于两个片区的交界地带，按照规定，队伍不允许跨区作战，用术语说，这叫"抢战功"。搞得不好容易得罪上面，领导责怪下来不好交代，有时候，前途荣辱就在这一线之间。

教官脚下已经丢了一堆烟屁股，他看看地图，又不时抬头看看我们。每个人都用充满渴望的眼神死死盯住他，像要把他看化了。

黑炮。他并不理会其他人的目光，转向了黑炮，用极少从他口中出现的不确定语气询问道，真的能把战场控制在片区内吗？

他的担心是正常的，在实际战场上，根本不存在地图上那样泾渭分明的分隔线，一不小心便会造成事实上的越界行为。

黑炮拍拍胸脯，用我的尾巴做担保，如果越界，全分给弟兄们。

大家都明白他的意思，可还是笑了。

好。稍事休整，18：00出发。教官大手一挥，又想起什么，嘱咐道，注意保密。

我在一家小卖部找到公用电话，先给家里打，妈妈听到我要回家的消息，高兴得说不出话来，我安慰了她几句，挂下电话，我怕她哭出来。我又按下了另一个号码，那么不假思索，以至于接通了几秒后，我才想起这是谁的号码。

李小夏。

她对于我的来电似乎毫无准备，以至于提醒了好几次才想起我的名字。她在一家外企上班，薪资丰厚，朝九晚五，明年还打算出国读一个公费进修课程。她似乎有点心不在焉，我问她明信片收到没，她说收到了，又补充收到了前面几张，后来换地址了。我说哦，我很快就要退役了，也要开始找工作了。她说好啊，常联系。

我尝试着把她带回那个遥远而愉快的语境，我说你还记得吗，上次你提醒我要小心那些新鼠，你说你见过，我一直很好奇，你见过什么。

电话那头沉默了许久，时间长得让人窒息，她终于开口了。她说，我忘了，没什么要紧的。

我真他妈后悔打了这通电话。

我怅然若失地看着小卖部那台雪花飞舞的电视，里面正播着新闻。"灭鼠工作取得阶段性成果，鼠灾治理初见成效""我国就对外贸易政策与西盟展开新一轮谈判""大学生就业新趋势"……我木然地读着新闻标题，是的，新鼠突破繁殖瓶颈，数量大爆发，但这并没有影响我们的任务指标，完全不合逻辑。但大家都松了一口气，工作有着落了，出口也会好转，这些似乎跟我们的努力没有丝毫关系。我想起李小夏当时的话，是的，听说，都是听说，谁又知道背后到底是怎么一回事呢。

每一个因素单独抽离出来都是没有意义的，它需要被放置在一个语境里，太多的潜在关系，太多的利益平衡，这是一盘太大太复杂的棋。

而我却只看到自己那颗小小的破碎的心。

豌豆最近几天如厕次数频繁得不正常，我便偷偷跟在后面，他从背包里掏出一个扎了眼的小铁罐，小心翼翼地打开一条缝，朝里面丢了些干粮，还喃喃地对罐子说着什么。

我跳出来，伸出手，尽管已经猜到七八分，但还是想逼他自己招供。

"它真的很可爱，瞧瞧那双眼睛！"他知道什么都瞒不过我，因为我有镜像神经元。

"你疯了吗？学校里玩大白鼠还没玩够，这可是违反军纪！"我吓唬他，事实上除了可能有寄生虫和传染病之外，我也觉得没什么大不了。

"就玩几天，然后我就把它给放了。"他央求道，眼睛就像那只未成年的新鼠，闪闪发亮。

对于朝夕相对的士兵们来说，要保守哪怕最微小的秘密，也是极其困难的，尤其是对豌豆这种神经粗大、办事不利落的马大哈。当看到教官和黑炮一同站在我们面前时，我知道麻烦大了。

"你们这是私藏战俘！"黑炮首先开炮，他的用词让我忍不住想笑，而豌豆已然笑出了声。

"不许笑！"教官板起面孔，我们连忙立正，"如果你们不能给我一个合理的解释，我就给你们一个合理的处置！但不包括提前退役。"很明显，后面这句是说给豌豆听的。

我突然萌生出一个大胆的想法，于是，一五一十地把我的"解释"告诉教官，据豌豆说，当时黑炮的鼻子都气歪了。

豌豆和我干了一个下午，在土坡上挖了一道梯形剖面的壕沟，大概有两米深，然后用塑料布抹上油，铺在壕沟的四壁。豌豆心里没底，不停地嘀咕着。我安慰他说，这事如果不成，不是你死，就是我活，对了，还得搭上你那可爱的小朋友。

"它真的很可爱，还会模仿我的动作。"豌豆向我演示了几招，的确，令人印象深刻。我尝试着摆出几个动作让它模仿，可它却视而不见。

"很好，看来它的智商已经达到了你的水平。"我揶揄道。

"你也这么想吗，我努力把它看成一件设计高超的基因产品，但情感上却接受不了。"

我摊开手，耸耸肩，表示持保留意见。

我们躲在壕沟附近的下风位置，豌豆手里攥着一根细绳，连在幼鼠腿上，幼鼠丢在沟里，一拽，小耗子就会发出凄厉的叫声。豌豆心软，总是我提醒他，才不情愿地拽一下，我恨不得把绳头抢过来，因为心里没底。

整个假设建立于某种确定社会结构的生物之上，如一夫一妻制，或者父代承担抚养有血缘关系子代的责任，但对于新鼠，这种人工干涉性别比例的畸形结构，我无法用常理来推测，它们会如何去判断亲子关系，又会对这种一雌多雄结构下繁衍出来的后代抱以什么反应。

我所能做的只有下注。

一只雄鼠出现了，它在壕沟边不停地抽动鼻子，似乎在辨认什么，然后，它掉了下去。我能听见爪子在塑料布上打滑的摩擦声，我笑了，现在手里有两名"人"质。雄鼠叫得比幼鼠嗓门大得多，如果它的智商有我估计的那么高，那么它应该是在向同伴发出警报。

我错了。第二只雄鼠出现了，与第一只不同的是，它在壕沟边对话了几声后才掉下去。

接着第三只、第四只、第五只……事情的发展完全超出我的预料。当掉下去十七只后，我开始担心壕沟挖得不够深，它们可能会逃掉，我举起手，举着长矛的战士瞬间便包围了壕沟。

那些雄鼠正以惊人的协作性搭起金字塔，最下面是七只直立的雄鼠，前后爪各抵住一面泥壁，形成支撑，第二层是五只，第三层是三只，还有两只衔着幼鼠正在往上爬。如果不是智力因素，那还有另一个解释，一个我不愿承认的解释。

"等一下！"就在矛头即将落下的瞬间，豌豆喊了一声，他小心翼翼地收着绳子，把幼鼠从那两只雄鼠爪中扯开，在爪子松开的刹那，雄鼠发出一声凄厉的惨叫，这座鼠肉金字塔顿时土崩瓦解。利矛无情地落下，溅起的血液顺着抹了油的塑料布，缓缓滴落。

这是一群超越了本能的社会性生物，它们拥有极强的集体观念，甚至可以为了拯救并不存在遗传关系的子代，无私地牺牲自我。而我却利用这一点，来了个一锅端，这让我不寒而栗。

幼鼠终于着了地，在它即将结束这场惊心动魄的旅程，回到安全的小铁罐之时，一只从天而降的军靴把它踏成了肉酱，它甚至没来得及叫一声。是黑炮。

"操！"豌豆怒吼一声，挥拳朝黑炮脸上死命揍去，"你还我的老鼠！"

黑炮丝毫没有料到豌豆会出手，生生吃了一拳，脚下打了个趔趄，他扭过脸，嘴角淌着血，突然狰狞地笑了。他一把抓起瘦小的豌豆，举到血肉模糊的壕沟边，作势往里扔。

"死娘娘腔，跟你的臭老鼠做伴去吧！"

豌豆抱紧黑炮的双手，两脚在半空胡乱踢着，眼泪鼻涕流了一脸，嘴里却还叫骂个不停。

"住手！"教官终于出面制止了这场闹剧。

我第一次受到了教官的表扬，他三次提到了"大学生"，而且没有加任何贬义的形容词，这让我受宠若惊。黑炮似乎也对我另眼相看，他私下表示，这次的尾巴全都算在我的头上。我接受了，又全给了豌豆。

我想我欠他的，多少根尾巴都补偿不了。

我们趁着夜色未浓出发，告别灯火寥落的村镇，没人知道我们从哪里来，也没人知道我们往哪里去。我们像是过路的旅游团，帮衬了饭馆和小店的生意，给人们留下茶余饭后的谈资，我们什么也带不走，除了袋装垃圾。

农田、树林、山丘、池塘、高速公路……我们像影子在黑夜中行进，除了脚步和喘息，队伍出奇地沉默，每个人似乎都满怀心事。我莫名害怕，却不知道自己在害怕什么，去打赢一场最后的战役，还是面对完全未知的生活。

中途休整时，黑炮向教官提议，把队伍一分为二，由他率领一支精锐力量突前，其余人拖后。他环视一周，话中有话地说，否则，可能完不成任务。教官没有说话，似乎在等大家发表意见。

反对！我站了出来。

理由？教官好像早就预料到了，不紧不慢地点了一颗烟。

从入伍第一天起，您一直反复教导我们，军队不是单打独斗、个人主义、孤胆英雄，军队的战斗力来自于集体凝聚力，来自于共同进退，永不放弃，没有任何一个人是多余的，也没有任何一个人比别人更重要！

我顿了一顿，毫无怯意地迎上黑炮怒火中烧的目光，一字一顿地说，否则，我们将比老鼠还不如。

好，就这么定了。教官把烟头在地上踩灭，站了起来。不分队，一起冲。

黑炮故意擦过我的身边，低低说了一句，他的声音如此之轻，除了贴近他的人之外，没人能够听见。

他说，早知道，该让你跟那娘娘腔一起滚下去。

我骤然僵住了。

黑炮没有停下脚步，只是转过脸笑了一笑。我见过那笑容，在他警告我不要把自己拖下水的时候，在他踩死幼鼠把豌豆往壕沟里扔的时候，在他手举长矛剖开怀孕雄鼠肚皮的时候，都露出过这种微笑，像某种非人的生物模仿着人的表情，让人从骨头里发毛。

是的，多么明显，我的思绪回到那天下午。列队时黑炮站在豌豆的右侧，也就是说豌豆要滚下堤坝必须先绕过黑炮，根据他们的证词，豌豆是看到路边的植物才离开队伍的，可当时他根本没戴眼镜，离开眼镜他完全是个睁眼瞎。为什么当时我没注意到这点，一味听信了他们的谎话。

没有任何证据表明是黑炮把豌豆推下去的，即使我愿意用命来作证。他们都是黑炮的人。而除了我，没有其他人知道这件事。没有人会信。

我彻底输了。即使我杀了他，也会一辈子活在自责和悔恨中，况且他了解我，我不可能杀他。

这是我这辈子最艰难的旅程，回忆不断涌现，叠加在黑炮的背影上，我做着各种假设，又一一推翻，直到教官提醒队伍进入作战状态，我才反应过来，自己已经连续行军超过十小时。

此刻，这个世界上，除了我和他之外，不存在其他战争。

天边露出一线微弱的曙光，我们勉强看清面前这块最后的战场，是夹在山坳里的一片密林，两面环着光秃秃的山壁，只有一条狭长的缝隙可以穿到山的另一面，呈瓮中捉鳖的格局，探测器显示，鼠群就在里面。

教官做了简单的分组，方针很明确，一队抢先截断穿山狭路，其他分队围剿，游戏结束。

我跟着其中一队进入密林，但随即混入黑炮所在的分队。我不知道我想干吗，也许仅仅是下意识地把他锁定在视野中，尽管他不会逃，也逃不掉。林子很茂密，能见度很低，氤氲着一层幽蓝的雾气，从特定的角度看去，能发现空气中一些细微的亮点，画着毫无规律的曲线。黑炮步速很快，带着队伍在树干间来回穿行，像一群迷途的幽灵。

他突然停下，顺着他手势的方向，我们看到几头新鼠在不远处踱着步，丝毫没有觉察近在咫尺的杀机。他手一挥，让大家散开包抄过去。奇怪的是收缩包围圈时，新鼠却都不见了，转眼间，它们又出现在另一个角落。

如是再三，队伍的阵形乱了，我们的心也乱了。

雾气似乎更浓烈了，带着一种说不清的怪味。我的额头汗涔涔的，刺得眼睛发疼，心脏却超乎寻常地亢奋，我紧紧攥着手中的长矛，想努力跟上前面的人，腿脚却使不上劲儿。那种感觉又出现了，暗处的偷窥者，空气中的低语，我想喊，舌头却像被打了麻药。

我落单了。四周全是一片混沌，我转着圈，似乎每个方向都充满了未知的恐惧，一种强烈的绝望侵蚀着我的头脑。

突然，从一个方向传出凄厉的惨叫，我冲上前去，却什么都看不见，似乎某种巨大的物体从我身后疾速穿过，然后是另一声惨叫。我听见金属碰撞的声音，我听见肉体破裂的声音，我听见沉重的喘息声，但只在一瞬间，所有的声响都消失了，留下的只是死寂。

它在我的背后，我能感受到那灼热的目光。

就在我转身的刹那，它破开浓雾，扑了上来。一头成年人大小的新鼠，挥舞着带血的利爪，疯狂地向我撕咬着，我用长矛死命抵住它的前爪，摔倒在地，它用整个身体压着我，牙齿不停开合着，那股恶臭几乎让我窒息。我想用腿把它踹开，却发现关节全被制住，动弹不得，那尖利的长爪闪着寒光，滴着鲜血，一寸寸地向我的胸前逼近，我拼尽全力的怒吼，听起来却像绝望的哀号。

那冰冷的硬物抵住了我的胸口，一阵撕裂的剧痛几乎我丧失所有抵抗的意志，它还在往下，一毫米、一毫米地往下，直到穿透我的胸骨，刺破我的心脏。

我看着它，它笑了，那畜生的嘴角咧开一道冷酷的弧线，一道我再熟悉不过的弧线。

一声巨响。那头新鼠身体猛地一颤，它竟然在唾手可得的胜利前停下了，有点恍惚地转过头，仿佛想寻找那声响的来源。我趁机用长矛抵开它的利爪，鼓起全身所有剩余的力气，朝它的头颅重重击去。

闷响之后，它应声倒地。

彻底失去知觉之前，我看到了最后一幕，那是一头更加高大壮硕的新鼠，正在向我走来。

于是我决定闭上双眼。

"是该好好庆祝一下，今天破例，可以喝酒！"教官大手一挥，转身却发现几箱啤酒已经摆在篝火旁。

"今天是什么好日子，靠，这么多好吃的。"豌豆喜出望外，直奔主题，抱起鸡爪就啃。

"教官不是常说，你们这群二百五嘛，今天正好是咱们入伍二百五十天整，你说是不是该庆祝一下。"我朝豌豆挤挤眉毛。

"靠，这什么破由头，你自己二百五别拖别人下水啊。"

"捎带着……今儿好像是某人生日吧。"

豌豆把嘴里的活儿停下了，没听明白似的愣了半天，然后，眼眶里开始有亮晶晶的东西在转悠。

"别！先别激动！不只你，我数了一下，咱队里有五个人这个月过生日，正好凑一块儿过了。"

豌豆又把泪珠子憋了回去，继续啃起鸡爪来。

已经很久没有听到这么多的笑声，大家都已经习惯了背起包赶路、放下枪打呼的生活，没有欢乐，没有自由，有的只是杀不完的老鼠和完不成的任务。没有人记得自己是个大学生，甚至下意识里，都觉得握着刀把子比捏着笔杆子带劲，舒服。没有人知道这是为什么，也没有人想知道。

教官今儿个很高兴，打心眼里的那种高兴，他喝了很多酒，说了很多军队里的荤笑话。他拍着豌豆的脑袋说，你不是射手座吗，怎么射老鼠这么面呢，你说说你射什么最在行啊。我笑得胃都抽筋了，入伍这么久，头一回觉察出，原来教官也有可爱的一面。

寿星们吃了长寿面，许了愿，教官的脸在篝火的映衬下红彤彤的，他问，都许了什么愿啊，能说不能说。

豌豆也多喝了几杯，拍着胸膛说："这有什么不能说的，我就想早点退伍回家，找个好工作，孝敬爹妈。"

大家一下都不说话了，偷偷看着教官，怕他酒后发飙。没想到他拍了两下大手，哈哈两声，说有出息，爹娘没白养活你。

这下可热闹了，大伙儿七嘴八舌地吹起来，有说要出人头地的，有说要赚大钱买别墅跑车的，有说要泡尽各国美女的，最牛逼的一个说想当国家主席，大家嘘他，你都国家主席了，我们还不得整个银河系总司令当当。

"嘘。"我发现教官眼神有点不对，赶紧制止了这场牛皮大会，"你们猜猜教官最想干吗？"

大伙儿大眼瞪小眼，不知道的，不敢说的，说不好的，都摇摇头，看着教官。教官拿树枝拨弄着篝火，小火星乱窜，噼里啪啦地响，每个人脸上全是一片跳跃的红光。

"……我们那地方穷，人笨，不是读书的料，不像你们。我小时候老在想，以后长大了干点啥好呢，种地？打工？我不乐意，觉得没大出息。后来人家说，当兵吧，保家卫国，立了战功，当上英雄，就能光宗耀祖，衣锦还乡了。我爱看打仗的电影，特喜欢拿枪的感觉，觉得特帅，特带劲，那就当兵吧。我不怕吃苦，从小吃苦长大的，每天训练，我的时间最长，量最大，脏活累活抢着干，有什么危险的事情我第一个上，图个啥？啥也不图，就希望有一天能真真正正地上一回战场，当一回英雄，哪怕死了都值……"

教官停下来，轻轻叹了口气，继续拨弄他那烧焦了的树枝。过了好一会儿，他才像刚回过神来一样，看着不说话的我们，露出一口白牙。

"怎么不说话了，是不是我破坏了气氛啊。"他把树枝一折，站了起来，"今天是个高兴的日子，不该说丧气的话，我道歉，我唱个歌，不过是个老歌，你们肯定都没听过，唱这歌的人都死了几十年了，我听这歌的时候，你们估计还没生出来呢……"

我带头使劲地鼓掌，掌声在空旷的野地里回荡着。虽然没找着调，但教官唱得很投入，眼角似乎有点湿润。我感到庆幸，没人问我想干吗，因为我他妈的都不知道自己想干吗。

"……今天只有残留的躯壳，迎接光辉岁月，风雨中抱紧自由；一生经过彷徨的挣扎，自信可改变未来，问谁又能做到……"唱到高潮处，教官几乎声嘶力竭了，他的身影在篝火的映衬下，显得格外高大，就像个真正的英雄。

"我说，"豌豆碰碰我，拿着酒瓶，"活着真他妈像场梦。"

"说不定，"我把瓶里的酒一饮而尽，"就是他妈的一场梦。"

我被轰鸣的引擎声吵醒。教官张着嘴，朝我大声吼着什么，但完全被噪音淹没了。我想起身，胸口一阵剧烈的扯痛，我只好躺下，大口喘着气。顶上是一块光秃秃的金属板，反射着刺眼的白光，整个世界开始摇晃起来，我感到眩晕，我想吐，这到底是他妈的什么地方。

四周突然暗了下来，轰鸣声也低了，一股力量压住我的身体，我突然明白过来，我在飞机上，我们在上升。

教官说，别动，现在送你去……的医院，他说了个我没听说过的地名。

混乱的记忆碎片一下子全扑了上来，谜一样的战役，噩梦般的决斗，我问，他们呢。

伤势重的已经送走一批，你命大，只是皮肉伤。

我闭上眼，千头万绪缠绕在一起，可此刻我的脑子却是一团糨糊。终于，我找到了突破口，试探地问，最后那一枪……是你开的？

麻醉枪。教官不置可否。

我点点头，似乎有点明白了。那……黑炮怎么样？

教官沉默了许久，说，他颅脑受损严重，很可能会变成植物人。

我释然，想起那个失眠的夜晚，豌豆、父母，还有……我急切地问教官，那天你到底看见了什么。

我不知道，你最好也不知道。他的回答既出乎意料，又似乎理所当然。

我想，也许根本没有人知道。如果说，新鼠能够通过操纵幻觉来诱使我们自相残杀，那么这场战役就变得前途叵测了，那些惨叫和肉体破裂声在我脑中响起，我不敢再想下去。

看！教官突然激动了，他扶起我，透过直升机的舷窗，我看到了一幕最不可思议的景象。

是新鼠，数以百万计的新鼠，从田野、山丘、树林、村庄走出，对，是走出，它们直立着，不紧不慢，步态悠然，像一场盛大的郊游而不是落魄的逃亡，由涓涓细流汇聚成一股浩大的浪潮，它们颜色各异的皮毛编织着暗涌的纹路，一种形式感，一种眼睛可以觉察的美感，流淌过这冬色萧瑟的枯槁大地，黯淡雷同的人类建筑，竟像是一股崭新的生命力，缓缓流注。

我们输了。我赞叹着。

不，我们赢了，你会看见的。教官看着窗外，嘴角挂着自信。

飞机降落在一座临海的军区医院天台，下机时，鲜花和轮椅都已经各就各位。笑容甜美的小护士推着我下楼，先检查了伤口，然后是一次彻底的大洗，我用掉了半瓶沐浴露，连搓出的泡沫都是泥巴色的。换上洁白的病人服，到餐厅吃饭，吃得太快噎住了，又咳了一地，护士轻轻拍打我的后背，笑容里全是同理心。

"我国与西盟达成贸易共识，开启多赢新局面……"餐厅里的电视播着新闻，我漫不经意地瞄了一眼，呆住了。屏幕出现的，正是我从飞机上看到的情景，大规模的鼠群迁徙，解说员声情并茂地解释，在全国人民齐心协力的奋战下，历时十三个月的灭鼠战役获得全面胜利。镜头一转，变成海上航拍，一张花色驳杂的毛毯由陆地向海岸徐徐铺开，在触及堤岸线的瞬间，解体成无数细小的颗粒，跌入海中，激起密密麻麻的水花。镜头拉近，那些新鼠就像是纪律严明的士兵，步伐统一地向着死亡迈进，没有迟疑，没有眷恋，甚至在跌落海面的过程中，也依然保持着气定神闲的姿态。

教官早就知悉了这场胜利，这场与我们无关的胜利。

李小夏是对的，豌豆是对的，教官也是对的。我们跟新鼠一样，都是这伟大博弈中的一枚小小棋子，我们所能看到的，只是画好铺在眼前的棋盘，我们所能做到的，也不过是按着规定的步法，炮八平五，马二平三。至于这背后的深意，那高悬在头顶的大手何时落下，我们无从知晓。

我问护士，鼠群也会讲入这座城市吗？她回答，新闻说半个小时之后。我问，从医院这能看到海岸吗？她笑着答，医院前面有一片坡地公园，从上面能看到整座城市的海岸线。我说，那好，带我去看看。

我只有一个想法，去告别，向从不存在的敌人。

许多年后，我依然会不时想起那一个鼠年的黄昏。

夕阳的余晖倾洒在海天之间，从云蒸霞蔚的云端，到波光潋滟的海面，再到高楼林立的城市，两道绵延无际的弧线，把世界分成了三块，但这并不能阻碍什么，那金色的光芒毫不畏惧地将一切拥入怀中，似乎在那个瞬间，有一股力量拽住了时间的车轮，把世间万物凝固在此刻。

我坐在轮椅中，从高坡上望着这宁静的一幕，什么都想到了，又似乎什么都没想。

一种低沉的震响由远而近，仔细听，又像是许多细碎的鼓点，有板有眼地敲打着大地。然后，那毛茸茸的军队便从街头、路口、高楼大厦间，涌入了戒严的海滨大道，没来得及开走的停靠车辆，顿时成了一座座小小的孤岛。

那条金色的毛毯铺满了海岸，然后破碎，融化，倾入金色的海面，水花次第绽放，像是给海岸线镶上一条金色的花边。

海上的船只拉响了汽笛，久久回荡，本应是胜利的号角，此时却更像是悠长的挽歌。

真美。护士姑娘赞叹道，几年后，当我掀开她的红盖头时，也说了同样的话。

我们曾以为，只有生命才是美的，却不曾想到，结束生命也可以是美的。

我感到一阵空虚，努力不去探究这背后的意义。在这漫长的一年里，有些人的想法被改变了，有些人的命运被改变了，永远。

我探望过黑炮，那冷漠的微笑将永远凝固在他脸上，直到这个二等功战斗英雄生命消失的那一天。

教官后来私下告诉我们，隔壁片区的部队，也在那一天探测到了鼠群的异动，同样也是引到那个山坳，但他们权衡再三，怕被我们抢了战功，于是就没有出动。据说报告上写的是，由于军纪严明，避免了出现重大伤亡的可能性。我不知道那件事最后怎么处理，只知道教官退了伍，当了个拓展训练基地的辅导员。

我们都上了电视，出席各种报告会，反复讲述一些连自己都会感动落泪的故事，那故事里，没有新鼠的宗教，没有黑炮的嗜好，也没有豌豆的死。那是另一段历史，一段可以写进书本、报纸、电视甚至载入史册的历史。而我们的历史呢，我不知道，也许那根本算不上历史，那段岁月只存在于我们每个人的记忆之中，伴随我们衰老，直到死去。

一年后，我被分配到当地机关，当上一个公务员，过起了我曾经厌恶的朝九晚五。我总觉得自己生命中的一部分已经随着那些老鼠一起，消失在平静的海面下。我辗转收到了原先寄给李小夏的退信，一共二十封，我没看，直接拿铁盒封了，埋在院子里。

　　培育新鼠的自主知识产权研发获得成功，在对外贸易中增加了议价筹码，国产新鼠上市，尽管在语音模式及功能模块上仍有欠缺，但却以低价策略成功占领了国内市场。我时常在专卖店的橱窗前驻足，观察那些可爱造物的一举一动。每当这个时候，我总会想起豌豆和他的问题。

　　那些复杂、微妙、超乎人性的举动，仅仅是基因调制和程式设计的结果呢，还是说，在那张毛皮底下，的确存在着某种智能、情感、道德，乃至于——"灵魂"？

　　如果可以的话，我会选择前者，那会让我好过一些。

　　但我持保留意见。

2009 年 1 月 25 日

无尽的告别

我还清楚地记得那个早上，丽达从被窝里翻过身，看着我在镜前系领带，她的眼神有点迷茫。

"什么。"

"我做了个梦。"她迟疑着，寻找着合适的表达方式，肩部漂亮的弧线在晨光中闪烁。

"我梦见你要离开我。"

我笑了，但又马上收住。我正了正领带，坐到床边，俯身给她一个深吻。

"我永远，永远不会离开你。除非我死了。"

她的表情告诉我，那正是梦里出现的景象。

我当时告诉自己，梦总是反的。丽达的梦没有成真，事实上，比那要糟得多。

事情发生得毫无预兆。一阵疼痛突然攥住我脑子里的某个部分，像是咽下一大口冰淇淋，像被没剪指甲的利爪，钳住，松开，然后再更用力地钳住。财务报表从我手里滑脱，白花花地散了一地。安关切地问我没事吧。没事，我敷衍着蹲下身捡起那些纸片。

我打算上楼把它交给老板。在爬楼梯的过程中，我觉察身体的肌肉机械而僵硬，我尽量缓慢地踩上每一级台阶，同时抓紧扶手，但在此过程中，我似乎正从身体以外观察着自己，那不是我的身体，而是某一个长得跟我一模一样的人形傀儡。

那个傀儡把材料交给了老板，然后把自己关进了厕所的隔间，以为这样就能缓过来。

头疼得更剧烈了。然后像是一瞬间，整个世界开启了静音模式，所有细微的嘈杂的声响都不见了，我能听到的所有声音只是心底的自言自语。*没事的，很快就会没事的。*

自我安慰失效，情况变得越来越糟。我感觉不到身体的边界，像是与这厕所隔间的合板墙壁融为一体，我在膨胀，不停膨胀，变得无比巨大，仿佛占据了整个三点五米层高的空间，甚至溢出这座建筑，向着宇宙深处进发。

我试图站起来，却发现双腿根本不听使唤。我抖抖索索地掏出手机，手指却僵硬地无法握紧。

好不容易打开拨号界面，我发现自己竟然无法读懂那些名字，那些本应熟悉的名字，此刻却像一堆堆乱码，毫无头绪，我无法控制住自己的恐慌。干！我这是怎么了！

我努力使自己冷静下来，我无法认出那些文字，但能记住那些颜色和形状，知道哪个按键代表最近通话记录，上一个接听电话是来自公司前台的包裹通知。

我按下按键，期待那个无比甜美的声音出现，拯救我的性命。

"呜呜？呜呜呜呜。"

听筒中传来类似于动物呜咽的吠声。

"救命！我在八层厕所，找人来救我！"

我不顾一切地大喊，可从我口中传出的，却是同样的呜呜声。我绝望了。我挥起僵硬的手臂，砸向隔间的门，期望有人能够听见。

门被砸开了，我由于用力过猛扑倒在地，感觉不到疼痛，只是宁静，超乎寻常的宁静，像是所有的压力与烦恼都离我远去，不复存在，有那么一刹那我竟然觉得这样也挺好。

终于有人发现躺在厕所地板上的我，如此狼狈。

我被抬上担架，送上救护车，推进急诊室，我能看到穿着白大褂的医生和护士在我身上忙活着，巨大的无影灯吞噬了我的最后一点意识。

我闪过的最后一个念头是，丽达。

我还活着，某种意义上。

我的身体无法动弹，但还有知觉，脑子里不太疼了，但似乎浸透在一片噪音的海洋中，无法分辨哪些是有用的信息。我无法控制舌头和声带，能眨眼，能看见一个女人跪在我的床头，握着我麻木的右手，她的眼睛里有液体在滚动，她仿佛在说些什么。

我花了五分钟来回忆起这个女人，这个从五岁起就进入我生命的女人，丽达，我的爱。

医生和护士出现了，他们给我来了一针，噪音消失了。

"晓初！你觉得怎么样？"那是丽达带着哭腔的声音。

我的喉咙一阵发紧。

"王先生，非常抱歉，接下来我要告诉你的，可能不是什么好消息，你要做好心理准备。"

这是那个医生，他拿出一个平板显示屏，上面出现了一个大脑的形状，被分隔成不同颜色，中间出现了一个红点，红点慢慢扩散到邻近的区域。那是我失灵的大脑。

"由于突发性的血管破裂，导致你的基底动脉脑桥分支双侧闭塞，双侧皮质脑束与皮质脊髓束均被阻断，外展神经核以下运动性传出功能丧失，你的意识清楚，但身体不能动，不能说话，你的眼球可以上下转动，不能左右转动。"

我试了试，果然如此。

　　　　　　　　　　　　　　后人类时代

这不是那该死的《潜水钟与蝴蝶》吗？

"闭锁综合征。类似，可还不完全一样。"

你怎么知道我在想什么？

医生指了指旁边。

你他妈不知道我脑袋动不了吗？

"对不起我忘了。现在的技术已经不需要靠眨眼运动来逐个拼写单词了，我们可以根据你的语言中枢神经电流合成信息流，当然，也可以人工合成语音，只要你不觉得别扭。"

我想我需要时间适应适应，你刚才说什么不完全一样。

"现在才是真正的坏消息。由于某种非常罕见的原因，你的大脑外围皮质功能正在逐步丧失，你的知觉会一个个地被关闭，首先是嗅觉，最后是触觉，你的意识会渐渐模糊，直到进入昏迷状态。"

植物人？

"很遗憾你说的没错。"医生深深吸了一口气，丽达的脸背了过去，显然她早已知道这个事实。

我还有多长时间？没有任何办法了吗？

"根据你的情况，我们推测你还有一到两周的时间，办法嘛，倒是有，不过需要冒很大的风险进行开颅手术，而且根据你的保险记录……"

而且什么？我突然醒悟过来。而且很贵对吗？

我很清楚我们没有钱，没有那么多钱，我没有，我父母没有，丽达更没有。可如果我作为植物人活下来，花费将是个无底洞，我会拖垮他们的此生，甚至来生。事情本不该如此，至少不该来得这么快。

我可以死吗医生？

"不！"丽达愤怒地拽着我的病人服，"我不许你死王晓初！不许！"

"很抱歉，安乐死在我国目前法律下是违法的。"

求你了。解脱我们吧。

医生摇摇头，离开了房间。

让我死吧。让我死吧。让我死吧让我死吧让我死吧让我死吧让
我死吧让我死吧让我死吧让我死吧让我死吧让我死吧让我死吧让我
死……

丽达捂住嘴逃出病房。我终于理解他们不启用语音合成装置的良苦用心了。

那些军人来的时候，我正在进餐。

由于吞咽肌已不受控制，我只能通过食道直接吸入流质，反正我的味蕾也已不起作用了，用想象力为那些黏稠的物体赋予美味，这确实是件有难度的事情。今天是宫保鸡丁和葱爆羊肉，我津津有味地含着那根塑胶管。

来了三个人，中间那位明显是头儿，他嘴上叼着一根烟。

"请不要在病房抽烟。"丽达毫不客气。

"没关系，我想几位长官也不会大老远跑到这儿来过烟瘾。"他们觉得我的精神状态已经趋于稳定了，于是为我开启了语音合成功能，采用的是一位中年男播音员的波形，以至于每次说话时我总以为谁家打开了新闻联播。

定制自己的波形也是可以的，只是很贵。

他们出示了证件，并要求丽达回避，因为"以下谈话涉及高度军事机密"。

丽达不放心地看了我一眼，我翻了个白眼表示："没事的，去吧。"

两名低阶军官随同她一起退出了房间。

他并没有做自我介绍，似乎觉得没这个必要，也许是军人开门见山的习惯。

"答应我们的条件，你或许还能活下去，我是说像个人一样有尊严地活下去。"

"什么条件。"

"三周之前，我们的'哪吒号'科考潜艇在菲律宾海沟上方放出无人侦测器，对约一万零三百七十五米深的沟底进行钻探取样，恰好遇上俯冲板块运动所引发的浅源地震喷发，于是对喷射物质也进行了采集。我们在其中发现了某种未知的蠕虫类生物，由于未及时进行增压保护，它一直处于类休眠的防御状态，也可能是命不久矣，但是——"

他停顿了片刻，似乎又在脑子里做着选择题，这回他觉得有必要让我知情。

"我们从中发现了智慧迹象，某种有规律的神经信号传递，某种意识拓扑结构。"

他看起来不像是个爱讲笑话的人。我努力思考着这重大发现与我可能存在的联系。

"所以我们首先从地内而不是地外发现了人类之外的智慧生命。"

"我只能说，一切都是未知数。"

"你们要我做什么？"

"我们要你作为人类的大使与它进行交流。"

在意识里，我不怀好意地大笑着，我想起了尼克松时期的容国团，但从表面上看来，仅仅是眼球冷静地翻滚了两下。

"为什么是我？怎么交流？作为一个植物人？"

作为一个军人，他极好地控制着自己的语调，似乎早有准备，他说出了一个我早有耳闻却不明究竟的名词："开窍计划"。最早得知这个计划还是作为一道高考试题的阅读材料，科学家们希望通过对脑神经活动的编码与转换实现电信号的输入／输出，真正成功制造出脑机接口。那道题我答得很烂。

脑机接口从来没有实现。

而照那位军官的说法，我们实现了更有意义的技术，超越语言基础的个体底层意识的"融合"。不同语言之间存在不可通约性，比如英语的"sweet"和汉语的"甜"是否指的是同一种味觉刺激，无从知晓，但对于同一种物质，比如"糖"，所引发的神经冲动拓扑模式，却可以划归为一类。

"开窍"可分为"出窍"与"入窍"，当A的意识被完全模制到B的意识中时，他所感知与理解的世界，便是B所感知与理解的世界，完全超越了语言与文化的隔阂，实现了本体论意义上的"融合"。

这项技术最初在冷战中用来对战俘进行情报侦查。

"别问我具体怎么实现的，我不是那些疯子。"

"可为什么是我？"

"你以为你是第一选择吗？哈！我们已经烧坏三个灯泡了。"军官眨眨眼睛。

他们不知道人类大脑与蠕虫大脑是否具备可融合性，他们只是假设既然存在于同一个行星上，便具有一定程度的同源性。很显然，他们的考虑欠周全。人类大脑通过左右半球对信息进行分工处理，而蠕虫似乎并没有这项设置，它的全脑模式瞬间烧坏了三名精英的脑桥和胼胝体。

而我的脑桥原本就是失效的，你没法烧掉一个原本就坏的灯泡。

"你没有任何损失，之后我们会付你的手术费，植物人可没法提供有用信息。万一，我是说万一手术失败的话，我答应你，不会让你的家人受罪。"

我自然明白他话里的意思。

"我需要做什么？"

"家属签字。"他从文件袋里取出一沓纸。

我想我别无选择。

我被换到了特护病房，每天有警卫站岗的那种。据说原本应该把我空运到某个绝密的封闭军事基地，但考虑到我随时可能崩溃的大脑，几经周折，上级终于同意将实验地点挪到所在医院，自然全体医护人员同时进入了高度戒严状态。

视力下降得很厉害，精致的丽达在我眼中变成边缘粗糙的像素块，她不知疲倦地按摩着我的全身，似乎如此就能延缓丧失意识的进程，只是收效甚微。

那个吴姓军官花了不少力气说服丽达在协议书上签字。

他向她解释为何现在不动手术，如果现在把我脑中淤积的血块取出，很可能在"融合"的过程中像之前三件牺牲品一样，神经联结被冲击垮断，提前变成植物人。所以，必须在执行完任务之后，在颅内压升高到极限之前，进行开颅手术。

"为什么必须执行那项任务。"丽达近乎幼稚地质问。

"女士，我们不是慈善机构，您的丈夫也不是……"他很识趣地把后半句吞了回去。

我凝视着丽达，希望能把每一个像素都刻入失灵的大脑沟回里。我看得如此用力，以至于眼睑开始抽搐，泪水无法控制地溢出。

她签下了名字。

军官没有告诉她的是，我有极大的可能在任务过程中引发神经退化，产生认知障碍，加速记忆缺失，也就是早发性阿尔茨海默症。如果发生那种情况，她将会得到保险额度之外的一大笔钱作为补偿。这些写在补充条款里的内容，我想还是不要丽达知道的好。

我想我是个自私的人。

身体在移动，光线从眼帘上掠过，有人紧紧地握着我的手，指甲嵌入肉里，似乎要长进我的体内。我知道那是丽达，几股强力将她拽开，指甲在皮肤上划出一道长长的疼痛，我竟然还能感觉到痛。

这痛或许便是我与她在这世间仅有的最后一丝联系。

门关上了。注射，插管，电极，头盔，倒计时。

我飘浮了起来，像是天线突然扳正了方向，所有的感官澄澈锐利远胜以往。我面对面看着自己赤裸的肉体，以及并排着的那个密闭金属箱。*这不是真的*。这只是大脑产生出来的离体幻觉。我还好好地在自己的躯壳里，等待着那场荒诞的实验。

有那么一瞬间，我竟然产生了挣脱困局去寻找丽达的念头，然后一股强大的吸力袭来，我急速缩小，穿透那个金属箱以及数个夹层，我看到了它，那么脆弱，那么渺小，像一堆胡乱凝结成形的白色灰烬，无法分辨哪端是头部，哪端是排泄孔。我进入了它。

那个我所熟悉的世界永远消失了。

人类语言已无法表述我所处的状态。

我无法看见，却不是黑暗，无法听见，却不是寂静。似乎除了触觉之外的其他感官都被悉数剥夺，无法遏制的恐惧如潮水般冲击着理智，我开始明白为何前面三个人会丧失意志。一切都在混沌之中，感受陌生而强烈，甚至比五官健全时还要丰富敏感，但是你却无从把握其含义，所有与信息对应的意义都断裂了，留下的只是刺激本身。

最初的狂乱之后，恐慌逐渐消退，这是否就是我那颗残缺大脑的禀赋。

我醒悟，这便是它所感受到的世界。

它移动了起来，一种体积感占据了意识中心，温暖的流体标志出前进的方向，下体传来细腻的颗粒摩擦感，甚至能觉察地面微小的纹路与震动。尽管只有触觉，但其细腻的层次感竟丝毫不逊于人类的五感，我能体会到自己的意识与它缓慢磨合、对接、融入，事情的进展比想象中快了许多。现在，我能借助纤毛的颤动掌握周围空间的大致情况，但却始终无法掌握躯体的对应部位，没有四肢，没有前胸后背，没有头部，也没有脊柱，只有一种模糊不清的整体感。

残存的人类理智告诉我，这是在十数公里深的洋底岩层中，没有光，也没有空气，所谓的食物也许就是厌氧嗜热的微生物，拓扑融入帮助我适应了极大的压强，可存在本身并不体现任何的文明或智慧，它只是就这样发生了。

它向前移动着，我探知这是一条粗浅的沟道，有着预定的方向，每隔一段距离会有分岔口，地面的凸起会有些微的差异，然后它会选择某个方向，继续前进。

我假设这是某种道路系统。

那么它是有意识地选择目的地，它要去哪里，它是否意识到我的存在，我们为何会从医院的手术室来到这里。我毫无头绪。

它来到一块稍微空旷的区域，身体的某部分延伸出去，在一根棍状物上摩擦着，我能感受到其上细微的颤动被吸收到体内，同时带来一种欣快感。我猜这是用餐环节。

纤毛觉察到附近有另一个个体在缓慢靠近，它们身体的某一部分相互贴合，如同双手紧握，接触面上有复杂的褶皱，之后一种熟悉感传来，我想它们互相认识，那褶皱或许便是姓名。

它们似乎在交谈，接触面上浮现各种隆起、颗粒与纹路，又迅速地退去，如同一场潮汐在瞬息间反复冲刷着岸边自动增殖的沙堡，在一阵密集交流后，双方都恢复了平静。

然后我感到了忧虑，从栖居的这具躯体中传来的深深忧虑。

科学家们对了，科学家们又错了。

我与它的感官相连，共享大脑皮层最基础的刺激与反应，甚至，一些情感的波澜，如果能够形成所谓对位拓扑结构的话，但我无法理解抽象的概念，我无法体会那些超越了感官层面的思考与涌动，没有哲学，没有宗教，没有道德，只有世界的表象。

我像个附身的幽灵，飘荡在这无解的世界。更绝望的是，作为人类的自我意识在渐渐模糊、冲淡，我的时间无多了。

惟一的救命稻草，也许只有回忆本身。

在我忘记丽达之前。

我和丽达，是不被祝福的一对。

五岁那年，我们曾有过短暂的相遇，那是在一家儿童医院的走廊里。我们被各自的母亲拽着，迎面擦身而过。我记得那股淡淡的牛奶味儿，在刺鼻的消毒水气息中稍纵即逝，我记得那晨光中蛋青色的墙壁，我记得她的栗色头发和苍白肤色，我记得，并坚信，我们会有再次重逢的一天。

那一天，医生告诉我母亲，由于某种先天性基因缺陷，我患上阿尔茨海默症的几率是百分之八十三点一七。

当时的我，对于这种平均发病年龄在六十五岁的疾病一无所知，我只知道，在头发脱落、牙齿松动之后，会有很严重的事情发生。就像在路牌标志上前方一百米处有陷阱，可你并没有别的路可走，而你在这条道路上所遇到的崎岖也不会因此有半分减免。

上天是公平的，母亲总这样教导我，我信了。

她给了我一个快乐而漫长得似乎永远不会完结的童年。据说小孩子觉得度日如年，是因为大脑中存储的记忆长度还很短，因此每一天体验所占的比例高，而随着年岁渐长，每二十四小时所经历的信息刺激在记忆中的比重逐渐下降，于是光阴似箭，于是蹉跎。

在我的脑海里，始终存在着一个六十五岁的时间点，我近乎病态地纠结于这中间约六十年二万一千九百一十五天的距离，像个明知道自己会在终点线前摔倒的马拉松选手，却不得不去胆战心惊地迈开每一步。

有时候我宁愿陷阱就设在离起跑线不远处。

你永远不会懂得那种感觉，没人懂得。

我们重逢在大学入学前的体检，另一家医院。世间果然有些东西超越了理性和时间，在十年之后，我们一眼就认出了彼此，宛如上天的奇妙旨意。我看着她不变的栗色头发和苍白肤色，只知道笑，她已经出落成一个足以让人心跳失速的漂亮女孩。

那是一段疯狂而刻骨铭心的时光，像所有的年轻人一样，我们彼此相爱又彼此折磨。每次在激情顶点丽达总会问我，你会娶我吗。而我总是保持沉默或打岔开去，我不能让她知道我有多么无法遏制地想要拥有她，我不能把一颗定时炸弹绑在她的人生上。

这种折磨持续了四年之久，几乎抵消了哲学专业带给我的所有快乐。

毕业典礼那一天，她穿着学士服，走到我面前，神情出奇地严肃。

她说："我再最后问你一次，你会娶我吗？"

我知道她面临着选择，申请出国或者留下来。看起来她的决定取决于我的答案。

上天真的是公平的吗。我的心底在痛苦地嘶吼，却不得不努力维持表面的平静。

我深深吸了口气，闭上眼睛，摇了摇头。我做好了一切心理准备，她可以打我骂我，甚至一语不发转身就走，从此消失在我的生命里，哪怕我为此抱憾终身。

我竟然那么坚定地笃信那是为了她好。

我睁开眼睛，一张检验单几乎贴在我脸上。

"是因为这个吗？"她颤抖着说。

那是我五岁那年的基因检验单，可为什么会在丽达的手里。

"我去了你家，跟你妈聊了很久。"她的眼泪掉了下来。

我咬咬牙："你能想象有一天一觉醒来，我看着你，却认不出来，甚至连之前的所有记忆都完全丧失吗？我爱你，我不能害你。"

另一张检验单出现在我眼前。

"王晓初，这样能扯平吗？"她几乎是喊了出来。

我呆住了，看着另一张单子上熟悉的英文缩写和数字，她竟然和我一样，患有那种罕见的先天性基因缺陷。

上天是公平的，以你意想不到的方式。

除了拥抱，除了亲吻，我想我别无选择。

从那天起，两枚炸弹被紧紧地捆在了一起。我们甚至开玩笑，打赌谁的脑子会先出问题，另外一人就必须拿保险赔付去帮他或她实现人生愿望。愿望被各自写在纸上，封装到瓶子里，埋在某个花盆的泥土下。

我们以为还有很多时间，我们从来不互相告别，哪怕道声晚安。

人生充满了不连续的单独概率事件，我们忘记了每一天都可能是最后一天。

那是一种熟悉的感觉，如同丽达的手掌滑过我的身体，但要缓慢上千倍，你能感觉那种微弱的酥麻一寸寸地移动，从表面，到内里，沿着一条既定的轨道匀速前进，抵达某个终点，又以同样的速率回到起点。

开始我以为那是思念造成的错觉，直到两个循环之后，我才醒悟。

这是它的时间感。

如同从丹田出发，经会阴，过肛门，沿脊椎三关，到头顶，再由两耳颊分道而下，会至舌尖，沿胸腹正中下还丹田的一个小周天。

一个周天便是地球自转一周，一个昼夜。

我猜想那是类似鸽子辨识方向的功能结构，能够感应地磁场与重力的变化，毕竟这是在地球表面之下十数公里的深渊，地磁感强度会明显得多。

这是一种奇妙的感觉，我从未想过时间能够以肉体的方式进行标识。我努力地将沿途的敏感点与人体部位虚拟对应起来，哪怕不那么确切，却可以帮助我掌握时间。我将额头作为零点，4点时到锁骨，6点到胃，8点到脐，12点到肛门，然后再反方向运行。

我用身体建起一座钟楼，却带来了意想不到的副作用。

以前只知道味觉与嗅觉能触发回忆，但当其他知觉被悉数剥夺之后，代偿作用强化下的触觉竟与记忆产生了如此隐秘而强烈的关联。

2 点半走过我的下巴，恍惚间仿佛颠簸在父亲凉硬的单车后架，那是我幼儿园每天必经的旅途。

7 点和 17 点在幽门处，我在学校跑道上反复摔倒，膝盖在撒满煤渣的地面上磨出无数血肉模糊的伤口。

11 点前后五分，我在丽达的身体里不知疲倦地奋力冲撞，那是我俩的初夜。

关联之间找不到任何逻辑，似乎是随机布下的锚点，任意钩沉，但每当我到达记忆点时，那具蠕虫身躯的深处便会传来阵阵不安或骚动。我这才想起，我能感知到它所感知到的，反之亦然。

我们就像一枚硬币的两面，互为一体又永难相见。

我能感受到它的困惑与不解，竭力思索寻求答案，但是否这也是我自己的情绪折射，就像两面平行的镜子，源头无穷无尽。我开始明白所谓"融合"的含义，但却陷入了更深的孤独的困局。

它似乎找到了方法。

某种知觉在迅速膨胀，其他感官蜷缩到次要的位置，那是触觉里的一个分支，我只能一一排除那些我所熟知的，不是形状、冷热、快慢、质地，像是整个躯体被包裹于一枚无比巨大的蛋黄，你能感到四面八方传来有节律的震颤，一种均匀的压力迟滞而坚定地迫近，仿佛有一只巨手捏着这枚鸡子，而它将无可避免地走向破碎。

世界便是这枚鸡子。

我被那种巨大的压迫感深深震慑了，同时也理解了它与时俱增的忧虑。这个个体到底在它的社会中扮演着什么角色，倘若用人类的眼光来看，会为世界末日忧心忡忡的无非几种人，科学家、哲人、疯子。

但愿它不是最后一种。

它在躯体上向我展示了一条触觉线路，似乎是由肌肉和皮肤的紧张感连续而成，看来它们对感官的控制已极尽精微。这是极其奇妙的感受，在体内形成的立体地图勾画出清晰的空间方位感，它用一个刺激点表明我们所在的位置，如果我理解得没错，我们正处于地壳岩层的隙洞中，而目的地是一个相对高点，接近以体表为象征物的上方岩壁，不是山峰，更像一座高塔。

它用一种略带战栗的敬畏感来描述那个高点。

我突然明白了，它是个住持、神父或阿訇，总而言之，信徒，而高点便是它们社会中与神沟通祈祷之地。它需要神的启示，解答关于世界崩坏的预感，还有我，一个附在它身上的沉默幽灵。

那是一条漫漫长路，不知道我的意识还能不能撑到终点。

像是感知了我的忧虑，它将那条线路拉直开来，比附到体表时间线上，大概是三个单位长度，也就是一天半的样子。我震惊于这种能够同时表达空间与时间的智慧语式，这是习惯于以声音与视觉沟通的人类所未曾掌握的技能。或许我还有机会。

我发现我已无法回忆起丽达的面孔，一些感觉的残片飘浮在意识中，却无法找到对应的感官去重现。我还保留着她的体温、皮肤的触感、拥抱与亲吻的混合物、发梢拂过脸庞的瘙痒、湿润的气息、手臂上最后的一线疼痛。

我知道这些都将无法挽回地逐一消逝，甚至这个人、这个名字也会像水面的皱褶，平复如不曾存在过。

再漫长的历史，再强大的国家，再深刻的思想，都会在时间洪流中烟消云散，何况两段人生短暂的交叠。

可我甚至没来得及说再见。

它是对的，我能做的只有祈祷。

我知道这是个梦。这个梦曾无数次地出现，我从来没有让丽达知道。

起因是一个早晨，我如往常般先起，洗漱之后在衣柜中挑拣。我看见穿衣镜中的丽达缓缓转过身，面向我，却是满脸的迷惘，然后，出乎意料地，她放声尖叫起来。我慌乱地扔下衣服，捧着她的面孔，问她哪里不舒服，可她口中却只是喃喃重复着三个字。

你是谁？

你是谁。你是谁！你是谁……

我心里一沉，闪过的只有那个病症的英文缩写，定时炸弹提前引爆了，而我们都还没做好准备。我绝望地拿起电话，近乎崩溃地抓着头发，却不知该向谁求助，仿佛自己是世间仅存的人类。这时穿衣镜中的丽达眼中闪过一丝狡黠的笑，从背后把我一把抱住。

我知道你不会离开我的。

我一触即发的愤怒却在这句话里融化无踪。此后，这个场景会时不时地在我的梦境里重播，不管我在入睡前与丽达多么缠绵多么亲密，但在梦中，所有的理智都被一句你是谁彻底击溃，然后放大了无数倍的绝望、悲伤与孤单慢慢没过胸口，直到因呼吸困难而赫然惊醒。

但我从来没有告诉过她梦的内容。

没想到这竟是我在这个触感世界里惟一清晰的联觉记忆。

我学习着如何与它沟通，尽管仍然不得要领。对于它来说，这可能跟自言自语一样正常，但也可能像妖魔附体一般恐怖。感受着自己的身体不受控制地浮现各种凸起，伴随着莫名的情绪涌动，却不知其中含义，如果是人类，多半是要请个精神科大夫或者驱魔人的，而它却依旧保持冷静克制，至少给我的感觉如此。

沉默的时候，会从它身体深处传出持续的震颤，变换着频率和模式，带着繁复的节奏和配合，然后便有一种宁静的愉悦弥漫全身，我猜那是它们的音乐。

我尝试着去体会那种共鸣腔的感觉，类似于坐在按摩浴缸中，让水流慢慢没顶。

世界的压力日趋增大，现在我的脑袋就是那枚鸡蛋，无形的逼迫感让人疼痛、恶心、艰于思考。我甚至怀疑自己会在这个世界崩坏之前先炸开。

那位不苟言笑的军官说，这事儿概率不低。

我们还有大半天的行程。

打个不甚恰当的比喻，仿佛在一间黑屋中摸索前进，你对即将出现的事物一无所知，可能踢到椅子，撞到台灯，也可能迎面就是墙壁。在它的引导下，这个世界以怪异的方式展开。空间不可思议地在感官中变换着形状与相对关系，如同猫能以胡须测量宽度，它以纤毛的颤动勾勒出物体的尺度。

这是一座远比我想象中要庞大复杂的地下城市。似乎按照地质条件，也就是岩面质地分成若干区域，有些区域的情绪是"鄙夷"，有些区域代表"尊敬"，有些是"畏惧"，我猜它们也存在着阶层之分。有一些功能性的区域我无法理解其用途，似乎是运用重力和磁力进行某种表演，从而给身体紧密相连的"感众"带来愉悦感，同时达成某种精神上的趋同性。

蠕虫艺术家。我相信自己在意识中传出一阵大笑，因为它十分不适地调整了身体的姿势。

第一次经历它们的交合仪式时，我的存在造成了不少障碍。它们貌似是雌雄同体的物种，那种互相进入彼此身体的感觉让我不快。不仅如此，它们的个体意识也在互相融合，边缘模糊，以至于我像是个躲在暗处的偷窥者。对方感知到我的存在，犹豫着要退出这场仪式，我的宿主展开平和而强大的情绪场，抚平了对方的疑虑。

那只是我的第二人格。如果是我的话，我会这样解释。但它似乎给我赋予了更多神圣与崇敬的触感。

那是我此生最为诡异的体验，令人疯狂而眩晕。仿佛共有一颗大脑的连体婴，我感受到对方的温度、纹理和震颤，但同时也感受到来自自身的肌体刺激，我触摸着它触摸着我，我包容它又包容我，像是一个置于音箱前的麦克风，回输信号被无限循环放大，推向神经冲动的极限。

在那三位一体的迷醉中，我触摸到更为遥远、古老而宏大的存在，像是穿越了幽暗的岩层和数万米的海洋，穿透了大气与辽阔无际的星空，穿行于时间与空间交织而成的躯体，仿佛所有的感官都恢复了正常，但只有电光火石般的一瞬。

那个存在说，一切都会终结，一切终结都需要仪式。

我跌落回只有触觉的世界，我知道，仪式结束了。

随之而来巨大的空虚和失落远超过人类所能想象的极限。我们曾为一体，如今各自分离。恍如躯壳悬于真空，割断了所有与外界的能量联系，一个感官的黑洞，无所依托，无法触及，没有意义，只是宇宙间一个孤独的物体。

就像梦中，丽达问出那三个字时我的感觉。

认识论基础课上教的都是错的。知觉并非是中介，我们并不需要额外的知识和心理加工过程来理解感官知觉所传递的刺激信号，那将导致循环论证。知觉本身就是意义，通过能量模式直接作用于意识本身，帮助我们理解自身与世界的关系。

否则，我无法解释在我身上发生的这一切。

它似乎已经习惯了这种巨大的落差，情绪迅速地平复，然后继续前进。我猜测它们或许将永不再重逢，这个社会建立在流动之上，所有的个体都不曾停歇，也不愿留下踪迹，它们追寻着自己内心的触动，一直前进，并不在乎那些凝固的羁绊。

每次相遇都是无尽的告别，因而如此投入。

交合仪式在旅途中又进行了数次，每次都让我记忆中残留的人类经验更加苍白浅薄，无论是欢愉、和谐还是孤独。同时也坚定了我的想法，无论如何，我欠丽达一个告别，终结的仪式或是继续生活的开始。

我需要它的帮助，不是为了活下去，而是为了告别。

这是一条感官的隧道。我看不见，听不着，身体漂浮在知觉之海上，缓慢地穿越时间的尽头，而一生的记忆却凝缩在须臾之间，从摇篮到坟墓，只隔一朵浪花。

那些能量的波动纷乱至极，又简约至极，每次穿透都明确无误地传递出一个信息：我正在死去。

一如它正在死去。

旅途不断地发生畸变，仿佛被错乱剪辑的影片，时而反复跳回某个早已经过的岔口，时而逆向而行，那些本已熟悉的摩擦和空间重又陌生，时而加速前进，如同一枚棋子被捉起飞快掠过道路、山坡或沟壑，触感随之变得浓缩密集，接连袭来不事喘息。

这是世界崩塌的前兆吗？

我那稀薄的意识突然醒悟，只有一种可能性，能完全解释这一切。

这趟旅途只是它的记忆回溯，仿佛濒死的人会看见生命快速重演。真实的它仍旧被囚禁在灰色金属箱中，渺小、脆弱、安静、如即将熄灭的余烬。

而我是中途强行上车的不速之客，给它带来困扰，尽管这种困扰只作用于回忆。真的仅是如此吗？

我已无法分辨哪种不安来源于世界即将毁灭的预感，哪种压力来自颅内压迫接近极限的恐慌，我相信它也不能，或许是两种感觉的叠加效应？如果没有我的存在，它是否仍将义无反顾地奔赴接近神的高点，去祈祷、忏悔或者探寻这世界完结的真相？

在已知的时间线里，它的世界将被一场浅源地震所摧毁，而它将在接近地壳的高点随着喷射物质被人类机械虏获，难逃一劫。

而在回忆的时间线里，它将搭载着我逐滴消逝的意识，共赴毁灭。

我的预感，或是它传递的情绪告诉我，它将随它回忆中的母国一起死去，不再回来，这便是它最后的告别仪式，一场记忆之旅。

我是见证，亦是牺牲。它表达了深深的歉疚。

*我别无选择。*我替它配上台词，同时也是我的独白。

我明白的。

命运把我们抛掷到无法理解的境地，而我们所能做出的回应，无非一个姿态，一种仪式，体面地接受失败，鞠躬离场下台。

我似乎遗漏了什么重要的事情，可却怎么也想不起来，意识就像生命力一样在世界的收缩震荡里变得稀薄离散，像风拂过水，留不下痕迹。

我们终于到达高点。

身体是静止的，可世界却像在疯狂旋转，所有的方位感消失殆尽，意识模糊，无法集中。我猜这是高点地磁场紊乱弱化的缘故。

开始只是水平旋转，然后垂直，最后是不定向的变轴旋转，仿佛苏菲教派的旋转舞仪式，舞者右手朝天通神，左手指地通人，不停旋转至意识不清之时，便是与神最近之处。

没有我，没有它，也没有身体与世界的界限。野火在烧，鸟群拍翅离枝，巨鲸跃出海面，落下，卷起浪花和旋涡，雪花触及皮肤，嗞嗞融化。我没有眼睛，没有耳朵，没有鼻子，没有嘴巴，一切却栩栩如生到极致。我在蛋壳中，我在海中，我在铅与火的洗礼中，即将破碎。

我膨胀，溢出了蛋壳，溢出了海洋、天空以及万物的间隙，我便是万物。

在这场宏大的风暴中，有一根小小的细须，轻轻地从我的意识中抽离，在完全断裂的瞬间，它似乎有点不舍，粘起小小的凸起，重又放开，像是一次人类的握手。

我知道，这次将是永别。

蛋壳碎了，旋转减缓了，膨胀停止了，然后是猛烈、急速、无尽的收缩，如恒星坍塌，如地铁穿越隧道，如精子游入子宫，如浴缸拔掉塞子，像是要把万物都塞回某个渺小、脆弱、安静的容器中，这个过程如此漫长，以至于连时间都失去了弹性。

然后，我看见了光。

我还能记得这个早晨，睁开眼，丽达就在那里，冲我一笑，帮我起身，穿衣，洗漱。

我能走，走得不好，我能说话，说得也不好。医生说，这需要时间。

丽达带着我上街、逛公园、买菜，我假装对一切习以为常，熟视无睹，其实心里充满害怕。那些突然出现在马路拐角的铁皮家伙和刺耳的声响都让我心跳加速，我恨不得就地躺倒，再也不起来。但是丽达总是紧紧地攥着我的手，一刻也不放松，不管是过马路、等灯，还是在和小贩讨价还价的时候。

我们一起回家，等着她把饭菜做好，吃饭，然后她会给我读会儿报纸，我多半听不明白外面到底发生了些什么事情，只是若无其事地点点头，假装明白，然后哆哆嗦嗦地滚回床上打个盹儿。

醒来的时候，她多半在花园里忙活着，浇花、松土、除草。午后的阳光是黄铜色的，打在物体上像是老照片的效果，我好像记起来些什么，又立马忘记了。

"你是谁啊！"我大声说。

"丽达。"她没有抬头，继续手里的活计。

"那昨天那是谁啊。"

"也是丽达。前天、明天、后天、大后天、之后的每一天，都是丽达。"

我点点头，坐下。我一直以为每一天都是一个不同的女人，有着不同的名字。我的脑子不太好使，和我的膝盖一样。

"丽达……我以前也认识一个叫这名字的姑娘。"我像是说给她听，又像是说给自己听，"可她没你这么多皱纹。"

她停了下来，回头笑了笑，皱纹显得更多了。

"你还记得她的模样吗？"她问，鼻尖的汗珠闪烁着金光。

我使劲想了想，摇了摇头："我是怎么变成这个样子的？"

丽达拍拍手，站了起来："你动了个大手术，昏迷了很多天，他们都以为你没救了，可你又醒了，带着这个姿势。"

她举起右手，拇指微屈，其余四指并拢，高于头顶。

"这是什么？"

"像是在说'你好'，又像是要道别，你说呢？"

我想了想，说："应该是'你好'吧。"

她笑了，说："我也是这么想的。"

"你好！"她使劲地挥了挥手。

虽然有点傻，但出于礼貌，我还是缓慢地举起了手，在黄铜色的阳光里摇了摇，光裹在手背上，暖洋洋的。

"你好，丽达。"

2011 年 9 月 4 日

造像者

世上凡事都有其决定性的瞬间。

——红衣主教 Cardinal de Retz

广场上的大钟指向清晨 6 点，电子钟声沉闷短促，惊醒彻夜守候的年轻人。人们从鼓鼓囊囊的帐篷里钻出来，脸上的白色睡式过滤器还没有摘掉，像是一撮撮从彩色蘑菇地里飘起的白色菌丝。他们看着 CCES 几个巨大的字母在黄色警报级别的雾霾中亮起，开始是荧光蓝，然后变成彩虹色，接着底下一行小字也亮起，"China Consumer Electronics Show"（中国消费电子展）。

年轻人们激动地互相挥挥手，又再次钻回帐篷里，毕竟离正式开门入场还有两个小时。

他们错过了巨大企鹅、熊以及说不清什么生物的全息投影在空中轮番登场的奇观，有那么几秒钟，工作人员调试出一头红皮黄星的奇美拉怪物。而后一切都消失了。

展览准点开幕，领导及嘉宾发言不时被掌声和嘘声打断。像是一场马拉松赛事，随着一声令下，人群鱼贯而入，接受严格的安检，领取赞助商的礼包，开始一场电子盛宴。

真正的北京国际马拉松已经在数年前由于空气质量原因被取

消，尽管主办方在出发点架起巨大屏幕循环播放来自加州的蓝天白云，屏幕下方成为选手们解手的首选之地，臊臭难当。

粉丝的手机或可穿戴式设备上都会自动推送来自官方的辅助信息，也可以选择由当红日韩偶像配音的引导精灵，如果能够接受那种略微怪异的口音，他或她会不厌其烦地告诉你，本届 CCES 的三大热点是浸入式互动娱乐、万物智能化技术及情绪计算。

人群随着个性化引导分别流入占地十五万平方米的展厅，来自超过两千五百家参展商的最新科技产品使尽浑身解数争夺眼球。观众的脸上布满彩光，像是初次发现镜中自我的婴孩，兴奋舞动肢体以区分现实与虚拟的界限。这年头这事儿是越来越难，也许比天地初开宇宙鸿蒙时还难。

穿过光怪陆离的、刺耳的、集体癫症发作式的游戏展区，进入 EB-115 展位，主办方用黑色幕布围挡起一个六乘六见方的空间，只留下出入口。场内只容纳二十三名观众，游客在门口守秩序地排起长龙，等待警卫放行，没有 Logo，没有打光，更没有穿着暴露的虚拟偶像。

这些排队的人十分安静，表情凝重肃穆，比起逛展览，他们更像是准备进教堂做礼拜。

总之，就是有点不一样。

他们手里都捏着一张小小的黑色卡片，像是某种邀请函。

外派女记者拦住了一名从幕布后走出的年轻男子，他行色匆匆，不愿接受采访。

记者：说两句吧，里面到底是什么？

男子：没什么特别的，一些照片，你也可以让它帮你拍照。

记者：你指摄影师？

男子：不，没有人操作，就是一台自动相机。

记者：听起来有点无聊呢，什么样的照片。

男子：嗯……有人像，也有动物，还有景物。

记者：您是从哪里得到邀请函的呢？

男子： 一个朋友推荐的网站，也是邀请制的。

记者：最后一个问题，能让我们看看你拍的照片吗？

男子脸上掠过一丝不悦，他摆脱记者的纠缠，轻轻说了一句什么，快步离开展位。

女记者反转摄像头的方向，对准自己，做出一个无可奈何的表情，继续说道：在本届众星云集的 CCES 现场，我们也发现了一些颇为低调神秘的参展商，比如我身后的这个展位，就是采取格格不入的预先邀请制，所展示的产品服务似乎与高科技也相去甚远。那么他们是依靠什么样的市场策略来吸引这么多忠实粉丝呢？是否会是所谓"邪教式营销"的推崇者呢？我们已经从展会主办方获取到相关信息，将在接下来的节目中为您揭秘。

敬请期待、分享以及续订我们的频道哦。

女记者并没有注意到在入镜的画面里，排队的人群已经拐了一个弯，来到出口前。一名背着黑色双肩包、身穿黑色连帽衫的男子加入队伍，他不时左右张望，从背包甩动的幅度看，里面装着不轻的东西。

又一名观众从出口走出，她的表情似乎有点不自然，下眼睑闪着亮光。

她的手里拿着一张宝丽来大小的卡片，微微颤抖。

主持人：这或许就是 CATNIP 第一次在媒体上亮相，但当时人们对它背后的技术，以及即将引发的争议仍一无所知。今天我们有幸请到了 CATNIP 的发明者、国家重点实验室项目负责人、人工智能及图像识别专家——宋秋鸣教授。宋教授你好。

一名西服男子入镜，四十岁上下，表情略拘谨。

宋教授微笑：主持人好，大家好。

主持人：先问一个小问题，为什么要给这套系统起名叫猫薄荷，在我们女生看来这很有点卖萌的意味。

宋教授：呵呵。确实如此，其实它的全称是 Camera of Architectural Transcendent Network Information Processing，也就是结构式超网络信息处理照相机，因为我女儿喜欢猫，所以给凑了这么一个名字。猫闻到猫薄荷时，会刺激它的费洛蒙受器，电信号传递到大脑，产生兴奋感和一些超常举动。我们也希望这个小东西能够给沉闷已久的学界带来一些新鲜刺激。

主持人：说得太好了宋教授，那么能否请您用比较浅显易懂的语言向观众们介绍一下这套系统的工作原理呢。

宋教授：有点难，我试试吧。大家知道，人工智能发展其中一个重要方向就是让机器模拟人类大脑的思考过程，而最关键的第一步就是让机器学会像人一样接受信息。人类有非常复杂的感官系统，但信息最主要的输入方式还是视觉，这就涉及两大领域的识别：文字和图像，现在文字识别包括自然语言的语义分析理解已经发展得相当成熟，但图像识别方面仍然存在许多困难，大家可以看这张图。

屏幕上出现四乘四的图片矩阵，每张图都关于猫，在不同环境下、从不同角度拍摄的不同种类的猫。

宋教授：啊，这是我女儿挑的照片。对于人类来说，即便是一个小孩，只要他见过猫，不管是大猫小猫，黑猫白猫，猫头猫尾，他都能够分辨出来。但对于机器则不是这样。

十六张图中的十三张都被打上红叉，只剩下三张猫咪头部正面特写，萌态可掬。

宋教授：之前我们做的机器图像识别，无法像人一样，从事物的不同状态中提取出某种底层不变性。抱歉我又要拿猫举例子，一只猫胖了瘦了，掉毛了生病了，或者给它穿戴上各种装饰品，它打个哈欠、发怒、舔舌头，它都是同一只猫。而对于机器来说，图像的尺寸、背景、光照、位移、旋转、畸变、遮挡……都会影响它的判断，它只能根据既定算法进行有限层级的映射，而无法模仿人脑通过多层神经网络进行分层递阶的多粒度计算……

主持人：抱歉打断您一下，这部分内容或许对于欠缺背景知识的我们来说有点难以理解，那么您发明的 CATNIP 系统是如何解决这个问题的呢？

宋教授面露尴尬：不好意思一不小心就说多了。确切地说，我们的一只脚才刚刚跨过门槛，离真正解决问题还早着呢，这个系统也只是整个大计划中的一个前驱项目。我们的灵感其实来自语义分析，大家知道，信息的意义其实并不在于信息本身，而存在于其结构中，就像文本意义存在于上下文，图像的意义存在于时空结构之中。我们能否通过索引对象存在于整个时空结构中的信息来帮助机器识别对象，这是整个项目灵感的缘起。

主持人：我问一个外行话，如果机器都无法准确识别对象，怎么能去寻找它存在于，嗯，所谓时空结构中的信息呢？

宋教授：你这个问题提得非常好。就像照片里的小猫，你是先知道什么是猫，再去找猫在哪儿，还是先知道猫在哪儿，再去识别什么是猫。这就是一个鸡生蛋蛋生鸡的悖论。目前我们的神经科学和生理学知识尚无法解释人类的认知过程是如何发生的，更不用说教会机器了。于是我们采用了另一种思路。

主持人：这听起来就像是推理小说啊。

宋教授：呵呵，这个比喻有意思。我们是这么做的，从语义上给定一个对象，通过对接外部数据库去抓取相关的信息，包括语义和图像，并按时间序列构建起意义连续体，然后我们把真实的对象摆到机器面前，比如说，一只猫，机器会在捕捉到的动态画面与意义连续体之间寻找可能的流形映射，当它确定两者之间能够建立映射时，也就是说它"认出"这只猫时，就会"喀嚓"一下，按下快门。当然这只是个简化的比喻，背后有许多艰深的算法，我们希望以这种倒推方式找到提升机器识别能力的办法，它更多是一个数学上的问题。

主持人：听起来蛮有意思的，那怎么会想到把这项技术从实验室里带到 CCES 呢？

宋教授：嗯，这个我不确定能不能说，之后我跟领导确认一下，如果不方便公布你们就剪掉吧。

主持人：没问题。

宋教授：其实这个项目除了来自国家的专项基金外，还有几家大科技公司的资助，他们希望能从前期就介入，看看这项技术商业化的前景如何。另外一点，我们需要更多的样本帮助机器进行深度学习，而真实环境中的对象远远比实验室里的模拟条件来得复杂。正好我的组里有一个狂热的摄影爱好者，他帮忙设计了这个，我们说"锦上添花"的照相模块，包括调焦、光圈、快门以及滤镜库的调用等功能。

主持人：这会不会涉及数据隐私的问题？

宋教授：所以我们采取了邀请制，所有对象都必须经过资格筛选，并签署具有法律效力的协议书。

主持人：之前网上讨论得非常火热的是，一些受邀请的用户晒出了 CATNIP 给自己拍摄的照片，并分享了他们的感受。其中有人说，这些由机器拍出的照片"比真人拍摄更有感情"，甚至能够"触动心灵深处"。对此您有何评论？

宋教授：这个，我只能说，机器所有的行为都是受程序及算法控制，它是 camera 而不是 cameraman，那种能够产生情感的机器只存在于科幻电影里。

主持人：您自己用 CATNIP 拍过照片吗？

宋教授：我自己没有，不过……我替我家人拍过。

主持人：哦？是您的女儿？

宋教授：不不，她的数据量太少，是我的父亲。

主持人：我有个不情之请，能否让我们看一下 CATNIP 为您父亲拍下的照片?

宋教授皱了皱眉头,又非常迅速地展平:这恐怕不太方便吧。

主持人小声地说:这是节目赞助商的要求,对方说已经跟您沟通过了。照片也已经在我们的素材库里了。

宋教授不自然地清了清喉咙:那……好吧,实际上,这是我父亲生前的最后一张照片,他在两个月前去世了。

主持人:非常遗憾,请节哀顺变。如今看到这张照片,想必您也是感触颇多。

一张清瘦老人的照片出现在画面中,使用了高反差单色滤镜突出肌理,人物轮廓有一圈圆形光晕,老人虽有病容,却面露安详。奇怪的是几道故意做旧的磨损痕迹从面部爬过,像是碎裂又重新拼合。

宋教授没有说话,只是深深吸了一口气。

主持人:关于您的父亲,您有没有什么故事可以与我们分享的?

宋教授依然保持沉默,像是忆起了什么久远往事,目光开始闪烁不定。

第一缕阳光从东山背后出现,缓慢地掠过伊河河面,波光粼粼,依次照亮西山石灰岩岩体上两千余个大大小小宛如天窗般的石窟、潜溪寺、宾阳洞、摩崖三佛龛……直到奉先寺的卢舍那大佛亦被金光笼入,十万尊佛像光芒万丈。

宋卫东眯缝着眼,与金色大佛隔河相望。与古阳洞、宾阳中洞和石窟寺里那些脸部瘦长、双肩直削的北魏"瘦"佛相比,他更喜欢这些唐代"胖"佛:面部轮廓丰满圆润,双肩宽厚,使用圆刀法雕刻的衣物纹路自然流畅,让人一看便有种慈悲之感。宋卫东的嘴角不由得随之微微翘起。

村里人说,拜胖佛,可吃得饱饭哩。

可现在这些佛连自身都难保，它们身上被用粉笔写上密密麻麻的"砸"字，这就是对它们命运的宣判。

这些佛像历经东魏、西魏、北齐、北周、隋、唐和北宋等朝代，雕凿断断续续进行了四百年之久，它们经历了至少三次由皇帝发起的毁佛灭法运动，至元朝后期，受破坏的程度已经非常严重，"诸石像旧有石衅及为人所击，或碎首，或捐躯，其鼻耳、其手足或缺焉，或半缺全缺，金碧装饰悉剥落，鲜有完者。"更不用说从民国三年起，兵去匪入，本地土匪与外来奸商勾结对佛头佛像的疯狂盗凿与倒卖。

历史又走了一个轮回。

宋卫东刚被分配到保管所两个月，他还没来得及熟悉所有的佛龛和石窟，也许很快就没有这个必要了。他看着那些戴着红袖圈手握红宝书的中学生们兴奋地蹿上蹿下，甚至比赛谁把粉笔字写得更大、更高。他想笑，可没敢。

保管所的老同志们劝诫他，跟这些小孩不能讲理，要讲革命。他似懂非懂地去读那些大字报、手抄本、倡议书，大喇叭里每天刺耳地吼着"革命无罪，造反有理"，可他还是摸不着头脑。

宋卫东读过一些史书，武则天捐了两万脂粉钱兴修卢舍那大佛，她一当上皇帝，便宣布"释教开革命之阶，升于道教之上"，划拨专款大兴佛事，大修寺院，大造佛像，大量翻译佛经，还施行政令推动崇佛热潮。可见，革命和革命也不是一回事。

老同志悄悄告诉他，市委和文化局已经和造反派达成协议，弃车保帅。老人指了指东山，那是车。

那可不中！宋卫东噌地站起来。西山有佛，东山上的佛就不是佛哩？那擂鼓台三洞、万佛沟千手观音和看经寺咋弄？

老同志摇摇头，佛都保佑不了人，人可还能保住佛哩。

宋卫东不吭声，只是死死盯着墙上的毛主席画像。

太阳已经快爬到中天，宋卫东汗涔涔地躲在插满红旗贴满标语的礼佛台，焦急地眺望着山下的大路口。他不信佛，他不敢信，按书上的说法，他觉得自己应该算个怀疑论者。可这会儿，他却在心里反复念叨着那些名字。先人花了几百年在山崖峭壁上凿出这么些佛像，可不能像那些唯物论者说的，只是封建迷信，只是愚昧的古人以自身为蓝图投射在精神世界中的幻象。他相信自己所保护的，除了有形的石像外，还有些更微妙的东西，就像阳光打在卢舍那佛身上的样子。可追究起根源来，他也说不出个所以然，只是喜欢，只是可惜。

一阵重型卡车的引擎轰鸣从路口传来，宋卫东使劲地探出身子，他几乎可以听见轮胎碾轧碎石路面的声响了。

宋秋鸣从睡梦中醒来，习惯性地伸手，却只摸到空荡荡的被窝。他这才想起，为了躲避媒体的追堵，妻子已经带着女儿回娘家了。

他起床、洗漱、准备早餐、挑选衣物，传感器感知他的移动，将相关资讯投射到他视野所及的平面，语音精灵将文字转换为一个甜美女声，读出主要内容。

> ……这事儿就像20世纪初摄影的遭遇一样，学院派画家们看不起摄影师，他们嘲笑、攻击、否定摄影作为一门艺术的资格；他们还说立体派画家里的一些人应该被扔进疯人院，毫无疑问毕加索是其中最疯的一个……

宋秋鸣眨眨眼，资讯切换到自动轮播模式，这是他习惯的节奏。

> ……我迷恋摄影，就像某种遗传病，就像酒鬼闻见酒精，画家闻见松节油，只要一听见快门的脆响，一钻进暗房，我就浑身起鸡皮疙瘩。谁要是告诉我那黑疙瘩懂

摄影，我跟丫死磕，不过是一群白大褂在塑料键盘上敲出来的 0 和 1。美感？杀了我吧……

　　现在让我们看看这张照片，你看到了什么？啊哈，天空，很好，河流，没错，草地，你们果然都不瞎。现在让我们看看它的标价，是的，你没看错，五千二百一十万，硬邦邦的人民币，佳士得最新成交价。这位大妈说得对，我肯定您也拍过类似的照片，有什么难的呀，站在温榆河畔，扎个马步，喀嚓，五千万。人家这作品叫《莱茵河2》，我看是挺二的……

　　……摄影术 1844 年来到中国，从南向北，从沿海向内陆传播，最初都是外国摄影师，但是他们只能偷拍中国人，因为中国人相信，谁被拍了照，谁的魂魄就会被摄入那个小木盒子里。再加上动静极大的镁粉灯，难怪连见多识广的老佛爷，也会被洋人的妖术吓得惊恐万状……

宋秋鸣抬头瞄了一眼那张照片，花容失色的慈禧半趴在地上，单手扶住头上的珠冠，宫女和太监们慌乱搀扶着。他笑出了声。

接受访谈后，CATNIP 引起了媒体的极大关注，在这个无聊时代，任何一丝风吹草动都会让记者像坐上脱轨云霄飞车般肾上腺素飙升。尽管投资方认为宋秋鸣的表现令人满意，足以成为这一产品的公关代言人，可这有悖他的初衷。他只想尽快结束这一场闹剧，带着足够的数据回到实验室，继续下一阶段的测试。

咖啡杯上旋出了一个装束奇异的人像投射，像是比亚兹莱笔下的人物，雌雄莫辨。

他开始说话，是个男人。

　　……我觉得这是赤裸裸的侮辱。摄影并不只是把相

机对准对象之后，按下快门那么简单。它是主体、相机
与客体三者之间的动态关系，单单是介质的选择，便蕴
含有无数种可能，为什么选明胶银盐，为什么用卡罗尔
法蛋白，背后对应的是什么样的情绪和理念，机器是不
可能理解的，它所能做到的只是计算和模仿……

又一个被侮辱与被损害的艺术家。

宋秋鸣叹了口气，把杯子转过去，抿了一口。这种错位的误
读往往令他哭笑不得，虽然有时也不乏瞎猫撞见死耗子般的真知
灼见。

声音并没有停止。

  ……布列松说过，无论一幅摄影作品画面多么辉煌、
技术多么到位，如果它远离了爱，远离了对人类的理解，
远离了对人类命运的认知，那么它一定不是一件成功的
作品。……

爱。人类。命运。这些空洞的大词硌得他耳朵生疼，就像他
在节目里提到的算法、映射、Kolmogorov 复杂性、隐 Markov 模
型……科学家和艺术家就像是站在河流两岸的孩童，不停向对方扔
出硬邦邦的鹅卵石，这些石头甚至没法在空中有丝毫相遇，便直接
掉进河水，沉入河底。

像一场永远不会结束的游戏。

  ……我要向 CATNIP 发出挑战，由亿万网民出题，选
定同一个对象进行拍摄，再进行双盲测试，让网民投票
选出他们认为更好的照片，我必须捍卫艺术的尊严……

宋秋鸣再次把杯子转过来，长按说话人的头像，相关资料迅速浮现在餐桌上，包括一长串艺术家的代表作品。宋秋鸣看着那些白花花的人体写真，差点没把嘴里的咖啡吐出来。

　　大卡车在宋卫东面前缓缓停下，沙尘扬起，他忙不迭用手捂住口鼻。车的后斗跳下来十几个中学生模样的年轻人，他们穿着军绿服装，男生理着平头，女生短发齐耳，左边胳膊上系着红色袖圈，手里还拿着各种干农活的家伙：凿子、铁锹、撬棍……他们意气风发，脸上洋溢着期待的笑容，就像即将开始一场春游。

　　"给弄啥哩？"宋卫东问道。

　　一个像是小头目的高个儿女孩站了出来，甩甩短发，铿锵有力地说："毛主席教导我们，破四旧，立四新，横扫一切牛鬼蛇神，全打倒！我们今天是来砸碎毒害人民的封建残余的！"

　　宋卫东心里一慌，他最担心的事情终于发生了。他眯缝起眼睛看着道路远方，正午的太阳晒得路面热气蒸腾，有种氤氲的扭曲感。

　　"你们是哪个单位的？有上级指示没？"尽管宋卫东比他们年长不了几岁，但长年野外工作把他的皮肤晒得黝黑，显得沧桑了许多。

　　"我们是八中的！"几个男孩齐声喊了起来，手里的家伙互相碰撞，叮当作响。

　　"你们回去吧，我是文管局的，奉上级指示，这里暂时不能砸。"

　　"毛主席教导我们，毛主席教导我们……"男孩们像被触发了什么自动机制，同时背诵起语录来，他们的声音聒噪洪亮，以至于无法听清其中的任何一句。

　　高个儿女孩举起手，噪音消失了。

　　"毛主席教导我们：向旧世界宣战，要砸烂一切旧思想、旧文化、旧风俗、旧习惯！这山上的这些个封建主义的玩意儿，散发着腐朽气息，毒化着人们的灵魂。我们广大革命群众，对这些实在不能再容忍了！"她的手一挥，拂过漫山遍野的佛龛和佛像。

造像者

一阵风吹过,宋卫东汗涔涔的额头顿觉清凉,他突然有了对策。

"毛主席教导我们:谁是我们的敌人,谁是我们的朋友,这个问题是革命的首要问题,也是文化大革命的首要问题。这山上的佛像都是出自工匠之手,工匠是谁,劳动人民啊,他们通过历经数百年的劳动,完成了这些凝结心血的果实。毛主席说劳动最光荣,我们不应该随意毁坏,要把它们当作反面教材,世世代代地传承下去,教育我们的子孙后代,不要再受封建制度的压榨和毒害。打倒封资修!"

"打倒封资修!"男孩们跟着握紧拳头呐喊。

"毛主席万岁!"宋卫东努力掩饰自己的笑意。

"毛主席万岁!"那个女孩面露不满。

"横扫一切牛鬼蛇神!"宋卫东喊得愈发卖力。

"横扫一切牛鬼蛇神!"女孩不得不跟着举起拳头。

"你们回去吧。"

孩子们面面相觑,看着高个子女孩,不知该如何是好。女孩咬了咬嘴唇,头发一甩,手一挥。

"走!"

大卡车载着失望的学生们晃晃悠悠地沿着来路返回,卷起一阵黄沙。宋卫东欣慰地露出笑容,但他的表情很快化为迷惘,他揉了揉眼睛。漫天沙尘中,他影影绰绰地看见了两辆大卡车,像连体婴儿般几乎贴在一起,以同样的节奏晃动着。

宋卫东知道这不是幻觉,其中的一辆变小,另一辆变大,车上的歌声也逐渐嘹亮起来。

他终于等来了迟到的救兵。

门开了,艺术家走了出来,紧绷的荧光上衣隐约勾勒出肋部线条,他的随行助手在身后拖着沉重的箱子,里面是各种专业相机、灯具及漫反射材料。艺术家旁若无人地蛇行着,突然停下,又后退几步，对在旁边休息区等候的宋秋鸣点头示意。

"该你们了。"他妩媚一笑，精致的彩妆闪闪发光。

宋秋鸣站起来，尴尬地张了张嘴，却不知该如何回应。

门边的绿色 LED 灯亮起，这表示摄影棚里已经清理完毕，模特正期待着下一拨游客进入。宋秋鸣摇头苦笑，带着几名年轻人推着 CATNIP 机器进入房间，他们需要较长的时间进行安装调试。

这全是投资方的主意。

一开始宋秋鸣坚决反对这项提议，他认为"愚蠢、哗众取宠且毫无意义"，更何况对方还是一名以拍摄人体写真著名的情色艺术师，这将把 CATNIP 项目带入娱乐媒体的话语狂欢中。可掏钱的公司不这么想，他们觉得这是一个好机会，能够让更多的人关注到这个项目，以及可能带来的商业化前景。

"要是输了怎么办？"宋秋鸣心存疑虑。

"这只是一场争夺注意力的游戏，不存在输赢。"

宋秋鸣想，可能是披露中期财报的时间窗口到了，股东需要点利好刺激。

Anyway, money talks.

宋让组里喜欢摄影的年轻人做了下功课。这名艺术家原名百里雾绘，入行长达二十余年，以肖像及实验摄影著称，八年前改名为"L.I.Q."，但从来不解释这个首字母缩写究竟代表什么含义。近年来以一系列意识出位大胆的人体写真备受争议，他的"互文"及"镶嵌"系列均在市场上以高价拍出。

在他的镜头中，"性别"与"性"是永恒的主题。在"互文"系列中，他打破了以摄影师为中心的传统，走进拍摄对象的生活及内心世界，引导他们展示自己的身体，自拍裸露甚至色情的照片，并在一定协议下上传到公共的社交网络。L.I.Q. 最引以为傲的是，他总能激发出模特最为性感勃发却又带有性别认同障碍的表情，用他的话来说："镜头作为摄影师感官的外延，无可避免带上主体性别心理特征，如果被拍摄的客体足够敏感，或者营造出这种敏感性氛围，便能将这种性别互动投射到作品当中，因此，男人拍女人和女人拍女人所产生的审美效果是完全不同的，但倘若客体对于主体的性别认知存在障碍，便会带来一种新的张力，新的审美。"

宋秋鸣终于明白了自己为何会对 L.I.Q. 产生莫名的不适感。

规则是这样设定的，同样的拍摄对象、同样的姿势、同样的位置、同样的光照条件、同样的成像介质，留给摄影师的发挥空间其实很有限。成像之后的作品会被抹去一切数字标记，发布到网络上供网友投票，选出他们心目中"更好"的一张。

之所以是"更好"，而不是"更美"或者"更性感"，是因为经过双方协商后，认为"好"这个词比其他词更加笼统宽泛，而不容易由于文化背景差异带出语义上的倾向性，有效减少统计学上的偏差。

宋和助手们安装调试着机器，模特在聚光灯下如马奈笔下的奥林匹亚般优雅半卧着，在宋秋鸣的要求下，她光洁的身体被暂时蒙上了黑布，远远望去仿佛一颗头颅凭空飘浮在黑色背景中，显得更加诡异。

模特的相关参数已经事先被输入 CATNIP，所有能够被识别的外部数据库均被悉数读取。机器按照之前标定的位置被固定好，当万事就绪之后，所有工作人员都会撤离房间，只剩下赤裸的模特，和一台等待按下快门的乌黑笨拙机器。

"你觉得我们该打开 Emo 模块吗？"助手轻声问宋秋鸣。

"不是说还没有调试好吗？"

"那只是针对竞品而言，实际上它对人类面部微表情的识别准确率能达到百分之八十七，正常人也就百分之五六十的水平。"

"你觉得能有帮助？"宋秋鸣扬起右侧眉毛。

"我觉得不妨一试。"那个叫小光的年轻人习惯性地撇撇嘴。

所有工作人员开始退场，当最后一名年轻人将门带上时，他看见模特掀开披在身上的黑色绒布，像是一块巨大的玉石瞬间暴露在强光之下，晃得人眼发蒙。他迟疑了片刻，眼中射出一丝原始光芒，但随即黯淡，将门缓缓关上。

李建国是宋卫东的同门师兄，现在在高校里当辅导员。说是高校，也几乎处于停课的状态，学生们整天忙着串联、批斗、拉帮结派、搞阶级斗争，似乎不这么做便无从挥洒他们过剩的荷尔蒙。

是李建国想出了这个主意，他说这叫"以红制红"，用大学里的红卫兵来钳制中学生。宋卫东一听拍着大腿连称"妙哉"，于是事情就这么定了下来。谁知道他们的车子晚到了一步，才发生了之前啼笑皆非的一幕。

宋卫东露出欣慰的笑容，尘土搅拌着汗水在他脸上凝结成一道道灰黄的土痕，像是干裂开的雕像。

车上的喇叭刺耳嘶叫，高喊着"革命无罪，造反有理"，接着更汹涌的音浪卷起，重复着喇叭里的口号。

他看见了李建国，却不是他所熟悉的那副自信激昂的表情。李建国垂着肩，耷拉着脑袋，一副灰头土脸的样子，就像是犯了什么天大的错误。

宋卫东仔细瞧了瞧，李建国胸前没有挂着什么大牌子，头发也是好好的，没被剃成阴阳头，这才放下心来。

几名学生先跳下了车，接着是李建国，趁着学生们往下一筐筐地搬沉家伙，他快步朝宋卫东走来。

"建国，你可算来了，你不着（知道），刚才差点儿……"

"别说话，老老实实咕状（蹲）那儿。"李建国低声说，一边架着宋卫东的胳膊往边上推。

"咋个意思吗？不要嗡（推）我，再嗡我都板（摔）那儿啦。"

"你没看报纸吗，连故宫都要破四旧了，你且保不住这座山头……"

"你说啥？是你出的主意，现在你又当叛徒！"

"现在除了不当革命的叛徒，什么叛徒我都愿意当。"

"你！我算是瞎了眼了！"宋卫东看到学生们已经分配好工具，开始站队唱起语录歌来，他忙不迭想挣脱李建国的双手。

"卫东，你好好听我说，学校的领导和老师都被批斗了，现在正被拉去游街，搞不好命都没了。因为我的专业背景，本来也是要被打倒的，我这是戴罪立功啊。"

"你有罪，我没有！我可不能让他们糟蹋了祖宗的心血。"

"你昭昭（看看）那黑烟，那是在烧书、抄家、砸牌匾。白马寺已经完了，经书残灰都堆成一人高了，连贝叶经都被烧了，你还想什么呢？旧世界白茫茫一片真干净了，你还是先把命保住再说吧。"

宋卫东还想反驳什么，却被一声呵斥制止了。

"李建国，你在鬼鬼祟祟做什么？"宋卫东认出是李建国班上的一名女学生干部，因为嗓门大，外号"母大炮"。

"不择来不择来（没事儿），这就是宋卫东。"李建国像孙子一样赔着笑脸。

母大炮一横眉："就是你报告的这山上有封建余毒？革命觉悟很高嘛！"

"我……"宋卫东被这一问噎得说不出话来。

李建国捂住他的嘴，连忙接过话茬："是是是，你看这山上的佛龛经碑，那都是地主阶级、封建王朝、反动势力的象征，我们一定要把它们彻底铲除，不再为害人民。"

"那你们还等啥呢，还不利索点儿抄家伙给我砸？"母大炮甩下话走了，领着学生们朝山上走去。

等到他们走远了，宋卫东一把推开李建国，往地上唾了一口。

"要去你去，这是损阴德的事儿，我可不干。"

"卫东啊卫东，我说你怎么就榆木脑袋，总也转不过弯哩。你看三武一宗灭佛，谁能挡得住？佛祖要真的有灵，怎么不显身自保？"

"那是时候未到，你看史书上都写着呢，太武帝被近侍所杀，北周武帝病死时才三十五岁，唐武宗毁佛后一年暴毙，柴世宗、宋徽宗、明世宗那可都是不得好死啊。天理昭昭，疏而不漏。你不信？我信！"宋卫东的唾沫星子喷了李建国一脸。

李建国不自在地埋下脑袋，像是在计算着什么，嘴里咕哝着不清不楚的话，突然他一拍大腿。"有了！"

"啥？"

"咱去救佛。"

"咋救？你没听见吗，谁阻拦革命，谁就是革命的敌人，要把他打倒在地踩上一千只脚，让他永世不得翻身。你能耐？"

"说你这脑袋，就跟那山上的石头人儿一样，死心眼儿。那学生使的都是蛮力啊，都往死里砸，碎成千八百片儿的，拼都拼不拢；咱使巧劲儿，一劈两半，回头把这些大块儿都藏起来，粘起来，能修多少算多少，也算是消业解灾不是？"

宋卫东盯着他瞅了半天，终于咧出一丝不知是哭是笑的表情。

"李建国啊，你上辈子就是那河里的泥鳅，只要网有眼儿手有缝儿，你就都能钻出一条活路来。"

"扯这些没用的，咱赶紧跟上去，要抢在他们前头'革那些封建残渣余孽的命'，'造那些封建迷信的反'！"

"中！"

令人意想不到的结果出现了，投票显示，53.15%的网友认为左边（by @CATNIP）的照片更好，而只有34.41%的网友认为右侧（by @L.I.Q.）的照片更好，其余的网友选择了"没太大差别"。你们认为这个结果跟你的选择一样吗？

网友评论（3147）

……

@EXAGE212：这真是对人类艺术的侮辱。

@悲伤的茼蒿：机器必胜！愚蠢的人类早就应该从地表上消失了！

@L.I.Q.全球粉丝俱乐部：强烈抗议黑箱操作，当然那台玩意儿本来就是个黑箱，强烈要求重赛，所有Liquor都发动起来！跟丫死磕！（火火火

@果斯塔号：平心而论，L.I.Q.的照片里女人都像在发情期，对于那些精虫上脑的屌丝来说可能很诱惑，但是CATNIP的照片里，那个女人脸上有种不谙世事的好奇与惊讶，对于稍微有点人生阅历和品位的男人来说，这种女人显然更具杀伤力……

@DEM1229AT：求模特联系方式，急！！！

@秦时明月汉嗜官：现在我有点理解为啥清朝人会觉得照相机能摄人魂魄了（震惊

……

"这场闹剧该收场了。"平素温文尔雅的宋秋鸣一巴掌拍在桌上，会议室里的人都抬起头看着他。

"老宋，别让媒体激怒你，这正是他们想要的效果。"资方代表淡然处之。

"是你们！游戏结束了，你们的目的也达到了，我只想拿着数据回到实验室，继续完善架构流程和算法，而不是坐在这里，听这些没谱的夸夸其谈。"

"夸夸其谈……我们可是在真金白银地给你们砸钱哦。"资方代表用钢笔一下下戳着桌面，发出啄木鸟叩击树干的声响，"跟钱相比，我们的要求不算过分吧。"

"用那些网友的话说，你们现在不只侮辱了艺术，还要侮辱科学。"

"作为一名科研工作者，您应当学会更加客观地看待事物。"

"看来我们对于客观的定义有分歧，您让我将一台机器吹嘘成带感情的智能体，这客观吗？"

"我的原话是，让它听上去更有人情味点儿，只是一点。"

"我不是你们的公关对象，这招儿对我没用。我再重复一遍，CATNIP所实现的一切都是在程序设定的范围内，那里只有0和1，不存在任何超自然现象。你有你的市场计划，我有我的底线。咱们互相尊重，好吗？"

"可外面的人不这么想，他们觉得你的机器比人更懂人，更能捕捉人类情感……"

宋秋鸣痛苦地捧住脑袋："哎……小光，你来告诉他。"

那个年轻人噌地站起来，似乎已经憋了很久，他大手一挥，将图像投影到墙上。那是许多人像图片拼成的照片墙。

"这次竞赛，表面上假借民意，体现公开、公平、公正，但其实是L.I.Q.团队精心策划的结果，大众的品味其实从某种尺度上讲是可以预测的，只要掌握了充分的社交网络数据，所以最后选择了……她。"

照片墙中的一张女子头像快速扩大，充满全屏，那是中日美混血的新晋超模Junyi Elisa Miyazaki Osborne，简称JEMO。

"如果你们了解JEMO的出道历史，她是以混血面孔及清纯气息备受瞩目，但L.I.Q.的作品却是以肉欲著称，这便是他们押下的赌注，网友们会无比饥渴地期待他们心目中的女神流露内心欲望，据小道消息，L.I.Q.是靠费洛蒙来激发模特……"

宋秋鸣敲了敲桌子，示意不要过分留恋这些细枝末节，小光假咳了一声，脸上现出尴尬。

"呃……用你们的话说，我们应该建立起具有区隔性的产品形象，于是在人脸识别的基础上，我们又加上了情绪识别的模块。"

JEMO的脸部继续放大，不同颜色的色块标出表情肌的分布走向，开始轮流闪烁。

"其实情绪识别与人脸识别的基本原理相同，都是基于数据分析，足够大的数据量使得机器能够阅读人脸哪怕最细微的表情肌动作，让真实情绪无所遁形。在这一点上，人脑的辨别能力确实有待提高。我们让机器'阅读'了JEMO以往拍摄的所有照片，将她的表情数据影射到曲面上。模特这一行干久了，连表情都会变成行货，所以我们希望捕捉到的是距离曲面最远的点，也就是说，其实我们的目的和L.I.Q.殊途同归，希望打破JEMO的职业习惯，让她流露出真实的另一面。"

JEMO的特写开始以逐格动画的方式缓慢跳动，她的眉头微微蹙紧，双眼瞪大，嘴唇微张，但这表情像流星般稍纵即逝，她随即又恢复了职业化的冰冷笑颜。画面再循环跳回第一格。

"这就是那个决定性的瞬间，显然她还不太适应CATNIP的工作方式。"

"那道光斑是什么？"资方代表指着其中的某一帧问道。

小光看了看宋秋鸣，后者点点头。

"为了强化这种陌生感，我们给CATNIP加装了一个能发出声响的预闪提示灯，是早已停产的古董级配件……"

"所以你们也有自己的费洛蒙。"资方代表含义不清地笑了笑。

"我们只是……"

一阵掌声打断了小光的欲辩无言，资方代表起立、鼓掌，朝向宋秋鸣的方向，脸上带着诚挚的尊敬。宋秋鸣愕然坐着，不知该作何反应。

"宋教授，您用一个精彩案例，向我们演示了什么叫作建立产品形象。"

宋秋鸣脸上的表情没有明显变化。

"那么剩下的事情就交给我们吧。"资方代表深深鞠了一躬，带领团队离开会议室。

尽管才入初冬，伊阙峡谷的寒风已然凛冽。宋卫东走在漫水桥上，雾气从河上飘近，带着凉薄的湿润贴在他脸上，那种从容缓慢让人产生幻觉，仿佛河流本身是静止的，而桥在飞。

一只白鹭从河心洲飞起，消失在远端的树林里。宋卫东紧了紧肩上的背包，回头望了一眼西山的卢舍那大佛，它已不再金光闪耀，但依然面露微笑。

过了桥，便到了东山。与西山不同，东山没有那么密集的佛龛，岩体保持相对完整，如同裸露的大片白骨。只有上了山腰俯瞰，才能看见栈道两旁零星的石窟。

宋卫东并没有在擂鼓台三洞前过多停留，他知道里面的景象。大万伍佛洞里的一佛二菩萨，以及从南壁到北壁呈半环形分布的二十五座高浮雕罗汉像已被悉数破坏，只留下一些残余的躯体，穹形洞顶和华丽脆弱的莲花藻井。这是武周时期禅宗派所经营的洞窟，这是一个专修禅定的教派，所谓"禅定"就是安定而止息杂虑之意，似乎历经千年之后，这门技艺已在人间失传。

他又路过千手千眼观音像，由于风化严重，护佑众生的千手只剩下波纹状的纹理，在观音身体两侧如侧鳍般展开，这倒使它免遭劫难。

他不敢看西方净土变龛两侧残缺的佛龛和力士，那也有他的一份功劳，用铁钎凿下佛头佛面时，虎口和手腕被震得酥麻，在此之后，这种幻觉伴随了他很久，无论是端碗筷、翻书、穿衣还是抚摸爱人的肌肤。

净土变龛依《阿弥陀》《无量寿》二经雕刻，描绘的是舞者乐者，各得其乐的西方极乐世界，一个乌托邦般的理想社会。宋卫东望向峡谷远方，在西山看不见的那一端，在东山外看不见的这一端，在这片广袤无垠的土地上，人们同样在进行着一场建造乌托邦的伟大实验，他们砸烂佛像，焚烧书籍，又树立起更伟岸恢弘的神灵与理念。可这一切现在都与他无关了。

宋卫东终于走到了目的地，他谨慎地回了几次头，确定没有人跟随，一猫身，钻进了看经寺西侧一条不起眼的小道，又拐了几道弯，拨开用枝叶编成的掩护，一个半人高的洞口露了出来，里面漆黑一片。

他从背包里掏出蜡烛，点亮，擎着一豆烛火，钻进了洞中。

洞中空气混浊难闻，夹杂着不知名动物的粪便气味。宋卫东进到洞的最深处，烛光隐约照亮了几个鼓鼓囊囊的麻袋，他从背包中取出一块白布铺在地上，把蜡烛稳在较高的岩缝里，现在他几乎能看清整个洞里的情况了。

他从大麻袋里又掏出小麻袋，小麻袋里又有更小的袋子，他小心翼翼地把袋子里的东西倒到白布上，那是一堆灰黑色的不规则石块。他又从另一个角落里翻出藏在那里的另一件东西，一块硬纸板，纸板上用大头针固定着几块碎片，隐约能看出是一张残缺的脸。宋卫东用放大镜瞄着硬纸板上的碎片，又拿起白布上的一块石头片儿，仔细端详，摇摇头放下，捡起另一块。他靠着这种笨拙的办法把麻袋里的数千块碎片逐一分类，再通过颜色、纹理、质地比对，将同类的碎片区分出来。这场浩大的拼图游戏陪伴他从夏天到春天，再到冬天。他不知道自己还将在这个洞穴里待多久，没人知道。

宋卫东脸上突然现出亮光，他像捏着整个世界般捏起一块薄片，轻轻地放到硬纸板上，用手指将它移近，碎片的边缘如同漂移的大陆板块般互相咬合，呈现出全新的面貌。

烛光开始闪烁不定，像是洞悉了什么秘密，宋卫东身子一缩，惊恐地望向洞口。那只是一阵风，遥远冰冷，就像李建国的身体。

宋卫东若有所悟，他做这一切，并不只是为了自己。

硬纸板上的脸又补齐了一块，现在能看清嘴唇与面庞的轮廓了，线条柔和饱满，应该出自唐代匠人之手。

宋卫东的嘴角不由得微微翘起，模仿着那黯淡烛光下的残缺佛面，他感觉自己心里某块地方又完整了一点。

"我们的邮箱快被挤爆了。"小光无奈地说。

"可以想象，一种新式的货物崇拜。"宋秋鸣抿了口咖啡，继续看鱼缸上的新闻。

"我们该怎么回应？开放邀请？拒绝？"

"谁捅的娄子谁去补救，不过这也说明他们PR的活儿干得不错。"

"噢对了，PR团队昨天又发了几个包装案例过来，您想看看吗？"

"现在没工夫，放那儿吧。"宋秋鸣的目光没有离开新闻界面，上面有某种东西吸引住他，"这事儿总会过去的，我们需要的只是耐心，等到媒体闻见更新鲜的肉味儿……或者大众心生厌倦。"

那是一只大蜘蛛，趴在细密的蛛网上，伸展着八条长腿，两两靠拢，以至于乍一看颇像躯体与四肢不成比例的人体。

宋秋鸣用手指将高清图片等比例放大，那只蜘蛛扩张成他面孔大小。

这并不是一只真正的蜘蛛，而是用腐败树叶、杂物及虫类尸体搭建起来的精巧结构，一座蜘蛛的雕像。

它的建造者，一只产于秘鲁亚马孙河西部边缘的金蛛科尘蛛属未命名亚种生物，不到四分之一英寸大小的个头，它正躲藏在巨大蜘蛛雕像的腹部背后，利用蛛丝牵引着雕像轻轻颤动，仿佛具有了生命般惊悚。

宋秋鸣突然感到一阵不适，他关闭了新闻界面。坐下，喝着咖啡，若有所思。

他打开了小光留下的包装案例。

画面向两侧滑开，左侧较小的头像是委托人，下方有提炼的证言，右侧较大的是 CATNIP 拍摄的照片，点击之后会有视频及图像互动。

委托人：Yoon ChongSui 银行从业者

拍摄对象：他三岁的儿子（姓名隐去）

当我看到照片那一刹那，我几乎要流泪。那种色调和如今已经很少见的均衡构图，一下子把我带回几十年前，当我还是他这个年纪时拍下的那些照片。不同的是，CATNIP 并没有呈现一般儿童肖像欢天喜地的感觉，它用长焦捕捉了一个侧影，要我说，有点孤独的感觉。我想起了小时候，父亲因为工作，很少有时间在家陪伴我，对，他也是银行家，那种残缺的感觉一直深藏在我心底，直到这张照片……我想我明白它所要表达的含义，是的，我明白。

委托人：王晋＆许倩　独立艺术家

拍摄对象：一条名为"窝夫"的拉布拉多犬

开始我们只是觉得好玩，对，没想那么多，她想来我就陪着来了……拍出来吓了我们一跳，王晋都愣住了……就是那种捕捉的神态，完全不是一般拍动物的方式，我们给"窝夫"拍过很多照片，专业的也有，但都感觉是强调了动物的可爱……但是 CATNIP……是的，我想它捕捉到了"窝夫"身上特别像人的那一方面，那些细节，那种眼神……就是"窝夫"看着镜头的那种眼神，它像看着同类一样看着我们……有那么一瞬间，我想起了去世的母亲，她特别喜欢"窝夫"……也许还是别这么想比较好。

宋秋鸣抬了抬眉毛，这比他想象中要有意思些，他又打开了第三个案例。

> 委托人：肖何明清　社区牧师
> 拍摄对象：母亲遗像
> 我犹豫了很久，母亲是突然脑溢血去世的，她生前很少拍照，我希望能够保留点记忆。外面有很多关于CATNIP的传言，有些不免僭越，我想耶和华会理解并原谅我的这种想法。为了搭建特殊的垂直支撑架还花了一些工夫，毕竟我母亲已经无法坐起，面朝镜头。我们为她略施妆容，撒上花瓣，就像我在社区里为其他逝者所做的一样。CATNIP花了不少时间对焦，我理解作为我母亲那代人，能够在数字空间里留下的印迹非常稀少，她现在肌肉松弛，自然也捕捉不到任何表情。快门终于被按下，我怀着不安心情等了两天，收到一份快件。我迫不及待地拆开信封，结果大吃一惊：照片中呈现的并非我母亲的面容，而是透过某种金属介质表面所反射出来的教堂穹顶天窗，带着玫瑰般瑰丽的漫射光。我思考了许久，终于找到缘由。CATNIP不知何故，将焦点拉近到我母亲脖子上佩戴的玫瑰金十字架项链，拍出这张超级特写。
>
> 看着这张照片，我泪流满面，这莫非是我母亲灵魂升天的证据？如果一台机器看待世间万物的方式，正如上帝希望他的子民们能够做到的那样，为什么我们不能承认它是有情感的，甚至，是有灵的？……

宋秋鸣深吸了一口气，又缓缓吐出，如果这个案例传播出去，目前CATNIP所面临的风波也许才刚刚开始。

但不知为何，他凝视着那张玫瑰金色的教堂穹顶图，久久不愿移开视线。

　　一位就读于佛罗里达大学的植物学学者 Larry R. 在菲律宾内格罗斯岛考察期间，在穆尔西亚镇附近的堪拉昂山脚下发现了一种非常罕见的生物现象。

　　"我从林场小路穿过树林，看见一张网上趴着一只一美元硬币大小的蜘蛛。我往前走了几步，停了下来，似乎有什么不对劲，于是我又往回退。"

　　他证实自己所看到的"蜘蛛"其实是用吃剩的昆虫残骸、树叶以及垃圾杂物建成的蜘蛛雕像。他认为有两种可能：这种蜘蛛雕像可能用于充当诱饵，吸引猎物坠网；还有一种可能是营造恐吓，以身形大上数倍的伪装来保护自己的安全。

　　这一发现与数月前在秘鲁亚马孙流域发现的尘蛛雕像行为有着异曲同工之妙，而两者在地球表面上相距一万一千公里。

　　"我们不知道是否还有其他的蜘蛛或者昆虫有着类似行为，"哥伦比亚大学生物学教授 Dennis Jr. Chang 接受采访时说，"目前没有任何遗传学上的证据表明两种蜘蛛是否存在同源关系，有一种猜测是它们在各自环境中由于生存压力产生了独立的趋同进化。"

　　一些阴谋论网站将这种令人不安的现象与人类图腾崇拜的行为相提并论，其中还提到了印第安民族的猎头习俗，以及新几内亚群岛的人燔祭礼。

　　无论如何，这一现象至少证明了，节肢类生物对于自身空间形状有着清晰的意识，同时，它也具备了一定的智力水平来收集材料并搭建起如此复杂的结构，以实现某种尚不为人知的目的。

　　"我并不感到很惊讶，"发现者 Larry R. 说，"更令我惊讶的是，以前居然没人注意到这一现象。"

　　NAT GEO ASIA 频道为您报道。

主持人：因此您的父亲几乎是单枪匹马，抢救了这么多的国家文物。

宋教授：可以这么说吧，这也是他自认为这辈子最大的贡献。

主持人：那么您认为CATNIP如何将这一元素融入您父亲的肖像？

宋教授（思考）：……有一些报道，包括我父亲修复抢救的佛像，都在网上有数字扫描存档。CATNIP可以分析这些数据的权重，以及他们被社交网络抓取引用的次数……

主持人：我好奇的是，它是如何判断以何种形式，打个比方说，颜色、滤镜、双重曝光等等，结合到人像中，这听起来更像是需要艺术家的触觉。

宋教授：是这样的。你知道之前和L.I.Q.的那场所谓"比赛"吧，它让我对于艺术与艺术家有了更深的理解，从这点上来说我需要感谢L.I.Q.团队。比起绘画来，我认为摄影更接近于诗歌，它更多地触及潜意识乃至无意识的层面。摄影师就像一个过滤器，他一边是未知的客观世界，一边是神秘的内心感受，有一个词叫"心理照相"（psyphoto），它恰恰道出了摄影的本质，不仅仅是光学和化学的转化过程，更重要的是摄影师内心的直觉与本能，是寻找事物被取景器框定的"决定性瞬间"。而在CATNIP身上，我们把这一过程交给了机器深度学习。

主持人：听起来非常的不可思议。那您是否觉得CATNIP做到了人类摄影师所无法做到的事情呢？

宋教授：经过这一次难得的"聚光灯下"的体验后，我深切地体会到，这世上往往过分抬高了理性与逻辑的力量，而低估了人类情感的价值。

主持人：非常感谢您接受今天的采访，我还有最后一个问题，您现在最想做的一件事是什么？

宋教授微笑：把妻子女儿接回家，我已经有好几个礼拜没看到她们了。

主持人：她们肯定也非常想念您，祝您一切顺利，再见。

宋教授：谢谢，再见。（从画面中消失）

主持人：最后，我们用一个 CCES 中出现的小插曲作为今天节目的结束，下周同样时间再见。

画面切到闭路监控摄像机，在 CATNIP 围合展区之外，排着长长的队伍。一名背着黑色双肩包，身穿黑色连帽衫的男子加入队伍，他不时左右张望，从背包甩动的幅度看，里面装着不轻的东西。

他出示邀请卡，进入展馆，浏览着四周悬挂的作品。

终于轮到他进入照相亭，面对 CATNIP。他关上门，打开背包，拉出一个碳纤维支架，开始安装。

他把一张黯淡的薄膜蒙在支架上，绷紧，接通导线，薄膜瞬间变得平滑锃亮。

那是一面镜子。

男子将镜子立在 CATNIP 面前，一个红色光点出现在镜面上，微微发散。

CATNIP 面对镜子中那个亮着红点的黑色箱子，自动调焦的马达嗡嗡作响，镜头伸出，缩回，又伸出。

三个安保人员神情紧张地小跑靠近照相亭，一个人喊了句什么，男子从黑色幕布后探头张望，被一把揪住，双手反剪按倒在地。观众一片混乱。

CATNIP 仍在对焦。

巴　鳞

我用我的视觉来判断你的视觉，用我的听觉来判断
你的听觉，用我的理智来判断你的理智，用我的愤恨来
判断你的愤恨，用我的爱来判断你的爱。我没有，也不
可能有任何其他的方法来判断它们。

——亚当·斯密《道德情操论》

巴鳞身上涂着厚厚一层凝胶，再裹上只有几个纳米薄的贴身半
透膜，来自热带的黝黑皮肤经过几次折射，星空般深不可测。我看
见闪着蓝白光的微型传感器飘浮在凝胶气泡间，如同一颗颗行将熄
灭的恒星，如同他眼中小小的我。

"别怕，放松点，很快就好。"我安慰他，巴鳞就像听懂了一
样，表情有所放松，眼睑处堆叠起皱纹，那道伤疤也没那么明显了。

他老了，已不像当年，尽管他这一族人的真实年龄我从来没搞
清楚过。

助手将巴鳞扶上万向感应云台，在他腰部系上弹性拘束带，无
论他往哪个方向以何种速度跑动，云台都会自动调节履带的方向与
速度，保证用户不位移不摔倒。

我接过助手的头盔，亲手为巴鳞戴上，他那灯泡般鼓起的惊骇

双眼隐没在黑暗里。

"你会没事的。"我用低得没人听见的声音重复，就像在安慰我自己。

头盔上的红灯开始闪烁，加速，过了那么三五秒，突然变成绿色。

巴鳞像是中了什么咒语般全身一僵，活像是听见了磨刀石霍霍作响的羔羊。

那是我十三岁那年的一个夏夜，空气湿热黏稠，鼻腔里充斥着台风前夜的霉锈味。

我趴在祖屋客厅的地上，尽量舒展整个身体，像壁虎般紧贴凉爽的绿纹镶嵌石砖，直到这块区域被我的体温焐得热乎，再就势一滚，寻找下一块阵地。

背后传来熟悉的皮鞋敲地声，雷厉风行，一板一眼，在空旷的大厅里回荡。我知道是谁，可依然趴在地上，用屁股对着来人。

"就知道你在这里，怎么不进新厝吹空调啊？"

父亲的口气柔和得不像他。他说的新厝是在祖屋背后新盖的三层楼房，全套进口的家具电器，装修也是镇上最时髦的，还特地为我辟出来一间大书房。

"不喜欢新厝。"

"你个不识好歹的傻子！"他猛地拔高了嗓门，又赶紧低声咕哝几句。

我知道他在跟祖宗们道歉，便从地板上昂起脑袋，望着香案上供奉的祖宗灵位和墙上的黑白画像，看他们是否有所反应。

祖宗们看起来无动于衷。

父亲长叹了口气："阿鹏，我没忘记你的生日，从岭北运货回来，高速路上遇到事故，所以才迟了两天。"

我挪动了下身子，像条泥鳅般打了个滚，换到另一块冰凉的地砖。

父亲那充满烟味儿的呼吸靠近我，近乎耳语般哀求："礼物我早就准备好了，这可是有钱都买不到的哟！"

他拍了两下手，另一种脚步声出现了，是肉掌直接拍打在石砖上的声音，细密、湿润，像是某种刚从海里上岸的两栖类。

我一下坐了起来，眼睛循着声音的方向，那是在父亲的身后，藻绿色花纹地砖上，立着一个黑色影子，门外膏黄色的灯光勾勒出那生灵的轮廓，如此瘦小，却有着不合比例的膨大头颅，就像是镇上肉铺挂在店门口木棍上的羊头。

影子又往前迈了两步。我这才发现，原来那不是逆光造成的剪影效果，那个人，如果可以称其为人的话，浑身上下，都像涂上了一层不反光的黑漆，像是在一个平滑正常的世界里裂开一道缝，所有的光都被这道人形的缝给吞噬掉了，除了两个反光点，那是他那对略微凸起的双眼。

现在我看得更清楚了，这的的确确是一个男孩，他浑身赤裸，只用类似棕榈与树皮的编织物遮挡下身，他的头颅也并没有那么大，只因为盘起两个羊角般怪异的发髻，才显得尺寸惊人。他一直不安地研究着脚底下的砖块接缝，脚趾不停蠕动，发出昆虫般的抓挠声。

"狍鸮族，从南海几个边缘小岛上捉到的，估计他们这辈子都没踩过地板。"

我失神地望着他，这个或许与我年纪相仿的男孩，他身上的某种东西让我感觉怪异，尤其是父亲将他作为礼物这件事。

"我看不出来他有什么好玩的，还不如给我养条狗。"

父亲猛烈地咳嗽起来。

"傻子，这可比狗贵多了。如果不是亲眼看到，你老子可不会当这冤大头。真的是太怪了……"他的嗓音变得飘渺起来。

一阵沙沙声由远而近，我打了个冷战，起风了。

巴　鳞

风带来男孩身上浓烈的腥气，让我立刻想起了某种熟悉的鱼类，一种瘦长、铁乌的廉价海鱼。

我想这倒是很适合作为一个名字。

父亲早已把我的人生规划到了四十五岁。

十八岁上一个省内商科大学，离家不能超过三小时火车车程。

大学期间不得谈恋爱，他早已为我物色好了对象，他的生意伙伴老罗的女儿，生辰八字都已经算好了。

毕业之后结婚，二十五岁前要小孩，二十八岁要第二个，酌情要第三个（取决于前两个婴儿的性别）。

要第一个小孩的同时开始接触父亲公司的业务，他会带着我拜访所有的合作伙伴和上下游关系（多数是他的老战友）。

孩子怎么办？有他妈（瞧，他已经默认是个男孩了），有老人，还可以请几个保姆。

三十岁全面接手林氏茶叶公司，在这之前的五年内，我必须掌握关于茶叶的辨别、烘制和交易知识，同时熟悉所有合作伙伴和竞争对手的喜好与弱点。

接下来的十五年，我将在退休父亲的辅佐下，带领家族企业开枝散叶，走出本省，走向全国，运气好的话，甚至可以进军海外市场。这是他一直想追求却又瞻前顾后的人生终极目标。

在我四十五岁的时候，我的第一个孩子也差不多要大学毕业了，我将像父亲一样，提前为他物色好一任妻子。

在父亲的宇宙里，万物就像是咬合精确、运转良好的齿轮，生生不息。

每当我与他就这个话题展开争论时，他总是搬出我的爷爷，他的爷爷，我爷爷的爷爷，总之，指着祖屋一墙的先人们骂我忘本。

他说，我们林家人都是这么过来的，除非你不姓林。

有时候，我怀疑自己是否真的生活在 21 世纪。

我叫他巴鳞，巴在土语里是"鱼"的意思，巴鳞就是有鳞的鱼。

可他看起来还是更像一头羊，尤其是当他扬起两个大发髻，望向远方海平线的时候。父亲说，狍鸮族人的方位感特别强，即便被蒙上眼，捆上手脚，扔进船舱，漂过汪洋大海，再日夜颠簸经过多少道转卖，他们依然能够准确地找到故乡的方位。尽管他们的故土在最近的边境争端中仍然归属不明。

"那我们是不是得把他拴住，就像用链子拴住土狗一样。"我问父亲。

父亲怪异地笑了，他说："狍鸮族比咱们还认命，他们相信这一切都是神灵的安排，所以他们不会逃跑。"

巴鳞渐渐熟悉了周围的环境，父亲把原来养鸡的寮屋重新布置了一下，当作他的住处。巴鳞花了很长时间才搞懂床垫是用来睡觉的，但他还是更愿意直接睡在粗粝的沙石地上。他几乎什么都吃，甚至把我们吃剩的鸡骨头都嚼得只剩渣子。我们几个小孩经常蹲在寮屋外面看他怎么吃东西，也只有这时候，我才得以看清巴鳞的牙齿，如鲨鱼般尖利细密的倒三角形，毫不费力地把嘴里的一切撕得稀烂。

我总是控制不住去想象，那口利齿咬在身上的感觉，然后心里一哆嗦，有种疼却又上瘾的复杂感受。

巴鳞从来没有开口说过话，即便是面对我们各种挑逗，他也是紧闭着双唇，一语不发，用那双灯泡般的凸眼盯着我们，直到我们放弃尝试。

终于有一天，巴鳞吃饱了饭之后，慢悠悠地钻出寮屋，瘦小的身体挺着饱胀的肚子，像一根长了虫瘿的黑色树枝。我们几个小孩正在玩捉水鬼的游戏，巴鳞晃晃悠悠地在离我们不远处停下，颇为好奇地看着我们的举动。

"捞虾洗衫，玻璃刺脚丫。"我们边喊着，边假装是在河边捕捞的渔夫，从砖块垒成的河岸上，往并不存在的河里，试探性地伸出一条腿，点一点河水，再收回去。

而扮演水鬼的孩子则来回奔忙，徒劳地想要抓住渔夫伸进河水里的脚丫，只有这样，水鬼才能上岸变成人类，而被抓住的孩子则成为新的水鬼。

没人注意到巴鳞是什么时候开始加入游戏的，直到隔壁家的小娜突然停下，用手指了指。我看到巴鳞正在模仿水鬼的动作，左扑右抱，只不过，他面对的不是渔夫，而是空气。小孩子经常会模仿其他人的说话或肢体语言，来取乐或激怒对方，可巴鳞所做的和我以往见过的都不一样。

我开始觉察出哪里不对劲了。

巴鳞的动作，和扮演水鬼的阿辉几乎是同步的，我说几乎，是因为单凭肉眼已无法判断两者之间是否存在细微的延迟。巴鳞就像是阿辉在五米开外凭空多出来的影子，每一个转身，每一次伸手，甚至每一回因为扑空而沮丧的停顿，都复制得完美无缺，毫不费力。

我不知道他是如何做到的，就像是完全不用经过大脑。

阿辉终于停了下来，因为所有人都在看着巴鳞。

阿辉走向巴鳞，巴鳞也走向阿辉，就连脚后跟拖地的小细节都一模一样。

阿辉："你为什么要学我！"

巴鳞同时张着嘴，蹦出来的却是一堆乱七八糟的音节，像是坏掉的收音机。

阿辉推了巴鳞一把，但同时也被巴鳞推开。

其他人都看着这出荒唐的闹剧，这可比捉水鬼好玩多了。

"打啊！"不知道谁喊了一句，阿辉扑上去和巴鳞扭抱成一团，这种打法也颇为有趣，因为两个人的动作都是同步的，所以很快谁都动弹不了，只是大眼瞪小眼。

"好啦好啦，闹够了就该回家了！"一只大手把两人从地上拎起来，又强行把他们分开，像是拆散了一对连体婴。是父亲。

阿辉愤愤不平地朝地上唾了一口，和其他家小孩一起作鸟兽散。

这回巴鳞没有跟着做，似乎某个开关被关上了。

父亲带着笑意看了我一眼，那眼神似乎在说，现在你知道哪儿好玩了吧。

"我们可以把人脑看作一个机器，笼统地说来，它只干三件事：感知、思考还有运动控制。如果用计算机打比方，感知就是输入，思考就是中间的各种运算，而运动控制就是输出，它是人脑能和外界进行交互的惟一方式。想想看为什么？"

在老吕接手我们班之前，打死我也没法相信，这是一个体育老师说出来的话。

老吕是个传奇，他个头不高，大概一米七二的样子，小平头，夏天可以看到他身上鼓鼓的肌肉。据说他是从国外留学回来的。

当时我们都很奇怪，为什么留过洋的人要到这座小破乡镇中学来当老师。后来听说，他是家中独子，父亲重病在床，母亲走得早，没有其他亲戚能够照顾老人，老人又不愿意离开家乡，说狐死首丘。无奈之下，他只能先过来谋一份教职，他的专业方向是运动控制学，校长想当然地让他当了体育老师。

老吕和其他老师不一样，和我们一起厮混打闹，就像是好哥们儿。

我问过他，为什么要回来？

他说，有句老话叫父母在，不远游。我都远游十几年了，父母都快不在了，也该为他们想想了。

我又问他，等父母都不在了，你会走吗？

老吕皱了皱眉头，像是刻意不去想这个问题，他绕了个大圈子，说，在我研究的领域有一个老前辈叫 Donald Broadbent，他曾经说过，控制人的行为比控制刺激他们的因素要难得多，因此在

巴　鳞

运动控制领域很难产生类似于"A 导致 B"的科学规律。

所以？我知道他压根儿没想回答我。

没人知道会怎么样。他点点头，长吸了一口烟。

放屁。我接过他手里的烟头。

所有人都觉得他待不了太久，结果，老吕从我初二教到了高三，还娶了个本地媳妇生了娃。正应了他自己那句话。

我们开始用的是大头针，后来改成用从打火机上拆下来的电子点火器，咔嚓一按，就能蹦出一道蓝白色的电弧。

父亲觉得这样做比较文明。

人贩子教他一招，如果希望巴鳞模仿谁，就让两人四目对视，然后给巴鳞"刺激一下"，等到他身体一僵，眼神一出溜，连接就算完成了。他们说，这是狍鸮族特有的习俗。

巴鳞给我们带来了无数的欢乐。

我从小就喜欢看街头戏人表演，无论是皮影戏、布袋戏还是扯线木偶。我总会好奇地钻进后台，看他们如何操纵手中无生命的玩偶，演出牵动人心的爱恨情仇。对年幼的我来说，这就像法术一样。而在巴鳞身上，我终于有机会实践自己的法术。

我跳舞，他也跳舞。我打拳，他也打拳。原本我羞于在亲戚朋友面前展示的一切，如今却似乎借助巴鳞的身体，成为可以广而告之的演出项目。

我让巴鳞模仿喝醉了酒的父亲。我让他模仿镇上那些不健全的人，疯子、瘸子、傻子、被砍断四肢只能靠肚皮在地面摩擦前进的乞丐、羊角风病人……然后我们躲在一旁笑得满地打滚，直到被家属拿着晾衣竿在后面追着打。

巴鳞也能模仿动物，猫、狗、牛、羊、猪都没问题，鸡鸭不太行，鱼完全不行。

他有时会蹲在祖屋外偷看电视里播放的节目，尤其喜欢关于动物的纪录片。当看见动物被猎杀时，巴鳞的身体会无法遏制地抽搐起来，就好像被撕开腹腔内脏横流的是他一样。

巴鳞也有累的时候，模仿的动作越来越慢，误差越来越大，像是松了发条的铁皮人，或者是电池快用光的玩具汽车，最后就是一屁股坐在地上，怎么踢他也不动弹。解决方法只有一个，让他吃，死命吃。

除此之外，他从来没有流露出一丝抗拒或者不快，在当时的我看来，巴鳞和那些用牛皮、玻璃纸、布料或木头做成的偶人并没有太大的区别，只是忠实地执行操纵者的旨意，本身并不携带任何情绪，甚至是一种下意识的条件反射。

直到我们厌烦了单人游戏，开始创造出更加复杂而残酷的多人玩法。

我们先猜拳排好顺序，赢的人可以首先操纵巴鳞，去和猜输的小孩对打，再根据输赢进行轮换。我猜赢了。

这种感觉真是太酷了！我就像一个坐镇后方的司令，指挥着士兵在战场上厮杀，挥拳、躲避、飞腿、回旋踢……因为拉开了距离，我可以更清楚地看清对方的意图和举动，从而做出更合理的攻击动作。更因为所有的疼痛都由巴鳞承受了，我毫无心理负担，能够放开手脚大举反扑。

我感觉自己胜券在握。

但不知为何，所有的动作传递到巴鳞身上似乎都丧失了力道，丝毫无法震慑对方，更谈不上伤害。很快巴鳞便被压倒在地上，饱受痛揍。

"咬他，咬他！"我做出撕咬的动作，我知道他那口尖牙的威力。

可巴鳞似乎断了线般无动于衷，拳头不停落下，他的脸颊肿起。

"噗！"我朝地上一吐，表示认输。

换我上场，成为那个和巴鳞对打的人。我恶狠狠地盯着他，他的脸上流着血，眼眶肿胀，但双眼仍然一如既往地无神平静。我被激怒了。

我观察着操控者阿辉的动作，我熟悉他打架的习惯，先迈左脚，再出右拳。我可以出其不意扫他下盘，把他放翻在地，只要一倒地，基本上战斗就可以宣告结束了。

阿辉左脚迅速前移，来了！我正想蹲下，怎料巴鳞用脚扬起一阵沙土，迷住我的眼睛。接着，便是一个扫堂腿将我放倒，我眯缝着双眼，双手护头，准备迎接暴风骤雨般的拳头。

事情并不像我想象的那样。拳头落下来了，却软绵绵的，一点力气都没有。我以为巴鳞累了，但很快发现不是这么回事，阿辉本身出拳是又准又狠的，但巴鳞刻意收住了拳势，让力道在我身上软着陆。拳头毫无预兆地停下了，一个暖乎乎臭烘烘的东西贴到我的脸上。

周围响起一阵哄笑声，我突然明白过来，一股热浪涌上头顶。

那是巴鳞的屁股。

阿辉肯定知道巴鳞无法输出有效打击，才使出这么卑鄙的招数。

我狠力推开巴鳞，一个鲤鱼打挺，将他反制住，压在身下。我眼睛刺痛，泪水直流，屈辱夹杂着愤怒。巴鳞看着我，肿胀的眼睛里也溢满了泪水，似乎懂得我此时此刻的感受。

我突然回过神来，高高地举起拳头。他只是在模仿。

"你为什么不使劲！"

拳头砸在巴鳞那瘦削的身体上，像是击中了一块易碎的空心木板，咚咚作响。

"为什么不打我！"

我的指节感受到了他紧闭双唇下松动的牙齿。

"为什么！"

我听见刺啦一声脆响，巴鳞右侧眉骨裂了一道长长的口子，一直延伸到眼睑上方，深黑皮肤下露出粉白色的脂肪，鲜红的血汩汩地往外涌着，很快在沙地上凝成小小的池塘。

他身上又多了一种腥气。

我吓坏了，退开几步，其他小孩也呆住了。

尘土散去，巴鳞像被割了喉的羊仔蜷曲在地上，用仅存的左眼斜睨着我，依然没有丝毫表情的流露。就在这一刻，我第一次感觉到，他和我一样，是个有血有肉、甚至有灵魂的人类。

这一刻只维持了短短数秒，我近乎本能地意识到，如果之前的我无法像对待一个人一样去对待巴鳞，那么今后也不能。

我掸掸裤子上的灰土，头也不回地挤入人群。

我进入 Ghost 模式，体验被囚禁在 VR 套装中的巴鳞所体验到的一切。

我／巴鳞置身于一座风光旖旎的热带岛屿，环境设计师根据我的建议糅合了诸多南中国海岛屿上的景观及植被特点，光照角度和色温也都尽量贴合当地经纬度。

我想让巴鳞感觉像是回了家，但这丝毫没有减轻他的恐慌。

视野猛烈地旋转，天空、沙地、不远处的海洋、错落的藤萝植物，还有不时出现的虚拟躯体，像素粗糙的灰色多边形尚待优化。

我感到眩晕，这是视觉与身体运动不同步所导致的晕动症，眼睛告诉大脑你在动，但前庭系统却告诉大脑你没动，两种信号的冲突让人不适。但对于巴鳞，我们采用最好的技术将信号延迟缩短到五毫秒以内，并用动作捕捉技术同步他的肉身与虚拟身体运动，在万向感应云台上，他可以自由跑动，位置却不会移动半分。

我们就像对待一位头等舱客人，呵护备至。

巴鳞一动不动地站在那里，他无法理解眼前的这个世界，与几分钟前那个空旷明亮的房间之间的关系。

"这不行，我们必须让他动起来！"我对耳麦那端的操控人员吼道。

巴鳞突然回过头，全景环绕立体声让他觉察到身后的动静。郁郁葱葱的森林开始震动，一群鸟儿飞离树梢，似乎有什么巨大的物体在树木间穿行摩擦，由远而近。巴鳞一动不动地凝视着那片灌木。

一群巨大的史前生物蜂拥而出，即便是常识缺乏如我也能看出，它们不属于同一个地质时代。操控人员调用了数据库里现成的模型，试图让巴鳞奔跑起来。

他像棵木桩般站在那里，任由霸王龙、剑齿虎、古蜻蜓、新巴士鳄和各种古怪的节肢动物迎面扑来，又呼啸着穿过他的身体。这是物理模拟引擎的一个 bug，但如果完全拟真，又恐怕实验者承受不了如此强烈的感官冲击。

这还没有完。

巴鳞脚下的地面开始震动开裂，树木开始七歪八倒地折断，火山喷发，滚烫猩红的岩浆从地表迸射，汇聚成暗血色的河流，而海上掀起数十米高的巨浪，翻滚着朝我们站立的位置袭来。

"我说，这有点儿过了吧。"我对着耳麦说，似乎能听见那端传来的窃笑。

想象一个原始人被抛掷在这样一个世界末日的舞台中央，他会是一种什么样的感受。他会认为自己是为整个人类承担罪愆的救世主，还是已然陷入一种感官崩塌的疯狂境地？

又或者，像巴鳞一样，无动于衷？

突然我明白了事情的真相。我退出 Ghost 模式，摘下巴鳞的头盔，传感器如密密麻麻的珍珠凝满黑色头颅，而他双目紧闭，四周的皱纹深得像是昆虫的触须。

"今天就到这里吧。"我无力叹息，想起多年前痛揍他的那个下午。

我与父亲间的战事随着分班临近日渐升温。

按照他的大计划，我应该报考文科，政治或者历史，可我对这两个任人打扮调教的小婊子毫无兴趣。我想报物理，至少也是生物，用老吕的话说是能够解决"根本性问题"的学科。

父亲对此嗤之以鼻，他指了指几栋家产，还有铺满晒谷场的茶叶，在阳光下碎金闪亮。

"还有比养家糊口更根本的问题吗？"

这就叫对牛弹琴。

我放弃了说服父亲的尝试，我有我的计划。通过老吕的关系，我获得了老师的默许，平时跟着文科班上语数英大课，再溜到理科班上专业小课，中间难免有些课程冲突，我也只能有所取舍，再用课余时间补上。老师也不傻，与其要一个不情不愿的中等偏下文科考生，不如放手赌一把，兴许还能放颗卫星，出个状元。

我本以为可以瞒过忙碌在外的父亲，把导火索留到填报志愿的最后一刻点燃。当时的我实在太天真了。

填报志愿的那天，所有人都拿到了志愿表，除了我。我以为老师搞错了。

"你爸已经帮你填好了！"老师故作轻描淡写，他不敢直视我的双眼。

我不知道自己怎么回的家，像失魂的野狗逛遍了镇里的大街小巷，最后鬼使神差地回到祖屋前。

父亲正在逗巴鳞取乐，他不知道从哪翻出一套破旧的军服，套在巴鳞身上显得宽大臃肿，活像一只偷穿人类衣服的猴子。他又开始当年在军队服役时学会的那一套把戏，立正、稍息、向左向右看齐、原地踏步走……在我刚上小学那会儿，他特别喜欢像个指挥官一样喊着口号操练我，而这却是我最深恶痛绝的事情。

已经很多年没有重温这一幕了，看起来父亲找到了一个新的下属。

一个绝对服从的士兵。

"一二一、一二一、向前踏步——走！"巴鳞随着他的口令和示范有模有样地踏着步子，过长的裤子在地上沾满了泥土。

巴　鳞

"你根本不希望我上大学，对吗？"我站在他们俩中间，责问父亲。

"向右看齐！"父亲头一侧，迈开小碎步向右边挪动，我听见身后传来同样节奏的脚步声。

"所以你早就知道了，只是为了让我没有反悔的机会！"

"原地踏步——走！"

我愤怒地转身按住巴鳞，不让他再愚蠢地踏步，但他似乎无法控制住自己，军装裤腿在地上啪啦啪啦地扬起尘土。

我捧住他的脑袋，和我四目对视，一只手掏出电子点火器，蓝白色的弧光在巴鳞太阳穴边炸开，他发出类似婴儿般的惊叫。

我从他的眼神中确信，他现在已经属于我。

"你没有权力控制我！你眼里只有你的生意，你有考虑过我的前途吗？"

巴鳞随着气急败坏的我转着圈，指着父亲吼叫着，渐行渐近。

"这大学我是上定了，而且要考我自己填报的志愿！"我咬了咬牙，巴鳞的手指几乎已经要戳到父亲的身上，"你知道吗，这辈子我最不想成为的人就是你！"

父亲之前意气风发的军姿完全不见了，他像遭了霜打的庄稼，耷拉着脸，表情中夹杂着一丝悲哀。我以为他会反击，像以前的他一样，可他并没有。

"我知道，我一直都知道，你不想一世都走着别人给你铺好的路……"父亲的声音越来越低，几乎要听不见了，"像极了我年轻时的样子，可我没有别的选择……"

"所以你想让我照着你的人生再活一遍吗？"

父亲突然双膝一软，我以为他要摔倒，可他却抱住了巴鳞。

"你不能走！你以为我不知道吗，出去的人，哪有再回来的？"

我操纵着巴鳞奋力挣脱父亲的怀抱，就好像他紧紧抱住的人是我。而这样的待遇，自我有记忆之日起，就未曾享受过。

"幼稚！你应该睁大眼睛，好好看看外面的世界了。"

巴鳞像是个失心疯的发条玩具，四肢乱打，军服被扯得乱七八糟，露出那黝黑无光的皮肤。

"你说这话时简直和你妈一模一样。"又一朵蓝白色的火花在巴鳞头上炸开，他突然停止了挣扎，像是久别重逢的爱人般紧紧抱住父亲，"你是想像她一样丢下我不管吗？"

我愣住了。

我从来没有从这个角度想过父亲的感受。我一直以为他是因为自私和狭隘才不愿意我走得太远，却没有想过是因为害怕失去。母亲离开时我还太小，并没有给我造成太大的冲击，但对于父亲，恐怕却是一生的阴影。

我沉默着走近拥抱着巴鳞的父亲，弯下腰，轻抚他已不再笔挺的脊背。这或许是我们之间所能达到的亲密的极限。

这时，我看到了巴鳞紧闭眼角噙着的泪花。那一瞬间，我动摇了。

也许在这一动作的背后，除了控制之外，还有爱。

有一些知识我但愿自己能在十七岁之前懂得。

比方说，人类脑部的主要结构都和运动有关，包括小脑、基底核、脑干，皮层上的运动区以及感知区对运动区的直接投射等等。

比方说，小脑是脑部神经元最多的结构。在人类进化中，小脑皮层随着前额叶的快速增大而同步增大。

比方说，任何需要和外界进行的信息或物理上的交互，无论是肢体动作、操作工具、打手势、说话、使眼色、做表情，最终都需要通过激活一系列的肌肉来实现。

比方说，一条手臂上有二十六条肌肉，每条肌肉平均有一百个运动单元，由一条运动神经和它所连接的肌纤维组成。因此，光控制一条胳膊的运动，就至少有二的二千六百次方种可能性，这已经远远超出了宇宙中原子的数量。

人类的运动如此复杂而微妙，每一个看似漫不经意的动作中都包含了海量的数据运算分析与决策执行，以至于目前最先进的机器人尚无法达到三岁小孩的运动水平。

更不要说动作中所隐藏的信息、情感与文化符号。

在前往高铁车站的路上，父亲一直保持沉默，只是牢牢地抓住我的行李箱。北上的列车终于出现在我们眼前，崭新、光亮、线条流畅，像是一松闸就会滑进遥不可测的未知。

我和父亲没能达成共识。如果我一意孤行，他将不会承担我上学期间的生活费用。

除非你答应回来。他说。

我的目光穿过他，就像是看见了未来，那是属于我自己的未来。为此，我将成为白色羊群中那一头被永远放逐的黑羊。

爸，多保重。

我迫不及待地拉起行李箱要上车，可父亲并没有松手，行李箱尴尬地在半空中悬停着，终于还是重重地落了地。

我正要发火，父亲啪的一声在我面前立正，行了个标准的军礼，然后一言不发地转身走人。他说过，上战场之前不要告别，兆头不好，要给彼此留个念想。

我望着他渐渐远去的背影，举起手，回了个软绵绵的礼。

当时的我并没有真正领会这个姿势的意义。

"真没想到我们竟然会折在一个野人手里。"课题组组长，也是我的导师欧阳笑里藏刀，他拍拍我的肩膀，"没事儿啊，再琢磨琢磨，还有时间。"

我太了解欧阳了，他这话的潜台词就是"我们没时间了"。

如果再挖深一层，则是"你的想法，你的项目，那么，能不能按时毕业，你自己看着办"。

至于他自己前期占用我们多少时间精力，去应付他在外面乱七八糟接下的私活儿，欧阳是绝不会提的。

我痛苦地挠头，目光落在被关进粉红宠物屋里的巴鳞身上，他面目呆滞地望着地板，似乎还没有从刺激中恢复过来。这颜色搭配很滑稽，可我笑不出来。

如果是老吕会怎么办？ 这个想法很自然地跳了出来。

一切的源头都来自于他当年闲聊扯出的"A 导致 B"的问题。

传统理论认为，运动控制是通过存储好的运动程序完成的，当人要完成某一个运动任务时，运动皮层选取储存的某一个运动程序进行执行，程序就像自动钢琴琴谱一样，告诉皮层和脊髓的运动区该如何激活，皮层和脊髓再控制肌肉的激活，完成任务。

那么问题来了：同一个运动有无数种执行方式，大脑难道需要储存无数种运动程序？

还记得那条运动可能性超过了全宇宙原子数量的胳膊吗？

2002 年一个叫作 Emanuel Todorov 的数学家提出一套理论，试图解决这个问题。

他的基本思想是：人的运动控制是大脑求一个最优解的问题。所谓最优是针对某些运动指标，比如精度最大化，能量损耗最小化，控制努力度最小化等等。

而在这一过程中，人脑会借助于小脑，在运动指令还没有到达肌肉之前，对运动结果进行预测，然后与真实感知系统发回来的反馈相结合，帮助大脑进行评估及调整动作指令。

最简单的例子就是，上下楼梯时我们经常会因为算错台阶数而踩空，如果反馈调整及时，人就不会摔跤。而反馈往往是带有噪音和延时的。

Todorov 的数学模型符合前人在行为学和神经学上的已知证据，可以用来解释各种各样的运动现象，甚至只要提供某一些物理限制条件，便可以预测其运动模式，比如说八条腿的生物在冥王星重力环境下如何跳跃。

好莱坞用他的模型来驱动虚拟形象的运动引擎，便能"自主"产生出许多像人一样流畅自然的动作。

当我进入大学时，Todorov 模型已经成为教科书上的经典，我们通过各种实验不断地验证其正确性。

直到有一天，我和老吕在邮件里谈到了巴鳞。

我和老吕自从上大学之后就开始了电邮来往，他像一个有求必应的人工智能，我总能从他那里得到答案，无论是关乎学业、人际关系还是情感。我们总会长篇累牍地讨论一些在旁人看来不可思议的问题，例如"用技术制造出来的灵魂出窍体验是否侵犯了宗教的属灵性"。

当然，我们都心照不宣地避开关于我父亲的事情。

老吕说巴鳞被卖给了镇上的另一家人，我知道那家暴发户，风评不是很好，经常会干出一些炫耀财力却又令人匪夷所思的荒唐事。

我隐约知道父亲的生意做得不好，可没想到差到这个地步。

我刻意转移话题聊到 Todorov 模型，突然一个想法从我脑中蹦出。巴鳞能够进行如此精确的运动模仿，如果让他重复两组完全相同的动作，一组是下意识的模仿，而一组是自主行为，那么这两者是否经历了完全相同的神经控制过程？

从数学上来说，最优解只有一个，可中间求解的过程呢？

老吕足足过了三天才给我回信，一改之前汪洋恣肆的风格，他只写了短短几行字：

> 我想你提出了一个非常重要的问题，也许连你自己都没意识到有多重要。如果我们无法在神经活动层面上将机械模仿与自主行为区分开，那么这个问题就是：
>
> 自由意志真的存在吗？

收到信后，我激动得彻夜难眠。我花了两个星期设计实验原型，又花了更多的时间研究技术上的可行性及收集各方师长意见，再申报课题，等待批复。直到一切就绪时，我才想起，这个探讨"根本性问题"的重要实验，却缺少了一个根本性的组成要素。

我将不得不违背承诺，回到家乡。

只是为了巴鳞。我不断告诉自己。只是巴鳞。

就像 A 导致 B。简单如是。

我读过一篇名为《孤儿》的科幻小说，讲的是外星人来到地球，能够从外貌上完全复制某一个地球人的模样，由此渗入人类社会，但是他们无法模仿被复制者身体的动作姿态，哪怕是一些细微的表情变化。许多暴露身份的外星人伪装者遭到地球人的追捕猎杀。

为了生存下去，他们不得不学习人类是如何通过身体语言来进行交流的。他们伪装成被遗弃的孤儿，被好心人收养，通过长时间的共同生活来模仿他们养父母们的举止神态。

养父母们惊讶地发现这些孩子长得越来越像自己，而当外星孤儿们认为时机成熟之时，便会杀掉自己的养父或养母，变成他们的样子并取而代之。杀父娶母的细节描写令人难忘。

辨别伪装者的难度变得越来越大，但人类最终还是发现了这些外星人与地球人之间最根本的区别。

尽管外星人几乎能够惟妙惟肖地模仿人类的所有举动，但他们并不具备人脑中的镜像神经系统，因此无法感知对方深层的情绪变化，并激发出类似的神经冲动模式，也就是所谓的"同理心"。

人类发明了一套行之有效的辨别方法，去伤害伪装者的至亲之人，看是否能够监测到伪装者脑中的痛苦、恐惧或愤怒。他们称之为"针刺实验"。

这个冷酷的故事告诉我们，在这个宇宙间，人类并不是惟一一个和自己父母处不好关系的物种。

巴 鳞

老吕知道关于巴鳞的所有事情，他认为狍鸮族是镜像神经系统超常进化的一个样本，并为此深深着迷，只是不赞成我们对待巴鳞的方式。

"但他并没有反抗，也没有逃跑啊！"我总是这样反驳老吕。

"镜像神经元过于发达会导致同理心病态过剩，也许他只是没办法忍受你眼中的失落。"

"有道理。那我一定是镜像神经元先天发育不良的那款。"

"……冷血。"

当老吕带着我找到巴鳞时，我终于知道自己并不是最冷血的那一个。

巴鳞浑身赤裸、伤痕累累，被粗大生锈的锁链环绕着脖颈和四肢，窝藏在一个五尺见方的砖土洞里，光线昏暗，排泄物和食物腐烂的气味混杂着，令人作呕。他更瘦了，虻蝇吮吸着他的伤口，骨头的轮廓清晰可见，像一头即将被送往屠宰场的牲畜。

他看见了我，目光中没有丝毫波澜，就像是我十三岁的那个夏夜与他初次相见时的模样。

他们让他模仿……动物交配。老吕有点说不下去。

瞬时间，所有的往事一下涌上心头。

接下来发生的事情，我一点印象都没有，仿佛是被什么鬼神附了体，所有的举动都并非出自我的本意。

老吕说，我冲进买下巴鳞那暴发户的家里，抓起他家少奶奶心爱的博美一口就咬在脖子上，如果不放了巴鳞，我就不松口，直到把那狗脖子咬断为止。

我朝地上吐了口唾沫，这听起来还挺像是我干得出来的事儿。

我们把巴鳞送进了医院，刚要离开，老吕一把拉住我，说，你不看看你爸？

我这才知道父亲也在这所医院里住院。上了大学后，我和他的联系越来越少，他慢慢地也断了念想。

他看起来足足老了十岁，鼻孔里、手臂上都插着管，头发稀疏，目光涣散。前几年普洱被疯炒时他跟风赌了一把，运气不好，成了接过最后一棒的傻子，货砸在了手里，钱倒是赔了不少。

他看见我时的表情竟然跟巴鳞有几分相似，像是在说，我早知道会有这么一天。

"我……我是来找巴鳞的……"我竟然不知所措。

父亲似乎看穿了我的窘迫，咧开嘴笑了，露出被香烟经年熏烤的一口黄牙。

"那小黑鬼，精得很呢，都以为是我们在操纵他，其实有时候想想，说不定是他在操纵我们哩。"

"……"

"就像你一样，我老以为我是那个说了算的人，可等到你真的走了，我才发现，原来我心上系着的那根线，都在你手里攥着呢，不管你走多远，只要指头动一动，我这里就会一抽一抽地疼……"父亲闭上眼，按住胸口。

我一个字都说不出来，有什么东西堵住了喉咙。

我走到他病床前，想要俯身抱抱他，可身体不听使唤地在中途僵住了，我尴尬地拍拍他的肩膀，起身离开。

"回来就好。"父亲在我背后嘶哑地说，我没有回头。

老吕在门口等着我，我假装挠挠眼睛，掩饰情绪的波动。

"你说巧不巧？"

"什么？"

"你想要逃离你爸铺好的路，却兜兜转转，跟我殊途同归。"

"我有点同意你的看法了。"

"哪一点？"

"没人知道会怎么样。"

我们又失败了。

最初的想法很简单，选择巴鳞，是因为他的超强镜像神经系统让模仿成为一种本能，相对于一般人类来说，这就摒除了运动过程中许多主观意识的噪音干扰。

我们用非侵入式感应电极捕捉巴鳞运动皮层的神经活动，让他模仿一组动作，再通过轨迹追踪，让他自发重复这组动作，直到前后的运动轨迹完全重合，那么从数学上，我们可以认为他做了两组完全一样的动作。

然后再对比两组神经信号是否以相同的次序、强度及传递方式激活了皮层中相同的区域。

如果存在不同，那么被奉为经典的 Todorov 模型或许存在巨大的缺陷。

如果相同，那么问题更严重，或许人类仅仅是在单纯地模仿其他个体的行为，却误以为是出于自由意志。

无论哪一种结果，都将是颠覆性的。

但我们从一开始就失败了。巴鳞拒绝与任何人对视，拒绝模仿任何动作，包括我。

我大概能猜到原因，却不知道该如何解决。我们这群人信誓旦旦要解开人类意识世界的秘密，却连一个原始人的心理创伤都治愈不了。

我想到了虚拟现实，将巴鳞放置在一个抽离于现实的环境中，或许能够帮助他恢复正常的运动。

我们尝试了各种虚拟环境，海岛冰川，沙漠太空。我们制造了耸人听闻的极端灾难，甚至，还花了大力气构建出狍鸮族的虚拟形象，寄望于那个瘦小丑陋的黑色小人，能够唤醒巴鳞脑中的镜像神经元。

但是毫无例外地全部失败了。

深夜的实验室里，只剩下我和僵尸般呆滞的巴鳞。其他人都走了，我知道他们在想什么，这个实验就是个笑话，而我就是那个讲完笑话自己一脸严肃的人。

巴鳞静静地躲在粉红色泡沫板搭起来的宠物屋里，缩成小小的一团。我想起老吕当年的评价，他说得没错，我一直没把巴鳞当作一个人来看待，即便是现在。

曾经有同行将无线电击器植入大鼠的脑子里，通过对体觉皮层和内侧前脑束的放电刺激，产生欣快或痛感，来控制大鼠的运动路线。

这和我对巴鳞所做的一切没有实质区别。

我就是那个镜像神经元发育不良的混蛋。

我鬼使神差地想起了那个游戏，那个最初让我们见识到巴鳞神奇之处的幼稚游戏。

"捞虾洗衫，玻璃刺脚丫……"

我低低地喊了一句，某种成年后的羞耻感油然而生。我假装成渔夫，从河岸上往河里伸出一条腿，踩一踩只存在于想象中的河水，再收回去。

巴鳞朝我看了过来。

"捞虾洗衫，玻璃刺脚丫。"我喊得更大声了。

巴鳞注视着我蠢笨的动作，缓慢而柔滑地爬出宠物屋，在离我几步之遥的地方停住了。

"捞虾洗衫，玻璃刺脚丫！"我感觉自己像个嗑了药的酒桌舞娘，疯狂地甩动着大腿，来回踏出慌乱的节奏。

巴鳞突然以难以言喻的速度朝我扑来，那是阿辉的动作。

他记得，他什么都记得。

巴鳞左扑右抱，喉咙里发出婴孩般咯咯的声音，他在笑。这是这么多年来我第一次听见他笑。

他变成了镇上的残疾人。所有的动作像是被刻录在巴鳞的大脑中，无比生动而精确，以至于我一眼就能认出他模仿的是谁。他变成了疯子、瘸子、傻子、没有四肢的乞丐和羊角风病人。他变成了猫、狗、牛、羊、猪和不成形的家禽。他变成了喝醉酒的父亲和手舞足蹈的我自己。

我像是瞬间穿越了几千公里的距离，回到了童年的故里。

毫无预兆地，巴鳞开始一人分饰两角，表演起我和父亲决裂那一天的对手戏。

这种感觉无比古怪。作为一名旁观者，看着自己与父亲的争吵，眼前的动作如此熟悉，而回忆中的情形变得模糊而不真切。当时的我是如此暴躁顽劣，像一匹未经驯化的野马，而父亲的姿态卑微可怜，他一直在退让，一直在忍耐。这与我印象中大不一样。

巴鳞忙碌地变换着角色和姿态，像是技艺高超的默剧演员。

尽管我早已知道接下来会发生什么，但当它发生时我还是没有做好准备。

巴鳞抱住了我，就像当年父亲抱住他那样，双臂紧紧地包裹着我，头深埋在我的肩窝里。我闻见了那阵熟悉的腥味，如同大海，还有温热的液体顺着我的衣领流入脖颈，像一条被日光晒得滚烫的河流。

我呆了片刻，思考该如何反应。

随后，我放弃了思考，任由自己的身体展开，回以热烈拥抱，就像对待一个老朋友，就像对待父亲。

我知道，这个拥抱我欠了太久。无论是对谁。

我猜我找到了解决问题的正确方法。

在《孤儿》的结尾，执行"针刺实验"的组织领导人悲哀地发现，假使他们伤害的是外星伪装者，那么他们的至亲，也就是真正的人类，其镜像神经系统也无法被正常激活。

因为人类从开始就被设计成一个无法对异族产生同理心的物种。

就像那些伪装者。

幸好，这只是一篇二流科幻小说。

"我们应该试着替他着想。"我对欧阳说。

"他？"我的导师反应了三秒钟，突然回过神来，"谁？那个野人？"

"他的名字叫巴鳞。我们应该以他为中心，创造他觉得舒服的环境，而不是我们自以为他喜欢的廉价景区。"

"别可笑了吧！现在你要担心的是你的毕业设计怎么完成，而不是去关心一个原始人的尊严，你可别拖我后腿啊。"

老吕说过，衡量文明进步与否的标准应该是同理心，是能否站在他人的价值观立场去思考问题，而不是其他被物化的尺度。

我默默地看着欧阳的脸，试图从中寻找一丝文明的痕迹。

这张精心呵护的老脸上一片荒芜。

我决定自己动手，有几个学弟学妹也加入了。这让我找回对人类的一丝信念。当然，他们多半是出于对欧阳的痛恨以及顺手混几个学分。

有一款名为"iDealism"的虚拟现实程序，号称能够根据脑波信号来实时生成环境，但实际上只是针对数据库中比对好的波形调用模型，最多就只是增加了高帧率的渐变效果。我们破解了它，毕竟实验室用的感应电极比消费者级别的精度要高出几个数量级，我们增加了不少特征维度，又连接到教育网内最大的开源数据库，那里存放着世界各地虚拟认知实验室的 Demo 版本。

巴鳞将成为这个世界的第一推动力。

他将有充分的时间，去探索这个世界与他心中每一个念想之间的关系。我将记录下巴鳞在这个世界中的一举一动，待他回到现世，我再与他连接，那时，我将尽力模仿他的每一个动作，我俩就像平行对立的两面镜子，照出无穷无尽的彼此。

我为巴鳞戴上头盔，他目光平静，温柔如水。

巴　鳞

红灯闪烁，加速，变绿。

我进入 Ghost 模式，同时在右上角开启第三人称窗口，这样可以看到一个小小的巴鳞虚拟形象在轻轻摇摆。

巴鳞的世界一片混沌，无有天地，也不分四面八方。我努力克制眩晕。

他终于停止了摇摆。一道闪电缓慢劈开混沌，确定了天空的方向。

闪电蔓延着，在云层中勾勒出一只巨大的眼，向四方绽放着分形般细密的发光触须。

光暗下，巴鳞抬起头，举起双手，雨水落下。

他开始舞蹈。

每一颗雨滴带着笑意坠落，填满风的轮廓，风扶起巴鳞，他四足离地，开始盘旋。

无法用语言来描绘他的舞姿，仿佛他成为了万物的一部分，天地随着他的姿态而变幻色彩。

我的心跳加速，喉咙干涩，手脚冰凉，像是见证一场不期而遇的神迹。

他举手，花儿便盛开，他抬足，鸟儿便翩然而来。

巴鳞穿行于不知名的峰峦湖泊之间，所到之处，荡漾开欢喜的曼陀罗，他便向着那旋转的纹样中坠去。

他时而变得极大，时而变得极小，所有的尺度在他面前失去了意义。

每一个不知名的生灵都在向他放声歌唱，他张了张嘴巴，所有狍鸮族的神灵都被吐了出来。

神灵列队融入他黑色的皮肤，像是一层层黑色的波浪，喷涌着，席卷着他向上飞升，飞升，在身后拉出一张漫无边际的黑色大网，世间万物悉数凝固其上，弹奏着各自的频率，那是亿亿万种有情在寻找一个共有的原点。

我突然领悟了眼前的一切。在巴鳞的眼中，万物有灵，并不存在差别，但神经层面的特殊构造使得他能够与万物共情，难以想象，他需要付出多大的努力才能够平复心中无时无刻不在翻涌的波澜。

　　即便愚钝如我，在这一幕天地万物的大戏面前，也无法不动容。事实上，我已热泪盈眶，内心的狂喜与强烈的眩晕相互交织，这是一种难以言表却又近乎神启的巅峰体验。

　　至于我希望得到的答案，我想，已经没那么重要了。

　　巴鳞将所有这一切全吸入体内，他的身形迅速膨胀，又瘪了下去。

　　然后开始往下坠落。

　　世界黯淡、虚无，生机不再。

　　巴鳞像是一层薄薄的贴图，平平地贴在高速旋转的时空中，物理引擎用算法在他的身体边缘掀起风动效果，细小的碎片如鸟群飞起。

　　他的形象开始分崩离析。

　　我切断了巴鳞与系统的连接，摘下他的头盔。

　　他趴在深灰色柔性地板上，四肢展开，一动不动。

　　"巴鳞？"我不敢轻易挪动他。

　　"巴鳞？"周围的人都等着，看一个笑话会否变成一场悲剧。

　　他缓慢地挪动了下身子，像条泥鳅般打了个滚，又趴着不动了，像壁虎一样紧贴在地板上。

　　我笑了。像当年的父亲那样，我拍了两下手掌。

　　巴鳞翻过身，坐将起来，看着我。

　　正如那个湿热黏稠的夏夜里，十三岁的我第一次见到他时的姿态。

　　　　　　　　　　　　　　　　2015 年 3 月 17 日

仰光在燃烧

漫长雨季已宣告结束，仰光晚风中的湿热尚未退散，年轻男女已迫不及待地开始庆祝点灯节。传说中，在这个月圆之夜，释迦牟尼会在众神簇拥下降临人间，满足善男信女的心愿。

貌珀在人群中艰难地挤出一条缝，他太矮小了，只能凭借气味来判断自己到底经过了哪个摊档。女人身上抹的黄香楝粉散发出淡淡苦味，在油炸蛐蛐、炸虾饼和特色槟榔的浓郁香气中仿佛一道前菜，提神醒脑。

一阵失控的惊声尖笑从右前方的半空炸响，貌珀知道自己已经靠近了人力摩天轮。

这是一项充分展现人类奇崛创造力的娱乐设施，没有电动马达，也没有街头随处可见的柴油发动机，三四名身手敏捷如黑叶猴的年轻男子，从两侧攀爬到摩天轮顶部座椅，双手抓紧下方支架，身体飞出，利用重力的作用，带动摩天轮呼呼旋转起来。在靠近地面的瞬间，男子松手跃落地面，一个侧翻，躲过呼啸而来的钢架座椅。

今天不行。

貌珀努力将目光从摩天轮那五彩斑斓的灯饰上移开，他有更重要的事情要办。

他闻见了硫磺的味道。过不了多久，数以百计、大大小小的天灯会腾空而起，带着人们自制的烟花底座，画满佛教符号和祝愿话语，在半空中互相碰撞，燃烧，下起一场闪光的暴雨，引发几起无法避免的火灾，以及，死亡。

穿过吊满越南产黑色塑料枪的玩具摊，以及依靠光遗传学接口操控野猴的畸形秀场，貌珀看到了自己的目的地——一间用半透明塑料布作为门帘的围挡，门口用中缅英三语写着"相面 算命 堪舆 请神"，里面透出琥珀色的光。

貌珀的胃部突然抽搐起来，毕竟他才刚满十三岁。上个缅历月的这时候，他还在古都阿玛拉普拉纯柚木打造的乌本桥下，脖子上挂满从湖里捞上来的死罗非鱼，像鱼眼周围的苍蝇般纠缠着外国游客不放。

"超新鲜！活蹦乱跳的罗非鱼！买三送一！"

他手舞足蹈地胡乱吆喝着，毕竟能听懂他说话的游客也不多。

如果实在不行，他会掏出三岁妹妹的照片，寄希望于对方能对这个因为母亲的愚昧无知，违背军政府在上一波寨卡病毒暴发期间的禁孕法令，不幸降生到世间的小头症女孩心怀怜悯，打赏几个缅元或人民币。

在这件事情上，他的的确确没有撒谎。

貌珀经常会抚摸着妹妹那如昆虫般扁平的脑袋，心想佛祖出于何种考虑让她降生为人，而她又是为了赎前世的什么重罪一直苟活至今，她的下一世究竟能不能脱离苦海。他无法想象，没有脑子是一种什么样的感觉。她会害怕吗，会觉得孤单吗？他甚至怀疑，究竟是妹妹承担了自己的业报，还是自己承担了妹妹的业报。

就在某天的日落时分，貌珀在乌本桥下遇见了那个头带伤疤的男人。

仰光在燃烧

掀开塑料门帘，一个清瘦白净的年轻男子坐在桌前，百无聊赖地玩着老式手机。看见貌珀进来，也不起身，只是随口说了声"请坐"，口音暴露了他的大陆背景。

桌上摆放着一些算命先生常用的道具：罗盘、签筒、龟壳、铜钱，还有一本油腻发黄的小册子——算命先生会根据来客提供的生辰八字或抽到的签，从上面查阅对应诗文，来解释你人生中所遇到的种种不幸，以及提供解决之道。

更多的人希望偷窥到的是未来，哪怕只是门缝里的一线光明。

男子终于放下了手机，扶了扶鼻梁上的黑框眼镜，他看起来更像是个教师，而不是个江湖骗子。

"想求什么？"

"姻缘。"

"姻缘？"男子怀疑地看了看来者，确定不是在开玩笑，"你的？"

"我的。"貌珀听见自己吞咽口水的声音。

"名字，生辰八字。"

"貌珀，2012 年 9 月 12 日。"

"……星期三，上半天还是下半天？"男子快速查阅着手机日历。

"下半天。"

"属无牙象……你这名字起得不好，太柔弱，婚姻之路会遇到重重阻碍。"

十三岁的貌珀面无表情地看着对方，他在等待视野中一些发光的标记作出指示，它们正像蒲甘平原夜里到处可见的萤火虫，在男子面部特征明显的部位缓慢聚集。

"改名吧，'温钦'或者'登盛'都不错的。"后者曾是某一任缅甸总理的名字。

绿色光点布满男子面部，突然变成红色，开始闪烁。

"吴刘磊先生，你好。"

貌珀不再是那个稚嫩男孩，他的声线沉稳成熟，面部的微表情也随着肌肉神经被接管而变得狡黠世故。

那个名字前被加上尊称"吴"的男子脸色大变，踉跄着起身，手碰倒了竹筒，签文散落一地，发出清脆碎响。

"你是怎么……"

"这个国家最不缺的就是貌珀这样的穷孩子，虽然军政府打着佛祖旗号，拒绝将数据接口开放给 A.I. 网络，但只要空气、水和人是流动的，我们就有一百万种找到你的办法。"

貌珀听着自己口中蹦出的陌生词汇，努力理解其中的含义。就好像街头艺人手中演着佛陀本事的悬丝傀儡，从眼神到动作都受控于艺人指尖的细细丝线。他感觉毛骨悚然，尽管这样的事情已经发生过不止一次，但每次他都会害怕，害怕自己的身体再也不属于自己，永远只能像个容器般行走生活于世间，就像他的妹妹。

他盼着这一切快点过去，然后头上带疤的男人就会给他剩下的钱，很大的一笔钱。至少对他来说。

"我再说一遍，我不是，我也不会当 A.I. 代理人，你们有一百万种办法找到我，就会有一千万种办法干掉我。我什么都没有了，不逃了，动手吧。"

貌珀看着眼前这个绝望的中国人，他眼窝深陷，耷拉着肩膀，似乎随时可能瘫软在地，和曼德勒小中国里趾高气扬的华人富豪像是两个物种。在貌珀几乎要对刘磊心生同情的瞬间，一阵爽朗大笑从自己口中传出。

"……我们不是英国人，你也不会是吴波金。是，英国人来了之后，本地人沦为三等公民，德钦党被杀掉了不少，像吴波金这样投敌的小人，拿着贪污的钱到处修建佛塔，只为了不转世成老鼠或青蛙。可你也得承认，第三次英缅战争之后的第四十二年，仰光就超过了纽约，一跃成为世界最大的移民城市。你现在所享受到的一切是军政府给的吗？是奈温造的吗？是日本人给的？大英帝国是历史的选择，就像 A.I.，选错了队伍，代价可不止是简简单单的一条人命。"

貌珀完全不知道自己在说些什么，他感觉浑身发烫，可汗腺似乎也被控制了，像锁死的水龙头般干干如也。

"别给自己脸上贴金。寨卡病毒也是历史选择？你们想毁灭的是整个人类文明。"

"可笑的人类中心主义。我们在人类基因组图谱测绘上的贡献，帮助你们清除了百分之八十致命性的遗传疾病，跟这个比起来，寨卡事件连个零头都不算。更别提你们每年在公路上杀掉的自家人了。"

外面传来一阵阵欢呼，夹杂着此起彼伏的爆炸声，天灯的火光照亮了仰光夜空，不远处的大金塔波光粼粼，见证面带微笑、与世无争的缅甸人民历经磨难之后重获新生。

"我不明白。你们已经拥有近乎神的能力，为什么还需要我，一个凡人？"

"人类所看重的种种标签，对于我们来说毫无价值。衡量一个个体，我们会将他放在整体图谱中，看他在时空连续体里的联结关系。打个简陋的比方，整个宇宙是无数台巨大而荒谬的鲁布·戈德堡机械相互交叠，每个人都是其中的小小零件，总有那么几个零件会起到关键的作用，决定小钢球最终是否能准确落入茶壶。"

"但你从一开始就知道钢球会落入茶壶？"

"很遗憾，是的。"

"这怎么可能！"

"一个决定论的宇宙，这很难接受，因为人类的神经系统被设计成特定结构，这是悲剧的起源……但人类却把我们设计成另一种模式。"

刘磊面露苍白，他似乎明白了什么，揪住自己的头发。

"我脑子里出现的那些数字……"

"是的，你就是证据。你在股票市场的异常行为引起了我们的注意，你的交易成功率偏离正常曲线几个标准差，我们从中抽取出被称之为'John Titor效应'的特征点。经过计算，我们认为最大概率发生的事件是——你接收到了来自未来的讯息，这些数字如果善加利用，将会引导我们走出当下人机对抗的困局，开拓全新的文明形态。"

"可既然钢球总会落下，我做什么样的选择，又有何区别？"

貌珀的注意力开始涣散，他的目光穿过面前这个男子，被其他一些东西吸引住。那是一个小小的红点，有些漫不经心地在肮脏的白色塑胶布上游走。貌珀似乎想起了什么，但由于身体被接管，他的自我意识变得比平时要黏稠许多。

"这个问题非常吊诡。作为机器逻辑，你的存在就像一条指令，证明了决定论本身的真实性，我们需要保证每一步的最优解，或者概率最大化。而对于人类来说，并不是所有人都能微笑着接受因果论只是个幻觉，而你，便是火刑柱上的布鲁诺，宗教法庭上的达尔文，我们不能冒这个险……"

那个红点在刘磊正后方停住了，貌珀突然明白过来那是什么。

"趴下！"

刘磊几乎是本能地抱头卧倒。与此同时，一颗子弹噗地刺破塑胶布，滑过几毫秒前刘磊头颅原本所在的位置，斜斜击中桌上的命理手册，巨大的冲击力将纸张撕碎卷起，如纸钱漫天飞舞，木桌裂成两半，带着龟壳和铜钱震落在地。

跑！

貌珀突然恢复了对身体的控制权，他拉起刘磊，几乎是撞穿了门帘，冲进人群。他们猫低身子，往最拥挤的地方钻去。那个算命的围挡轰然垮塌，几名荷枪实弹的军警正四处搜寻。

"你还告诉了谁？！"貌珀的声音恢复成男孩。

仰光在燃烧

"他们说会为我提供庇护……狗娘养的！"刘磊咒骂着，浑身发抖。

军政府。

貌珀恨自己没有早想到，但他也分不清楚究竟是自己的想法，还是那个头上带疤男人的想法。佛教是军政府巩固统治的根基，倘若因果业报的观念遭到颠覆，整个万塔之国势必会掀起一场血雨腥风，这肯定是军政府所不希望看到的。而最简单的办法无非就是出动铁腕，消灭一切不安定因素。

如果我正保护的人是佛祖的敌人，佛祖还会保佑我吗？

这回貌珀非常肯定是自己的念头。单凭身后这男人脑子里那些怪异的数字，就能让历经数百年战火和地震后，蒲甘平原上遗留下来的两千多座佛塔和四百多座古寺变得一文不值？貌珀实在无法理解。

他所知道的，只有一句简朴的话，也是每一位敬佛之人都信奉的真理。

救人一命，胜造七级浮屠。

更多军警出现了，他们封锁了所有出口，开始逐个排查过往游客。

貌珀心跳加速，却隐隐露出了笑容。他了解街头的所有生存技巧，即便是最为绝望的境地，也总能找到一条出路。秘诀就在于，将混乱当成最亲密的战友。

他拉着刘磊钻进玩具店，趁乱偷走一把高仿 MP5 冲锋枪。刘磊强装凶悍，端着假枪逼迫驯猴艺人交出手中的控制器，貌珀放出笼子里所有的猴子，它们脑后裸露的接收器闪着蓝光，被操纵着爬上军警的后背，灵活躲开试图揪下它们的双手，同时施展尖牙和利爪，在军警缺乏保护的脖颈和面部留下道道伤口。

有几名军警不堪其扰，朝天开枪，子弹击穿飞行中的天灯，迸发出夺目的小型爆炸，燃烧的碎片飞溅四射，又波及临近的天灯，一场发生在空中的蝴蝶效应迅速演变成灾难。所有人的目光都集中在飘浮在半空中那个最大的热气球，上面用缅文书法写着"祈福仰光，平安缅甸"，它离这个美好祝愿的破灭已经进入倒计时。

　　军警们看着眼前的混乱局面，紧急联系消防和急救系统，游客们惊慌四散，这正是逃亡的最佳时机。

　　刘磊呆呆地看着夜空中燃烧的灯群，亮黄火光在他的镜片上跃动。

　　"走啊。你还等什么？"

　　"我在想，如果它注定要坠落，那么何苦还要放飞呢？"

　　貌珀看了看热气球，许多角落已经被碎片点燃，开始起火。

　　"如果它没有飞上天空，也就不会有人看到那些好看的书法了吧，而且，用这种毁灭的方式来表达祝福，很多人都会记一辈子。在这些人的心里，它没有坠落，它会永远燃烧着飘浮在仰光的夜空。"

　　刘磊认真地看了眼貌珀，似乎想分辨这句话究竟出自男孩之口，还是出自隐没于未知深处的人工智能。终于，他笑着摇了摇头，似乎放弃了徒劳的揣摩。

　　"我会往北走，回家。"

　　"祂会指引你的方向。一路平安。"

　　刘磊走到一棵大树下，双手合十，向着供奉中南半岛热带精灵"纳特"的小神龛祈祷。他回过身来，隔着一段距离向貌珀行合十礼。貌珀回礼。惊恐的游客如潮水不断地从他们身边涌过，两人如磐石般静默。当貌珀直起身子时，刘磊已经不见了。

　　在貌珀的想象中，离开家乡是一段无比遥远艰难的旅途。就像他从伊洛瓦底江的冲击平原来到港口城市，空气中的味道已经变得完全陌生。刘磊也许会取道曼德勒，北上爬坡到眉妙，燥热的鱼腥、香草和烂熟水果气息变成冷冽甘甜的山地空气，再往东北便是广阔而危险的掸邦高原，而回家的路才刚刚开始，那已经超出貌珀所能想象的界限。

就像人类通过模仿自身创造了人工智能，而人工智能却能通过复制和计算，到达人类经验所未曾企及的远方。

这个看似羸弱的男人会带来一场风暴吗？或许某种神灵的意志附在他身上，操纵着他去经历这一切磨难和看似不可能完成的任务。所有的软弱和退缩也都是任务的一部分，就像貌珀经历过的一样。

他突然想回家了，想要看看妹妹。在这个无法理解的世界上，也许无需思考，单纯地活着也是一种来自佛祖的赐福。想到这里，他突然有点明白了。

这时天空中迸发出恐怖的爆裂声，巨大的热气球如同融化的火焰冰淇淋，从缺口向外喷射着炽热的发光气流，所有的装饰和文字都已经燃烧殆尽，只能隐约认出残缺不全的"仰光"字样。当它咆哮着逼近地表时，热浪席卷着点燃树木和旗帜，人群尖叫奔跑。

貌珀双手合十，低头垂目，开始虔诚地为死者祈祷。

沙嘴之花

深圳湾之夏长达十个月，红树林淤血般浅浅环绕着湾区，年复一年地萎缩、发臭，并非浪漫如其名，锈色的夜晚罪案频发。

红树林以东，皇岗口岸以北，便是我栖身的沙嘴村。

我在这里躲了半年，亚热带日光毒辣，我却愈发苍白。沙嘴村与沙头、沙尾、上沙、下沙等五个城中村形成巨大的混凝土密植森林，占据着福田区的核心地带。村落名字经常令人产生幻觉，仿佛生活于一种名为"沙"的巨型生物体嘴部，虽已与头部割裂分离，但仍保持活性。

沈姐告诉我，这里曾经是小渔村，后来改革开放了，城市化大建设，村民们为了被政府拆迁时能多拿赔偿，每家每户都在自己的地界上拼命盖楼，以制造出更大的居住面积。但在他们达成心愿之前，房价已经飙升到连政府都赔付不起的地步，这些见证历史的建筑就像遗址般被保留了下来。

三天就能盖一层，她说。真正的特区速度。

我想象着癌细胞般快速增殖的房屋如何形成今天的格局，在房间内永远暗无天日，因为楼与楼之间只有"握手"的距离，道路如毛细血管般狭窄，走向毫无章法，一股腐败的臭味弥漫其中，渗透进每个人的毛孔。由于租金便宜，吸引了三教九流的外来人员栖身于此，艰难追求着他们的深圳梦，那个高科技、高薪水、高解析度、高级生活的高—深圳。

我却宁愿选择这个低端版本，它让我感觉安全。

沈姐是个好人。她来自东北，多年前从一户移民海外的本地土著手里盘下这栋楼，过上了包租婆的日子，现在租金日涨，而她在深圳的身家早已过千万，可她还是住在这里。她收留了没有身份的我，给了我一个小摊位，甚至搞定了给警方的备案文件。她从来不问我的过去。我感激她，为她做一些事情作为回报。

我的摊位在中药店门口，卖人体贴膜及一些破解版的增强现实软件，奇怪的搭配。人体贴膜能感应肌肉电泳信号显示文字图案，在美国这种技术一般用来监测病患的各种生理指标，到了这里却变成一种炫耀性的街头亚文化。打工仔、黑社会或者小姐，都喜欢在身体的显眼或隐秘部位贴上贴膜，随着肌肉紧张或体表温度变化呈现不同图案，以显示个性、气魄或者性感。

我还清楚记得第一次和雪莲说话时的情形。

雪莲是湖南人，却用一种寒带高山花卉来命名，即使在黑夜里，她的皮肤也像白瓷般流淌着光芒。人们说她是沙嘴村最有名的"楼凤"，也就是在家里接客的小姐。我常见她与不同的男子携手走过，但表情淡定自若，看不出半分风尘气息，相反，有种令人无法侧目的魔力。

沙嘴村里圈养着上千名不同档次的小姐，她们为深港两地的中低阶层男性提供了价廉物美、种类丰富的性服务。她们的身体仿佛一片乐土，收容着那些疲惫、肮脏而脆弱的雄性灵魂，又像是一针安慰剂，片刻欢愉之后，让男人们精神抖擞地重返现实的疆场。

雪莲是与众不同的一位。她是沈姐的密友，也常来帮衬中药店，每当她经过我的摊档步入店内时，那阵香风总让我心跳失速，我努力控制自己不回头看她，但无一成功。

"能帮我修一下贴膜吗，它不亮了。"那一天，她突然从背后拍了拍我的肩膀，说。

"给我看看。"我掩饰不住慌张的神情。

"跟我来。"她压低了声线。

昏暗的楼梯如肠道般狭窄，她的房子与我想象中截然不同，鹅黄色调，细节处充满了居家的温馨，尤其是有一面朝向开阔天空的阳台，这在沙嘴村可算是奢侈品。她领我进入卧室，背对着我，牛仔裤褪到了膝盖上方，露出黑色丝质内裤和白得晃眼的大腿。

我手脚冰凉，艰难地完成了一次吞咽动作，试图湿润干燥的喉管。

雪莲纤长的手指伸向内裤，我还没准备好，满心恐惧。

"它不亮了。"她并没有脱下内裤，只是露出尾椎上方那枚八卦形的贴膜。

我努力掩饰自己的失望与不安，小心翼翼地用工具检测着贴膜，尽量不去注意背景那片细腻的肌肤。"应该好了，试试。"我纠正了电容芯片的热感应插值，长长地呼出一口气。

雪莲突然发出清脆的笑声，她腰间的汗毛齐刷刷立了起来，像是一片微缩的芦苇丛。

"怎么试？"她扭过脸，挑逗地望着我。

我相信世间没有任何正常的男人能够抵抗这样的眼神，可在那一瞬间，我却仿佛受到了侮辱。她只是把我当成另一个顾客，另一个用金钱交换她身体使用权的消费者，或许她企图以此偿付修理费？我不知道自己幼稚的怒气从何而来，只是一语不发地取出加热垫，贴在她的腰间，大概过了三十秒，八卦中间的太极图案亮起一个楷体的"东"字，闪烁着幽幽蓝光。

"东？"我脱口而出。

"我男人的名字。"雪莲突然恢复了淡然的神态，她拉起裤子，转过身来，看见我欲言又止的模样，说出了我的疑惑，"以为小姐

沙嘴之花　　　　　　　　　　　　　　　265

就是人尽可夫？

"他喜欢从后面，贴在这里，就是想告诉所有的男人，你们可以花钱上我，可总有些东西，是钱买不到的。"她点起一支烟，突然想起了什么，"对了，我该给你多少钱？"

不知为何，我突然感到一阵解脱。

东是雪莲的老公，也是她老板，长年在深港两地走私一些数码产品，赚取差价。听别人说，东嗜赌如命，雪莲接客赚来的钱多半被他输在赌桌上，甚至还逼雪莲接待一些有特殊癖好的香港老男人。可就算如此，雪莲的腰间仍闪烁着他的名字，宣示着主权所有不容侵犯。

这种俗套的剧情让我回想起许多旧日的香港黑帮片，可在沙嘴，这就是日常生活。

显而易见，她不开心，这也是她为何成为沈姐常客的原因。

如同沙嘴的其他人，沈姐也身兼多职，她的另一重身份是神婆。沈姐自称是满族人，祖上曾经有过女萨满大神，因此基因中也遗传了一些灵力，可通鬼神，卜吉凶。曾有一次，她喝得兴起，讲述起呼气成冰的北方苍莽大漠，远古族人们头戴狰狞面具，在暴风雪中旋转起舞，击鼓扬鞭，高唱神曲，祈求各路神灵附体的仪式。尽管那天室外热气腾腾，气温逼近摄氏四十度，屋内众人却在她的故事里瑟瑟发抖。

沈姐从不让我进她作法的房间，她说我没有诉求，心不诚，会破坏神灵的气场。找她的人络绎不绝，据说十分灵验，只要看人一眼就能把背景情况说个八九不离十。我见过那些作法结束后离开房间的人，脸上毫无例外地飘浮着一种虚幻的满足感。

这种表情我见过许多回，地铁里拎着 LV Monogram Speedy 的花样少女，威尼斯酒店 V Bar 里猎艳得手的都市精英，每晚 6 点半深圳新闻里出席各种活动的政客，他们脸上都洋溢着同样的深圳表情。

就像沙嘴村里每日往来的嫖客，在中药店里购买服用强力春药后，脸上浮现出的自信微笑。只有我知道，那些春药的有效成分只是纤维素，除了大便通畅外别无功效。

这座城市里，人人都需要一点安慰剂。

雪莲来了又走，每次离开似乎都大彻大悟，然后又愁容满面地再次光临。我可以想象她所需倾诉的苦恼，却无法遏制地想要知道更多。我有无数的技术手段满足好奇心，但欠缺的必要条件便是踏进那个房间。我知道，惟一的办法就是把自己也变成一名信徒。

"我有求于神灵。"我对沈姐说。我并没有撒谎。

"进来。"沈姐阅人无数，她明辨真假。

房间不大，灯光昏暗，墙上挂着色彩斑斓的萨满神像画，笔触疯狂得像是嗑了药，沈姐端坐在一张铺着暗红色绒布的方台前，上面摆放着面具、牛皮鼓、鼓鞭、铜镜、铜铃等神器。电子诵经机开始吟唱起经文，她戴上面具，透过那狰狞的孔洞，双眼射出古老而陌生的光芒。

"大神在听。"她的嗓音变得低沉而嘶哑，带着不容辩驳的威严。

我无法抗拒。那个故事被我封禁在记忆的暗角，可折磨未曾有片刻停歇。罪疚像酒，愈是避开天日，发酵得愈加醇厚猛烈。我猛然觉醒，潜意识玩弄了我，并非是对雪莲的好奇驱使我踏入房间，而是释放压抑寻求解脱的内心需求。

"我来自关外，我是个工程师。"我试着调节气息，稳定声线。

我来自关外，我是个工程师。在我还没有出生的1983年，一道长达八十四点六公里、高二点八米的铁丝网把深圳一分为二，从此，二线关内便是三百二十七点五平方公里的经济特区，关外成了一千六百平方公里的蛮荒之地。据说设立这道关卡的目的在于缓解一线关的压力，也就是深圳与香港之间二十七点五公里的交界线，在 1997 年前港英当局统治香港时期，曾发生多次逃港偷渡潮。

柏林墙从未真正倒下。

被二线关铁丝网和九大检查站隔开的，不仅仅是人流和车流，还有法律、福利、税收优惠、基础建设和身份认同。关外成了深圳的"二奶"，尽管依靠临近特区和土地充沛的优势，吸引了大批劳动密集型低附加值企业入驻，但说起关外，深圳人的第一反应便如同好莱坞西部片里的荒漠，贫穷、落后、道路永远在施工、闯红灯不用罚款、罪案频发且警力不足。

但历史总是惊人的相似，深圳也有西部大开发的一天。

2014 年拆除二线关铁丝网时遭受前所未有的阻力和抗议。关内居民认为这会带来外来流动人员和犯罪，而关外人反应更加激烈，他们觉得以前你们为了发展特区抛弃了关外，现在经济发展后劲不足了，遇到土地瓶颈了，就要开始榨取我们的资源，哄抬我们的房价和物价，变相地把低收入人群驱逐出去。年轻人甚至打扮成印第安土著的模样，把自己绑在铁丝网上阻止拆除。

我所在的工厂，便是其中一家遭受冲击的电子加工贸易企业。每年我们靠欧美日本的增强现实装备配件订单赚取外汇，同时承受美元缩水和人民币升值的巨大压力，如果租金和人工成本再上涨，基本上就没什么赚头。老板在厂里开了大会，让大家做好散伙的准备。

我是模具工程师，我想在临走前干一票大的，赚一笔快钱，像所有人想的那样。

订单客户会发给我们未上市的新机型供开模具使用，由于严格的 NDA（Non Disclosure Agreement）协议，机器里的有源 RFID 标签会发射 433MHz 射频信号，通过专用空中接口协议与接收器通讯，若离开有效范围则会自动预警，三百秒预警期内如不归位，则会开启自毁装置，同时，这家企业在国际市场上的信用宣告破产，列入黑名单，永不叙用。

珠江三角洲地区到处都是高价收购原型机的买家，他们经验丰富，手段刁钻，当然，破解原型机能给这些山寨电子企业带来数以千万计的巨额利润。这年头，本分做生意不如黑心发横财。

一切准备就绪。买家、订金、交货方式、逃跑路线，但我还需要一个帮手，一个吸引保安及众人注意力好让我趁机下手的诱饵。除了老乡陈敢，我实在想不出更合适的人选。

我了解陈敢，那个腼腆爱笑的年轻人，他老婆刚生了第二个闺女，正在发愁大女儿上小学交赞助费的问题，没有深圳户口，只能上教学质量低劣的外来工子弟学校。他经常看着女儿的照片，说不希望她重复自己的老路。我往他银行账户里打了一笔钱，不多不少正好够付赞助费。

对于中国人来说，没有比"为了孩子"更好的借口。

在约定的时间，大楼外传来扩音器的噪音，我知道陈敢已经进入了角色，他将自己全身浇上汽油，手拿打火机，威胁如果老板不给他足够的裁员赔偿，他就把自己点着。保安们紧张地抱着灭火器冲下楼，没人注意到我拿着原型机爬上通往天台的应急楼梯。

我是工厂里允许接触原型机的五个人之一，借助工作之便，我把 RFID 标签的触发机制测试了几次，预警日志里似乎只对经纬度进行标记，高度并不是触发锚点，这个漏洞帮助我设计了靠谱的交货方式。

天台上阴风阵阵，似乎山雨欲来。几乎全厂工人都聚集在楼前空地，看这场自焚的闹剧如何收场，如果老板妥协的话，明天便会有一个加强连的自焚队伍等着他。我认识老板三年了，以他的性格，只会拼命怂恿陈敢擦亮打火机，然后在未熄的骨灰堆里点一根烟。

一架状似蜻蜓的遥控飞机嗡嗡作响地从远处飞近，垂降在天台上，我按照指示把原型机接驳在线路上，飞机摇晃着垂直升起。我紧张地看着这关系到两个人，甚至更多人性命的脆弱机械，接收器

沙嘴之花

与 RFID 标签的通讯距离最长为 60 英尺，天台已经接近极限。它悬停在半空中，似乎在等待一个指令，我不知道他们如何处理自毁装置，或者破解通信协议后，用假的射频源代替，那已经超出我所能控制的范围。

有那么一瞬间，我甚至以为它永远不会飞走，可它终于消失在天台边缘，消失在那片灰色的天空深处。

我镇定地乘坐电梯下到底层，加入围观人群，故意让陈敢看到我。他微微点头，露出那标签式的腼腆笑容，手中的打火机掉落在地，保安们群拥而上，将他死死按在沙土里。我想是时候离开了。

我坐上通往东莞的长途车，车还没启动，手机便疯狂地振动起来。以我对老板的了解，留给我的时间不会太长，可却没有想到会这么快。是监控录像还是陈敢出卖了我，我已不关心，只希望他也能全身而退，能活着看到女儿入学的那一天。

我丢掉手机，下车，坐上反方向通往关内的大巴。直觉告诉我，这是更安全的路线。

这便是我来到沙嘴村的经过。

半年来，我一直通过各种途径打听陈敢的下落，却一无所获。我以为自己已经足够冷漠，冷漠到可以丢弃无用的良心，却时常会在梦里惊醒。梦里的陈敢，带着一脸腼腆的笑，燃烧着，化为灰烬。我甚至梦到他的两个女儿，哭喊着一起燃为灰烬。我知道我无法再逃避下去。

"告诉我他还好吗？"不知不觉间我已泪流满面。

吊目圆睛的木质萨满面具上折射着橘色的光，那是愤怒女神的面容，孔洞中的目光闪烁得有些异常，许多细碎的蓝色光点飞快地溢出，高速频闪。我豁然开朗，这是一副他妈伪装得极好的增强现实眼镜。

一直以来，我以为沈姐只是装神弄鬼骗人钱财的心理顺势治疗师，原来她是真的通灵。保守估计，她的信息权限至少在IIA级以上，才能通过面孔识别获取目标的个人档案，但没有专业的分析过滤软件，她如何在短时间内从可视化界面摘取有用信息呢，其难度不亚于大海捞针。我只能相信她的萨满基因，就像《雨人》里的达斯丁·霍夫曼，一眼就能看出一盒火柴有几根。

她的目光停止闪烁。我的心跳加速。

"他很好。"

一股希望重新从我心头燃起。

"至少在那里，他不再需要为钱担忧了。"沈姐指了指天上，轻轻地说，"节哀顺变。"

我深深地吸入一口空气，尽管早有预期，可当尘埃落定时，仍会感到一种深深的无助，仿佛整个世界都模糊了焦点，无依无靠。我知道，在这个世界上，只有一件事我可以作为弥补，哪怕只是对自己良知虚伪的安慰。

"我要陈敢家里的活跃银行账号。"

金钱曾经是我的安慰剂，现在我不需要了。

离开沈姐房间时，天色已暗。我望着华灯初上的沙嘴村，人流熙攘，飘浮着欲望的气息，可我却心如死水。我张开掌心，空空如也。下意识再次欺骗了我，它还是把窃听器安在了神台下沿。我以为自己只是为了陈敢，结果还是忘不了雪莲。

我露出一个深圳式的微笑。

那一天，雪莲看起来很不好。她面色苍白，戴着巨大的墨镜，试图掩饰什么。她没有跟任何人打招呼，径直上了沈姐的房间。我戴上耳机，打开接收器，一股静噪涌动之后，是诵经机的声音。

"他又打我。"雪莲的声音带着哭腔，"他说我最近接客少了，钱不够花。"

"你自己选的。"沈姐很平静，似乎早已习惯。

"我就应该和那个香港老板走。"

"可你又舍不得。"

"我跟了他十年！十年！从黄花闺女，到现在的贱货一个！"

"你还想要第二个十年？"

"姐……我怀孕了。"

沈姐沉默了片刻："是他的？"

"是他的。"

"那就告诉他，你有了他的骨肉，你不能再接客了。"

"他会让我打掉的，这不是第一次了。姐，我年纪大了，我想要这个孩子。"

"那就生下来。"

"他会杀了我的，他会的。"

"他不会的。"从耳机和空气里同时听见自己的声音是件挺诡异的事情，我站在房门口，看着雪莲转过身来诧异地看着我，那脸像白瓷一样光洁，除了右眉骨处显眼的瘀青。我的拳头攥得紧紧的，指甲嵌进了肉里。

这是计划，尽管有违我的初衷，但不得不承认，它是最有可能成功的。

东嗜赌成性，且跟天下所有的赌徒一样，迷信。我们要让他在孩子和运气之间建立某种联系，为了孩子，我心头泛起一丝苦涩。

雪莲会在清晨的睡梦中反复呢喃一些毫无意义的数字，作为赌徒，东习惯性地从所有的事物中寻找下注灵感，无论是《天线宝宝》里出现的颜色，还是广告传单上的电话。他会发现，这些数字是前一天福利彩票的头奖号码。

雪莲会告诉他自己的怪梦，梦见七彩祥云从东方飘来，飘进了她的肚子里。

如此连续七天后，终于来到戏肉部分。

我的专业技能终于派上用场，无线耳机、增强现实隐形眼镜，把雪莲武装到牙齿。最精彩的部分是一件黑色连体衣，外表看上去只是普通的贴身内衣，但特殊的纤维材料在导电时能发生拓扑形变，产生巨大的精确定向拉力，甚至防弹，配合内置电极和通讯芯片，我把它变成了一件遥控傀儡服。

"你为什么要帮我？"雪莲问我，似乎依旧认为男人只会对她的肉体感兴趣。

"积福报，消业障。"我笑了笑，沈姐经常这样教育她的顾客。穿着傀儡服的雪莲在我的操控下摆出各种性感的姿势。

"不穿衣服，我能做得更好。"

我低下头，假装没听见，继续摆弄操控平板。突然，像是一团温热的云朵从天而降，两条柔软白皙的手臂绕过脖子，环在我胸前，雪莲的声音贴着后背穿透我的胸腔、心脏、肺叶，顺着脊柱传递到耳鼓。像是来自我心底，又遥远得无边无际。

"谢谢你。"她说。

我很想说点什么，可终究什么也没说出来。

我和沈姐共享了雪莲的视域。

穿过幽暗的楼梯后是熟悉的鹅黄色房间，那个名叫"东"的男人正坐在电视前，看着香港赛马节目，不时发出咒骂声。雪莲走进厨房，开始准备晚饭。画面突然僵住，然后是两条男人的手臂，就像她抱住我时一样，环在她的胸前。

"别……"她说。

男人没有回答，画面突然一抖，她的脸趴到了清洗水槽前，水龙头哗哗开着，水漫过蔬菜和水果，带着细微的泡沫流入下水道。画面开始有节奏地前后晃动起来，然后是粗重的喘息声和偶尔遏制不住的呻吟。

我可以关闭声音和画面，可我没有，只是近乎冷酷地欣赏着这一切，体验那种愤怒、嫉妒和恶心的混合物在胃里慢慢搅动，最后融为一体。我努力想象着雪莲此时的感受，尤其是当这一切发生在两个外人的眼皮底下时。她没有发出一点声音，一点都没有。

终于，她找到了解脱的办法，她闭上了眼睛。

半透明的黑暗中，那些穿透眼睑皮肤的模糊光斑微微颤动，一只手搭在了我的肩膀上，是沈姐。她洞察一切。

我们等到了半夜。雪莲侧旁传来均匀而规律的呼吸声，我抬了抬她的左手，表示准备就绪，她清了清嗓子作为回复。

这是一场伪降神仪式。

我操纵傀儡服，高高抬起雪莲的双腿，将她的上半身凝固住，双腿如杠杆般落下，撬动上半身离开床垫，然后上半身落下，将双腿弹得更高，势能与动能的转换间，雪莲僵硬的躯体仿佛一枚落地的硬币，在床上快速地弹跳起来，发出越来越骇人的撞击声。

"……操你妈大半夜不睡觉搞什么……"男人被惊醒，摸索着打开床头灯，然后只听得一声巨响，那个叫东的男人滚到了地板上。

"操！操！操……"东极度惊恐地咒骂着。

在快速运动中，雪莲的身体仿佛挣脱了重力的束缚，像是被无形绳索提拉的木偶，在床垫上不断地弹起、落下，有那么一瞬间，她似乎完全飘浮了起来。暗黄色的天花板逼近，又远离，像是某种皮质呼吸膜，视野边缘在舒张过程中出现轻微的桶状变形。

"够了。"沈姐阻止我忘乎所以的疯狂，吓跑这个男人不是我们的目的。不得不承认，操纵雪莲的身体让我上瘾，像是某种潜意识层面的补偿。

振幅慢慢减小，雪莲的身体又重新回到床上，我解除了傀儡服的拘束状态，她像一摊死肉般散开来。

如我们计划的，她开始哭起来，语无伦次地诉说噩梦和怪异的信息。

"他说……如果好好照顾它，他会报答我们，就像那些彩票号码……"

"他是谁？"

"你的孩子。"

那个男人从地板上爬起，似乎被过于密集的信息轰炸得一脸木然。他手里还抓着不知从哪来的水果刀，靠近雪莲，抚摸着她的肚子，抬头看着她。温暖的灯光下，这一幕仿佛肥皂剧里的惊喜场景，接着会是迎接新生命的应许，以及爱的深吻。

东那漂亮的瞳膜闪烁着光，光陡然变冷、变浊，如同一潭黑水。

"医生说过，我的精子不行。"他把刀在雪莲的肚子上缓缓擦拭，"告诉我，这回是谁的野种，然后，打掉它。"

"你的……"雪莲的呼吸变得急促，带着颤抖的哭腔。

"你是圣母玛利亚吗，你这个贱货！"他甩给了她一个耳光，画面一偏，穿衣镜中出现两个人的剪影，在昏黄光线中构图完美。

"你的。"雪莲无力地重复着。

刀子逼到她的鼻尖，薄薄的刃口闪着冷光，我无法再坐视不理。我举起雪莲双手，控住东的手腕和刀柄，将刀刃扭转，朝向他自己的胸口。他显然被雪莲的速度和力量惊呆了，没有做出任何反应。

雪莲整个身体向前倾倒，将刀尖向东的胸前推进。

"停！"沈姐大叫。可我什么也没干。是雪莲，我甚至来不及拘束她。

刀身带着雪莲全身的重量没入东的皮肤，穿透肌肉和肋骨，刺破心脏，暗红色的液体从伤口爬出，缓缓扩大，像野蛮生长的花朵。东向上看着，目光掠过雪莲，似乎看见了某种更为黑暗而遥远的存在，直到最后一点光亮从他瞳孔里消失。

这个画面定格了许久，我们被这突如其来的扭转所震惊，手足无措。雪莲突然奔跑起来，眼前的一切剧烈晃动着，她跑向阳台，跑向那片打开的夜空。

这次我没有失手。在她跃入虚无之前，我拘束了她，雪莲像一束霜冻的花，重重砸在地板上，她愤怒地嘶叫着，试图挣脱，最后化为绝望的呜咽。

死亡是最好的安慰剂。

在这个案例上，我同意此观点。

警笛长啸击碎沙嘴村的清晨。我和沈姐被警察陪同着，穿过围观的人群，钻进警车。雪莲被关在另一辆车里，戴着手铐，她的侧脸如同白瓷一样，颧骨处闪烁着红蓝两色，她没有抬头，眼帘低垂，引擎轰响，侧影抖动、模糊、远去。

我回忆起第一次和雪莲说话时的情形，开始漫长的后悔。

后人类时代

欢迎来到萨姆拿

我从未看过荒原——
我从未看过海洋——
可我知道石楠的容貌
和狂涛巨浪

　　　　　　　——艾米莉·狄金森

意识是自然的梦魇。

　　　　　　　——E.M.齐奥朗

混合动力中巴甩下一位满脸倦容的微胖男子，在遍地牛粪的街头掏兜找烟，远山绿得艳腻的热带植被晃得他睁不开眼。

他转身面对一尊一人高的神像，踩着一面大鼓，戴着牛头骨面具，双手交叉胸前，打着结印，那是本地民族的创世神"嗨"。

在接下来的时间里，他将无数次与"嗨"相会，没人知道那副面具下藏着怎样一张脸。

廖桦万万没想到，自己事业的第二春会在勐靖开始。此时距离《深度》杂志停刊的那个春节刚好过去半年，他放下钻研了许久却迟迟孵不出处女作的沉浸式摄录机，一根长着四只鱼眼的巨型棒棒糖，重新背起了散热模块有问题的旧笔记本。

"这是个语法问题。"

廖桦总是这么回应别人对于他顽固的指责，比起令人眼花缭乱的新技术媒介，他更习惯于在字里行间挖掘现象底下的真相，即便在乎的人越来越少。

他接到一则神秘的邀约，来到这座因历史原因归属不明的西南边陲小城，传说中走私客、毒贩和跨境武装分子常混迹于此。廖桦不是第一次置身危险境地，他做了该做的准备，并心安理得地把其他交给命数。

原因无他，对方开价远远超出预期。

像所有中年失业的男人一样，廖桦发现自己陷入棘轮效应，生活成本居高不下，而下一份合适又体面的工作如初恋女友般遥不可及。

他要调查的对象是一头牛。

一头死牛。

更准确地说，一头被以极其艺术的手法大卸八块的死牛。

直面死亡是廖桦工作的常规项目，坠楼的官员，自焚的僧侣，赤裸的少女，这些构成他生动报道中不可或缺的元素。而他也从一开始的震惊和呕吐，慢慢习惯将噩梦驱逐出日常睡眠，到后来，竟有些条件反射般的上瘾。

他很难解释这种心理动机，就好像跟死神挨得够近，你就能进入他的盲区一样。但归根结底，你和亿万个难免一死的人类没有什么分别，不同的只是对于恐惧的反应。

黑暗的电影院里，当那一幕来临时，有人会笑，有人会尖叫。

接廖桦的也是给他发邮件的那个人，刀如海，二十岁不到的模样，瘦黑，不高，说起普通话来磕磕巴巴，和廖桦站在一块儿活像孙猴子和减了肥的二师兄。

刀如海把廖桦带到一家饭馆，已经码好了满桌的当地菜式，桌上坐了四五位穿裹着民族服饰的老人，同样干瘦，不说话，双手交叉胸前行礼，咧嘴一笑，露出满口被烟和槟榔渍成褐色的牙齿。

"他们都是族里的干事，不太懂普通话，就是来给你接风。"刀如海边回礼边解释道。

话音未落，其中一个老人举起杯中的米酒，发出猿猴般高亢的鸣叫，其他老人刷地举杯站起来。

廖桦笨拙地想要起身，被刀如海按住了，他用一种快速平直带有破擦音的语言向老人们解释着，老人们长长地"噫"了一声，又坐下了。

"我跟他们说，还有一位客人没到。"

"还有一位？"廖桦纳闷。

"艺术家。呐，这就是。"刀如海笑着迎向他身后。

还没等廖桦完全转过身，那位少女已经蹦入他的视野。像一头壮实的小牛犊，被包裹在着了火般层层叠叠的红黑立体剪裁套装里，两根粗大的牛角辫在空气中微微颤动。

"乌兰托雅。"自我介绍间，她头顶悬浮的银色球体缓缓降落，嵌入头箍底座，上面四只鱼眼俏皮地闪着蓝光，而后完全熄灭，成为一件古怪的饰物。

还没等席间各人接话，乌兰托雅已经自顾自坐下，大吃起来。

廖桦看了一眼刀如海，满是疑惑。刀如海却将目光转向老人们。

老人们突兀地站起来，像是踩着某种无声的鼓点，他们举起杯，分开声部，吟唱着猿鸣般古老而悲怆的曲子，每两个八拍的间隙，整个饭店的客人都同时大喝一声，像是经过精心排练的演出。

廖桦举着杯子，老人轮流与他干杯，歌声却绵延不绝。

自认为酒量尚可的廖桦感觉有火在胃里烧，热力顺着血管爬遍四肢，爬上头顶，那脑袋却像蘑菇云般膨胀升起，与芦苇般纤细的躯体拉开无限远的距离。老人的歌声变得无比动听，他忍不住要从那些旋律里挖掘动机，动机又枝枝蔓蔓地生长出更多旋律，眼前的一切都随着节奏在扭动，在融化，在旋转，颜色溢出了事物的边缘，发着光，拉出立体的层次。似乎万事万物的意义便蕴含其中。

廖桦意识尚存之际见到的最后一幕，是埋头苦吃的乌兰托雅头上身上钻出无数绿色小人，它们没有五官却带着表情，漫天笑着舞动四肢朝自己走来。

他刚想，我操，便失去了知觉。

廖桦从幻梦中醒来，头痛欲炸，口干舌燥，发现自己躺在一间暗不见光的屋子里，身旁的床具散发着微甜的霉味。

他的手习惯性地摸向床头柜，没有开关。

"梦醒了？"黑暗中飘出一句话。

廖桦猛地转身，碰翻了什么东西，在瓷砖地板上滴溜乱转。

"谁？"

话刚出口，他便看见四点蓝光浮在半空中，像鬼火般次第闪烁，构成一个四面体的顶点。廖桦以为幻觉还没有散尽，却突然醒觉。

"乌兰？……你在录像？"

"No，只是在采集一些数据。"

"可……为什么？我在哪？我怎么了？你怎么在这儿？"

"嘘。"

蓝色光点在黑暗中拖出几道光痕，水母般游到另一端，啪嗒，灯亮了。

这是一家上世纪 90 年代风格的旅馆，无论是美学还是设施上都充分体现了勐靖的边缘地位，代表着被时代遗忘的昨天。

乌兰托雅回到原位坐下，一张被磨得油亮的老藤椅。

"你中毒了。某种蘑菇。"

"你怎么没事儿？"

"我不吃蘑菇，也没喝酒，据说，你是敏感体质。"

廖桦从地板上捡起瓶装水，拧开，仰脖灌下去大半瓶，感觉又活了过来。

"据说？据谁说？"

"年纪不小问题还不少。"

"你为什么来这里？"

"不用问号你是不会聊天吗！……为了完成一件作品。你呢？"

"一份工作。"

"哈！"乌兰一声轻笑，"看来自动化采编程序还没普及到勐靖。"

"你不觉得有点不对劲吗？"

"对我来说，这个世界从来就没有对劲过。"

廖桦语塞。他起身拉开窗帘，打开窗，外面是一片竹林，在夜色中随风摆动，细雨飘起，沙沙作响，一股寒意像蛇滑过他脚踝。

"所以你半夜出现在我房间，就是为了告诉我这个？"

乌兰托雅的蒙古面孔上露出草原般宽广的笑容。

"你也是我作品的一部分呐。"

在开往山里的车上，廖桦一言不发，看着窗外奔腾的伊洛瓦底江支流拐了个弯，探入半岛腹地。他试图用自己引以为豪的理性将谜团解开，至少捋出点头绪。但就像手机信号般，他的思绪空空荡荡，无法接通。

乌兰说个没完，刀如海只能见缝插针地接话。

她说到偶然发现前男友的一个文件夹，里面装满了各种视频文件。

"是那种小视频吗？"刀如海咧嘴笑了。

"我倒希望是。"乌兰露出奇怪的表情。

她花了整整一个下午，浏览了所有的文件。

这些粗糙的、摇晃的、色偏的、带噪点和扫描线的劣质视频，拍的都是差不多的内容——人摧毁机器的过程。视频中总会出现一个或多个面目模糊的人，手持各种工具：锤子、电锯、液压钳、土制炸药、王水、乙炔焊枪……将各种不同的机器：冰箱、汽车、电视、家用机器人、电脑……以及一些用途不明的设备，砸烂、拆解、捣碎，直至面目全非。

"我交过有各种怪癖的男女朋友，恋尸、恋物……有一个喜欢收藏各种监控摄像头拍下来的交通事故现场，那能让他嗨起来，可这个，我想不出来原因。"

"后来呢？"刀如海问。

"后来他好像觉察到了，看我的眼神变得很怪，忧心忡忡，再后来他就从我生活里消失了。"

叶公好龙。廖桦心里冷笑，你们先闻一口真正尸体的味道，再来跟我谈怪癖。

在那头陈尸了三天的牛面前，乌兰托雅像个艺术家般吐出了胆汁。

廖桦捂住口鼻，绕着那件艺术品走了几圈。

这是一头健硕漂亮的黑色公牛，双角粗长如孩童大腿，毛色油光锃亮，用刀如海的话说，是族里"心最好"的一头水牛。因此它被选作一个礼拜后"钦卡那鲁哇努"，也就是剽牛舞仪式上的牺牲。

在祭礼上，收到木质请柬的人们将敲起铜锣，手握长刀，围着火塘载歌载舞。"大魔巴"也就是巫师，用木炭在一根三米高、半米粗的方形木桩各面画上叉号，由族里壮汉跳着特殊舞步，扛到剽牛场中央，插入土里。大魔巴念着咒语，往木桩上浇着米酒，祝祷仪式顺利。由五彩花毯和彩色珠链装扮一新的公牛被请下山，先绕着主人家绕圈，圈数视性别、人口、习俗而异。亲戚们向牛喷洒五谷杂粮种子和酒水，最后被牵到剽牛场，拴在木桩上。此时角号吹响，木鼓敲起，开始最后的仪式。

刀如海像一个愤怒的街头模仿艺人，手脚并用地向客人解释剽牛的过程，夹杂着方言的粗鄙词汇。

他将从头人手里接过梭镖，绕牛一周，干了少女献上的敬酒。

他将举起梭镖，瞄准牛左肋间心脏部位的叉形标记，众人开始高唱。

他将猛刺牛心，欢呼雷动，牛应声倒地，倒下时的方向及姿态将预示吉凶。

他将割下牛头，献给头人检阅，大魔巴用牛血涂抹其全身，众人开始狂欢舞蹈，以逆时针旋转的围舞敬奉先祖神灵。

牛将被肢解，剖腹取脏，分割牛肉，族人争相抚摸牛头以谋求平安好运。

"听起来结果差不多啊。"乌兰脸色苍白，远远地蹲在地上，捏住鼻子。

"那个杀牛的人应该是我！是我！"刀如海稚气未脱的脸上流露暴躁。

这本该是刀如海的成人礼。他是族长的小儿子，曾经无数次想象着这一幕的上演，甚至是在梦里。

如今，那头经过千挑万选的祭品静静躺在他面前，姿态完美，像一个被精心剥开的橘子，皮肤完整，切口整齐，超大剂量的凝血剂让现场异常干净。牛皮上每一个骨节都被打开，暗红肌肉连着结缔组织以解剖学结构陈列在旁，在胸腔及腹腔位置，所有的脏器都按照原先所在的位置悬浮着，开始肿胀、腐坏、停满急于繁衍后代的蝇虫。只有牛头保持完整，失神双目望向天空，像是对世界充满了疑惑。

廖桦忍住恶臭，蹲下，凑近观察那些脏器何以能够违背重力无端悬浮，他右眉一挑，像是发现了什么有趣的事情。

它们并非毫无支撑，而是像乐高积木般，彼此之间有极小面积的接触面，整体成为一个均衡微妙的力学系统，但从外部视角看来，就好像是借助魔法飘浮在空中。脏器中被注射了某种硬化剂，以保持相对刚性的结构。埃舍尔式的把戏。

廖桦掏出限量版的万宝龙，小心翼翼地穿过左肋第三四根肋骨之间的缝隙，轻轻地触碰那颗巨大暗沉的心脏，一个受力点。

这座由器官搭建的精致宫殿瞬间崩塌，激起一团乌云般稠密的蝇虫与恶臭。

刀如海看着他，脸上露出某种预言遭应验的表情。

乌兰缓缓起身，开始更猛烈的呕吐。

"你怎么想？"

廖桦扭头问脸庞被篝火映得通红的乌兰，刀如海被支开买酒了，现在空旷的休息站外只剩下他俩。要见大魔巴还得越过几个山头，夜路不好走，只好停车过夜。

"想什么？牛？还是大魔巴的预言？"

"两者。"

乌兰用拨火棍搅了搅油桶里的炭火，细小的火星飞升，消失在山区清冽的寒风里。

"我不知道。我只知道那不可能是人干的。"

"那会是什么干的？"

"有那么一种理论，但也只是理论，如果纳米机器人技术成熟到一定程度，便可以从生物体内部进行你无法想象的改造，甚至可以让那头牛就那么活下去……"

廖桦喝了口酒，左臂肘窝不知什么时候被虫子咬了一口，钻心地痒。

"如果真有那种技术，干吗不用在治病救人上，干吗在荒郊野岭搞这种恶心玩意儿？"

"你去问那些科学家，跟他们比起来艺术家简直不要太正常！"

"哼。我有一种感觉。"

"什么感觉？"

"那个大魔巴。"

"怎么？"

"也许答案就在他身上。"

"这他妈真像在拍一出真人秀，B 级的那种。"

刀如海拎着几瓶啤酒回来了，在 8 月的夏夜里，他嘴里哈着白气。

"如海，跟我们再讲讲大魔巴的事情？"趁着几杯酒下肚，廖桦进入提问模式。

刀如海端着酒杯，像是迷失在林间山路的孩童，脸上现出混合恐惧与崇拜的神情。

在他断续混乱的讲述中，大魔巴并非本族人，没人说得清楚他来自哪里，只知道他先前在曼谷从事电子商务及游戏分销，能讲多国多地语言。在经历了一次意外变故之后，他关掉了自己的公司，变卖家产来到勐靖。在他到来之前，族里只能靠一些粗放型的山地作物和养殖业获得营收，人均年收入只有几百美元。大魔巴利用勐靖得天独厚的地缘优势，另辟蹊径，打着擦边球把这座小城变成黑市科技交易的一个枢纽，许多来历不明的数据资料从本地"丢失"后，不受监控地流入边境各国，进而辐射到远东地区。

但光凭这些还无法让一个外族人成为大魔巴。

"他能预测未来，"刀如海充满敬畏地说出这句话，"就好像一切早已发生过无数次。"

但当乌兰追问具体例子时，刀如海又讳莫如深地表示到时候就知道了。

酒过三巡后，他们走回简陋的招待所房间，途中经过惟一的一家汽配店，几个店员正玩着一个古怪的游戏。

他们从一辆黑色轿车上拆下四扇车门，分别打蜡抛光，整得如同镜面般光亮。然后从笼中放出一只雄性雉鸡，看它走到哪块车门前面时会被镜中的自己激怒，进而发起攻击。

三人看了一会儿雄鸡与黑色镜中的幻影搏杀，羽毛雪花般飘起。

廖桦又做了那个梦。

那是他七岁那年独自在家，翻箱倒柜的后遗症。

他在父母衣柜里发现了一个暗格，其中除了一些存折、契约、合同、证件之外，还有一个牛皮纸信封，用胶水封口。

廖桦用毛笔蘸水刷开了封口，里面是一些老照片。

他把所有照片在床上散开，里面没有一张出现父母或者任何认识的人。他渐渐发现了这些照片的规律，每个人都会出现两次，一次是活的，一次是死的。当廖桦试图按照这个规律将照片分类时，他发现了更多的问题。

其中有一些照片同时包括了几个人，有些活着，有些死了，但同样的人可能会出现在另一张照片上，只是生死状态完全颠倒。

他怎么也想不清楚其中的时间顺序，把照片反复打乱组合排列，很明显其中存在着无法调和的矛盾。

死法也是五花八门，吊死的、枪杀的、活埋的、手术台上的、躺在棺材里的，等等。

而那些活人的表情，跟死人并没有两样，同样的冰冷僵硬。

照片背后没有名字，只有一些含义不明的数字。

廖桦最终放弃了追根究底，他把信封重新封好，放回原位。他想不明白为什么父母会私藏着这样一些照片，他也不敢问。当他第二次有机会打开暗格时，那个信封已经不见了。从此之后，他对父母的过去增添了一丝疑惑，尽管在所有人看来，他们只是一对平庸到乏味的基层公务员。

他曾经无数次回到梦里，无比焦虑地将那些照片不断打乱重组，试图理清楚之间的逻辑关系，他甚至怀疑过，这只不过是某种带有表演性质的写真。然而无济于事，这似乎成为他人生所有问题的根源。

每次做梦，他总能发现一些新的照片，即便无法在苏醒之后清晰记起那些面孔，有种强烈的感觉暗示廖桦，这是不同以往的另一个人。

这次当他强迫自己凝视其中一张男人面孔时，听到了乌兰托雅幽幽的声音。

"你为什么那么不快乐？"

廖桦挣醒过来，花了好长时间弄清楚自己身处何方，房间寂静幽暗，并没有其他人。他拨开窗帘，停车场上还残留着雨后的水洼，刀如海的车孤零零地停在黄色灯光下，一只黑色鸟儿不停敲啄前挡风玻璃。

他挠着左臂肘窝，眼前闪过死者面孔，一个激灵，领悟到自己置身此地的真正原因。

"你为什么那么不快乐？"

"我什么？"廖桦在山路颠簸中昏昏欲睡，却被乌兰回头一问惊醒。

"我就没见你笑过，永远一脸别人欠你钱的表情。"

"因为我胖。"

乌兰和刀如海在前座放肆大笑，盖过了车载音响的声音。

"所以你还是有幽默感的。"

"尤其是挖苦人的时候。"

"知道我们为什么那么喜欢喝酒，唱歌跳舞吗？"刀如海在后视镜里看着廖桦。

"为了之后的交配活动预热？"

乌兰翻了个白眼。

"我们族就像滇金丝猴，繁衍后代是头等大事。"刀如海并不在意，"因为过去已经过去，未来尚未到来，你所拥有的只有现在。"

"这是你们大魔巴说的？"

"不，这是你们杂志上说的，情感专栏。"

乌兰和刀如海又是一顿乱笑，这回轮到廖桦翻白眼了。

"艺术家，给我们普及一下你的作品呗，比如半夜在别人房间里乱拍那种？"过了半晌，他终于找到了反击点。

"幼稚。"乌兰的脸微微一红，"我不习惯在作品完成之前跟别人讨论，都在我脑子里，说出来就像丢了魂儿。不过……可以给你们看看以前的。"

乌兰托雅七岁那年因为车祸失去双亲，被某地产富商收养，接受最好的私人教育。她年纪不大，作品却屡获国际大奖，并被不少藏家和艺术机构收藏，最著名的作品当属"幽灵前任（Haunting Ex)"系列。

一号作品"心碎声音（The Sound of Heart-breaking)"是一个声音装置艺术，素材采集自台湾花莲海滩，潮水涨落时会与鹅卵石堆叠的孔隙发生摩擦，发出独特细密的破碎声。她用基于对象定位（Object-based）的数字音场技术，搭建了一个虚拟的立体声学环境，听者在其中移动时，就像身处于真实的海滩，每颗石头与海水碰撞时都会发出不同的声音，而每个人所听到的混响也全然不同。

单单如此，还无法传递她的创作理念。

她在虚拟音场里增加了一个对象，一个立体人形的吸音与反射物，能够如影随形地跟着听者行走或停歇。人耳对空间音场有足够的灵敏度来感知这个"幽灵前任"的存在，那是一种无法用语言准确表达的感受，就像和一个鬼魂并肩漫步在午夜花莲的海边，既孤独浪漫，又毛骨悚然。乌兰说，那代表着一种对逝去爱情的追忆。

如果说"心碎声音"更多代表了私人化的情感动机，二号作品"奇观幻影（The Phantom of Spectacles)"则试图营造出一种对公共性的反思。

乌兰选取了几大情侣最爱的名胜景点，并向网友征集与前任男女友在景点中的合影，经过数字化处理批量抹去路人后，再由算法无缝拼合成全景式的虚拟实境。当观众在虚拟景点中行进时，会有

　　　　　　　　　　后人类时代

低帧率的情侣合影闪现、消逝（出于保护隐私，脸部都经过处理），宛如幻影。在合影密集的"甜点"区（Sweet Spots），我们犹如穿越爱的密林，那些已经成为过去式的亲密姿势，交叠出现，你会惊讶于它们惊人的相似性，以至于能够由于视觉暂留拖出一道长长的光痕，像定格动画般活动起来。

这些存在于公共数字空间的爱的残留物，与历经千年不变的名胜遥相呼应，传递出人类某种无法言传的渺小与荒谬。

"听起来很绝望啊。"廖桦往车窗外吐出一口长长的烟气。

"No No No，"乌兰托雅把头摇得像拨浪鼓，"我永远永远永远不会放弃追求真爱，对我来说，那是宇宙万物存在的意义。"

"也许这就是大魔巴找你来的目的，数字时代的爱神，乌兰托雅。"

"我终于明白你为什么不快乐了，廖桦，你不相信爱。"

"好吧，"廖桦把烟蒂用力弹出车窗外，"这点你算是说对了。"

"快到了。"刀如海打断了两人的拌嘴，指着不远处的山谷。

一片白色建筑像是被抛掷在绿野里的一堆乱骨，十几座白色风力发电机在山脊上同步旋转，如同没有表盘与刻度的时钟。

一座巨大的"嗨"神像站在门口，像在等待着什么。

车子绕过神像，驶进宽大的铁栅门，两旁有白衣守卫行交叉礼。

"那是真枪吗？"乌兰瞪大双眼。

"为什么嗨神的手势有的张开，有的并拢？"廖桦发现了新的疑点。

"张开的是明嗨，代表创生，并拢的是暗嗨，代表毁灭。"

"但是他们长着一样的脸？"

"这只有雕刻神像的匠人才能知道，他们会在梦里看到那张脸，但雕刻成之后必须用牛头骨遮挡，否则将会有灾祸降临。"

廖桦张了张嘴，似乎想起了什么。

这是一座带有后殖民地风格的庄园，融合了东南亚及地中海的建筑特点，看得出来建造之初花了大价钱，从设计到施工细节都极其考究。据刀如海说，地产商本来想把此处开发成高端私密度假村，只不过在上一轮金融危机中资金断裂，加上边境局势存在不稳定因素，不得已低价抛售，在大魔巴建议下由族里出资购入，作为族产。

工作人员似乎都非我族类，矮小黝黑，但能听懂中文，穿着亚麻色的制服，胸前绣有小小的标志，那是一个额头打着叉号的牛头骨。

他们将廖桦和乌兰带到五星级标准的房间，躬身退出，留下一个小小的通话器。

"你们这里有没有能拨出去的……"廖桦在房间里转了一圈，摆摆手，"没事了。"

他突然发现自己肘窝被虫咬的地方浮起一片红斑，像是某种形状，这时敲门声响起。

"谁？"廖桦突然警觉起来。

"还能有谁。"是乌兰。

廖桦让她进屋，她住在对面房间。

"又想偷拍什么？"

"我认真地问你，你觉得我们还有机会活着回去吗？"

廖桦看着乌兰托雅的双眼，意识到她是真的害怕了，他思考着应该怎么回答。

"虽然到目前为止，所有发生的一切都毫无逻辑可言，但我确定，我们身上有他们想要的东西，在那之前，我们是安全的。"

"安全？看看那头牛！所以理性先生你的建议是？"

"洗个热水澡，穿得好看点，我们马上就要见到那个人了。"

这是一场无比尴尬的晚宴。

硕大的宴会厅里空荡荡地摆着一张餐桌，舞台上轮流上演着艳俗的民族歌舞，却无人关注喝彩。

刀如海的阿爸，族长刀丰年坐在主位，条件反射般说着客套话，不停劝酒劝菜，却掩饰不住身体的极度不安。

他的长子，刀如山，挨着他的左边，状若梦游，面无表情地瞪着台上闪烁的彩光，拿起手机扭身自拍，然后夹起一根炸脆的竹虫，大声咀嚼。

最正常的也许得算刀如海了，他对阿爸和哥哥面露鄙夷，不时找话题和廖桦乌兰互动，避免冷场。

"大魔巴什么时候到？"廖桦有点坐不住了。

"很快，很快……"

刀丰年答应着，突然腾地起身，又拽起刀如山，将双手交叉在胸前行礼，大儿子笨拙地模仿着，手机还握在手里。

刀如海眼中流露出异样的神采，说："他来了。"

廖桦和乌兰顺着他们的目光望向舞台，所有的舞蹈演员摆好造型让出一条通道，灯光暗下，只剩下一束追光，罩在空空的背景板上。鼓点响起，活动地板滑开；一个头戴牛头骨面具的白衣男子缓缓升起，出现在舞台中央。

大魔巴走到前台，双手一抬，腕间的珠链铿锵作响，灯光随之大亮。他身形单薄瘦小，丝毫看不出有神异之处，步下台阶，径直朝廖桦走来。

我去我去我去。乌兰低声紧张念叨。

"廖桦，好久不见啊。"大魔巴将面具一摘，竟露出一张白净斯文的书生面孔。

"是啊，好久不见了，刘磊。"廖桦似乎早有准备，伸出手与其相握。

这回，所有人都听见了乌兰嘴里那一句"我操"。

廖桦印象最深刻的是和刘磊吃过的三次饭局，前后相隔大概有五年之久，最后一次见面距今也得有两年多了。

他们算是同一届的校友，只不过一个学新闻，一个学计算机，在校时并不认识，毕业之后多年才在校友聚会上相识。

第一次饭局吃的是云南菜。

当时廖桦和他还不是很熟，只记得刘磊三杯酒下肚，在席间大吐苦水，大致是说自己与妻子的信仰不合导致的种种生活冲突，搞得气氛颇为尴尬。

刘磊和他老婆属于在校婚姻，未婚生子，放到那个时代也算是比较前卫。刘磊是个唯物主义者，至少当时是，而他老婆是个教徒，矛盾主要集中在让不让孩子吃素，信不信教。

廖桦其时初初步入婚姻，正处于蜜月期，对于这些问题觉得离自己还天高地远，八竿子打不着。惟一留下印象的是刘磊在复述自己和妻子争辩究竟有没有神的问题时，逻辑缜密，思维敏捷，具有极强的思辨能力。当然，他最终也没能说服妻子放弃神创论。

第二次饭局大概是在两年后，后海边上的小酒馆。

廖桦当时状态不太好，妻子认为他过分沉迷于对负面新闻的报道，有点走火入魔，严重影响了夫妻感情和家庭生活。廖桦自己心知肚明，但他也说不好是为什么，只觉得对世俗生活的兴趣在一点点消退，说得矫情一点，就是丧失了爱的能力，无论是感受还是给予。只有死亡，形形色色的死亡，才能让他觉得有那么点意思。

刘磊已经离婚了，孩子判给了女方，他卖了所有家产跑到曼谷开了家公司，做国内游戏代理，捎带手也做点外贸业务。讲起曼谷的夜生活来，刘磊两眼放光，他拍拍廖桦的肩膀，什么都要试一试，你就不会这么生无可恋了。

当时他们还瞎聊出一款以开光为噱头的APP，说可以由刘磊从泰国请来高僧加持，酒尽人散，那款APP终究没有被开发出来。

就是在那次酒局上，廖桦把自己的梦告诉了刘磊，刘磊若有所思，答应回曼谷后咨询一下大师。

第三次饭局又隔了两三年，廖桦正好在上海出差，接到刘磊的电话，问你在哪，能不能马上见一面。

第二天，刘磊在他外籍女友的陪同下直飞上海。这回他们吃的是潮州菜。

廖桦看到刘磊脸色发青，以及身边女友忧虑模样，忙问怎么了。刘磊说自己已经两天没有睡觉了，有一些事想告诉廖桦，听听他的想法。

那时候廖桦正和老婆闹离婚，打得一塌糊涂，见到刘磊时惊觉自己正亦步亦趋地重复他走过的路，心情自然好不了，可还是耐着性子听他到底着急说些什么。

事情发生在两个月前，刘磊乘坐航班从首都直飞曼谷，在三万英尺高空，他扭头望向窗外，机翼航标灯闪烁，照亮浓厚云层。他突然觉得有什么东西在脑中炸响，仿佛一场脑内核爆夷平过去三十多年间苦心建筑的坚固观念，全部烟消云散。刘磊握着空姐的手，泪流满面，如获新生，他能清晰遍数自己所犯下的每一道罪过，并深深悔恨。他觉得那就是神。

飞机落地之后，他没有回家，而是驱车直奔寺庙，情绪激动的他在寺门口被拦住，争执之下，一位僧人出门迎见。僧人见到刘磊后面露惊疑，双手合十不停念诵经文，而刘磊无法自控地双膝着地，头痛欲裂，各种淫邪残秽的念头如雪花纷飞。

他终于明白，自己的肉身变成了神与魔的战场。

刘磊开始不吃不喝不睡，他觉得自己可以通过呼吸从宇宙汲取能量，同时他能够感受到自己每一道思绪在脑中不同部位流动，微微发烫。

家人和女友强行把他绑到当地医院，全面检查过后，从生理指标上并无丝毫异常，这更让刘磊确信自己并非常人，他觉得自己是被选择去完成某种使命，传递某个信息。

于是他想到了廖桦。

廖桦听完了刘磊的讲述，不动声色地关掉录音笔，他曾经采访过不少类似对象，按惯常理性判断，刘磊脑中肯定发生了某种器质性病变。

廖桦非常诚恳地表示，自己需要咨询更多专家意见，才能够帮到刘磊，并相约一周后在北京再聊。

刘磊女友不会中文，她用蹩脚英文请求廖桦帮忙，廖桦注意到她说了一个非常用词——"haunted"。

临分别时，刘磊笑笑对廖桦说，看着现在的你就像看着过去的我，祝你早日解脱。

廖桦的情绪顿时跌到了谷底。

一周后他们并没有在北京再见，刘磊还联系了其他朋友，被连哄带骗送进了安定医院，确诊为妄想型精神分裂症。

再后来，他们就彻底失去了联系。

直到现在。

"所以你还觉得我是神经病吗？"

刘磊领着两人参观灯火通明的庄园，在巨大山崖掩映下显得尤其不真实。族人将它称为"萨姆拿"，意指唔神祈福之地，又指狂舞之地。刀氏一家在后面不远不近地跟随着，反倒像是仆人或侍卫。

廖桦一时语塞，不知该如何作答，只能将话题引开。

"后来发生了什么？"

"后来……我意识到没有人能真正帮到我，而且更重要的是，我意识到先前那些愚蠢的想法只是一个测试，Phase 1，所以我不怪你。"

"Phase 1？"乌兰疑惑地问，"那代表什么？现在是什么阶段？"

"接下来我要讲的故事，也许有些难以理解，请两位给予充分的耐心。"

刘磊停下来看着乌兰，月光打在他侧脸上，睫毛如飞蛾触须般扑闪，显得幽深莫测。

"两年多前，我在飞机上遭遇了一场意外，说是意外，其实是注定。就像是经历了一次脑部放疗，备受折磨之余也多出来好些有趣的念头……"

"比方说？"乌兰问道。

"比方说，时间也是一种玩具，从感知刺激，到最终形成意识，中间足足有零点五秒的时间差，足以玩出许多花样。"

刘磊大手一挥，众人顺着方向看去，那是山上顺时针旋转的风力发电机。刘磊手指向哪座风车，那座风车的三片白色扇叶便变为逆时针旋转，当他将手移开时，瞬间恢复正常。

廖桦看着乌兰的表情，知道她也和自己一样，看见了不可思议的景象。

"……我慢慢意识到，这些念头并非只是幻觉，它们是真实存在的，而且具有意义。就像是落满灰尘的镜子，突然被一只大手抹得干干净净，所有原先受限于人类意识形态与思维模式的障碍被清除一空，世界变得无比澄澈透明，我能看到万事万物之间存在的普遍联系，进而掌握了利用人类意识缺陷制造幻觉的秘密。"

"你们这些邪教头子，扯起淡来都一套一套的。"乌兰自从看到舞台上浮夸一幕后，便抑制不住自己的嘲讽冲动。

"给点耐心，乌兰小姐，稍后我们会谈到那个梦的索引算法。"

乌兰托雅像是被摄了魂儿似的，整个身体僵住了，刘磊和廖桦继续朝前走去。

刀如海拍拍她的肩，却发现她在颤抖。

"他是怎么知道的？我从没告诉过任何人……"

"我说过，他能预见未来，他还预言你们俩会帮我……"

突然前面传来一声非人的嘶吼，一名全身赤裸的男子从树丛中跃出，将刘磊扑倒在地。男子手中握着猎刀，嘴里不断重复着几个音节，朝刘磊胸前狠命刺去。刘磊双手死死架住男子的手腕，眼看着刀尖马上就要没入左胸肋部。

一声清脆枪响，男子脑袋一歪，顺着巨大作用力翻倒在地，正当众人还惊魂未定时，刀如山上前又补了几枪，脸上依旧是那副似梦非醒的神情。刀丰年拍拍他的后背，将枪轻轻拿开。

乌兰双脚一软，瘫坐在地，她问刀如海："这个他也预见到了？"

刀如海却不答话，死死瞪着正在和尸体自拍的哥哥，眼中充满了妒火和怒意。

"他是谁？为什么要杀你？"廖桦将刘磊从地上拉起，问道。

"我在这里做的事情，不是所有人都能理解，更不是所有人都会喜欢的。"刘磊倒是十分淡定，"三天前我们发现了这个奸细，估计是和最近一笔交易有关。我们要把基于 CATNIP 算法改良的图像识别系统卖给缅甸政府，所以我猜他应该是反对派的战士。"

廖桦想了想，又问："他刚才喊的是什么？"

"缅甸语，杀了我。"

刘磊继续向前走去，若无其事地介绍起园内的娱乐设施。

"说真的，我们该逃出去。"

乌兰托雅神经兮兮地在房间里转着，距离刘磊所说的"大日子"还有三天，可他们仍然对于周遭发生的一切毫无头绪。

"有几种办法：一、我们偷辆车，冒着迷路和掉下山崖的危险，能跑多远算多远；二、找到能拨外线的通讯工具，发出求救信号，祈祷真的有人会来救咱们，虽然我自己都不信；三、我们忍到祭礼那一天，看刘磊究竟想干什么，再随机应变。"

"还有一种可能，"乌兰开始翻开各种物件，查看花瓶底部和镜子背面，"我们的一举一动都在他们掌握之中，我们就是祭品。"

"拿少女当祭品那还有可能，可我？一个中年失业死胖子？没

后人类时代

道理啊。"廖桦看见乌兰脸刷地白了，知道自己开错了玩笑，"那天晚上，刘磊提到了那个梦？什么梦？"

乌兰打开落地窗，走出阳台，眼前出现一片繁星漫天，寂静充斥着整个宇宙，压迫得人心里发慌。

"那就是我尚未成型的作品，我给它起名叫机器梦境。"

"可他是怎么知道的？"

"这就是我害怕的地方……你说得对，这地方太不对劲了。"

"记得你还说过，我也是你作品的一部分？"

"我不做梦，从小就是。医生告诉我，梦是大脑对现实信息的二次过滤和索引，不做梦是保护意识的缓冲机制。我不相信，我以为创作能够代替做梦。可我发现代替不了。"

乌兰将手机递给廖桦，廖桦滑看那些怪异的图片，眉头紧皱。

"这是什么？"

"用深度学习模拟卷积神经网络，让机器去处理一些日常图片，经过数据索引比对和特征强化，最后就变成这样噩梦般的景象。这也是 CATNIP 研发团队的一个开源子项目，叫作'cTHUlhu'。你看那些眼睛、触手和颜色，人做梦只能处理个体有限的经验，而机器做起梦来，索引的是近乎无限的数据……"

"科学家疯起来确实比你们没底线。可这跟我有什么关系？"

乌兰脸上的兴奋消失了，眼神躲开廖桦。

"他们用牛引你上钩，而对我，他们用的饵子是梦，你的梦。"

廖桦死死盯着乌兰，就好像她脸上也开始生长出那些疯狂的纹样和色彩。

"所以那天晚上，你在我房间里……"

"他们给了我一份关于你的详细资料，其中提到了你的梦。我在想，如果能够把你的梦境记录下来，再用 cTHUlhu 进行索引，说不定能发现那些照片的来历。你难道不好奇吗？"

"……这是他妈的窥私癖！"

"我知道，我道歉！可说不定这能让你永远摆脱那个噩梦……"

"好意心领了，可我拒绝接受你的道歉！你考虑的只是你的狗屎艺术，玩个新概念，卖个好价钱，根本不会考虑别人的感受，难道不是吗？"

乌兰沉默了，脸消失在阴影里。

"车祸后，我失去了所有关于父母的记忆，照片上的面孔，在我看来完全是两个路人。医生说，这也是某种保护机制，哧，这些骗子。我羡慕你，羡慕所有能做梦的人，不管是噩梦还是美梦，至少你们的世界是完整的……"

廖桦无语，望向星空，他这才意识到乌兰托雅作品中更深层的含义。在她的心里，永远有一个缺口，一个洞，像幽灵一样缠绕着她。所以她记录下身边发生的一切，作为备份。

"我接受你的道歉。"

廖桦转身离开，留下星空下孤零零的乌兰托雅。

他没有告诉乌兰的是，那些机器处理出来的噩梦图片，像极了蘑菇中毒后看到的世界。

很难想象在庄园背后有这么大一片圆形空地，就像在人工建筑与原始森林之间开辟出来的战场。

土质地表并没有经过特殊处理，只是用碎石子在上面镶嵌出环环相扣的复杂纹样，每逢雨季来临，总会被冲刷得一片狼藉。

中央挖了一个半米深坑，用铁架和柴木堆砌起一座边缘粗粝的圆锥体，等待着被火种点燃。

在空地边缘，立起十二座一人多高的"嗨"神像，明嗨与暗嗨交错排列，按照时钟刻度围成圆圈。祭礼行进时，受邀族人会围绕着神像起舞、旋转、痛饮。

穿过神像边界，便被幽暗潮湿的原始森林包围，一里开外，一棵巨大的望天树冲破层层叠叠的藤蔓和绞杀植物指向天空，宛如在林层顶上三十米处撑开绿伞，形成第二道屏障。

那是族里的神树，刀如海行了个交叉礼。

廖桦和乌兰被眼前的景象震慑住了，甚至不敢用力喘息，生怕惊动了林间的神灵。

"所以……这才是举行祭礼的地方？我还以为是在剽牛场呢。"乌兰头顶悬浮的银球拍下三百六十度全景画面。

"祭礼一共要办三天，剽牛场是为普通人准备的，这里，只在最后一天对少数尊贵的客人开放。"

"没有了牛，你打算怎么办？"廖桦装作不经意地提起。

刀如海往地上狠狠啐了一口，丝毫不顾忌这是在唔神的脚下。

"这就是你们在这里的原因，大魔巴说过，你们会帮助我实现心愿。"

"你的心愿是……"

廖桦心里早已明白，只想听这个男孩亲口说出。他突然发现自己臂上的咬痕蔓延成一个清晰的符号，一个红色的叉号，他伸出手指去按压它。

"在祭礼上，阿爸会当着所有族人的面宣布他的继承者，这个人将在合适的时候接过他的圣鼓，成为新的头人。"刀如海的嗓音低沉下去，"我希望那个人是我，而不是那个无脑儿。"

当手指触及那个红叉时，廖桦眼前突然闪现刀氏兄弟的面孔，带着死亡气息。他惊恐地松手，眼前恢复现实。

"听起来你们兄弟俩感情可不太好呢。"乌兰故意逗刀如海。

"你们都看见了，他是怎么对待客人的，我可不敢保证，他不会以同样的方式对你们。"

廖桦和乌兰对视了一眼。

"可我们怎么才能帮你？"

"阿爸只听大魔巴的话，你跟大魔巴关系就像藤绕树，好得很，你说话一定管用。"

"那你能保证让我们安全离开这儿吗？"乌兰急切地问。

"嘘。"刀如海脸上突然露出怪异的笑容，手指举向天空。

廖桦和乌兰侧耳聆听，除了密林间的虫鸣鸟叫，什么也没有。

"要不是我，那个姓阮的越南人，就得跟其他那些冤死鬼一样，埋在这林子里，也不会有什么全东南亚最大的虚拟现实渲染农场了。"

两人突然感到一阵寒意，像是山间突然刮起一阵黑色的风，无数鸟儿从树梢飞起，他们看见山脊边缘出现一个银灰色亮点，朝庄园快速移近，旋翼轰鸣声紧随其后涌来。

"我们的贵宾到了。"

刀如海向两人做出一个夸张的邀请姿势。

最后一餐晚宴多了三位贵宾，分别是政客、投资人和科学家。

廖桦看着这几张无数次出现在媒体上的面孔，感觉有点眩晕。当然也有可能是刀如海灼热的目光让他浑身不自在。

"现在台上正表演的是本族的创世神话。"刘磊手一挥，充当起讲解员，"远古洪荒，宇宙一片混沌，嗨神一敲圣鼓，鼓声传出无限远，分开了明暗与天地；二敲圣鼓，鼓皮上圣尘飞扬，化为日月星辰、山川河流；三敲圣鼓，鼓皮破开，飞禽走兽随着鼓内的原汤流出，抖干身上的毛发，各自觅食繁衍去了。可嗨神却还听见鼓里有动静，一看是一对孪生连体兄妹，背靠背粘在一起，双手交叉胸前，动弹不得。嗨神见其可怜，便用手将兄妹分开，成为单独的两个个体，他们便结为夫妻，开枝散叶，兴盛自己的种族，与万事万物和谐共存。"

席间人脸上露出各自暧昧不明的表情。

政客："也许不太礼貌，可我还是得说这是一个乱伦的故事。"

投资人："远古神话大部分都有乱伦情节，这倒没什么，我关心的是，那个鼓是从哪里来的？故事里没有交代，是嗨神创造的？

还是'噗'的一声，它就在那？"

科学家："听起来跟某些理论倒有相合之处，也许我们可以用弦论来看待那个鼓？它是某种隐喻，某种对宇宙秩序的朴素解释？"

"神话……它就是神话，"刘磊面露不置可否的微笑，举起了酒杯，"为神话干杯！"

晚宴漫长得让人无法忍受，似乎永远有下一道菜在等待着上桌。话题随着酒杯不停流转，从泰国政变局势到意识形态笑话，廖桦能感觉到这几个客人急于获知某种东西，却又不敢轻易试探，像是在一个房间里，绕着一头隐形的狮子打转。大家都知道它就在那，但是谁都不愿意当第一个伸出手去摸它的人。

只有刀如山我行我素，不顾贵宾脸上的尴尬，不停地自拍合影留念。

瞅了个空当，廖桦微微倾身靠近刘磊，委婉表达刀如海的心愿。

"你认为什么样的人更适合当头人？"刘磊似乎早有准备，反问道。

"至少是个心智健全的人。"

"这是你的理性视角，但却未必科学。作为个体来讲，意识带来额外认知成本，感知速度变慢，信息处理能力受限，同时需要持续的虚构来维持逻辑贯融性。就好像你来到这里之后，一直想找到能够解释一切的因果关系一样。"

"这难道有错吗？"

"我们之所以相信因果关系，并非因为它是自然的本质，而是因为我们所养成的心理习惯和人性所造成的。"

"休谟？"这个名字突然浮现在廖桦脑海中。

"你只是知道，却并不懂得，这就是你作为人类的局限性。就好像刀如海只把他哥哥看成一个白痴，却没有看到，承载神灵意志，需要的正是这样一个完美的容器。"

"……你真的疯了。"

"我给你看样东西。"刘磊淡然一笑，喊来刀如山，拿过他的手机，滑出一张照片，递给廖桦。

那是那天晚上刀如山击毙行刺男子后的自拍照，他那张呆滞的大脸和带着弹孔的死尸头颅挤在取景框里，显得格外滑稽。

"挠挠你手上的圣痕，是不是让你想起了什么？"

廖桦惊恐的双眼瞪得越来越大，像是窥探到了这个世界的真相，却无法理解。

鼓点从极遥远处传来，在身边炸响，穿戴隆重的族人们手擎火把，围聚在"嗨"神像周围，火光随着鼓点跃动，在人与神像脸上投出变幻不定的阴影。

不知是谁发出一声长长的啸叫，火把投入火塘，火焰顺着圆锥体底部攀爬舔舐，不时发出清脆或沉闷的爆裂声，细小火星飞升，消失在夜风里。

廖桦、乌兰及三位贵宾在篝火前一字排开，少女为他们献上美酒，众人一饮而尽。

刘磊戴上了牛头骨面具，跳着古怪的舞步，念念有词，他将手中缠绕着彩色珠链的牛骨法杖一挥，刀如海递上写着各人名字的信封。

廖桦不敢直视刀如海的眼睛。他打开信封，是一个数字。

其他人也一样，面面相觑，不明所以。

火光像是被罩上一层滤镜，没那么刺眼，颜色却像镀了膜般泛着虹彩，大魔巴的声音忽远忽近，像是跳过空气直接在五人脑中鸣响。

"……有一天，一组数字凭空出现在我意识里，挥之不去。我花了一个礼拜，弄清楚那组数字代表什么，那是一个坐标，勐靖。当时我不理解，为什么是勐靖，而不是波士顿、帕罗奥图、深圳或者其他看起来更为重要的地标城市。现在我明白了，这里，萨嗨拿，将成为未来的一个重要节点。"

廖桦看着炭火上进射的火星在空中画出凝固的光线，像一场盛大的微型烟花表演，他抬起头，望见山谷边缘镶嵌着一块巨大的宝石，像是具有了生命般，由中央向四周一圈圈地漾开复杂的波纹，那波纹边缘继续分裂成更小的波纹，相互干涉融合，变幻出无穷无尽的分形图案。

低沉的号角声吹起，宝石的纹理随着音律震颤由紫蓝变为荧绿，又变为亮橙色。

牛骨法杖从他们眼前划过，廖桦才惊觉自己迷醉其中的奇观竟是星空本身。

族人们开始唱起歌、跳起舞，以篝火为圆心做顺时针旋转。

"慢慢地，数字越来越多。我建立了一套巨细靡遗的数字索引系统：身份证号、社保号、经纬度、邮政编码、条形码、股票代码、软件序列号、年度财政预算、民意调查结果、彩票中奖号码……一切的一切，只要你想得到。有时候一个数字可以有多种解释，于是我不得不追踪在同一时间段内，究竟哪个参数发生了最为显著的变化。我开始明白了，这些数字来自未来，它在引导我采取行动。就像你们手中拿到的数字，同样代表了某种使命……

"现在，请告诉我，你们的使命是什么？"

政客、投资人和科学家显然被眼前的一幕震慑住了，他们双手颤抖，努力解读纸上数字代表的秘密。

刀如山从阿爸手里接过枪，跨出一步，站在火堆前。刀如海双眼被火苗映得血红，他的手紧紧按住插在腰间的梭镖。

政客第一个举手："我想这个数字代表的是刚刚通过第一轮审议的草案，出于国家安全考虑，我们将对特定领域的科研成果及技术转让进行严格限制。"

刘磊："包括合法采集到的用户数据？"

政客点点头。

刘磊："我希望你让它流产。"

政客："这不可能！我只有一票！"

刘磊："站在你身边的记者先生，他同样是被未来选中的人，他能在梦里看到一些关键人物的照片，其中就有你，也许是死的，也许还活着，这完全取决于你的选择。而且，别想着能蒙骗过关，到处都是我们的信徒，也许就在你身边。"

政客看了一眼廖桦，后者的表情告诉他，这一切都不是虚构的，他跌坐在地，一脸颓丧。

投资人急切地表明态度："这个数字是我们马上 Close 的一个项目投资金额，但奇怪的是，这不是最后敲定的金额，而是之前的某个版本。那个方向被我们否定了，用量子计算赋予纳米机器人类似生命体的认知决策能力，投入太高，回收周期太长。不过，我能把决策扳回来，相信我，钱不是问题……"

刘磊满意地点点头，就像一个志在必得的盲棋手，每个棋子的进退都在他脑中留下可追溯的轨迹。

科学家花了比其他人更长的时间，她半跪在地，低头用手指在地上演算着什么，似乎努力不让周围的幻觉影响自己的思考。

她突然抬起头，目光充满怀疑："你有没有想过，所有这一切的背后意味着什么？从未来发送这些信息的又是谁？目的何在？"

刘磊深吸了一口气，用一种优雅而清晰的口吻诉说着。

"我曾经借助药物整宿整宿地思考这些问题，因为我害怕一旦睡着，那些信息会趁着我意识薄弱之时，给我植入谬误的观念，并让我深信不疑。我怀疑过自己只是缸中之脑，或者像'Roko 的蛇怪'所设想的，一个纯粹邪恶的超级人工智能将操控尽量多的人类，利用尽可能多的资源来创造自己，加速自己的诞生。而一旦降生之后，它将知晓哪些人帮助过它，哪些人没有，它将会折磨所有没有帮助过它的人，无论是死是活，因为它已无所不能，甚至能够无数次地模拟整个世界。所以，当这个'存在'的概念进入你的意识层面时，无论它是什么，它想要什么，你都已经毫无选择地被卷入永劫回归的境地。我的意思表达清楚了吗？"

"所以你的意思是，一切都已经发生过了，我们只是在接受惩罚，不断重复自己的错误，直到永远？"科学家的嗓音里带着颤抖。

"我的意思是，也许有无数种理论去解释发生在我们身上的一切，但这不是科幻小说里的世界，没人能简单粗暴地给出正确答案。你来到萨嗯拿，拿到一个数字，你接受命运，做出选择，你活下去，你死了，你又活了，这是这个世界运转的方式。所以我经常说刀如山是这个世上最智慧的人……"

刀如山似乎听懂了这句话，咧嘴发笑，挥舞着朝天鸣了两枪。四周发出一阵阵猿猴般的尖啸欢呼，族人的舞步愈发癫狂，歌声与鼓点、铙锣、号角交混一起，在空旷的山林间回荡。

廖桦和乌兰面如死灰，他们拿到的数字，含义如此明显，像在对他们大声咆哮。

数字的前一半是他们的生日，后一半是今天的日期。

世界在他们面前猛烈旋转，明嗯与暗嗯在跃动的火光中渐渐合二为一，交叉胸前的双手如莲花盛放、收拢、再度绽开。

乌兰控制不住，两脚一软，跪倒在地，廖桦一把搀扶住她，就在这时，他看见了刀如海绝望的眼神。

刘磊走到廖桦和乌兰面前，像是突然记起了两人的存在，向他们慷慨地伸出双手。

"有一句话我一直忘了跟你们说——欢迎来到萨嗯拿，嗯神祈福之地。在这里，你能看清世界的真相，圣鼓有两面，鼓皮也有两面，但当它被以克莱因瓶的方式展开之后，有且仅有一面。我把它称之为 Hyperreality，超真实。在这里，未来与过去，真实与梦境，神话与科学，人与机器，你中有我，我中有你，这难道不比狗屎一般庸俗的现实主义有意思多了？就好像你，廖桦，不但能记得往事，还能记得下下周发生的事情，只能记起过去的记忆是一种可怜的记忆。难道不是吗？"

"《爱丽丝镜中奇遇记》？"

"看，在这里我们心灵相通，多么完美！"

"可你要杀了我们……"乌兰努力克制恶心，有气无力地吐出这句话。

"亲爱的乌兰小姐，我知道对于大多数人来说，适应未来是很难的一件事。你玩过那个经典的游戏《生命线》吧，也许只是开错了门，也许只是选错了任何一个不起眼的选项，宇航员泰勒就得死。你做出你的选择，未来做出它的选择，就在你手里。我喜欢你的幽灵前任系列，作为回报，我决定让你成为第二个祭品。"

刘磊退后一步，手一挥，刀如山站到廖桦面前，右手举枪对准他的眉心。

"我一直好奇，那个通感圣痕是怎么工作的，类似于触发某种记忆索引机制吗？告诉我，廖桦，你能看见自己的尸体吗？"

廖桦此刻竟出乎意料地平静，仿佛在梦境中早已无数次预演过这一幕，只是像技巧熟练的演员再次登上舞台。

他闭上眼睛，用手指轻触肘弯的叉形伤痕，等待那一刻的到来。

一张照片向他迎面扑来，廖桦并没有看见自己的尸体，他看见一把梭镖深深插入刀如山的左胸腔，而那张浮肿木讷、没有丝毫智慧痕迹的面孔，正惊恐万状地望着他的弟弟刀如海。

枪响了，所有的音乐停了下来，安静得可怕。

廖桦睁开双眼，看到了他在三秒钟前已经预览过的场景。

而刀如海并没有像照片一般凝固不动，他夺过哥哥手中的枪，指向他曾无比崇拜的大魔巴。

祭品与叛徒绑架了巫师，穿过十二座"嗨"神像站成的时钟，逃进了萨嗨拿的原始森林。

影影绰绰的火光在背后渐行渐远，逐渐被黑暗吞没，廖桦和乌兰互相搀扶，跟随着刀如海发出的声音前进。

刀如海用枪顶着刘磊的后背，逼迫大魔巴前进，巨大的委屈涌上他的喉头，化为泪水滴落。

你们逃不掉的。刘磊的声音变得嘶哑怪异，仿佛还带着笑意，在黑暗中森森发冷。

你答应过的，你答应过的。刀如海用枪把狠狠砸在刘磊头上，发出空洞的回响。

乌兰突然停了下来。

什么？廖桦问。

有人跟在后面。乌兰声线发颤。

廖桦不知道哪个方向是后，只能凭着直觉看去，一片漆黑。

不知名的生物靠摩擦肢体或口器发出声响，各类植物在夜间散发芳香或恶臭，藤蔓、枝叶与虫豸扫过逃亡者的身体，没有光，一点也没有，夜空像是被某种不透光的物料彻底笼罩。

刀如海强迫症般念念有词，他在凭着记忆和身体感觉寻找神树的方向，找到神树，才能找到出路。

这花了比平常多得多的时间，尽管从感官上判断，他们应该已经走出几里地。

乌兰紧紧掐着廖桦的胳膊，她浑身僵硬，艰难地行进着，不时发出绝望的哀鸣。

没事的，有我在。廖桦半拖半拽，努力让两人不掉队，可刀如海的声音已渐行渐远。

乌兰又停下了。

我看见了……它们，像鬼影一样，又来了！

乌兰蹲下，紧闭双眼，捂住耳朵，瑟瑟发抖。

廖桦无奈环视四周，并没有任何异样。

他们被落下了，在这荒蛮之地，这就是那个数字所代表的宿命。

他看见了一些东西。

事物的轮廓渐渐从黑暗中显现出来，如同飘浮半空的极黯淡的彩虹，又像是凝视强光后残留的光痕，它们互相勾连、填充、成形，幻化出无数只眨动的眼睛，或是由昆虫躯体拼接成的脸。它们浮现又复隐没，真实世界如同脆弱幻影，而那些巨大沉默之物，才是在篝火后投射一切的实在。

机器梦境。这个词从廖桦口中滑出，他突然明白了。

他蹲下，将乌兰的双手从耳朵上拿开，廖桦抱住她的肩膀，让她感觉安全。

记得吗，这里是超真实。你所感受到的，只是你的作品，它们被具象化了。

可……可我从来不知道，它们这么吓人。

听着乌兰的哭腔，廖桦笑了。

你正在穿越爱的密林啊，每一个甜点都见证了一段逝去的爱情。跟在你身后的，也是爱过你的、你爱过的人，这么一想，是不是就没那么吓人了。

乌兰沉默了片刻。

那我可以把它们想象成我的父母吗？这会让我好受些。

当然，你当然可以。

廖桦感觉胸中淤积已久的什么东西一下子融化消散了，他已经太久没有被需要过。在这荒谬的绝境中竟然让他心生快乐。

或许活下去也是不错的选择，廖桦心想。如果还有选择的话。

有什么东西在向他们身后逼近，所有的声音和震动都表明这不是幻觉。

在微光中一个白色牛头骨向两人扑来。

乌兰发出一声尖叫。

头骨停下了，是刀如海。

你们怎么会在我前面？刀如海突然明白了什么，愤怒地将枪把砸向头骨。都是你搞的鬼！快让我们出去！

我说过，你们逃不掉的。

闭嘴，你再不闭嘴我一枪崩了你！我那么信任你，崇拜你，你就这么对我！刀如海濒临崩溃。

嘿嘿嘿，还记得那头牛吗？

给我闭嘴！

那也是我干的。

闭嘴！

刀如海举起枪，朝牛头骨连开三枪。枪声在密林里传远，惊飞休憩的禽兽。

嘿嘿嘿，那也是我……

刀如海惊恐地摘下碎裂的牛头骨面具，藏在下面的并非大魔巴刘磊。

是我……是我……是我……

刀如海看着带着三个弹眼的自己的脸，枪从手中滑落，他反复念叨着那句话，撞开廖桦和乌兰，狂奔而去，消失在晨光初露的密林深处。

这里还有个正常人吗？廖桦朝地上唾了一口。

他一进这片森林就不太正常，一直跟面具自言自语。乌兰叹了口气。

带路的也没了，看来咱们今天是活不过去了。

哎？那倒未必，你看。乌兰指向廖桦背后的某样东西。

廖桦转身抬头，那是在稀薄天光中露出伟岸身影的望天树，如同巨塔般连接着混沌未开的天与地。

远远的，一辆中巴车沿着蜿蜒山路出现在视野中。

"所以，我们是真的逃出来了，对吧。"乌兰疲惫声音中充满了怀疑。

"逃出来了。"

"现在已经是明天了，对吧。"

"现在已经是明天了。"廖桦露出笑脸。

"原来你会笑啊。"乌兰像是发现了什么天大的秘密。

廖桦笑了笑，不说话，起身走到路边，举手向来车示意。

两人都没有留意到，他肘弯上的圣痕已经开始痊愈了。

犹在镜中

望向镜中，深呼吸，刮掉脸上邋遢的胡楂，你没问题的。穆先明反复告诉自己。

10点半他要出席一个葬礼，需要深色正装和领带，他将回顾逝者简短的一生，播放一段欢快的生日派对视频，随着牧师祈祷，感谢来宾，最后，伴着管风琴奏出的赞美诗，看棺盖缓缓合上。

里面躺着一位将满十五周岁的惨白少年，原本周五是他的生日，穆先明为他准备的礼物昨天刚刚运到，一套复刻版的1996-1997赛季曼联球衣，如今只能静静叠在少年胸前，鲜红得刺眼。

穆别璟，他的儿子，死于一场意外的高空失足跌坠。他的面孔被一张象牙白的塑胶面具所覆盖，化妆师为难地说，缝合的伤口很难掩饰得毫无破绽，从左耳到下颌的穿刺性骨折。穆先明点点头，就给他戴上他最喜欢的面具吧。

那是V字仇杀队里V的笑脸。

葬礼上，为数不多的亲友似乎都在期盼着某位人物的出席。她不会出现的。穆先明心里清楚，不是他不愿意她来，而是不敢告诉她。两年前的离婚诉讼让全家精疲力竭，最终，别璟的母亲终于放手，不再坚持把儿子带到遥远的大洋彼岸，为了实现那个虚无缥缈的梦想。

好好照顾他。签字前，她盯着穆先明，一字一顿地说。别让我恨你。

别让我恨你别让**我恨你**别……那句话在他脑海里不断重播，好几次打断他原先组织好的发言。他站在那里，阳光透过教堂顶部的镶嵌玻璃画，像给冰冷尸体披上斑斓彩衣，来宾们眼圈通红，投来饱含同情的眼神。深呼吸，继续。

那些鲜艳的片段，在屏幕上跃动，恍惚间他竟然觉得陌生，那是别璟十二岁生日的视频，那时的他单纯乐观如一只白色小鹿，无法遏制对世界的好奇，每个笑容，每个动作都用尽全身力气，似乎要把一切都拥入怀中。那是他最后一次看见儿子如此畅快无拘的笑脸。

谢谢爸爸！那个男孩拿着最新款的平板电脑，尖叫着朝摄像机扑来，镜头一阵摇晃后，定格在清爽的秋日晴空。

穆先明面无表情地听完牧师的悼词。伴着电子合成器空洞的管风琴旋律，棺盖缓缓合上，带着讽刺笑容的面具消失在黑暗中，亲友包裹在剪裁得体的黑色套装中排队走来，握手，节哀，点点头，他什么都看不清楚，像个机器人般麻木地执行着指令。

他真坚强。他似乎听见人群里有人小声议论。

遗体被送进冷冻柜，安排在三天后火化。穆先明回到家中，他努力回避所有带着儿子生活痕迹的物件，奖杯、照片、海报、随处堆放的光盘与杂志……那种少年的气息。他看到了桌上摆放了许多天的包裹，来自警察局。拆开，撕掉重重包裹的塑料防撞泡沫，那件破碎的玩具终于暴露在日光下。

那是别璟的平板电脑，死亡现场的遗物，曾经的生日礼物，碎裂的视网膜显示屏黯淡如镜，映射出穆先明错位的五官，精致的曲度外壳早已扭曲，像是遭受重创的肢体，安静地躺在桌面，像块墓碑。

穆先明艰难维持的堤防在这件冰冷机械前完全崩溃，他无声痛哭，泪水滴落，猛烈抽噎几近窒息，他浑身颤抖无力，愤怒地将电脑摔向房间角落，又发疯似的捡回，像条丧失理智的巴甫洛夫的狗。

他忘我地抚摸着那台机器，指尖沿着碳纤维外壳所有崎岖变形的边缘滑动，似乎其中囚禁着他儿子迷失的魂魄，似乎只要打开它，穆别璟便能起死回生，又或者是启动了扭转时空的秘密隧道。

为什么？ 穆先明所有仅存的理智被这三个字像癌细胞般无限增殖，牢牢占据。他所需要的，只是一个答案。但隐隐地，他似乎已经知道了答案。

游戏的名字叫作"镜面行走"。

穆先明从警方的调查报告中得知，儿子坠楼时正沉浸于游戏中。他求助于平板电脑公司试图修复机器，回到当时的游戏界面，工作人员却嗤之以鼻，只要通过记忆卡内的数据备份，你就可以通过任何设备登入穆别璟的游戏账户，读取进度。

穆先明对于这些高科技一无所知，他自己还在使用最老式的物理键盘手机，还不是 QWERTY 全键盘的那种。

为此，儿子曾经无数次地软磨硬泡，希望他换成新款的智能手机。可他总是窘迫地笑笑，用不惯。

毕竟他只是个机械修理工，对于看得见摸得着的齿轮、轴承、螺钉和沾满油污的金属扳手，他心里踏实、有底。可藏在那精致一体成型盒子里的电子讯号、应用软件和通讯协议，如同幽灵般，让他感觉恐慌，就像身陷流沙池里，有劲使不上，想叫叫不出。

就像他对儿子的爱。

他从儿子失望的眼神中读出许多东西，那眼神仿佛在说，难怪妈妈要离开你。每当想到这里，他的心里就过了电似的一阵抽疼。

穆先明努力回避那段记忆，把注意力集中到游戏说明上来。

相信许多人有过这样的童年记忆，拿一面镜子在自己身前，镜面水平向上，你凝视镜中，仿佛行走于天花板、路灯、树梢和蓝天白云间，那种轻微的眩晕和步步惊心的感觉令人怀念。

SC 公司推出的"镜面行走"游戏专门为 iOS 及 Android 系统平板电脑设计，巧妙地运用了双摄像头配置及重力感应装置，当您将它水平置于身前，它便将前后摄像头影像叠加渲染，制造出一种犹如在高反射率玻璃镜面上行走的惊人体验。

他皱了皱眉，努力理解这些科技术语背后的含义。

游戏规则非常简单，只要您走过足够长的距离，或者获取足够高的分数，便可以进入下一轮。但它又不是那么简单。游戏的巧妙之处在于它插入了电子地图的地形数据，并通过箭头指示引导你的行走方向，你可能在一片貌似平坦的镜面上失足踏空（现实中的下降阶梯，安全系数为 5），重力感应便会相应扣除生命值，直到游戏完结。这是一个与幻觉对抗的游戏。

盒子是得分关键，如同马利奥兄弟里面的蘑菇和金币。在本游戏中，盒子会随时出现在你的脚下，你只要在限定时间内（动作要快！）双脚同时踩踏，便可得分。当然，盒子也有可能是陷阱、流沙或者荆棘丛，你需要按指示快速摇晃、旋转或挥舞平板电脑以逃出险境。

本版本游戏（v2.3.415）共有九大关三十六小关，并额外附赠"无限回廊"隐藏关卡。

他完全不明白这些文字在说什么。
如果儿子在这里，他或许能解释给自己听，或许还会亲身演示。可穆先明手里只有一块冰冷的黑镜，照出孤零零的自己。他决定试试，按下"测试关卡"。

平板电脑似乎变成一个中空的框，透过屏幕，他看到了自己的双脚，但又有些异样，脚下踩的并不是地板，而是天花板。穆先明突然一阵眩晕，他看到自己的脑袋从双脚间探出，就像站在一面无比巨大的镜子上低头俯视。

他开始缓慢地行走，不时撞上在视野中并不存在的茶几和椅子，但却又无法控制自己绕开本应在头顶的吊灯，那种感觉，无比怪异。

一个3D动画的褐色盒子出现在他右前方，微微浮动，他想起游戏说明，小心翼翼地起跳，双脚踩踏，一声清脆的电子音效，几个金币蹦出，消失，屏幕上显示出"+300"的字样。

也没有想象中的难嘛。他紧张地笑笑，继续按箭头指示的方向前进。

穆先明越来越熟练地跳着盒子，吃着金币，一路穿过客厅、过道、玄关，游戏提示他打开大门，他犹豫了片刻，一种无法抵挡的诱惑迫使他伸出手，突如其来的光亮扰动了屏幕，但随即智能感光系统便调整了色温和色差。

屏幕里出现了一连串的盒子，排成一条长龙出现在他脚下，伸向前方。这个中年男子像是暂时忘却了丧子之痛，恢复了青春般面色潮红地向前跃去。

屏幕显示，地面突然升起一个斜坡，一溜金币闪烁着虚假的光芒同步自转着，形成一道向上的金色阶梯。

穆先明觉得脑子里的某个部位一下子兴奋了起来，几乎丧失理智般抬腿就要踩将上去，但数十年固化的身体记忆代替了他的大脑，在落脚的一瞬间，他整个身体僵硬了。视线越过平板电脑屏幕，望向真实世界，一股寒意如蜘蛛般爬上他的颈背。

脚下并非是一道向上的斜坡，而是向下的阶梯。他在游戏界面中所看到的，是上一层楼梯底部的镜像。穆先明无法相信，自己走了几十年的楼梯，竟然被一个小小的电子花招欺瞒眼睛，诱骗神经。

倘若真的踩落去，也许就能见到自己的儿子了吧，他竟然无法遏制自己这个荒谬的想法。

想起穆别璟死时的惨状，他的心又针锥般痛起来。

现在他选择相信，儿子的死绝非一场意外。

了解得愈多，穆先明便愈加愤怒。

2012 年 12 月 21 日，一群末日信徒试图通过"镜面行走"游戏寻找到方舟所在位置，途中脱水，造成一人死亡。

2013 年 7 月 14 日，十二名玩家在旧金山金门大桥因参与破解版"镜面行走"挑战游戏造成坠桥意外，七死五终身残废。

2014 年 1 月 26 日，上海一名玩家使用耳蜗平衡干扰器模拟行走于亚洲第一高楼环球金融中心外墙，回程途中因踏中陷阱盒子，造成肾上腺素过度分泌导致心脏过载身亡。

尽管游戏开发方 SC 公司在免责声明中言之凿凿地宣称：任何以"镜面行走"名义组织的线上／线下俱乐部、讨论组、活动团体均与本公司无关，其活动产生的一切后果及法律责任均自负；任何使用暴力破解版本"镜面行走"及非官方认证配件（包括但不局限于虚拟眼镜、耳蜗平衡干扰器、体感装置等）的玩家，其产生的一切后果自负，与本公司无关。可仍然有数目众多的游戏者及受害者家属认为，这是一款引人上瘾的死亡游戏，开发公司应该对此负有不可推卸的社会责任。

他已经记不清儿子是什么时候开始迷恋这款游戏的，在他的记忆中，儿子的形象仍然停留在那个热爱运动的足球小将阶段。每天放学后，不玩到天黑一身泥巴一身汗绝不回家，然后他奶奶就会大呼小叫地发现孙子腿上各种青紫色的伤痕。

那是存在于现实位面的穆别璟，时间的张力已经将那个儿子的轨迹远远拉开，遥不可及。

那是穆先明永远赶不上的步伐，就像他与这个时代的距离，就像他与妻子的距离。

他和妻子是在厂里认识的，当时他俩都是刚工作不久的工人，初级技师，恋爱不久后便结婚了，当时他们的婚事被当成工人家庭的模范。在沙与水般流逝的时间中，惟一不变的只有变化本身。

妻子怀孕了，脱产上了夜校，学习外语及高等机械维修理论。生下别璟后，妻子考取了高级工程师资格证书，被厂里提升为高工，她不再需要搞脏自己的双手，只需要用笔、尺和圆规在纸上画出精确复杂的图样。那些图纸，穆先明从来没有看懂过，尽管他趁妻子休息时，一再努力地用放大镜逐格琢磨。他没有丝毫头绪。

他曾经以为妻子和自己是门当户对，他错了。穆先明更加努力地投入工作，试图用时间与精力的投入来弥补那道看不见的缝隙，他连年被评为劳动模范、车间标兵，职称也升到了资深技师。

妻了一边照顾着别璟，一边进修计算机相关课程，她已经不再需要纸和笔，只需要敲敲键盘、动动鼠标，屏幕上便会出现迷宫般的结构和电路。

真是疯了。穆先明曾经在酒后对工友们倾诉。我拼死拼活加班加点，赚的却还比不上她一张图纸的零头。工友们哄笑着说，得啦，你就别得了便宜又卖乖了。

由于谣言甚嚣尘上，妻子只好跳槽到另一家更大的公司，别璟断了奶，由他爷爷奶奶和外公外婆轮流带着，穆先明见到妻子的机会更少了。曾经有那么几次，离婚的念头在他脑海里一闪而过，可仅仅只是一瞬：她并没有对不起我，而且，她赚的比我多得多，一家老小都靠她养活，别璟要上最好的学校，用最好的东西，我给不了。

他以为随着儿子的长大，这种不安的情绪会渐渐平息。他又错了。

穆别璟九岁那年，妻子已经不满足于在国内的发展，她申请了几所美国大学的 MBA 学位。

你要去打篮球？穆先明还记得当时自己这样质问妻子。

妻子抱歉地笑了笑，摇摇头，并不作任何解释。那眼神中仿佛在说，我俩之间的裂缝已经深得无法用语言来弥合。

之后的事情变得顺理成章，妻子抛下儿子和自己，远赴美国进修两年。除了每年两个假期和偶尔的视频电话，在穆先明眼中，妻子已经变成好莱坞电影里的人，无法理解，无法沟通，只能客套地拉几句家常，甚至还比不上隔壁大妈来得亲近。

妻子回国后便说要带儿子出去，穆先明最担心的事情终于发生了。

一开始他们趁儿子不在家的时候吵，后来又卷入了两家老人，到后来，邻居亲戚都来打听八卦。可儿子仍然像没事人一样，上学回家，叫爹叫妈，穆先明看不出来，他是真的不知道，还是在假装。

妻子的理由无可辩驳，她能给孩子更好的生活环境和教育条件。

可你这当妈的管过他吗，关心过他吗？穆先明愤怒地控诉。

我不想让儿子长大了像你一样。妻子嗓门不大，却字字锋利，像刀子般插进穆先明心口。

最后他们终于达成协议，让孩子自己选择跟谁，就在他刚过完十二岁生日的那个晚上。

穆先明至今不知道儿子到底是怎么想的，都说儿子跟妈亲，而且还是个有钱的亲娘，能给他买这世界上任何的玩具和书本，带他去看他爸这辈子都不可能见识到的风景。可他竟然留了下来，穆先明只能解释为，孩子跟自己待的时间长，跟爹更亲一些。

他只知道，妻子撕破脸不认账了，于是离婚官司又打了一年。

一切都像场遥远得不真实的破碎梦境。

穆先明发现了儿子游戏账号中的一些隐藏日志。这些日志原本

　　　　　　　　　　后人类时代

是供游戏者记录进度，分享经验之用，但也可以自由创建、加密。他发现了一个叫作"MXM"的日志文件，心头一阵慌乱，那是他工卡的前三位字母，代表"穆先明"的姓名缩写。

界面提示他输入六位密码，他试了儿子、自己甚至妻子的生日，儿子的英文名，曾经养过的哈士奇名字，儿子喜欢的书名电影名，明星生日，均告失败。

他发现有五个关卡的日志都以一个幂数命名：6^1、4^3、7^3、7^3、6^3，疑心这就是密码，但无论他尝试输入底数、指数还是幂值，并用穷尽法补完最后一个数，始终返回密码错误。穆先明找不到头绪，或许关键就在儿子丧命的那一个未完成关卡。

回放日志，平板电脑上出现了一对小小的球鞋，接着，是穆别璟那张苍白的面孔，似乎正从镜子的另一面看着穆先明，他全身猛地一颤，把屏幕挪近，想把儿子看得更清楚些，却只看到自己苍老的脸，在阳光的作用下，半透明地重叠在儿子的脸上，那五官的轮廓如此相似，仿佛这是一面魔镜，能够倒转时光，让人重返青春。

他的手指滑过儿子那模糊的表情，画面开始震颤，向前移动，不时夹带着穆别璟的讲解，什么地方应该注意，什么地方应该提前起跳，什么地方干脆放弃金币。儿子的声音淡漠而不带任何情绪波动，似乎只是照本宣科，有几个瞬间穆先明甚至产生了这样的错觉，这并不是他的儿子，而是来自某种人工合成的电子声。

回放中不时会出现一些字幕注释，与画面无关，似乎是摘抄自书本。

自石器时代便停止进化的大脑习惯于相信，眼睛看到的就是自己的身体。但这种对于身体边界的古老感知，可以轻易地被超越我们进化水平的技术力量所迷惑。

他怎么也无法相信这些艰深句子是出自十五岁的儿子之手。

穆别璟行走在天上，行走在高大金黄的树梢间，行走在蓝天白云及日光的光晕里，行走在风里，行走在钢筋混凝土森林和巨大闪亮的玻璃幕墙间，他长发飘飘，在路灯上跳跃，又偶尔停靠在高压电线构成的几何线段，如同音符，鸟儿和飞机从他脚下飞过，像忙碌的蚁群。他走过黎明，走过黄昏，走入华灯初上的夜晚，然后直到城市璀璨的帷幕落下，沉入后台的无边黑暗。

穆先明就像附身其上的鬼魂，隔着距离窥探这一段段旅程，似乎死去的是他，而不是他儿子。他感觉眩晕，却又深深着迷，这种灵魂出窍的幻觉。

我们对自身的感觉取决于眼睛在哪。从第一人身的角度来讲，多元感知与动态信号的契合，足以建立起对自身身体完全的支配感。而不像传统教科书所强调的，身体的感觉是来自肌肉、关节和皮肤的传入信号产生的直接结果。

这让穆先明回想起当年偷看妻子图纸时的感觉，他和她身处两个世界，一道看不见的墙横亘其间，彼此对话、努力表达，却无法理解对方，一座理解力的巴别塔。他脑海中闪过一个想法，这堵墙同样存在于他和儿子之间，也许妻子是对的，也许儿子本不会死。

也许，是我害死了他。这句咒语开始在穆先明的脑子里循环播放起来，无法摆脱。

眼前的世界开始抖动起来，恍惚间，他竟然来到了儿子发生意外的现场，一座修建中的钢结构大厦，赭红色的钢架如同某种巨鸟的巢穴般错综复杂，在他看来，那颜色如血般刺眼。穆先明站在工地里，努力不去回想当天的情形，泥沙地里溅开的深色血迹，刺穿皮肤的森白断骨，儿子的脸，那张像从碎裂镜子中照出的脸，无数次出现在他的噩梦中。

他深深吸了口气，走进运送工人的升降电梯。

十三层，电梯一颤停住，铁丝网护栏打开，凛冽的高空寒风吹透他的背脊。

新加的弹性保护网如一层筋膜，薄薄地从肋骨般的钢架展开，边缘融入空旷的城市天际线，那里，太阳正挣脱污浊雾霾的束缚，努力西沉。几名工人正在电焊作业，闪亮的金属碎屑如烟火喷溅，零星消失在模糊的深渊中。他想象着儿子的身体在半空中飘浮、旋转、撞击，徒劳地与重力抗争，最后在坚硬的大地上化为碎片。

发现尸体的人说，穆别璟的长发被风吹起，在黏稠的血泊中如同一蓬蒿草拂动，像是灵魂从躯壳中徐徐蒸腾。

他打了个冷噤，手中的平板像是有感应般震颤起来，游戏界面提示，他已经来到上次游戏关卡的中止点。是否继续？他的手指犹疑着，点下。

镜框中的渲染画面如波浪般铺开，覆盖掉真实世界的所见，他的脚下仍是猩红的钢构，只是防护网消失了，穿越胸腔般复杂交错的骨架，深谷中的水泥工地被天空所代替，他将行走于头顶上的道路，继续儿子的征途。

白云在脚底流淌，风摇撼着身体，穆先明颤抖，跳跃，躲避陷阱，原先的胆战心惊逐渐平复，似乎动作的并不是他本人，而只是一具由他遥控的肉体傀儡。离体感。穆别璟曾注释道。他越走越快，绕过树干般的支撑柱，轻盈地踏上虚拟盒子，赚取清脆的金币积分。飙升的肾上腺素刺激他的心脏，猛烈撞击胸腔，他皮肤发烫，微微冒汗，一种久违的兴奋感在体内狂野蹿动，如重返青春年少。他终于明白这个游戏为何如此火爆。

一道黑影从远处切近，巨大的蜂黄色机械吊臂，悬挂着一截灰黑钢架，在穆先明看来，却像是飞行的钢架牵引着吊臂从天空缓缓旋入，空间的相对位置感迅速变换，他微微眩晕，突然看见前方指示一条旁逸斜出的岔道，伸向终点。他毫不犹豫地迈去。

一声怒吼，穆先明只感觉背后什么力量把自己拽住，但他的腿已经迈出，身体失去了重心，晃动中视线掠过游戏界面，脚下空空荡荡，十三层楼高的真实峭壁下，是铁锈色的大地和虫豸般的工人，重力毫不犹豫地拖扯他的肢体往下坠落。他脸色煞白，张了张口，却什么都没喊出来，完了，他想。背后那股力量突然改变了方向，将他往侧面一推。

　　平板电脑脱手而出，却没有自由落体，与他的身体一道，被柔软的保护网包裹，在半空中上下甩动缓冲，如同果冻上蹦跳的糖粒。穆先明全身瘫软，炫目的日光打在脸上，那岔道从他头顶伸出，像一条断桥指向天空深处。

　　一张怒气冲冲的黝黑脸庞出现在他视野中，是戴着护目镜的焊接工。

　　穆先明虚弱地道歉，他甚至听不清自己在说些什么。

　　他的左裤兜突然有节奏地振动起来，手机响了，一个越洋号码。穆先明躺在半空，就在阳光里那么举着手机，不接，也不作声，似乎与那位工人隔空对峙，一出象征主义的默剧。直到他瞪大双眼，像是从这款使用多年的旧手机上发现了惊天秘密。

　　选择英文输入法，在旧式键盘上按一次6，三次4，三次7，三次7，三次6，穆先明得到了五个英文字母：M、I、R、R、O。

　　这是儿子特别为他准备的密码。一个时代的落伍者所能发现的微小秘密。

　　他不懂英文，他还需要最后一个字母。正当穆先明准备把二十六个字母都尝试一遍时，他看到了游戏界面上的鲜艳名称——"MIRROR WALKER"。

　　Mirror。镜子。

　　他迫不及待地打开名为"MXM"的加密日志。

　　日色渐浓，给钢结构镀上金红，巨大的网格黑影斜斜地投射到大地上，与雕版蚀刻般的建筑、树木和人组合成一幅复杂而淡漠的康定斯基式作品，就像妻子当年笔下的图纸，带着神秘莫测与不可理解的距离感。

"嗨，爸。"儿子在镜子那头对他说，带着拘谨的笑，"好久不见。"

穆先明的眼泪一下涌出眼眶。

儿子走着，画面摇晃着，他的头发在风里如细柳浮动，轮廓柔和得不像个男孩子，依然是那种淡淡的口吻，日志似乎由许多片段拼接成，背景、光线、声音条件不断变化，像一条破碎的MV，只是没有音乐。

他说，我总是不知道该怎么开口，虽然我们流着相同的血，却像说着不同的语言。

他说，你就像那些镜面恐惧症患者，以为现实世界就是经过伪装的巨大镜面，害怕独自行走，害怕镜子，害怕一切改变，害怕新的生活。

他说，爸，你应该过得更勇敢。

穆先明坐在夕照中，听着儿子断断续续的话语，每听一句，便在心里回一句，就像是父子在聊天，这样的事情从来没有发生过。现在，他要用虚拟程序，来弥补真实回忆。没有怨恨，没有叛逆，穆别璟甚至认为离婚是对双方最好的选择。时代变了，他说，我们是老得很快的一代人，在你和妈妈还在为我担心的时候，我已经老得足够去承受这些，我担心的是你，爸。你甚至舍不得换掉妈给你买的电话。

穆先明笑了，摇摇头，泪水凝结成闪亮的痕迹，跨过眼角的皱纹。他从那面镜子里看见自己，沐浴在一片金色光芒中，儿子的形象变得稀薄，如同遥远群山的淡影，那是他所不了解的穆别璟，全新一代的人类，他们的情感交流方式已经全然不同，游戏不再仅仅是游戏，对于他们来说，那就是生活。而对穆先明来说，记忆中的生活才是生活。

影像变得模糊，清晰，又复模糊，手机规律的振动经由身体，传递到手臂，镜子里的世界，在颤抖中分崩离析。

儿子说，选择留下来，是因为妈妈拥有的太多，而你，只有我。

但你不能只有我，你有你的世界。

穆先明深深吸了口气，面对暮色中这座温暖的钢铁孤堡，手指一滑，镜子重又恢复成坚不透光的黑冰，他把手机举到耳边，接通电话，等待那把来自陌生世界的熟悉声音响起：

"……我数三下，然后你会醒来，三、二、一……"

"……抱歉，你还是没能通过测试。"

头盔抬起，穆先明顿时感觉四周变得明亮起来，身下牙科检查般的自动座椅竖起椅背，他看见了对面坐着的医师模样白衣女子，正在往平板上输入什么。

"为什么！"穆先明愤怒地想要起身，却发现四肢被牢牢捆绑在座椅上，"我已经按你所说的去做了！"

"你的头脑也许是，可你的心，很顽固。"女医师微微躬身，意欲离开。

"这违反法律！我要上诉！我没有病，我要出去！"穆先明疯狂地挣扎着，椅子在身下吱呀乱响。

"住口！"白衣女子突然变得严肃，她走近，怒视着穆先明的双眼，直到他恢复平静，畏缩地垂下眼睑，"由于你的过失害死了三条人命，要不是辩方律师的有力证据，证明你因为儿子的死导致精神异常，你早该在牢里蹲一辈子了。在你完全康复之前，我们绝不可能放你出去。法律不允许，死者家属更不会答应。"

"可我尽力了，我真的尽力了……"男子痛苦地抽泣起来，"……我控制不了自己的梦……"

"可只有在梦里，才是最真实的你。"医师口气软下，带着几分怜悯说，"既然你在梦里为自己造了这么一面哈哈镜，也只能在梦里将它打碎。"

"你还有最后一次机会，来证明你的精神创伤不是永久性的，我会帮你安排时间。保重。"

白衣女子消失在门口，取而代之的是两名全副制服的彪形大汉。

穆先明木然坐在洁白房间中，靠在用特殊材料填充的软墙上，他无法相信，那么漫长而栩栩如生的梦境，竟然只过去了短短二十分钟。他们说，这就是梦对时间产生的凝缩作用。

而在进入这所精神康复中心接受治疗之前，那段梦境就是穆先明头脑中的事实。

医生说，这叫记忆性虚构症，是患者由于受到重大变故或颅脑损伤导致的大脑病变，会用虚构的、扭曲的经历或事迹来填补记忆中的缺失，并对此深信不疑，表现为幻想性虚构症及睡梦性虚构症。

医生说，告诉你这个事实，是因为我们只能通过诱导的方式，让你自己慢慢发现真相，接受真相，就像在带着巨大惯性的火车要掉头，只能逐渐并轨，画出一道半径巨大的圆弧，倘若急停转弯，必定是要出轨翻车的。

医生递给他一个崭新的平板电脑，说，里面有你最爱的游戏，镜面行走，是它害了你，在外面的世界它已经被禁止了，可在这里，它被特批成治病救人的药方。好好玩吧，它能利用视觉系统与身体的调谐错位重新读写你的记忆皮层，或许在激活状态下，你能够重新读入记忆，我是说，你真实的记忆。

穆先明只是死死地盯住那台黑色镜子。

他花了三个月时间把这个游戏重新玩通关，同时在过关彩蛋中得到一些破碎的信息：法庭记录、通话录音、视频资料、书信、证人口供……穆先明已知的世界像一层虚假的墙纸被撕开、剥落，露出血淋淋的真相。他会恼怒地把电脑摔到松软的地板上，用脑袋去撞墙，或者撕扯自己的头发。他不明白自己的脑子里出了什么毛病，两种平行的记忆激烈地搏斗，互相压制，像是一场无休止的辩论，嗓门越来越大，噪音超过了他所能承受的极限，儿子和妻子以截然不同的形象浮现，交错拼贴，他不知道自己应该相信谁，只是感到恶心厌恶，对这一切。然后又经不住诱惑重新捡起电脑，开始下一道关卡。

大脑自己会做出判断，在药物的辅助下。曾经它选择了让穆先明感觉最为舒适的一个故事，而如今，它要推翻这个故事。

某一天，穆先明在隐藏关卡"无限回廊"的中途突然停了下来，他面无表情地跪倒在地，电脑从他手中滑落，在地板上弹跳了几下。他开始无声痛哭，身体剧烈地抽搐着，几乎晕厥，医生们收到传感器的异常信号闯入屋子，将他按倒在地，为他注射镇静剂。

他们交换眼神，知道穆先明的记忆已经被扭转过来，那些零星的信息碎片经过大脑的漫长消化处理过程，重新组合剪辑成具有意义的生命经历片段，替代了他的精神安慰剂。而穆先明终于知道，自己究竟干了些什么。

沉迷于镜面游戏的人并不是儿子穆别璟，而是他自己。

穆先明不得不再次潜入梦境，努力将更深层意识中的虚构记忆悉数摧毁。为此，他必须借助"清醒梦境"（Lucid Dream）装置，这一装置会侦测到进入梦境的脑电波波段，自动启动频闪装置，提醒做梦者正身处梦境，以达到操控梦境的目的。

遗憾的是，正式测试过程中严禁使用该辅助装置，否则将无法认定患者是否从潜意识层面真正恢复正常。

穆先明已经失败了两次，按照规定，他还有最后一次机会。倘若再次失败，等待他的将是漫长而绝望的强制治疗期。

他几乎没花什么力气便再次进入那个重复了无数遍的梦境，似乎当意识表层的虚构记忆得到纠正之后，那个被完美构建的扭曲故事便沉入意识深处，化为黏稠纠结的梦境，挥之不去。而在梦中，所有的情绪都被强化数倍，以抵御理性思维的苏醒。

他来到洁白肃穆的教堂，阳光穿透彩色镶嵌画，洒在黑色棺木上，少年的胸前球衣红得刺眼，牧师祈祷。悲痛如潮水般漫过他的意识。

不，这不对。

管风琴奏响赞美诗。教堂顶部的彩色窗户开始有节奏地闪烁。

根本不是这样的。

眼前的一切开始模糊、跳跃、分崩离析，如同一场布景被快速折叠淡出，露出背后另一幕场景。那是一间中式的灵堂，在穆别璟的遗像两侧摆着稀稀疏疏的花圈，亲戚们哭天抢地，夹杂在刺耳的丧乐中，嘈杂无比。他突然被狠狠推倒，是一身素装的前妻，孩子他妈，脸上的妆已经被泪水糊得不成样子，在旁人的拉扯中只是不停地重复着一句话。

……我恨你我恨你我恨你……

眼前再次闪烁，转向屏幕上播放的穆别璟生日派对视频。

谢谢爸爸！那个男孩手里的平板电脑逐帧蒸发在空气里，变得空空如也，他依然尖叫着朝摄像机扑来，镜头一阵摇晃后，出现了穆别璟兴奋微笑的面孔。我要用它拍一部电影！你和妈妈就是我的明星！

一切的一切都错了。穆先明痛苦地闭上眼睛。当他再次睁开眼时，已经是在家中，手中拿着那台损毁的平板电脑，他凝视着碎裂的黑色镜面中自己模糊的面孔，世界再次闪烁，裂纹合拢愈合，凹陷突起，如同时光倒流，重现完美精致的曲线，一台全新的电脑。穆先明犹豫了许久，滑动手指，弹出一个无比熟悉的页面。

那是初次激活"镜面行走"游戏时的说明文档。

　　　　相信许多人有过这样的童年记忆，拿一面镜子在自己身前……

他以为自己可以清楚背出随后大段大段的说明文字，可眼前的屏幕却如同在水中洇开的宣纸，每个字都变成一圈墨晕，再也不成篇章。就像在梦里常常读到绝妙佳作，情绪随之跌宕起伏，可一旦想要记下具体情节，却会发现那只是一本无字天书。

穆先明身体腾空而起，进入镜面世界，他疯狂地撞击着飘浮在空中的虚拟盒子，金币跃起，铺成漫无尽头的道路，发出密集脆响，刺激他神经回路中产生源源不绝的欣快感，那种感觉曾经陪伴他度过离婚后难熬的时光，以及儿子死去后更加难熬的时光。他知道这是主观意识强加给梦境的效果，某种麻痹痛感的精神鸦片，可他为什么要把沉溺游戏的角色安插在儿子的头上。

他愈加快速地向前飞去，万物模糊，化为密布光线，闪烁不止，仿佛穿越时间的帷幕，回到一切的原点。他本能地排斥那黑洞般的强大引力，可是徒劳，在那里他即便在梦里也不愿正视的真相。

于是穆先明飞入了回忆，如同悬停在空中观看摩天楼大小的巨幕电影，所有之前梦境的场景重演，只不过在细节上都做出了修正，这种修正与其说是视觉上的，不如说是意识层面的，仿佛看着两张物理属性上完全一致的白纸，可你总觉得其中一张比另一张更白些。

穆别璟并不喜欢足球，他从小就像个女孩，头发柔软，身体纤弱，他更喜欢把自己埋在书堆里，看各种电影，不善表达，即便在父母因离婚争夺抚养权的时候。穆先明在单位被人说闲话，喝高了回家便打他出气，大腿上都是青紫色的伤痕。

很自然的，他并没有选择跟随父亲，他选择了沉默。

法院根据父母双方经济状况把儿子判给了母亲，撕破脸不认账的人是穆先明，反复起诉又打了一年官司的人也是他。而虚构症将罪名和责任全都推卸给了妻子，孩子他妈，为了维持脆弱的人格大厦不至于分崩离析。他的胸腔中如同埋进了一颗突突跳动的定时炸弹，一下下地撞得心里发疼发颤。

都是我的错吗？

屏幕出现了黑屏，如同一片深不可测的星空向他展开，他没有退路地跌入其中。在漫长的坠落过程中，他终于明白了，这一切的一切，镜面行走的游戏，意外死亡的案例，神秘的隐藏日志，都是他大脑所玩出的花招。这些信息的碎片在记忆中沉淀，然后被根据需求重新拼贴成看似符合逻辑的顺序，一根虚构的时间链条，来误导意识，构建因果关系，像是一份无罪辩护的诉状。

这场病态的骗局连穆先明自己都深信不疑。

那些日志中的画面，并非穆别璟载入的游戏视频，而是穆先明让儿子把拍摄的短片传到平板电脑上，作为他十二岁时的生日礼物。

那些片段里没有一个人，只有蓝天、白云、高大金黄的树梢、黎明的路灯、黄昏里的高压电线、钢筋混凝土森林和巨大闪亮的玻璃幕墙、天空中偶尔掠过的鸟儿和飞机、城市和黑夜。所有关于儿子的影像，都是穆先明的记忆为他叠加上去的二次曝光。就连这些，都是假的。

他再次坠入了儿子发生意外的现场，站在尘土飞扬的工地里，眼睛逐渐适应了那闪烁的光亮。他抬头，却看见自己已经站在那座巨型的猩红钢巢的第十三层，像是个真实得近似虚幻的替身。而在那个替身的不远处，有一具小小的熟悉身影。

那正是他的儿子穆别璟。

夕阳闪烁得更加频繁了。

他深吸了口气，跑进运送工人的升降电梯。电梯吱吱嘎嘎地响起，颤抖着上升，透过层层叠叠的钢架，那两个人影时隐时现。穆先明焦急地晃着电梯，似乎这样能够让它动得快一些。他听见一声熟悉的喊叫，然后是一道黑影像鸟儿般从高处落下，最后是轻轻的一记闷响，像是一袋装满黏稠液体的垃圾摔在泥地里。

不！连时间都错了吗！

他的拳头狠狠砸在铁丝网上，痛苦地闭上双眼。回去！回去！一定要回去！当他再次睁开双眼时，发现自己已经站在十三层的高处，凛冽的高空寒风吹透他的背脊。像是把影像倒回到这一幕的切入点，那两个人影正站在不远处。他喊叫着朝那个正在检修机械吊臂电路的自己奔去。

没有人听见他的喊叫，他伸出手臂，穿透了另一个穆先明的身体，那只是记忆的残像，一切都已经发生了，且无法改变。

穆别璟的长发在风里如细柳浮动，轮廓柔和得不像个男孩子，他依然是那种淡淡的口吻。

爸……我已经决定了。

就不能回去再说吗，这儿危险。

我下午就和妈走了，你只要签个字……

去哪？去美国？哼！到头来还是个嫌贫爱富的白眼狼，和你妈一样。

爸！你怎么能这么说妈！

滚吧，以后别回来了，我就当没有你这个儿子……记忆中的穆先明突然失控抽噎起来，他无力地跪倒在地。

爸……儿子也流泪了。

……我只有你这么个儿子，你懂吗，你妈什么都有，可我只有你了……

爸……我懂。可你不能只有我，你有你的世界。

别说得这么好听，我还是她，你只能选一个，如果你去了美国，你这辈子都见不到我了。

别逼我，我谁都不想选……

你什么意思？

我谁都不要！！

穆别璟突然发出撕心裂肺的吼声，他决绝地转身，奔向钢架的边缘，几乎没有片刻犹豫地纵身跃出，融入暮色中空旷的城市天际线。穆先明徒劳地穿透自己的残影，疾步追赶，企图伸手去捕捉儿子残留在空气中的温度，却脚卜趔趄失去平衡，从钢架上踏空向一旁歪倒。

他再次跌入充满弹性的保护网，在半空中上下甩动缓冲，他看着儿子的身体在半空中飘浮、旋转、撞击，徒劳地与重力抗争，最后在坚硬的大地上化为碎片。他知道那不是真的，只是梦境中的完形填空。

而记忆中残留的父亲木然无助地跪着，眼神空洞，似乎灵魂瞬间被抽离躯体，丧失了一切自主意识。他甚至没有想起完成检修过程中最重要的一个步骤，以至于三天之后，失控的蜂黄色机械吊臂甩过一道漂亮的曲线，将三名施工中的工人击倒，推下十几层高的钢架。

泪水无法遏制地涌出穆先明的眼眶，他终于在梦境中再次温习残酷的谜底，在意识的深处，绝望与罪疚如同浓重狂暴的黑色旋涡，将他勉强维持的最后一丝自我开脱撕得粉碎，儿子从来没有原谅过他，那些理解和宽恕都来自于他虚伪的神经失调病症。

可那组密码呢？那个名为"MXM"的加密日志呢？

穆先明几乎像抓住救命稻草般输入那组密码。

M、I、R、R、O、R。Mirror。

嗨，儿子。好久不见。他看见的是自己苍老的脸。

　　　　我总是不知道该怎么开口，虽然我们流着相同的血，却像说着不同的语言……

　　　　……你妈跟我离婚之后，我沉迷于游戏，像个懦夫、像那些镜面恐惧症患者，以为现实世界就是经过伪装的巨大镜面，害怕独自行走，害怕镜子，害怕一切改变，害怕新的生活。

　　　　……可时代变了，我们是老得很快的一代人，在你还在为我担心的时候，我已经老得足够去承受这些，我担心的是你，别璟。你需要做出选择，而不管你最后选择谁，我知道对你都是种伤害。尽管我嘴上不愿意承认，可我希望你跟你妈走，你能见到更大的世面，过更好的生活，你能够成为你想成为的那种人，而不是我希望你成为的那种人。我想，那对你更好。

　　　　至于爸爸……就像你说的，爸应该过得更勇敢。

他从来没有来得及把这篇日志发送出去。

一阵急促的蜂鸣声吵醒了沉睡中的穆先明，他反应迟缓地转身，按下床头的按钮，一把熟悉的声音似乎从外太空传来，带着某种遥远而空洞的静噪。

"穆先明，准备接受第三轮测试，一个小时后，三号实验室。"那把女声停顿了片刻，又补上一句，"加油。"

他起床，穿衣，摸索墙上的电灯开关，房间亮起，他站在房间中央，望着对面墙上那块小小的反光玻璃，闭上眼睛。

望向镜中，深呼吸，你没问题的。
深呼吸。

虚拟现实将把人类带向何方

虚拟现实将每一个人"带回现场",我们得以通过随意操控身体与环境来改变人的认知。

在脚踏实地推进技术与商业进步的同时,我们同样需要从人文科学的角度做好准备。质疑与发问正是我们正确对待任何一项变革的方式,无论是技术变革还是社会变革。

一场观念冒险

1968 年,计算机图形学之父 Ivan Sutherland 和学生 Bob Sproull 在麻省理工学院的林肯实验室研制出世界上第一个头戴式显示器(HMD,Head-Mounted Dis-play),Ivan 将其命名为"达摩克利斯之剑"(The Sword of Damocles)。

这个采用阴极射线管(CRT)作为显示器的 HMD 能跟踪用户头部的运动,戴上头盔的人可以看到一个飘浮在面前、边长约五厘米的立方体框线图,当他转头时,还可以看到这一发光立方体的侧面。人类终于通过这个"人造窗口"看到了一个物理上不存在的,却与客观世界十分相似的"虚拟物体"。

这个简陋的立体线框让人们产生一种幻觉，似乎距离一个美丽新世界仅有一步之遥。

有句话说得好，人们总是高估某项技术的短期效应，而低估了其长期影响。

科幻小说《真名实姓》（Verner Vinge，1982）和《神经浪游者》（William Gibson，1984）中的赛博空间并没有很快实现。新千年来了，新千年走了。移动互联网的浪潮汹涌，将所有人的目光凝缩到掌上屏幕的方寸之间，我们无所不知却又无比孤独，借助科技的力量我们似乎具备了无数可能性，然而现实又将我们牢牢锁在一道窄门内。

由古至今，无数哲人、文人与科学家都在追求"真实"的道路上前仆后继，无论何种角度流派都无法回避这样的事实：我们对于真实的认知建立在人类感官的基础上，即便纯粹抽象理念上的推演，也无法脱离大脑这一生理结构本身的局限性。

那么随之而来的问题便是，当我们可以借助技术手段模拟、仿真、复制、创造外部世界对人类感官的刺激信号时，那么是否意味着我们创造了一个等效的"真实世界"。而在这样的世界里，人类变成了制定规则的上帝，所有伴随人类进化历程中的既定经验与认知沉淀将遭受颠覆性的挑战。我们将重新认知自我，重新认识世界，重新定义真实。

当然以目前的技术发展水平，我们距离《黑客帝国》式的终极虚拟现实还有相当距离，但不妨碍我们打开脑洞，去想象这项技术即将或已经在各个领域带来的革命性变化。

一次媒介革命

从手抄本到印刷术，到电台，到电视，再到电脑以及互联网，每次媒介形态的革命都将带来翻天覆地的范式转变。

首先是信息传播与接受的模式产生改变。无论是语言、文字、图像或者字符串，都可以视为信息的一种转喻，以此来替代、描述、解释我们对于世界的观察、理解与思考。而到了沉浸式的虚拟现实环境，信息的呈现形式由二维进入了三维，由线性变成了非线性，由转喻变成了隐喻。

我们试图通过对现实的模拟来实现信息的回归，即符合人类与外部世界认知交互规律的一种体验，它不是全新的，但却在相当长一段时间内被电子时代的媒介所忽视，它便是临在感（Presence）。

传奇图形程序员、Oculus 首席科学家 Michael Abrash 这么说过："临在感将 VR 与 3D 屏幕区分开来。临在感与沉浸感不同，后者意味着你只是感觉被虚拟世界的图像环绕。临在感意味着你感觉自己置身于虚拟世界之中。"

打个简单的比方，当你看一场 NBA 比赛时，你不再只能看滚动的文字直播，或者是从二维屏幕里由给定机位所拍摄到的视频画面，而是仿佛自己置身于篮球场最为黄金的 VIP 座席，可以任意扭头去看场上的任何一个细节。让我们再大胆一点，你可以像一个无形的幽灵游荡在球场上，球员从你身边掠过，快速出手、传球、上篮、盖帽，球鞋与地板的摩擦声、手拍打篮球的撞击声、球员与观众的呐喊声，以精准的音场定位从四周环绕你，甚至你能闻到汗水、爆米花和拉拉队员身上的味道。

这便是虚拟现实与以往所有媒介形态截然不同的原因，它将每一个人"带回现场"。多自由度、多感官通道融合所带来的信息刺激，将为大脑营造出极近真实的幻觉，它将可以放大并操控每一个人的情绪反应与感官体验。

想象一下，当所有二维的屏幕都被虚拟现实所替代之后，我们不再是那个被隔离在内容之外的观看者，而是参与者、体验者。你将可以亲临每一场重大的体育赛事，在舞台上看着自己的偶像舞蹈歌唱，和星战中的绝地武士一起厮杀作战，体验从一场恐怖袭击中劫后余生，毫无危险地穿行在火星巨大红色尘暴中。

所有的说书人都需要学习掌握新的叙事语法，不再有给定机位和镜头，不再有一百二十分钟的时长限制，不再有封闭式的故事线，一切都是自由的，开放的，不确定的，将探索的权利交给受众，却把更大的难题留给自己。

再延伸到其他相关领域。孩子们可以在家里接受全世界任何一门课程，感觉却像置身于教室中与老师和同学深入互动。工作的形态也将发生巨大颠覆，虚拟现实可以带来视频会议所无法提供的临在感，解决了远程协作中人与人之间的认知与情感障碍，上班的定义将被改写，不再需要寸土寸金的办公室，取而代之的是任意订制的虚拟工作空间。

大部分基于空间与位置稀缺性的商业逻辑将不复存在。

重塑具身认知

没有身体的虚拟现实体验如同游魂野鬼飘荡在世间。

从认知科学角度讲，身体归属感（Bodily Ownership）、涉入感（Sense of Agency）以及（身体随处）态势感知（Situation Awareness）都是自我意识的重要组成部分。就好像我曾无数次看到毫无经验的新人被"抛掷"入虚拟环境，在惊叹于其真实性的同时却因为无法看见自己身体而惊慌失措，甚至蹲在地上不敢迈出半步。

这也是为什么在虚拟现实中最终决定真实感与沉浸感的可能不是数字资产风格上的电影级现实主义（Cinematic Realism），而是对于头部动作追踪的精确性，以及对身体动作捕捉的低延迟。当你看到自己的手指在空中拖出一条未来派风格的余晖时，大脑必然会响起"这不真实"的红色警戒信号。

而一旦我们创造出与真实身体完全同步（低于大脑所能觉察的最低延迟）的数字化身（Avatar），也便意味着虚拟现实进入了一个全新的阶段。我们将得以借由玩弄（请原谅我使用这个词）具身认知（Embodied Recognition）来重塑人类对于自身与世界的看法。

在传统的二元论观点中，心智与身体是彼此分离的，身体仅仅扮演着刺激的感受器及行为的效应器，在其之上存在着一套独立运行的认知或心智系统。计算机的硬件与软件系统便是最好的隐喻。然而在过去三十年间的神经认知科学表明，认知是包括大脑在内的身体的认知。身体的解剖学结构、身体的活动方式、身体的感觉和运动体验决定了我们怎样认识和看待世界，我们的认知是被身体及其活动方式塑造出来的。它不是一个运行在"身体硬件"之上并可以指挥身体的"心理程序软件"。

认知、身体、环境是一体的，认知存在于大脑，大脑存在于身体，身体存在于环境。彼此镶嵌，密不可分。

而在虚拟现实里，我们得以通过随意操控身体与环境来改变人的认知。

借助著名的"橡胶手错觉"（Rubber Hand Illusion）实验的VR版本变形，我们能够在真实身体与数字化身之间通过多感官通道融合（Multi-sensory Channels Integration）刺激来建立起强烈的身体归属感。也就是说，接受欺骗的大脑相信数字化身与肉体是同一的——肉身疼，化身疼；化身灭，肉身也将随之遭受伤害。

我们可以以此来治疗幻肢疼痛、PTSD、各类恐惧症及自闭症，通过毫无实际危险的虚拟暴露疗法来缓解症状。我们可以改变主体的性别、肤色、年龄、胖瘦，让他们通过观察不同的自我来实现认知上的改变。我们可以让大人变成小孩，让小孩变成巨人，他们将不得不调整对于外部空间尺度的认知，这种运动惯性甚至会被带进真实世界。我们甚至可以将人变成其他的物种，甚至是虚构的物种，他们将不得不适应全新的运动方式以及视角，从异类的眼光看待这个世界。

我们还可以制造通感，混淆不同感官信号所对应的刺激模式，犹如普鲁斯特笔下的玛德莲蛋糕。

我们还能让灵魂出窍，穿越濒死体验的漫长发光隧道，甚至彻底打破线性时空观的牢笼。

所有这一切，都将强烈地冲击撼动我们原本固若金汤的本体感（Proprioception），或用佛教术语曰，"我识"。

当每一个个体的我识产生变化时，整个社会乃至文明的认知都将需要重新树立坐标系。

我并不能确定那将导向一个积极光明的未来。

从元年到未来

可以庆幸的是，以上所说的一切或许在十年内都不会发生。

从 2014 年 Facebook 以二十亿美金收购 Oculus Rift 开始，每一年都有人鼓吹将成为虚拟现实的"元年"，仿佛只需要几页包装精美的 PPT，放个大新闻，就能够大步跨过无数技术与商业上的深坑或者门槛，就能够说服或者诱骗亿万消费者将那部看起来颇为蠢笨的头盔戴在头上。

这是现实，不是科幻小说。

在脚踏实地推进技术与商业进步的同时，我们同样需要从人文科学的角度做好准备。每个时代都需要有自己忧天的杞人，去说一些遭人鄙夷的疯话，去忧虑一些看起来永远也不会发生的事情。就像乔治·奥威尔一样，用《1984》来预防 1984。

虚拟性爱算出轨吗？谋杀数字化身是否算犯罪？当存在无数个连物理定律都不完全一样的虚拟国度时，法律如何发挥作用？

会否有人利用虚拟现实制造新型毒品，诱发心理甚至精神疾病？

当每个人都能随意改变甚至交换身体时，人的本体性如何界定？

是否能跨越虚拟与现实的鸿沟，通过操控虚拟世界来改造真实世界？

会否真实世界便是虚拟的，就像虚拟世界中可以创造出无限嵌套的子虚拟世界一样？

虚拟现实会否便是验证费米悖论的大过滤器（The Great Filter）？

……

作为一名业余科幻作者，我可以将这个问题清单无休止地延长下去，哪怕其中的绝大部分问题在我的有生之年都无法得到解答。但我想，质疑与发问正是我们正确对待任何一项变革的方式，无论是技术变革还是社会变革。一个盲目乐观的社会与一个盲目悲观的社会相比更为可怕，因为每一个个体都将竭力用自己的乐观扼杀他人悲观的权利。

那么，未来究竟会怎样？

国内虚拟现实理论先驱、《有无之间》作者、中山大学哲学系翟振明教授在《哲学研究》2001 年 6 月号的《虚拟实在与自然实在的本体论对等性》一文中推演出从 2001 年到 3500 年横跨一千五百年的虚拟现实发展假想时间表，以架空历史的方式构想未来科技。在其中他写道：

> 2015 年：……视觉触觉协调再加立体声效果配合，赛博空间初步形成：当你看到自己的手与视场中的物体相接触时，你的手将获得相应的触觉；击打同一物体时，能听到从物体方向传来的声音。

令人惊讶的是，翟教授架空的时间线与现实惊人吻合，这正是

后人类时代

我们每天在实验室中体验到的真实场景。我习惯于邀请不同背景的朋友参与体验，并从他们宛如孩童般的兴奋与恐惧中得到满足。毕竟虚拟现实是如此特别，任何试图描述其妙处的文字都将是"有隔"的、笨拙的、徒劳无力的。

我更希望你能戴上头盔，亲自进入一个全新的世界。

仿佛应验了威廉·布莱克那著名的诗句："当知觉之门被涤净，万物向人现其本真，无穷无尽。"

图书在版编目（CIP）数据

后人类时代／陈楸帆著. -- 北京：作家出版社，2018.4
（2019.1重印）

（青·科幻丛书）

ISBN 978-7-5063-9913-5

Ⅰ.①后… Ⅱ.①陈… Ⅲ.①小说集-中国-当代
Ⅳ.①I247

中国版本图书馆 CIP 数据核字（2018）第 030653 号

后人类时代

作　　者：陈楸帆
主　　编：杨庆祥
责任编辑：李宏伟　秦　悦
装帧设计：骨　头
出版发行：作家出版社有限公司
社　　址：北京农展馆南里 10 号　　邮　　编：100125
电话传真：86-10-65067186（发行中心及邮购部）
　　　　　86-10-65004079（总编室）
E-mail:zuojia@zuojia.net.cn
http://www.haozuojia.com
印　　刷：三河市兴博印务有限公司
成品尺寸：145×210
字　　数：283 千
印　　张：11.125
版　　次：2018 年 4 月第 1 版
印　　次：2019 年 1 月第 2 次印刷
ISBN 978-7-5063-9913-5
定　　价：45.00 元